Moon Notes

JETTE MENGER

KNOW OUR LOVE

ELLA & DILAN & SIMON

MOON NOTES

Für alle Simons da draußen.
Ihr dürft.

Klimaneutral
Druckprodukt
ClimatePartner.com/53248-2011-1002

Dieses Buch wurde klimaneutral produziert. Dadurch fördern wir anerkannte Nachhaltigkeitsprojekte auf der ganzen Welt. Erfahre mehr über die Projekte, die wir unterstützen, und begleite uns auf unserem Weg unter www.oetinger.de

FSC
www.fsc.org
MIX
Papier aus verantwortungsvollen Quellen
FSC® C014496

Originalausgabe
1. Auflage

Lektorat: Larissa Bendl
Dieses Werk wurde durch die Literaturagentur Beate Riess vermittelt
© Covergestaltung: Favoritbüro unter Verwendung von
shutterstock.com: © Leila Divine
Satz: Sabine Conrad, Bad Nauheim
Druck und Bindung: GGP Media GmbH,
Karl-Marx-Straße 24, 07381 Pößneck, Deutschland
Printed 2022
ISBN: 978-3-96976-027-7

www.moon-notes.de

Ich kenne dich
du bist besonders
versteck dich nicht
meine Liebe zu dir
ist grenzenlos

Kapitel 1

Mit zitternden Händen schloss ich das Fotoalbum. Keine Ahnung, warum ich mir die Bilder meines Highschool-Abschlusses immer wieder ansah. Sie waren wie ein Schlag in die Magengrube. Besonders das Gesicht einer bestimmten Person, die ich einfach nicht vergessen konnte, sosehr ich es auch versuchte.

Energischer als nötig warf ich das Album aufs Bett und schüttelte den Kopf, um die schmerzhaften Erinnerungen zu vertreiben. Erinnerungen an ein rotes Abendkleid, einen letzten Tanz und unglückliche Augen.

Weg damit. Es gab jetzt andere Menschen in meinem Leben.

»Siiiimooooon!« Die schrille Stimme meiner kleinen Schwester ließ mich zusammenzucken.

Zum Beispiel sie.

Ich klaubte das Fotoalbum vom Bett und stopfte es in die hinterste Ecke meines Kleiderschranks. Dort, wo noch immer der Anzug vom Abschlussball hing.

Ich holte tief Luft, schloss den Schrank und sperrte die Erinnerungen damit ein. Dann verließ ich mein altes Kinderzimmer.

Auf dem Weg in die Küche traf ich meinen Bruder

Cautschuk. Er warf seine Zimmertür zu und grinste mich an. Seit er uns seinen neuen Künstlernamen verkündet hatte, war auch ich dazu übergangen, ihn so zu nennen.

Er trug sein Haar kurz wie ein Igel. Seine natürliche Haarfarbe war wie bei mir braun, doch diese Woche leuchteten seine Stacheln goldgelb.

Ich dagegen hatte meine langen, glatten Haare einfach zu einem unordentlichen Dutt gebunden und machte mir weniger Gedanken über mein Aussehen. Meist begnügte ich mich mit einfachen T-Shirts und Shorts, während er Kunstwerke an Kleidung trug.

Wir schlugen uns ab, und er musterte mich stirnrunzelnd. »Mal wieder in alten Zeiten herumgestochert?«

Cautschuk sah es mir viel zu leicht an, wenn die Erinnerungen an jenen Abend und alles, was danach gekommen war, auf mir lasteten. Obwohl ich mit meinen vierundzwanzig Jahren drei Jahre jünger war als er, waren unsere Herzen miteinander verknüpft, als wären wir gleichzeitig auf die Welt gekommen.

Ausweichend zog ich den Kopf ein.

»Dieses Haus tut dir nicht gut, Mann.« Er klopfte mir auf die Schulter und schüttelte den Kopf. »Du bist viel zu oft hier.«

Ich verdrehte die Augen. »Sagt der Typ, der immer noch hier wohnt.« Belustigt hob ich eine Augenbraue. »Bei seinem Dad.«

Er schnaubte und winkte ab. »Hast du mal probiert, in Bristol ein Apartment zu finden?«

Nein, denn ich hatte mein Glück in Bath gefunden.

Einer kleinen Stadt etwas weiter im Lande. Nichts könnte mich jemals zurück nach Bristol bringen.

»Du weißt genau, warum ich immer noch herkomme«, zischte ich ein bisschen bissiger als beabsichtigt.

Seine Mundwinkel kräuselten sich. »Weil du meine absolute Schönheit jeden einzelnen Tag vermisst.«

»Weil Lotte mich braucht.«

Cautschuk seufzte.

»Wer kommt denn da?«, rief Dad, als wir um die Ecke bogen.

Lotte saß in ihrem Stuhl und heulte.

»Lotti!«, rief ich. Augenblicklich verstummte das Geschrei, und ein Strahlen breitete sich auf dem Gesicht meiner kleinen Schwester aus.

»Verrat mir dein Geheimnis«, murmelte Dad.

Ich zuckte mit den Schultern, ging zu Lotte hinüber und strich ihr übers Haar. »Was ist denn los?«

Ihre großen Augen suchten meinen Blick. »Ich will keinen Schinken mehr essen.« Sie wedelte mit beiden Händen. »Dafür ist ein Tier gestorben.« Sie blinzelte mehrmals hektisch. »Dad soll den Schinken wegnehmen.«

Ich sah auf ihren Teller, auf dem es ein typisches *English breakfast* gab.

»Und das kannst du ihm nicht selbst sagen?« Ich deutete auf Dad. »Er steht doch genau neben dir und fragt, was los ist.«

»Er versteht nicht.«

Ich seufzte und nahm den Schinken vom Teller. Ich liebte Lotte, aber sie machte mir das Leben nicht gerade leicht.

»Gibt's auch was für uns?« Cautschuk ließ sich auf den Stuhl neben Lotte fallen.

»Da sitzt Simon«, fuhr sie ihn an.

Mein Bruder verdrehte die Augen und rutschte einen Platz weiter. »Es kränkt mich, dass du ihn lieber hast als mich, obwohl ich eindeutig der Coolere bin.« Er zwinkerte ihr zu.

Ich hätte ihn dafür knutschen können, dass er, im Gegensatz zu Dad, einfach ganz normal mit unserer Schwester umging und sie weder wie ein Baby noch wie eine Kranke behandelte.

Lotte grinste. »Nein. Simon ist cooler.«

Ich imitierte ihr Grinsen. »Dem kann ich nur zustimmen.«

Gespielt schockiert sah mein Bruder mich an.

Da Lotte sich nun Cautschuks und meinem Club der Vegetarier angeschlossen hatte, musste Dad den Schinken essen und schwor uns, keinen mehr mit ins Haus zu bringen.

Ich klopfte ihm auf die Schulter.

Er lächelte dankbar.

Wir verbrachten den restlichen Sonntag damit, Spiele zu spielen, Lotte vorzulesen und einfach Zeit als Familie zu verbringen. Obwohl ich diese Tage schätzte und liebte, stieß ich doch erleichtert die Luft aus, als ich mich Stunden später auf einen Sitz in der Bahn fallen ließ.

Es regnete. Wassertropfen trommelten gegen die Scheibe. Die vertraute Landschaft zog vorbei und meine Gedanken ebenfalls.

Wir wussten nicht, ob Lotte jemals ein gewöhnliches Leben führen würde. Im Moment war es vergleichsweise noch einfach, doch was würde passieren, wenn sie im Sommer in die Schule kam?

Ich hatte eine Scheißangst davor, dass die anderen Kinder sie nicht akzeptierten.

Mum würde mir diese Gedanken ausreden und mir sagen, dass Lotte stark genug war und alles gut werden würde.

Ich presste die Lippen aufeinander. Dieser verfluchte Zug. Jedes Mal aufs Neue kam hier alles in mir hoch.

Als wir endlich in die Bath Spa railway station einrollten, seufzte ich erleichtert auf.

Bath war mein Zuhause. Mein Zufluchtsort. Auch wenn ich es hasste, dass ich meinen Freund*innen hin und wieder Lügen auftischen musste, wenn ich nach Bristol fuhr, war ich doch unendlich froh, an einem Ort zu wohnen, der von meiner Familie und alten Erinnerungen weit genug entfernt war.

Ich ließ meine Sorgen im Zug und stieg aus.

Oder ein.

In mein anderes Leben.

Kapitel 2

Auf Socken schlitterte ich zur Wohnungstür und zwang mich durchzuatmen, bevor ich öffnete. Ella raubte mir auch ohne einen Sprint den Atem.

Die beste Freundin meiner Mitbewohnerin trug ein selbst gestricktes Top und dazu hautenge Jeans. Ihre goldenen Federohrringe schwangen hin und her.

»Ella«, begrüßte ich sie gespielt überrascht. Als hätte ich nicht schon durch mein Fenster gesehen, wer unten geklingelt hatte. »Komm rein.« Meine Stimme klang rau. »Du siehst toll aus.«

Sie fasste sich an die Stirn, wie immer, wenn ich ihr ein Kompliment machte.

»Übertreib nicht.«

Ich lehnte mich mit einem Arm in den Türrahmen und grinste sie an. »Ich übertreibe nie.«

Sie wedelte mit der Hand, um mich zu verscheuchen, und ich trat zur Seite, um sie durchzulassen. Ihre langen roten Haare wehten hinter ihr her. Einige ihrer kunstvoll geflochtenen Strähnen waren in Braun- und Grüntönen gefärbt.

»Nicht, wenn es um dich geht«, fügte ich hinzu, während sie ihre Schuhe von den Füßen kickte.

Etwas flackerte in ihrem Blick auf.

Ich schloss die Haustür, wobei ich ihr näher kommen musste als gedacht. Durch die Garderobe war unser Flur nicht besonders geräumig.

Mein Herz setzte aus. Eine Gänsehaut jagte über meinen Rücken. Ich hätte mich ohrfeigen können, weil ich in eine flüchtige Berührung von Schulter zu Schulter so viel hineininterpretierte.

Sie sah mich herausfordernd an, als wäre nichts gewesen.

»Du solltest dir endlich eine*n Partner*in mit Kindern suchen, Simon.« Ihre Lippen kräuselten sich. »Sie würden es lieben, mit deinen Komplimenten überschüttet zu werden.«

Es war kein Geheimnis. All meine Freunde wussten, dass ich eine Familie gründen wollte. Dass es einer meiner größten Träume war, trotz allem, was damals passiert war.

Trotz Mum.

Meine Kehle schnürte sich einen Moment zu, doch ich zwang mich, es bei dem unbeschwerten Ton zu belassen. »Zufällig würde ich dich gerne mit der Rolle der Partnerin besetzen.«

Sie verdrehte die Augen, als hätte ich einen Witz gemacht.

»Danke, aber ich habe kein Interesse an einer heteronormativen Beziehung und dem Klischee von Haus, Garten und Hund.« Sie legte den Kopf schief. »Obwohl ich den Garten vielleicht nehmen würde?« Ihre Stirn kräuselte sich, und es entstand die Falte zwischen ihren Augenbrauen, die ich immer entdeckte, wenn sie nachdachte. »Ja, den Garten würde ich definitiv nehmen.«

Ich lachte. »Eventuell könnte ich auf den Hund verzichten.«

Sie sah mich einen Moment länger als nötig an.

»Dann wäre da immer noch das Haus.«

Warum klang ihre Stimme mit einem Mal so ernst?

»Für dich würde ich auch darauf verzichten.« Ich zwinkerte ihr zu, um die lockere Stimmung von eben zurückzuzaubern, doch ihre Züge blieben angespannt.

»Und deshalb, Simon, könnten wir niemals ein Paar werden, du müsstest zu oft zurückstecken.«

Ich wünschte, sie hätte die Worte im Scherz gesagt, denn dann hätte sich nicht diese Kälte in mir ausgebreitet, die mir riet, meinen Traum von mehr als Freundschaft zu begraben. Mit mir flirtete Ella schließlich genauso gerne wie mit Fremden. Ich wusste nie, ob unsere Neckereien mehr Gewicht hatten oder ob sie so mit mir umging, weil es einfach ihre Art war.

»Seid ihr im Flur festgefroren, oder was?« Pekka steckte den Kopf um die Ecke.

Obwohl ich froh war, dass er unser unangenehmes Gespräch beendete, sah ich meinen besten Freund und Mitbewohner vorwurfsvoll an. »Pekka, Ella wollte mir gerade ihre Liebe gestehen.«

Er tippte sich gegen die Stirn. »Träum weiter, Kumpel.«

Ella musterte mich belustigt, schüttelte den Kopf und folgte Pekka ins Wohnzimmer.

Dort saß June am Tisch und erledigte Hausarbeiten. Sie bewohnte das dritte Zimmer in unserer WG, und mit ihr war unsere Vierergruppe komplett.

Als sie Ella sah, sprang sie auf und umarmte ihre beste Freundin.

»Ich habe Neuigkeiten«, verkündete Ella, als sie sich voneinander lösten. Sie zog einen Stuhl heran, setzte sich rittlings darauf und verschränkte die Arme auf der Lehne. So als würde auch sie hier wohnen.

Kein Wunder, sie verbrachte fast ihre gesamte Freizeit bei uns in der WG. Was vermutlich der Grund dafür war, warum ich sie einfach nicht vergessen konnte.

Ich ließ mich neben Pekka fallen, während Ella tief Luft holte.

»Ich habe jemanden kennengelernt«, platzte sie heraus. Stille. »Und ich wünsche mir, dass ihr ihn auch kennenlernt«, fügte sie etwas leiser hinzu.

Was?

Ich verkrampfte mich.

Jemanden kennengelernt?

Fausthieb. Direkt in den Magen.

Ich schlang die Arme um meinen Bauch, als hätte sie mich tatsächlich dort getroffen. Hatten wir nicht gerade noch über ein Haus mit Hund und Garten gescherzt?

Alle Blicke waren auf mich gerichtet. Pekka verzog das Gesicht, als wollte er sagen: *Tut mir echt leid, Kumpel.*

Ella blinzelte mich vorsichtig an. Das Funkeln in ihren Augen war durch Sorge ersetzt worden.

»Sag etwas, Simon«, flüsterte sie.

Ich hob die Schultern. Was sollte ich dazu sagen? Ich wollte dieses Haus. Am liebsten erfüllt von Kinderlärm.

Alles, was sie zuließ.

Doch jetzt wurde sie schon zur zweiten Person, die mich von sich stieß. Was verdammt noch mal machte ich falsch?

»Simon?« Ellas Stimme war leise und … ängstlich?

Ich schnaubte innerlich. Warum sollte sie Angst vor meiner Reaktion haben?

Weil du ihr vielleicht doch etwas bedeutest?

Ich schluckte. »Du hast gesagt, der Einzige, den du daten würdest, sei Jake.«

Echt jetzt? Das war alles, was mir einfiel?

Reiß dich zusammen, Mann. Wie wäre es mit ›Herzlichen Glückwunsch‹?

Ella seufzte. Jake war Junes großer Bruder, und anscheinend hatte sie das nicht ernst gemeint.

»Ich date Dilan nicht.«

Dilan.

Jetzt gab es also einen Namen.

»Sondern?«, hakte Pekka nach, was auch mich brennend interessierte.

»Wir sind Freunde«, behauptete Ella. Doch weder Pekkas hochgezogene Augenbrauen noch meine Skepsis zeugten davon, dass wir ihr das abnahmen.

»Er will euch supergerne kennenlernen.« Der Reihe nach sah sie uns an. »Gebt ihm eine Chance.« Sie bohrte ihren Blick in meinen. »Bitte.«

June schenkte ihr ein aufmunterndes Lächeln.

Ich schwieg.

So wie sie über ihn redete, mochte sie ihn, und sie konnte nicht von mir verlangen, freundlich zu dem Menschen zu sein, der sie mir wegnahm.

Pekka suchte meinen Blick. Es rührte mich, dass er zuerst auf meine Antwort wartete, bevor er selbst etwas sagte, aber meine Kehle war wie zugeschnürt. Ich brachte kein Wort über die Lippen.

Sie mochte einen anderen Mann.

Ich würde niemals *the one and only* in ihrem Leben werden.

Pekka verschränkte die Arme vor der Brust. »Sorry, aber ich stehe da auf Simons Seite.«

»Es gibt hier keine Seiten«, fauchte Ella, und ich nickte, denn unsere Gruppe zu spalten war das Letzte, was ich wollte.

Pekka zuckte nur mit den Schultern.

Ella sah mich bittend an. »Es wird sich doch nichts zwischen uns ändern, Simon.« Sie fuhr sich durch die langen Haare. »Absolut nichts.«

Genau das war, was so sehr schmerzte. Dass ich für immer der Mitbewohner ihrer besten Freundin bleiben würde.

Ein guter Freund. Nicht mehr.

Ich zwang die Tränen hinter meinen Augen zurück.

June räusperte sich. »Lasst uns Dilan doch erst mal kennenlernen.« Unsicher sah sie erst mich, dann Pekka an. »Bestimmt ist er total nett.« Sie lächelte. »Ich bin sicher, alles wird gut.«

Ich fuhr mir mit beiden Händen übers Gesicht. Die Harmonie zwischen uns vieren war mir wichtig, und gerade verhielt ich mich wie ein Arschloch.

»Okay.« Ich seufzte. Was blieb mir anderes übrig, wenn ich Ella nicht auch noch als Freundin verlieren wollte?

Sie tauschte einen Blick mit June. Es sagte mehr als tausend Worte. Die beiden kannten sich seit ihrer Kindheit und verstanden einander, auch ohne die Dinge laut auszusprechen.

»Das ist unfair«, beschwerte Pekka sich prompt. »Sim und ich können keine Telepathie.«

Ich verdrehte die Augen. »Ich will gar nicht wissen, was sie sagen.«

June und Ella stöhnten auf.

Ella blieb noch zwei Stunden, doch ich konnte mich weder auf sie noch auf unser Gespräch konzentrieren. Meine Gedanken kreisten um den fremden Mann. Wie nahe standen sie sich? Bekam er all die Momente, die ich mir seit Jahren wünschte? Durfte er Ella kennenlernen, tief und ehrlich?

Die Vorstellung schnürte mir die Kehle zu.

Ella schob ihren Stuhl zurück und erhob sich. »Ich muss noch was für die Uni machen. Können ja nicht alle solche Genies wie Pekka sein.« Sie zwinkerte ihm zu.

Mein bester Freund schrieb Bestnoten, obwohl er offen zugab, nie mitzuschreiben, geschweige denn zu lernen. Er verbrachte seine Freizeit eher mit anderen Dingen.

»Ich fahr dich.« Ich stand auf und verschwand im Flur, bevor sie mir widersprechen konnte.

Dort trat ich in meine Chucks und zog meine Jacke über. Als ich mich umdrehte, stand sie vor mir, die Hände in die Hüften gestemmt.

»Erstens«, sie funkelte mich gespielt verärgert an, »ist das Letzte, was ich brauche, ein Mann, der mich nach Hause fährt.« Sie schnaubte. »Und zweitens habe ich echt keine Lust, dir schon wieder zu erklären, wie viel CO_2 ein Auto deiner Größe ausstößt.«

Ein zaghaftes Lächeln breitete sich auf meinem Gesicht aus. Konnte doch alles sein wie zuvor? Konnten wir noch immer miteinander blödeln, als wäre nichts passiert?

»Dann bring ich dich zu Fuß«, sagte ich und öffnete die Haustür.

»Das ist absolut nicht nötig.«

Ich verzog das Gesicht. »Aber ich bin egoistisch und möchte gerne noch ein bisschen mehr Zeit mit dir verbringen.«

Hör auf, Simon. Sie liebt einen anderen.

Ella verdrehte die Augen. »Okay, aber nur, weil ich eh noch mit dir reden will.«

Sie schlüpfte in ihre Schuhe und rief June und Pekka eine Verabschiedung durch den Flur zu.

Wir traten auf die Straße. Die Sonne ging gerade unter und tauchte die Stadt in gelbes Licht.

Ella sah mich an. »Dilan ist bisher wirklich nur ein Freund.«

Bisher.

Ich schaffte es nicht, ihren Blick zu erwidern.

»Wir haben uns einfach kennengelernt, und ich mag ihn.«

Ich räusperte mich. »Wie sehr …« Ich schluckte. »Wie sehr magst du ihn?«

Ella hob die Schultern. »Ich weiß es noch nicht.« Wir schlugen den Weg zum Park ein. »Er ist mir wichtig.« Offen sah sie mich an. »So, wie ihr mir wichtig seid, und vielleicht kann daraus ja noch mehr entstehen.«

Ich presste die Lippen aufeinander.

Schweigend durchquerten wir den Park und kamen in ihr Viertel.

»Ich will dich nicht verletzen, Simon.«

Vor ihrer Haustür blieben wir stehen. Sie trat vor, als wollte sie mich in den Arm nehmen, doch ich wich zurück, und sie hielt inne.

»Ich hab dich gern, und daran wird sich nichts ändern«, sagte sie leise.

Gern.

Wie einen Freund? Ich schluckte meine Übelkeit hinunter. Konnte ich die Antwort darauf heute überhaupt noch ertragen?

Ich trat noch einen Schritt zurück.

»Träum schön, Ellie.«

Dann drehte ich mich um. Wie ein Trottel, dem nicht klar war, dass er sie so verlieren würde, ging ich die Straße hinunter. Aber wenn ich blieb, würde ich vielleicht anfangen zu heulen.

Sie war die Erste, für die ich nach meinem Abschlussball wieder romantische Gefühle entwickelt hatte. Es traf mich viel zu hart, dass ich meine Chance bei ihr nun vertan hatte.

Die Sonne war untergegangen, und es hatte sich zugezogen, als ich wieder in unsere Straße einbog. Erst fielen nur leise Tropfen, dann fing es an zu schütten.

Ich streckte das Gesicht zum Himmel und ließ die Tränen doch einfach laufen. Die kalten Wassertropfen vermischten sich mit den heißen Spuren auf meinen Wangen.

Würde ich je gut genug sein für die Frau, die ich liebte?

Ich schloss die Augen und blieb einen Moment auf der leeren Straße stehen, bevor ich ins Haus ging. Die WG war bereits dunkel, und auch ich verkroch mich direkt in meinem Zimmer. Ich hatte mein Handy hiergelassen, und als ich jetzt einen Blick darauf warf, lächelte mir eine Nachricht entgegen.

Ella: Na, nass geworden?

Ich konnte nicht anders. Ich antwortete ihr.

Ich: Hast du mir nachgeschaut, Ellie?

Ihre Antwort kam sofort. Als hätte sie auf meine Nachricht gewartet.

Ella: Bitte, als würde ich so etwas Kitschiges machen.

Ich verkniff mir ein Grinsen.

Ich: Das ist der einzig vernünftige Grund, weshalb du noch draußen bist und weißt, dass es regnet.

Ich konnte vor mir sehen, wie sie mit den Augen rollte.

Ella: Manche Menschen haben Fenster.

Nun grinste ich doch.

Ich: Ich weiß, dass du mir nachgeschaut hast.

Mit dem Handy in der Hand ließ ich mich aufs Bett fallen.

Ella: Du hast keine Beweise, Simon.

Mittlerweile reichte mein Grinsen bis zu meinen Ohren.

Ich: Ellie, du und ich wissen, dass ich die Wahrheit sage.

Sie brauchte einen Moment. Mir wurde angezeigt, dass sie tippte, löschte und wieder tippte.

Ella: Träum schön, Simon.

Seufzend legte ich mein Handy zur Seite. Konnte ich mir vielleicht doch noch Hoffnungen bei Ella machen, oder hatte Dilans Auftauchen wirklich jede Chance zunichtegemacht?

Es würde nichts verändern, hatte Ella gesagt.

Und doch veränderte es alles.

Kapitel 3

Ich richtete den Hemdkragen und sah in den Spiegel.

Zieh bloß nicht eins deiner zerlöcherten T-Shirts an, hallten Ellas Worte in meinem Kopf wider.

Ich hatte seit dem Abschlussball kein Hemd mehr getragen. Es passte nicht zu mir.

Ich warf meinem Spiegelbild einen genervten Blick zu. Musste ich wirklich so einen Aufstand machen, nur weil Ella uns heute ihren neuen *bisher* nicht festen Freund vorstellte?

Ein gemütliches Abendessen in der WG.

Gemütlich. Ich konnte mir nicht annähernd vorstellen, dass der Abend sich mit diesem Wort beschreiben lassen würde.

Pekka riss ohne anzuklopfen meine Zimmertür auf. »Alter, ich könnte in dieser Sekunde ein Date haben.«

Langsam drehte ich mich zu meinem besten Freund um.

Ich sparte es mir, zu fragen, mit wem, denn seine Dates wechselten jede Woche, und so viele Namen konnte ich mir beim besten Willen nicht merken.

Stattdessen rollte ich mit den Augen. »Sicher wird die Person auch morgen Zeit für dich haben.«

Pekka schnaubte. »Tristan Lane hat nicht immer Zeit.« Trotzig verschränkte er die Arme vor der Brust.

»Ich habe auch keine Lust auf diesen Abend«, kommentierte ich trocken.

Pekka musterte mich. Erst jetzt fiel ihm meine Kleidung auf, und er runzelte die Stirn. »Was hast du denn da an?«

Ich sah an mir hinunter, als wüsste ich nicht ganz genau, was ich trug.

»Zieh das wieder aus.«

»Aber es ist ihr verdammter Freund!«

Bisher *noch nicht*.

»Genau.« Pekka verdrehte die Augen. »Und dem willst du nicht gleich zeigen, wie sehr du Ella verfallen bist.«

Manchmal hasste ich ihn wirklich. Trotzdem zog ich das Hemd über den Kopf, warf es in die Ecke und nahm stattdessen ein schlichtes T-Shirt.

Pekka nickte zufrieden, während es im selben Moment an der Wohnungstür klingelte.

Mein gesamter Körper verspannte sich.

Junes Schritte hallten durch den Flur.

»Ich kann das nicht«, murmelte ich.

Ich konnte nicht dem Mann gegenübertreten, der Ella nachts in den Armen hielt, sie küsste oder, noch schlimmer, Sex mit ihr hatte.

Aber sie sind ja nicht zusammen.

Vielleicht taten sie das alles gar nicht.

Mitgefühl zeigte sich auf Pekkas Gesicht. Er legte mir eine Hand auf die Schulter. »Wenn du nicht kommst, kränkt es sie.«

Und wenn ich ging, tat es mir weh.

Scheiße.

Ich seufzte. »Okay, lass es uns hinter uns bringen.«

Pekkas Grinsen kam zurück. »Ja, bitte, vielleicht kann ich dann später noch zu Tristan.«

Ich stöhnte auf.

»Wir sind schon im Wohnzimmer«, rief Ella, als wir in den Flur gingen.

Ich straffte die Schultern und bemühte mich um einen neutralen Gesichtsausdruck. Doch sobald wir in den Raum traten, konnte ich den Blick nicht mehr vom Boden lösen.

Pekka zog mich mit sich und stieß mit dem Ellenbogen in meine Seite. Ich hatte wohl keine andere Wahl, also zwang ich mich aufzusehen, Ella zuzulächeln und den Blick auf den Typen neben ihr zu richten.

Hitze sammelte sich in meinem Gesicht. Der Raum löste sich auf, und ich konnte nur noch den Mann anstarren, der da in meinem Wohnzimmer stand.

Unsere Blicke trafen sich. Wir schnappten im selben Moment nach Luft.

Ein Ausdruck, den ich nicht deuten konnte, huschte über sein Gesicht. Seine Augen kamen mir seltsam vertraut vor, obwohl ich diesen Mann noch nie gesehen hatte.

Hier stimmte etwas nicht. Ganz und gar nicht.

»Dilan, Simon, Simon, Dilan«, stellte Ella uns vor und machte die entsprechenden Handbewegungen dazu.

Dilan.

Er trug ein buntes Hemd zu hautengen Jeans. Seine kurzen rotbraunen Haare waren gestylt, und ein einzelner goldener Ohrring glänzte im Tageslicht. In seinen Augen spiegelte sich die gleiche Unsicherheit, die auch ich verspürte.

»Freut mich, dich kennenzulernen.« Pekka klopfte Dilan auf die Schulter. »Ich bin Pekka.«

»Mich auch.« June gab ihm die Hand und stellte sich ebenfalls vor.

Ich konnte ihn nur schweigend anstarren, während er Junes Hand ergriff.

»Mich freut es auch, euch kennenzulernen.«

Seine Stimme.

Seltsam vertraut und doch so fremd.

Heilige Scheiße, woher kamen diese Gedanken?

»Kochen wir alle zusammen, oder gehen wir ins *Rico*?« Fragend sah Ella in die Runde.

Das *Rico* war ein veganes Restaurant in unserer Straße, in dem ich bereits einige Male mit Ella gewesen war. Zum Mittagessen. Zu *keinem* Date, wie sie jedes Mal betont hatte.

»Wie wäre es mit Pizza?«, schlug Pekka grinsend vor.

June und ich stöhnten auf. Pizza gab es in der WG mindestens zweimal die Woche. Pekka konnte sich einfach nicht dazu aufraffen, sich von mir das Kochen beibringen zu lassen.

»War nur ein Scherz«, schob er lachend hinterher.

Ich meldete mich fürs *Rico*. Nach dieser Begegnung mit Dilan würde ich mich auf kein Gericht der Welt konzentrieren können, auch wenn ich normalerweise fürs Kochen brannte.

June und Pekka waren ebenfalls dafür.

Dilan zuckte nur die Schultern. Anscheinend kannte er den Laden noch nicht.

Ich konnte nicht verhindern, dass mein Blick auf dem Weg zum Restaurant immer wieder zu ihm glitt. Jedes Mal sah er mich bereits an. Zurückhaltend. Als hätte er Angst, ich könnte ihn jeden Moment ansprechen.

Warum nur kam er mir so vertraut vor?

Waren wir uns schon mal irgendwo begegnet? Oder hatte Ella ihm erzählt, dass ich sie auch mochte, und er sah mich deshalb so an?

Nachdem wir uns einen runden Tisch auf der offenen Terrasse des Lokals gesucht hatten, wandte Pekka sich dem Neuen in unserer Runde zu. »Was treibst du so in deinem Leben, Dilan?«

Ich versteckte das Gesicht hinter meiner Karte.

»Ella hat ein Riesengeheimnis daraus gemacht«, fügte June leise hinzu.

Ich schielte über den Rand der Karte. Keine Ahnung, warum mich seine Antwort auf einmal auch interessierte.

Dilan lächelte. »Ich bin im letzten Jahr meiner pädagogischen Ausbildung.«

Wow.

Ich schluckte. Und ich machte nur eine langweilige Ausbildung zum Koch. Wie sollte ich da mithalten?

Er schenkte Ella ein Lächeln. »Außerdem leite ich einen Kurs an Ellas Uni.«

Das wurde ja immer besser.

Ella studierte an der University of Bath statt wie June

und Pekka an der Spa. Oft bekam ich deshalb nur wenig von ihrem Unialltag mit.

»Aber kennengelernt haben wir uns auf einer Fridays-for-Future-Demo.« Ella lächelte. »Ich organisiere sie ja oft, und Dilan engagiert sich auch viel.«

Er stand also auch noch für die gleichen Dinge ein wie sie. Wie hatte ich nur jemals glauben können, eine Chance bei ihr zu haben?

»Bei der letzten Demo hat Dilan die Musik gemacht.«

Kam er mir deshalb so bekannt vor? Hatte ich ihn dort schon einmal gesehen? Schließlich animierte Ella uns regelmäßig, mit zu Klimademos zu kommen.

Die Kellnerin trat an den Tisch und nahm unsere Bestellungen auf. Da ich kein einziges Wort der Karte gelesen hatte, tippte ich einfach auf irgendwas. Fleisch gab es nicht, also konnte ich nicht viel falsch machen.

Ich erwischte Dilan erneut dabei, wie er mich anstarrte, als ich der Kellnerin die Karte reichte. Ich erwiderte seinen Blick, und viel zu lange sah keiner von uns weg.

Meine Welt blieb stehen. In diesem Moment schien es mir, als könnte ich durch seine Augen tief in sein Inneres eintauchen.

Grüne endlose Weite.

Erst Ellas Schnauben katapultierte mich zurück in die Realität.

Ruckartig hob Dilan den Kopf. Langsam tat ich das Gleiche.

»Könnt ihr dieses Balzen bitte lassen«, zischte Ella verärgert.

»Wir balzen nicht«, antwortete Dilan mit einem kurzen Blick auf mich.

Nein. Keine Ahnung, was das eben gewesen war, aber es war dabei nicht um sie gegangen.

Ella musterte uns prüfend.

Dilan verschränkte die Hände auf dem Tisch und verwickelte sie in ein Gespräch über die nächste Demo. Sofort begannen ihre Augen wieder zu leuchten.

Er lenkte ab.

Warum lenkte er ab?

Kribbelte es etwa auch unter seiner Haut, wenn unsere Blicke sich trafen?

Ich hatte ein Pilzragout mit veganer Sahnesoße bestellt.

»Typisch der Koch.« Ella verdrehte die Augen.

Auf den Tellern der anderen gab es Burger und Salate. Mist, darauf hätte ich auch viel mehr Lust gehabt.

»Du bist Koch?« Ein bisschen zu schnell sah Dilan von seinem Teller auf.

»Ich bin noch in der Ausbildung«, erwiderte ich zögernd. Warum interessierte ihn das?

»Ja.« Ella grinste. »Aber ein paarmal die Woche arbeitet er im *Bath Priory* in der Küche.«

Dilan riss die Augen auf, und ich trat Ella unter dem Tisch gegens Schienbein.

Das *Bath Priory* war das luxuriöseste Hotel der Stadt und dieser Job ein echter Glückstreffer. Nichts, womit ich gerne angab. Ich hatte ihn über meinen Ausbilder bekommen, denn wie in jedem anderen Metier brauchte man auch in der Kochbranche Vitamin B. Ohne den Kontakt wäre es mir unmöglich gewesen, auch nur einen Blick in diese Küche zu werfen.

»Wow.« Dilan starrte mich an. »Herzlichen Glückwunsch.«

Ich lächelte.

»Wir laden dich mal ein, wenn Simon kocht«, funkte Pekka dazwischen. »Dann kannst du den Genuss dieser Welt in einem einzigen Gericht erleben.«

Dilan sah mich weiterhin unverwandt an. »Davon bin ich überzeugt.«

Ich rutschte auf meinem Stuhl herum. Wieso hatte ich das Gefühl, dieser Mann konnte in mich hineinschauen? So wie ich vorhin in ihn?

Ich schüttelte den Kopf. Das war doch verrückt.

In diesem Moment brachte die Kellnerin die letzten Gerichte und wünschte uns einen guten Appetit.

Ich warf einen Blick auf mein Pilzragout. Dilan sah ebenfalls auf meinen Teller.

Ich zögerte, doch dann gab ich mir einen Ruck. »Willst du probieren?«, fragte ich scherzhaft und nur Ella zuliebe. Ich wollte wenigstens versuchen, mit Dilan klarzukommen.

Er betrachtete mich einen langen Moment, dann seufzte er und schob mir seinen Burger hin.

»Tauschen?«

Mein Herz setzte einen Schlag aus. Hatte er etwa mitbekommen, dass ich einfach irgendwas bestellt hatte?

Ich schielte auf sein Essen. So verlockend der Burger auch aussah, ich wollte ihm definitiv nichts wegnehmen.

Doch alle am Tisch beobachteten uns, ich *konnte* sein Angebot nicht ablehnen.

»Hälfte, Hälfte?«, schlug ich vor und zwang mich zu einem Lächeln, um meine Nervosität zu überspielen.

Dilan nickte.

Ella starrte uns an, als wären wir nicht mehr zu retten.

Dilan schnitt den Burger bereits in der Mitte durch und wuchtete eine Hälfte auf meinen Teller.

War es nicht eigentlich seltsam, was wir hier taten? Wir kannten uns doch gar nicht.

Jetzt war es nur wirklich zu spät für einen Rückzieher, und ich gab Dilan ebenfalls die Hälfte meines Essens.

Das Pilzragout war köstlich, fast so gut wie mein eigenes. Aber der Burger war noch ein kleines bisschen besser.

Während des restlichen Abends lachten wir zwar viel, und Pekka riss jede Menge Witze, doch selbst er schaffte es nicht, die angespannte Stimmung ganz zu vertreiben.

»Bitte sagt mir, dass ihr ihn mögt!« Ella stapelte das leere Geschirr, als Dilan nach dem Essen kurz auf die Toilette verschwand.

»Er hat mir seinen halben Burger überlassen.« Ich zwinkerte ihr zu. »Dafür, dass er dich unerreichbar macht, ist er schwer in Ordnung.«

Sie verdrehte die Augen. Pekka grinste.

June zuckte mit den Schultern. »Ich glaube, wir kennen ihn noch nicht gut genug, um zu urteilen.«

Ella seufzte. »Ich wünsche mir einfach so sehr, dass er zu uns passt.«

»Das wird er bestimmt.« June legte eine Hand auf ihren Arm.

Ich fühlte mich wie der mieseste Mensch auf Erden, weil ich mir das Gegenteil wünschte und trotzdem das Bedürfnis hatte, Dilan besser kennenzulernen.

Das war doch seltsam.

Das Gespräch wechselte zur bevorstehenden Woche und an welchen Tagen wir uns zu viert sehen würden, bis Dilan zurückkam und uns unterbrach.

Sein Blick lag abermals auf mir, als er an den Tisch trat. Nicht auf Ella.

Warum sah er nur mich an?

Ein mulmiges Gefühl breitete sich in meinem Magen aus. Ich durfte das zwischen ihnen nicht versauen. Ella war mir wichtig.

Ruckartig erhob ich mich. »Ich habe noch einen Termin.« Ich lächelte entschuldigend. »Ganz vergessen.«

Pekka und June zogen gleichzeitig die Augenbrauen hoch. Meine Termine standen im Kalender am Küchenschrank, und außer meinen Arbeitszeiten mit den vermeintlichen Nachtschichten, für die Tage, an denen ich nach Bristol fuhr, war dort nicht viel eingetragen.

Ich ignorierte ihre Reaktionen, bat Pekka, für mich zu zahlen, und verließ den Laden. Draußen angekommen, stützte ich meine Hände auf die Knie und beugte mich nach vorne. Sobald frische Luft in meine Lungen strömte, konnte ich endlich wieder freier atmen.

Was war da gerade passiert? Hätte ich keinen besseren Abgang hinlegen können?

»Hey, was soll das?«

Ich fuhr herum und starrte in grüne Augen. Zum ersten Mal fielen mir die goldenen Sprenkel darin auf, sie erinnerten mich an Blüten auf einer Sommerwiese.

Dilan verschränkte die Arme vor der Brust. »Warum läufst du weg?«

Die Frage war eher, wie konnten die anderen es dort drin aushalten?

Ich seufzte. »Ich weiß es nicht … Du machst mich nervös und …« Hektisch gestikulierte ich mit den Händen, weil mir gerade bewusst wurde, was ich da sagte.

Er löste seine verschränkten Arme und trat einen Schritt näher. »Und?«, fragte er leise.

Seine Nähe nahm mir einen Moment den Atem.

»Und Ella ist schon die zweite Person, die ich verliere.«

Zu ehrlich. Viel zu ehrlich.

Dilan zuckte zusammen.

Ich biss mir auf die Lippe und sah weg. »Ich habe seit der Highschool keinen Menschen mehr so sehr gemocht wie Ella.«

Aus den Augenwinkeln konnte ich sehen, wie Dilan schluckte. »Du stehst auf Ella?«

Seufzend fuhr ich mir durch die Haare und zerstörte dabei meinen Dutt.

»Sie bedeutet mir viel, ja.«

Er verzog das Gesicht. »Es tut mir so leid.« Ein Glänzen trat in seine Augen, als müsste er Tränen zurückhalten.

Verdammt, was?

Durch seine dichten Wimpern sah er zu mir auf. Erst

jetzt bemerkte ich, dass er einen halben Kopf kleiner war als ich.

»Ich will mich nicht in eure Vierergruppe drängen.«

Die Wucht, mit der seine Emotionen mich trafen, ließ mich einen Schritt zurücktreten.

»Und ich möchte keinen Konkurrenzkampf.« Flehend bohrte sich sein Blick in meinen. »Bitte, Simon.« Mein Name aus seinem Mund. Als wäre das selbstverständlich.

Ich schwieg, sagte ihm nicht, dass es darauf hinauslaufen würde, wenn er mehr von Ella wollte.

»Ich möchte Ella nicht verletzen.« Ernst sah er mich an. »Genauso wenig wie ich jemand anderen mit meiner Beziehung zu ihr verletzen will.«

Das war leider längst passiert.

Kapitel 4

Lotte hielt mir einen roten Filzstift unter die Nase.

»Bunt.« Stolz zeigte sie auf die Striche und Kreise, die neben dem Papier auf dem Boden entstanden waren.

Obwohl ich innerlich aufstöhnte, musste ich lächeln.

»Schön«, sagte ich und nahm ihr den Stift aus der Hand, um selbst Linien und Kreise dazuzumalen.

Begeistert klatschte sie in die Hände. »Mehr, mehr!«

»Wer wird das nur wieder sauber machen?« Cautschuk warf seinen Schlüssel auf die Anrichte und setzte sich zu uns auf den Boden.

»Das ist deine Aufgabe, ich wohne nicht hier.« Ich reichte ihm eine Hand.

»Wie war die Arbeit?«

Mit einem wehmütigen Lächeln schlug er ein. »Großartig.«

Ich lächelte. »Das freut mich zu hören.«

Cautschuk war Tätowierer, und wäre Mum noch hier gewesen, um ihn zu unterstützen, hätte er längst ein eigenes Studio gehabt. So tingelte er im Moment nur von Tür zu Tür.

»Was malt ihr da?«, fragte er Lotte, die sofort näher an mich heranrutschte, als würde ihr größerer Bruder ihr Angst einjagen.

Cautschuk seufzte. »Süße, Simon fährt gleich zurück nach Bath, dann musst du wieder mit mir vorliebnehmen.«

Lotte zog einen Schmollmund. »Simon geht nicht.«

Ich strich ihr übers Haar. »Doch, ich muss morgen arbeiten.«

So leid es mir auch tat, sie alleine zu lassen, so froh war ich gleichzeitig, diesen vier Wänden zu entkommen.

»Cautschuk kann viel besser malen als ich.«

Unser Bruder war der talentierteste Mensch, den ich kannte.

»Aber du malst wie ich.« Lotte lächelte mich so warm an, dass ich nicht anders konnte, als sie auf meinen Schoß zu ziehen und ihr einen Kuss auf die Stirn zu geben.

Cautschuk lachte laut. »Dieses Mädchen ist dir verfallen, Sim.«

Ich verdrehte die Augen. »Na, immerhin eins.«

Sein Lachen verklang.

Ich hatte ihm heute Morgen von Ella und Dilan erzählt und sogar von der komischen Anziehung, die Dilan auf mich ausübte.

»Ella hat doch selbst gesagt, es wird sich nichts zwischen euch ändern.«

Ich seufzte. Ein anderer Mann änderte sehr wohl sehr viel. Auch wenn Cautschuk das nicht verstand, weil er manchmal selbst in zwei Männer auf einmal verliebt war.

Seine tätowierte Hand legte sich auf meine Schulter. »Ich bin sicher, sie mag dich.«

Ich verdrehte die Augen. »Ich bin zufällig vom Gegenteil überzeugt.«

»Das Leben steckt voller Überraschungen, Sim.«

Ich schüttelte seine Hand ab und verbarg mein Lächeln. »Blödmann.«

Er lachte. »Na, na, keine Flüche in Lottes Gegenwart.«

Ich schnaubte und reichte Lotte einen neuen Filzstift, damit sie ihr Kunstwerk beenden konnte. Sie hatte bereits alle Schimpfwörter dieser Welt gelernt. Dagegen war dieses nun wirklich harmlos.

Ich hob sie von meinem Schoß und setzte sie neben Cautschuk. »Ich mache jetzt mal Mittagessen und fahre dann los.«

Er grinste mich an, denn wir wussten beide, dass Lotte spätestens in vier Minuten bei mir in der Küche sein würde.

Sie brauchte drei, bis sie mit farbverschmierten Fingern neben mir stand und mich fragte, ob sie helfen könne. Sie konnte. Ich brauchte eine Person, die die Suppe umrührte, und stellte ihr dafür einen Hocker vor den Herd. Sie kletterte darauf.

Cautschuk breitete derweil seinen Zeichenkram auf dem Küchentisch aus. Das kleine Radio spielte *We Are Family* von Sister Sledge und lieferte einen so passenden Soundtrack, dass ich lächeln musste.

Gemütlich.

Wenn wir so beisammensaßen, vergaß ich manchmal, wie schwer es eine Zeit lang gewesen war. Wir waren tatsächlich wieder eine Familie geworden.

Während des Kochens fragte ich Lotte über den Kindergarten aus und versuchte so, herauszufinden, ob sie sich schon auf die Schule freute, auf die sie ab dem Sommer gehen sollte. Sie gab nur knappe Antworten, wollte stattdessen alles über die Zutaten wissen und erklärte mir, dass Cautschuk und Dad einfach nicht kochen konnten und sie es deshalb lernen wollte.

Ich grinste, während unser Bruder empört nach Luft schnappte.

»Ich kann sehr gut kochen, Lotti.« Er warf mir einen Blick zu. »Simon ist einfach kein Maßstab.«

Mein Grinsen wurde noch breiter. Das Kochen war meine größte Leidenschaft, und ich liebte es, wenn sie mich damit neckten.

Es machte meinen Traum, eines Tages von diesem Handwerk leben zu können, realer. Genauso wie mein Job im *Priory*, der schon mehr war, als ich mir jemals erträumt hatte.

Ich warf eine Prise Oregano in den Topf und ließ Lotte rühren.

»Fertig«, verkündete sie eine Minute später. Ihr Strahlen reichte von einem Ohr zum anderen.

»Juhu!« Cautschuk stand vom Tisch auf, holte Teller und Besteck, und ich trug den Topf zum Tisch.

Mein Bruder hatte seine Zeichnungen liegen lassen, und ich bestaunte die kompliziert aussehenden Kringel, Striche und Linien. Er war so verdammt talentiert, dass ich einen kurzen Moment auch über ein Tattoo nachdachte.

Einen wirklich kurzen.

Die Vorstellung, mich unter eine Nadel zu legen und freiwillig diese Schmerzen auszuhalten, schreckte mich noch mehr ab als die Angst, dass das Gestochene mir irgendwann nicht mehr gefallen könnte.

Ganz im Gegensatz zu Ella, die seit Jahren ein Tattoo wollte und sich sogar schon Motive überlegt hatte.

Ich seufzte. Würde ich meine Familie nicht komplett von meinen Freunden in Bath trennen, hätte ich ihr den besten Tätowierer des Landes empfehlen können.

»Wie findest du dieses?« Cautschuk hielt mir die Zeichnung eines im Wind schaukelnden Baumes entgegen.

Kein außergewöhnliches Motiv, doch durch seinen Stick-and-poke-Stil wunderschön.

»Es ist für Karon.«

Ich sparte es mir, zu fragen, wer Karon war, denn das Funkeln in seinen Augen sprach Bände. »Es wird ihm gefallen.« Ich zwinkerte meinem Bruder zu, und er lächelte, schob die Zeichnungen zusammen und trug sie vom Tisch weg.

Lotte hatte ihren Kuschelhasen geholt und setzte ihn auf Dads Platz. »Damit der Stuhl nicht leer bleibt.« Sie strahlte mich an.

Ich strich ihr übers Haar und küsste ihren Scheitel, versuchte, nicht auf den anderen leeren Platz zu starren, der einmal unserer Mutter gehört hatte.

Lotte reichte mir ihren Teller, und ich schöpfte ihr zwei Kellen auf. Als wir uns gerade satt und zufrieden in unseren Stühlen zurücklehnten, ging die Haustür auf, und Dad erschien im Türrahmen.

»Wie geht's meinen Kindern?« Er drehte eine Runde um den Tisch, zerstörte mir und Cautschuk die Frisuren, indem er uns durch die Haare wuschelte, und drückte Lottes Schulter.

Sie verzog das Gesicht.

Ich schenkte ihr einen beruhigenden Blick. Er war ihr Dad, verdammt. Ein Dad, der lange Zeit nicht für sie da gewesen war, aber ihr Dad. Und er war wieder hier, das war alles, was zählte. Zumindest in meiner Welt.

Ich wünschte mir so sehr, dass auch Lotte es irgendwann schaffen würde, ihm zu vertrauen.

»Was meint ihr, noch ein Spiel, bevor Simon gehen muss?« Fragend sah Cautschuk in die Runde, während Dad meine Suppe lobte.

Lotte quietschte auf und nickte heftig. Bittend sah sie mich an.

Ich seufzte ergeben. »*Ein* Spiel.«

Mein Handy klingelte. Stirnrunzelnd kramte ich es aus der Hosentasche und warf einen Blick auf das Display.

Mein Herz begann, schneller zu schlagen.

»Sorry«, murmelte ich, stand auf und nahm das Gespräch mit Ella entgegen. »Hi, schönste Person der Welt.«

»Simon.« Erleichtert stieß sie den Atem aus.

»Was? Hast du nicht damit gerechnet, dass ich rangehe?«, fragte ich neckend.

»Nein«, erwiderte sie und holte zitternd Luft. Waren das etwa Tränen in ihrer Stimme?

»Ellie«, flüsterte ich. »Weinst du?«

Sie schwieg so lange, dass ich nach meinem Rucksack griff, den ich achtlos in der Küchentür liegen gelassen hatte.

»Wo bist du?«

Ich stopfte Jacke, Lernunterlagen und das Buch, das ich gerade las, hinein, das Handy zwischen Schulter und Ohr geklemmt.

»Vor eurer Tür, ich wollte zu June, aber weder sie noch Pekka sind zu Hause.«

Ja, da waren Tränen in ihrer Stimme.

»Ich bin in einer halben Stunde da, kannst du so lange warten?«

Wenn ich mich beeilte, würde ich sogar noch den Zug um zwanzig nach erwischen.

»Du musst nicht –«

Ich unterbrach sie. »June arbeitet noch mindestens bis fünf, und Pekka ist heute nicht vor sechs zu Hause.« Ich schulterte meinen Rucksack. »Bleib, wo du bist.«

Ich legte auf und warf meiner Familie einen entschuldigenden Blick zu. »Schafft ihr das Spiel auch ohne mich?«

Lotte schüttelte protestierend den Kopf, doch ich gab ihr nur einen schnellen Kuss und wich Cautschuks prüfendem Blick aus.

Dad verabschiedete mich per Handschlag.

Die gesamte Rückfahrt konnte ich nicht still sitzen. Nicht mal meine Lieblingsmusik von Imagine Dragons vertrieb meine Sorgen und auch nicht die Landschaft, die an mir vorbeizog.

Ich hatte das Gefühl, es wären statt einer halben sechs Stunden vergangen, als ich endlich die Treppenstufen zu unserer WG nach oben hechtete. Ella saß mit dem Rücken an unsere Tür gelehnt, das Gesicht in den Händen vergraben. Sie hob den Kopf, als sie meine Schritte hörte, und sah mir aus tränenverschmierten Augen entgegen.

Tonlos flüsterte ich ihren Namen.

Sie stand auf. Ich ließ meinen Rucksack fallen und

schloss sie in meine Arme, drückte sie so fest ich konnte. Sie krallte ihre Finger in mein Shirt.

Ich schob eine Hand in ihr Haar und presste sie an mich. »Ich bin hier.«

Ella nickte an meiner Brust.

»Komm, ich mach uns Tee«, sagte ich, führte sie erst in die Wohnung und dann in die Küche.

Ihr Körper bebte auch noch, als ich Wasser aufsetzte und sie sich erschöpft am Tisch niederließ.

Ich goss den Tee auf, stellte den Topf zurück auf den Herd und ging vor ihr in die Hocke.

»Hey.« Ich nahm ihr Gesicht in beide Hände, sodass sie mich ansehen musste.

Ihre Stirn legte sich in tiefe Falten, und sie verzog die Lippen.

Kaum merklich schüttelte ich den Kopf. »Es muss dir nicht peinlich sein, zu weinen.« Eindringlich sah ich sie an. »Nicht bei mir.«

Sie sah weg.

Wenn sie gewusst hätte, wie oft ich in meinem Leben schon geheult hatte.

Wegen jenem Abschlussball.

Wegen Lotte.

Wegen Mum.

Wegen all dem Scheiß.

Trotzdem zog ich mich zurück, gab ihr mehr Freiraum. Ich stellte die Teekanne und zwei Tassen auf den Tisch und setzte mich neben sie.

»Erzählst du mir, was passiert ist?«

Sie presste die Lippen aufeinander.

»Oder wir trinken Tee und warten auf June?«

Ich zog die Kanne heran und schenkte uns ein.

Ihr Blick fand meinen. Unendliche Wärme breitete sich darin aus. Sie öffnete den Mund, als wollte sie etwas sagen, seufzte dann aber nur. »Was soll's«, murmelte sie. »Ich habe Dilan geküsst.«

Ich riss die Augen auf. Die Tasse blieb auf halbem Weg zu meinem Mund in der Luft hängen.

»Ihr hattet euch vorher noch nicht geküsst?«

Sie schüttelte den Kopf, und Erleichterung überkam mich. Das bedeutete, dass sie auch keinen Sex gehabt hatten, oder?

Ich hasste mich dafür, dass ich mich darüber freute.

»Ich habe ja gesagt, dass wir nicht zusammen sind.« Ella wich meinem Blick aus. »Zuerst dachte ich, er würde den Kuss genießen, aber dann hat er mich von sich geschoben und behauptet, ich und meine Freund*innen würden nicht zu ihm passen.« Ihre zitternden Finger umschlossen die Tasse. »Was auch immer das zwischen uns war, er hat es beendet.«

Meine Hand mit der Tasse sackte zurück auf den Tisch. Tee schwappte über meine Finger. Die Hitze brannte auf meiner Haut, doch ich ignorierte sie.

Das hatte er gesagt?

»Es lag an uns?«, fragte ich.

An mir?

Ella zuckte mit den Schultern. »Ich weiß nicht, ich glaube, er hat es als Ausrede benutzt, um mir irgendetwas anderes nicht sagen zu müssen.«

Mir wurde heiß und kalt zugleich. Ich dachte an mein Gespräch mit Dilan zurück und bekam ein schlechtes Gewissen.

Ich möchte keinen Konkurrenzkampf.

War es falsch gewesen, ihm gegenüber meine Gefühle zu äußern?

Hatte er Ella jetzt einfach von sich gestoßen, bloß weil auch ich sie mochte? Um einen Konflikt zu umgehen?

Ich seufzte im selben Moment, in dem sie aufschluchzte. »Ich glaube, ich habe ihn bedrängt, und dich habe ich auch noch verletzt. Ich mache einfach alles falsch.« Sie ließ die Tasse los und vergrub das Gesicht in den Händen.

Ich griff nach ihrer Hand. »Gar nichts machst du falsch. Es war ein einziger Kuss, du hast ihn sicher nicht damit bedrängt.« Mit dem Daumen strich ich über ihren Handrücken. »Und mach dir keine Sorgen um mich.« Fest sah ich ihr in die Augen. »Du kannst nichts für deine Gefühle.«

Ebenso wenig wie Dilan.

Oder ich.

Sie umklammerte meine Finger.

»Ich würde dir gerne mehr von dem geben, was du dir wünschst.«

Ich wischte ihre Worte mit einer Handbewegung weg, als würden sie nicht einen Sturm in meinem Inneren auslösen.

Ellas Blick ruhte auf mir. Ihre blauen Augen blitzten, als würde der gleiche Sturm auch in ihr toben. Sie schluckte und kam wieder auf Dilan zu sprechen. »Weißt du, was er damit meint, dass wir nicht zu ihm passen?«

Ich seufzte. »Ich glaube, es geht dabei vor allem um mich.«

In knappen Worten erzählte ich ihr von meinem Gespräch mit ihm.

Sie riss die Augen auf. »Du hast ihm *was* erzählt?«

Ich seufzte erneut. »Er hat mich angesehen, als …«

Fuck.

Als würde ich ihm etwas bedeuten?

War es das, was ich gerade zu Ella hatte sagen wollen?

Ich biss mir auf die Lippe. »Ach, keine Ahnung.«

Zum Glück wurde in diesem Moment die Haustür aufgeschlossen, und kurz darauf kam June herein.

Sie ließ ihre Tasche und den Schlüssel zu Boden fallen, und Ella sprang auf.

Sie schlangen die Arme umeinander.

»Tränen reinigen die Seele.« Junes Stimme klang viel fester als sonst. »Vielleicht braucht er nur Zeit.«

Ella erwiderte nichts, es rannen nur weitere Tränen ihre Wangen hinunter.

Ich nahm meine Teetasse und ließ die beiden allein. In meinem Zimmer warf ich mich aufs Bett und starrte an die Decke.

War es meine Schuld? Wollte Dilan wegen unseres Gespräches kein Teil unserer Clique werden?

Ich sprang wieder auf.

Er konnte Ella doch nicht einfach aufgeben.

Ich musste mit ihm reden, das Problem war nur, dass ich weder seine Nummer besaß noch wusste, wo er wohnte.

Kapitel 5

Ich hämmerte mit den Fäusten gegen die gelbe Wohnungstür. Schlurfende Schritte auf der anderen Seite der Tür.

Mein Puls schoss in die Höhe.

Nachdem Ella gegangen war, hatte ich June gefragt, und sie hatte mir Dilans Adresse ohne weitere Umschweife verraten.

Sie vertraut dir. Verbock es nicht.

Zögernd öffnete sich die Tür.

Ich verschränkte die Arme vor der Brust, doch als ich Dilan erblickte, ließ ich sie wieder sinken. Augenblicklich fehlten mir alle Worte, die ich mir auf dem Weg hierher zurechtgelegt hatte.

Er trug nur ein schlichtes T-Shirt und Boxershorts. Seine kurzen rotbraunen Haare standen in alle Richtungen ab, als hätte er bereits geschlafen.

Ich schluckte.

Heilige Scheiße. Er sah so verflucht gut aus.

Meine eigenen Gedanken brachten mich aus dem Konzept, und ich runzelte verärgert die Stirn. Wie kam ich darauf?

Sich mit einer Hand durch die leichten Locken fahrend, sah er mich fragend an.

Richtig. Ich war hier, um ihn zur Schnecke zu machen. Nicht, um ihn anzustarren.

»Hast du Ella meinetwegen von dir gestoßen?« Leider klang meine Stimme nicht ganz so vorwurfsvoll, wie ich es gerne gehabt hätte.

Dilan seufzte. »Willst du kurz reinkommen?«

Nein, schrillten die Alarmglocken in meinem Kopf, doch seine bittenden Augen nahmen mir die Entscheidung ab, und ich nickte.

Die Wohnung war winzig. Es gab eine geschlossene Tür, eine offene Badezimmertür und einen Wohnraum, der gleichzeitig als Küche fungierte. Er deutete auf ein altes Sofa.

Ich setzte mich, während er zum Tisch hinüberging, auf dem zwei provisorische Herdplatten aufgebaut waren. Er setzte Wasser auf und drehte sich zu mir um. Mit dem Po lehnte er sich gegen den Tisch.

»Das mit Ella und mir hatte von Anfang an keine Zukunft«, sagte er leise. »Ich kann ihr nicht geben, was du ihr geben könntest.«

Ich runzelte die Stirn, verschränkte meine Hände ineinander. »Natürlich nicht.« Ich zögerte. »Du bist ein ganz anderer Mensch, ich kann ihr auch nicht geben, was du ihr geben kannst.«

Das Wasser kochte, und Dilan goss Tee auf. »Nein, du verstehst es nicht.«

Er holte zwei Tassen aus dem Regal und eine Milch aus dem Kühlschrank. Ich sagte nicht, dass ich keine Kuhmilch trank, sondern funkelte ihn an. »Dann klär mich auf.«

Er füllte den Tee in die Tassen, kippte einen Schluck Milch dazu und kam zum Sofa.

»Ist Hafermilch.« Er zwinkerte mir zu, reichte mir eine Tasse und setzte sich.

Ich starrte ihn an. »Woher weißt du …?«

Er zuckte die Schultern. »Du bist seit Jahren mit Ella befreundet, da kommst du wohl nicht drum herum, auf Hafermilch umzusteigen.« Er wich meinem Blick aus.

Ich sah in meine Tasse. »Vermutlich nicht.« Nur, dass ich schon seit meiner Kindheit keine Kuhmilch trank.

Warum konnte er mich auf einmal nicht mehr ansehen?

»Es tut mir leid, dass ich Ella verletzt habe.« Seine Stimme brach. Aus dem Nichts sammelten sich Tränen in seinen Augen.

Was zur …?

Unsicher stellte ich meine Tasse ab. »Dilan.«

Sollte ich … ihn umarmen?

Ich stand auf und setzte mich direkt neben ihn, berührte ihn an der Schulter. Er zuckte zusammen, und ich zog meine Hand zurück. Zitternd nahm er einen Schluck von seinem Tee, bevor er es endlich schaffte, mir in die Augen zu sehen.

»Ich bin noch nicht bereit, mich einer neuen Person zu öffnen.« Er fummelte am Henkel seiner Tasse herum.

Ich griff wieder nach meinem eigenen Getränk, um mich an irgendwas festhalten zu können, denn der Schmerz in seinen Augen überforderte mich. Warum war er ausgerechnet mir gegenüber so ehrlich? Hatte er denn gar keine Angst, dass ich Ella von unserem Gespräch erzählen könnte?

»Ich weiß auch nicht, warum ich jetzt mit dir darüber rede … aber bisher hatte ich nur mit einem einzigen Menschen jemals intimen Körperkontakt.« Er schluckte. »Und dieser Mensch war ein Mann.« Sein Blick suchte meinen. »Das mit Ella wäre eine ganz neue Erfahrung.« Pause. »Wie ich sie noch nie gemacht habe.«

Ich ließ meinen Blick über sein Gesicht wandern. Mir war schon klar, dass es auch Menschen gab, die auf alle oder mehrere Geschlechter standen, aber ehrlich gesagt war das alles ziemlich abstrakt für mich. Mit einem Mann.

Abgesehen von einem einzigen Kuss war ich nie auf die Idee gekommen, etwas mit einem Mann zu haben. Ob es sich wohl anders anfühlte?

Vor meiner Freundschaft mit Pekka, dem es egal war, welches Geschlecht die Person, mit der er schlief, hatte, und vor Cautschuks Outing hatte ich nie darüber nachgedacht. Für mich war immer klar gewesen, dass ich eine Frau heiraten und eine Familie mit ihr gründen würde.

Bis zum Abschlussballabend.

Bis ich mit Pekka in eine WG gezogen war und wir uns eines Abends betrunken geküsst hatten. Nur ein einziger Kuss, nicht mehr, dennoch ein einschneidendes Erlebnis.

»Ich glaube, für Ella ist es auch ganz neu. Es gibt wenige, die sich nicht auf der Stelle in sie verlieben.«

Dilan sah mich einen langen Moment an. »Glaub mir, das habe ich.«

Ich schluckte die brennende Eifersucht hinunter und lächelte schief. »Vielleicht solltest du ihr das sagen und mit ihr über deine Unsicherheiten sprechen.«

Er schüttelte den Kopf. »Das traue ich mich nicht.«

Ich seufzte. Mein Tee war inzwischen leer, und ich stellte die Tasse auf den Tisch.

Dilan tat das Gleiche.

Unsere Blicke trafen sich und flossen ineinander. Ich verlor mich schon wieder in dem Grün seiner Augen. Grün mit goldenen Sprenkeln. Alles um mich herum verschwand.

Ein Tanz über eine Sommerwiese.

Meine Gedanken verselbstständigten sich. Er stand auch auf Männer. Mit ihm könnte ich herausfinden, wie es sich anfühlte. Löste er deshalb dieses Kribbeln unter meiner Haut aus?

Ich beugte mich vor.

Er beugte sich vor.

Wir waren einander so nah.

Mein Blick fiel auf seine Lippen, und alles in mir zog sich zusammen.

»Sim«, murmelte er, und ich erwachte langsam aus meiner Starre. »Vielleicht solltest du lieber gehen.«

Ich erstarrte. Ruckartig lehnte ich mich zurück.

Shit.

Beinahe hätte ich den Typen geküsst, wegen dem Ella in meiner Küche geweint hatte. War ich eigentlich noch zu retten?

Ich sprang auf. Dabei stieß ich mir das Bein am Tisch und wich einen Schritt zurück.

Was machte er nur mit mir?

Ich hatte einen Mann noch nie auf diese Weise gesehen. Wie kam ich auf die hirnverbrannte Idee, ihn küssen zu wollen? Ella war mir wichtig. Das konnte ich ihr auf keinen Fall antun.

Dilan erhob sich ebenfalls. »Simon«, flüsterte er.

»Ja, ich sollte gehen«, stimmte ich ihm zu, stolperte über meine eigenen Füße und flüchtete aus der Wohnung.

Er folgte mir nicht in den Flur.

Kapitel 6

Aus June war nichts über Ellas Zustand herauszuquetschen, als ich in der WG ankam. Mit Dilans Adresse hatte sie mir auch schon mehr als genug geholfen. Und ich hatte nicht nur Ellas, sondern auch ihr Vertrauen missbraucht.

Wach starrte ich an meine Zimmerdecke. Wie hatte das nur passieren können? Es war längst nach Mitternacht, aber ich schlief einfach nicht ein. Ich hätte Dilan geküsst, hätte er mich nicht aufgehalten.

Dilan.

Geküsst.

Den Mann, der Ella verletzt hatte.

Einen Mann.

Ich warf mich auf die andere Seite des Bettes, doch meinen Gedanken entkam ich dadurch nicht.

Mein Hirn hatte einfach ausgesetzt. Wie hatte ich nur so dumm sein können? Ich war der schlechteste Freund der Welt.

Auch als Pekka mich am nächsten Tag zur Arbeit fuhr, kreisten meine Gedanken noch immer um die beiden. Ich konnte mich kaum auf seine Worte konzentrieren, während er den Wagen auf die Hauptstraße lenkte.

»Gut, dass Ella uns nicht sehen kann.«

Ella.

Ich hob den Kopf. »Was?«

»Sie würde uns die Hölle heißmachen, weil wir Auto fahren.«

Ella.

Würde sie überhaupt noch mit mir reden, wenn sie wüsste, was gestern fast passiert wäre? Grübelnd starrte ich auf die Fahrbahn.

Pekka seufzte schwer. Er beugte sich zu mir herüber und zog das Handschuhfach auf. CDs purzelten mir entgegen.

»Such du die Musik aus.«

»Was?«

Er deutete auf die Anlage. »Die Frau deiner Träume liebt einen anderen, und ich fahre zu einem Date. Wo wäre die Gerechtigkeit, wenn du nicht wenigstens die Musik wählen dürftest?«

Ich schnaubte. »Danke, den Schlag in die Magengrube habe ich gebraucht.«

Pekka zuckte mit den Schultern. »Dafür bin ich da.«

»Wird Zeit, dass ich mir einen neuen Freund suche.«

Er grinste. »Das rate ich dir seit Jahren, Kumpel.«

Kopfschüttelnd zog ich eine CD von Shattered Tears aus dem Handschuhfach und legte sie ein.

»Du bist so *soft*«, kommentierte Pekka.

Ich rollte mit den Augen. Shattered Tears war eine Rockband. »Darf ich dich was fragen?«

Pekka grinste. »Immer, Baby.«

»Woher wusstest du, dass du auch auf Männer stehst?«

Er warf mir einen kurzen, prüfenden Blick zu. »Simon Vance, willst du mir jemanden vorstellen?«

Ich zögerte. »Es hat da so einen Moment gegeben.«

»Hört, hört.« Pekka tippte mit dem Daumen gegen das Lenkrad. »Mein bester Freund wird erwachsen.«

Ich schnaubte. »Bekomme ich noch eine Antwort?«

Er zuckte mit den Schultern. »Ich hab mir von Anfang an keine Gedanken über die Geschlechtsidentität meiner Sexpartner*innen gemacht.« Er zuckte die Schultern. »Es gab keinen Moment, in dem ich dachte: Hui, ab heute versuche ich es aber mal mit Männern.«

Ich wiegte den Kopf. Das war nicht unbedingt die Antwort, die ich erwartet hatte.

Pekka sah mich kurz an. »Es kommt für mich auf die Person an, nicht auf das Geschlecht.«

Er streckte eine Hand aus und stellte den Song leiser. Dabei war *Between Your Words* einer meiner liebsten von Shattered Tears.

»Wer ist der Glückliche, der dich an deiner Heterosexualität zweifeln lässt?«

Ich schluckte. »Das macht mich zu einem Arschloch.«

Mit hochgezogenen Augenbrauen sah er mich an. »Ich bin und bleibe das größte Arschloch dieser Clique, vor mir musst du dich nicht rechtfertigen, Darling.«

Ich seufzte. »Dilan.«

Stille.

Nur noch die Stimme des Sängers erfüllte den Wagen.

Er fing sich. »Oh Mann, ich hoffe, das wird kein Drama auslösen und unsere Gruppe sprengen.«

Ich verknotete meine Hände ineinander. »Ich fühle mich verdammt scheiße.«

»Zu Recht.«

»Alter!«

Pekka lachte. »Sim, der einzige Tipp, den ich dir geben könnte, wäre, sie beide einmal zu vögeln und sie dann in Ruhe zu lassen, aber da bei dir Gefühle im Spiel sind und du mit Ella befreundet bist, bin ich ahnungslos. In dieser Liga spiele ich nicht.«

Ich seufzte tief und ließ mich nach hinten in den Sitz sinken. »Du bist unmöglich.«

»Jep.« Pause. »Sogar mehr, als du glaubst.«

Ich lachte auf. »Wieso, hast du etwa mal mit Ella geschlafen?«

Er schwieg ertappt.

Mein Blick schnellte zu ihm. »Pekka?«

»Weißt du«, er seufzte, »vielleicht sollten wir nicht über Dinge sprechen, die in der Vergangenheit liegen.«

Ich schnappte nach Luft. »Du bist wirklich das größte Arschloch dieser Clique.«

Er reckte halbherzig eine Faust in die Luft. »Ich wusste, dieser Posten ist mir sicher.«

Ich stöhnte. »Was, verdammt noch mal, mache ich falsch?«

Pekka hob eine Hand an den Rückspiegel und zuckte erneut mit den Schultern.

»Du bist wie ein großer Bruder.« Er zwinkerte mir zu. »Glaub mir, es wird einen Menschen geben, der oder die das liebt.«

Er hielt vorm *Bath Priory*, und ich zog die Wagentür auf. »Immer wieder eine Freude, mit dir zu quatschen.«

Er warf mir eine Kusshand zu. »Liebe dich.«

Ich schlug die Tür zu und sah dem Wagen nach, wie er im roten Meer der Rücklichter verschwand.

Der Mistkerl hatte mit Ella geschlafen.

Wann? Damals, als wir uns alle vier kennengelernt hatten? Oder später, als er schon gewusst hatte, dass ich sie mochte?

Verdammte Scheiße, er hatte wirklich großes Glück, dass ich ihn so liebte.

Kopfschüttelnd betrat ich meinen Arbeitsplatz. Auch nach einem Jahr erschienen mir die hohen Decken und teuren Kronleuchter wie aus einer anderen Welt.

Clark saß am Empfang und breitete die Arme aus. »Der Gott ist zu Hause!«, rief er.

Ich verdrehte die Augen. »Schrei nicht so, hier wohnen die feinen Leute.«

Ich schlug gegen die Faust, die er mir hinhielt. Er grinste.

Genau wie ich passte er eigentlich nicht an diesen Ort.

Ich trat an ihm vorbei zu den Räumen der Mitarbeiter*innen und zog mich um. Ganz in Weiß, genau wie in Filmen. Selbst eine weiße Haube hatte ich.

Ich konnte nicht leugnen, dass es mir gefiel.

In der Küche empfing mich Hektik. Ein Lächeln stahl sich auf meine Lippen, und ich nahm mir einen Moment, um tief einzuatmen.

Zu Hause.

Das hier war mein liebster Ort in Bath.

»Endlich«, rief Serena. »Wir haben mit der Soße schon angefangen, aber deine Mischung an Gewürzen fehlt.«

Sie rauschte an mir vorbei.

»Danke«, rief ich ihr nach und ging zum Herd. Ein herrlicher Duft wehte mir entgegen. Sehr gut. Es fehlten wirklich nur noch die Gewürze, und ich machte mich direkt an die Arbeit. Gleichzeitig wandte ich mich an Leon. »Kannst du Zwiebeln, Knoblauch und Paprika vorbereiten?«

Er nickte und schwirrte davon.

Ich widmete mich meinen Aufgaben und versank in meiner Arbeit. Die Welt außerhalb der Küche existierte nicht mehr.

Gegen vier gab es eine kurze Pause, und ich fand Zeit, Clark ein Stück Kuchen und einen Kaffee zum Empfang zu bringen. Er schenkte mir die zweite Kusshand des Tages.

»Irgendwann werde ich um deine Hand anhalten, Simon.«

Ich zog eine Grimasse. Etwas in mir verschob sich. Er hatte diese Worte so oft gesagt, aber heute hatten sie zum ersten Mal eine andere Wirkung auf mich.

Mir wurde bewusst, dass sie mehr als ein Scherz sein konnten, wenn wir es beide wollten.

Kapitel 7

Meine Hände zitterten. Ich vergrub sie in den Hosentaschen und öffnete die Tür der Bäckerei.

Ella hatte mir geschrieben. Als wäre alles wie immer.

Was nur bedeuten konnte, dass sie entweder nichts von Dilans und meinem Beinahekuss wusste, oder aber, dass sie es mir nicht übel nahm.

Nein, ausgeschlossen. Sie würde es mir übel nehmen.

Es gab keine Schlange, und ich war mit wenigen Schritten am Tresen.

»Schönste Person der Welt«, begrüßte ich sie. Ella rollte mit den Augen und wischte die Hände an ihrer Schürze ab.

»Was darf's sein?« Ein Lächeln umspielte ihre Lippen.

Sie wusste es nicht.

Verdammt.

»Einen Cappuccino und einen Milchkaffee bitte.« Ich stellte zwei Thermobecher auf den Tresen. »Beide mit Hafermilch.«

Grinsend nahm sie die Gefäße entgegen.

Ihr Kollege Kev kassierte mich ab. Ich ignorierte seine hochgezogenen Augenbrauen. Ich war nur hier, um Ella für die Demo abzuholen.

Sie schob die befüllten Kaffees to go über den Tresen.

»Du hast dir wirklich den schlechtesten Laden ausgesucht, um uns Kaffee zu holen. Hier ist er nicht Fairtrade.«

Ich lächelte sie an. »Aber nirgendwo gibt es eine so nette Bedienung.«

»Nett?«, fragte Ella belustigt und band sich die Schürze ab.

»Er hat sich nur nicht getraut, *heiß* zu sagen«, mischte Kev sich ein, woraufhin ich ihn mit Blicken erdolchte.

Warum gab es eigentlich so viele Arschlöcher auf dieser Welt? Die Vorstellung, dass Ella mit diesem Mann zusammenarbeiten musste, löste nur Unbehagen in mir aus.

Sie warf ihrem Kollegen die Schürze an den Kopf und kam zu mir in den Vorraum.

»Spar dir deine Kommentare, Kevi«, sagte sie, ohne sich noch einmal zu ihm umzudrehen. Dann hakte sie sich bei mir unter, und wir gingen nach draußen.

»Ich sollte diesen Job endlich kündigen.« Sie zog die Nase kraus. »Ich will die Welt verändern, keine Brötchen verkaufen.«

Abgelenkt von ihrer Nähe, blinzelte ich. »Warum tust du es dann nicht?«

»Tja, weil ich dann nicht weiß, wie ich meine Miete bezahlen soll.«

Ich reichte ihr den Cappuccino. Dankend prostete sie mir zu. Wir schlugen den Weg zu den Parade Gardens ein und nippten an unseren Getränken.

»Dilan hat auf keinen meiner Anrufe reagiert.« Traurig starrte sie in den Becher. »Er hat nur im Gruppenchat mit mir geschrieben, um die Demo vorzubereiten.«

Seit Wochen redete Ella von der heutigen Veranstaltung. Sie und Dilan hatten sie schon gemeinsam geplant, bevor sie ihn uns vorgestellt hatte. Vielleicht war sein Name damals sogar schon zwischen uns gefallen, und ich hatte ihm nur keine Beachtung geschenkt.

»Das tut mir leid.«

Vielleicht wusste er auch nicht, wie er ihr nach dem Moment in seinem Wohnzimmer gegenübertreten sollte.

Sie seufzte tief. »Dieser Tag ist so wichtig, wir dürfen ihn nicht versauen, nur weil wir gerade Schwierigkeiten miteinander haben.« Ihr Blick folgte einem Hund, der von einem Kind durch den Park gezogen wurde. »Ich vermisse ihn.«

Dieser Tag ist wichtig.

Es war der denkbar schlechteste Zeitpunkt, ihr von meinem Besuch bei Dilan zu erzählen.

Ich zögerte kurz, dann startete ich einen Versuch, sie und auch mich abzulenken. »Worum geht es heute genau?«

Ich wusste nur, dass Ella und Dilan gemeinsam die Moderation übernahmen und es noch ein Thema zusätzlich zum Klima gab.

Schockiert sah Ella mich an. »Hast du etwa nicht zugehört, als ich es euch erzählt habe?«

Eventuell war ich abgelenkt gewesen. Von ihr.

Ella verdrehte die Augen. »Dilan leitet die Gruppe, die sich in Bath für LGBTQIAP+-Rechte einsetzt, und am Tag der Pride-Parade wollen wir eine große gemeinsame Aktion mit Fridays for Future starten. Heute geht es darum, die beiden Szenen zusammenzuführen.«

LGBTQIAP+.

Ella sprach es so schnell aus, dass ich einen Moment brauchte, um die passenden Wörter zu den Buchstaben zu finden.

»Dilan leitet die Gruppe?«

Weil er selbst queer ist?

Ella zuckte die Schultern. »Ja, es gibt nicht so richtig eine Leitung, aber er übernimmt oft die Verantwortung, so wie ich bei Fridays for Future.«

Sie umklammerte den Becher. »Ich freu mich seit Wochen darauf, die Demo heute mit ihm gemeinsam zu moderieren, warum muss ausgerechnet jetzt etwas zwischen uns stehen?«

Ich schluckte. Etwas oder jemand?

Ich.

Verdammt.

Wir erreichten den Queen Square, von wo aus die Demo starten sollte. Es tummelten sich bereits einige Menschen auf dem grünen Platz, und Ellas Augen leuchteten auf.

Fast alle waren bunt angezogen.

»Wow, das sind mehr als erwartet.«

Ich lächelte.

Fridays for Future wurde von Woche zu Woche größer. Sogar immer mehr ältere Menschen schlossen sich der Bewegung an, und heute tanzten zusätzlich etliche Regenbogenflaggen über den Köpfen der Menschen.

Es dauerte einige Minuten, bis wir June und Pekka in dem Getümmel fanden. Ich begrüßte Pekka mit Handschlag und umarmte June, obwohl ich sie beide heute Morgen beim Frühstück gesehen hatte. Trotz all der Gefühle um Ella und Dilan entspannte ich mich. Ich liebte unsere kleine Vierergruppe und war so froh, diese drei Menschen kennengelernt zu haben.

June reichte Ella ein längliches Pappschild.

»Danke.« Ella strahlte ihre Freundin an und faltete es auseinander.

Spread LOVE, not CO_2.

LOVE war in Großbuchstaben geschrieben und in Regenbogenfarben ausgemalt.

June lächelte schüchtern und reichte auch mir ein Schild.

Act like your house is on fire. Because it is!

Darunter hatte June eine brennende Erde gemalt.

Ich grinste. Ella und sie hatten die Bilder gestern bei uns in der WG gebastelt, und die ganze Wohnung hatte danach nach Farbe gestunken. Aber das war es wert. Beide Schilder waren wunderschön.

Ella zog uns Richtung Bühne.

Sie und ich blieben gleichzeitig stehen, als wir Dilan darauf entdeckten. Er war mit dem Aufbau der Mikrofone beschäftigt und sah unverschämt gut aus in seinen engen Jeans. Sein Haar stand in alle Richtungen ab, und der Ohrring glänzte in der Sonne.

Es fiel mir wirklich verflucht schwer, wegzusehen.

June stupste Ella an. Die erwachte aus ihrer Schockstarre, und auch ich zwang mich zu blinzeln.

Dilan ging von der Bühne und stellte sich zu den anderen Leuten aus seinem Team, die wie er grüne Warnwesten trugen.

»Ich muss hingehen.« Ella schluckte.

Pekka boxte mir mit dem Ellenbogen in die Seite. Ich riss den Blick von Dilan los und sah Ella an. »Viel Glück.« Halbherzig schwenkte ich mein Schild.

Sie atmete tief ein, gab sich einen Ruck und reichte June ihre Pappe. Zögernd trat sie einen Schritt auf die grünen Westen zu, nur um im nächsten Moment wieder zwei zurückzuweichen.

»Nein, Ella«, sagte sie zu sich selbst. »Das hier ist deine Demo.«

Sie straffte die Schultern und stapfte entschlossen auf die Gruppe der Ordner*innen zu. Dilan zuckte zusammen, als sie ihn begrüßte. Einen Wimpernschlag lang hingen sie an den Augen des und der anderen, bis Dilan sich abwandte und zurück zur Bühne ging. Ella sah ihm nach. Ihre Enttäuschung war beinahe greifbar, als sie die grüne Weste nahm, die ihr jemand hinhielt. Ich wechselte einen besorgten Blick mit June.

Wieso machte Dilan es ihr so schwer?

Wegen dir, hallte eine böse Stimme in meinem Kopf wider.

Ich konzentrierte mich darauf, mein Schild in die Luft zu halten.

Wenig später betraten Ella und Dilan Seite an Seite die Bühne und positionierten sich vor den aufgestellten Mikrofonen.

Sie sahen umwerfend nebeneinander aus.

Ich konnte nur darüber nachdenken, was für ein süßes Paar sie wären.

»Hallihallo, ihr lieben«, rief Ella. Ihre Stimme schallte über den gesamten Queen Square. »Danke, dass ihr so zahlreich erschienen seid.«

Außer uns bemerkte niemand ihre Anspannung, denn die Menge johlte zurück.

Dilan grinste. »Wir freuen uns riesig, so viele bekannte und neue Gesichter zu sehen.«

»Wir werden immer mehr«, stimmte Ella ihm zu.

»Und damit uns auch die ganze Stadt hört und beim nächsten Mal mit uns hier steht, machen wir doch mal ordentlich Lärm.«

Die Menschen pfiffen und klatschten, und ich stieg mit ein.

»Genau so!«, rief Dilan. »Wir sind heute auf der Straße, um ganz Bath zu zeigen, dass Fridays for Future sich offen für die LGBTQIAP+-Community ausspricht.«

Ella nickte bekräftigend. »Ohne Gleichberechtigung unter uns Menschen kann es auch keine Klimagerechtigkeit geben.«

Die Leute johlten so laut, dass es in meinen Ohren klingelte.

»Menschen sind eben verschieden, und wir fordern im fucking einundzwanzigsten Jahrhundert endlich die gleichen Rechte für alle!«

»Und zwar nicht nur für die Regenbogen-Community«, ergänzte Dilan. »Sondern genauso für Bi_PoC, Frauen, Emigrierte, Menschen mit Behinderung und sämtliche andere Gruppen, die noch immer nicht die gleichen Rechte haben wie weiße, nicht behinderte, hetero, cis Männer.«

Die Menge rastete komplett aus. Und obwohl mein Trommelfell drohte zu platzen, schrie ich mit.

»Für die LGBTQIAP+-Community wünschen wir uns mehr Sichtbarkeit hier in Bath. Es gibt bereits die Idee, ein Zentrum aufzubauen. Wenn ihr euch daran beteiligen wollt, sprecht gerne den netten Menschen an meiner Seite an.« Ella deutete auf Dilan.

Den Menschen an ihrer Seite.

Ich stolperte über die Worte und umklammerte mein Schild.

Dilan nickte. »Nur wenn wir wir selbst sein können, haben wir die Kapazität, uns um die Erde zu kümmern. Gemeinsam können wir unendlich stark sein.«

Ich schob den Gedanken an die Beziehung der beiden zur Seite. Es war wundervoll, sie dort oben in ihrem Element zu sehen.

»Love is?«, stimmte Dilan einen Sprechgesang an.

»Love!«, brüllte die Menge zurück.

»Humans are not equal, but …«

»Their rights are!«

Pekka schmetterte die Worte aus voller Kehle mit. Ich verstand sie erst beim zweiten Mal. Ich wusste, dass mein bester Kumpel sich keine Pride-Parade entgehen ließ, aber aus irgendeinem Grund hatte ich ihn noch nie begleitet.

»Und weil das hier als Fridays-for-Future-Demo angemeldet ist, Leute«, rief Ella, »what do we want?«

»Climate justice!«, wehte ihr die Antwort entgegen.

Klimasprüche waren *mir* vertraut. Diesmal schmetterte ich sie mit, und Pekka verstand sie erst beim zweiten Mal.

Dilan wiederholte den Ausruf, wobei sein Blick über die Menge schweifte. Mein Herz blieb stehen, als er mich entdeckte.

Das Brüllen der anderen drang nur noch wie durch Watte zu mir durch. Seine Wärme hüllte mich ein. Selbst auf die Entfernung.

»We are unstoppable!«, leitete Ella den nächsten Spruch ein und hüpfte dabei auf und ab. »Another world is possible!«

Ich erwachte aus meiner Starre und riss den Blick von Dilan los. Auch er sah schnell zu Boden.

Derweil war Ella dazu übergegangen, den ersten Redebeitrag anzukündigen, und statt ihr und Dilan betrat nun eine Sprecherin der Organisation Seaspaceaction die Bühne. Anschließend folgten Beiträge und Geschichten von einzelnen Personen aus der queeren Community.

Meine Gedanken purzelten durcheinander, und ich konnte mich kaum darauf konzentrieren, was erzählt wurde. Immer wieder schweifte mein Blick zu Ella und Dilan. Sie standen steif nebeneinander und hörten zu. Zwischen den Beiträgen kamen sie auf die Bühne und heizten die Menge mit Sprüchen und Musik an.

June, Pekka und ich hatten uns beieinander eingehakt. Ella warf uns von der Bühne aus einen Luftkuss zu, als wir ihr gleichzeitig unsere Schilder entgegenreckten.

Ich ließ mich von der Stimmung mitreißen. Die gute Laune und die positive Energie waren ansteckend.

Nach dem letzten Redebeitrag kam Dilan zurück auf die Bühne und erklärte durchs Mikro, in welche Richtung wir laufen würden und was die Polizei für Regeln aufgestellt hatte.

Die Jugendlichen, die dabei waren, drängten sich darum, das Banner zu halten. Dilan fuhr mit seinem Fahrrad hinter der Demo her, und Ella gesellte sich wieder zu uns. Wir liefen zu viert mittendrin. Neben uns fuhr das Lastenrad mit der großen Musikbox. Zwischen den Songs riefen wir Sprüche und machten lautstark auf uns aufmerksam.

Die Leute schauten sogar aus ihren Fenstern zu uns hinunter. Einige filmten, andere beäugten uns nur misstrauisch. Ella hatte mir mein Schild abgenommen und schwenkte es demonstrativ in der Luft.

Wir liefen durch die Monmouth Street und erreichten schließlich die Roman Baths, wo sich einige Tourist*innen verwundert zu uns umdrehten. Die Menge begann zu singen, und Ella stimmte mit ein. In der zweiten Runde hatte ich den Text verstanden und konnte ebenfalls mitsingen.

We don't want pollution
We want the revolution
We don't want your hate
We just want your love
So we keep on fighting
till we've saved the world!

Stärke durchflutete mich.

Hier mit all den Menschen zusammen zu singen, gab mir das Gefühl, wirklich etwas bewegen zu können.

Ellas Augen leuchteten, und ich hob sie mit ihrem

Schild zusammen hoch, drehte uns einmal um die eigene Achse und setzte sie wieder ab. Die Sonne spiegelte sich in ihrem Blick. Wie gerne ich sie geküsst hätte, einfach so, hier vor allen. Doch natürlich tat ich das nicht.

Pekka grinste und wackelte fröhlich mit den Augenbrauen, als wüsste er ganz genau, was in mir vorging.

Blödmann.

Vor der Bath Abbey stoppte der Demo-Zug, und es gab weitere Redebeiträge. Wir blockierten einen Teil der Straße, so viele waren wir. Auch hier hatten sie eine Bühne aufgebaut, und wieder übernahmen Ella und Dilan das Reden zwischen den Beiträgen.

Als das Event endete, holten wir sie bei der Bühne ab. Ein Lächeln zierte ihre Lippen, doch in ihren Augen lag die Erschöpfung.

Dilan sprang neben uns von der Bühne. »Hey, Simon«, begrüßte er mich und hielt mir eine Hand zum Einschlagen hin.

War das ein Friedensangebot?

Mit einem Seitenblick auf Ella erwiderte ich den Gruß. Seine Fingerkuppen waren rau und seine Haut warm.

Ich biss mir auf die Lippe. Dilan wandte sich ab, bevor ein Gespräch entstehen konnte.

Es gab einiges aufzuräumen, und wir packten mit an. Obwohl ich alle Hände voll zu tun hatte, sah ich doch immer wieder zu ihm hinüber.

Ich wurde einfach nicht schlau aus ihm. Warum hatte er Ella nichts erzählt? Und warum ging er ihr noch immer für mich aus dem Weg?

Pekka lachte. »Sim, so faltet man kein Banner.«

Ich starrte auf das Knäuel in meinen Händen. Verflucht. Ich musste echt wieder klarkommen.

Erst als wir später zu viert den Weg zur WG einschlugen, konnte ich ein bisschen freier atmen.

»Du warst großartig.« June legte einen Arm um Ella. »Ich könnte das niemals vor so vielen Menschen auf der Bühne.«

Ella küsste ihre beste Freundin aufs Haar. »Nein, das wäre nicht dein Ding.«

June lächelte verhalten.

»Ich fand dich auch toll«, stimmte ich June zu. »Ich find dich nämlich immer toll.«

Hör auf, mit ihr zu flirten.

Ella verdrehte die Augen und wollte gerade zu einer Antwort ansetzen, als das Klingeln von Junes Handy uns unterbrach.

Sie zog es aus der Hosentasche, und ein Strahlen breitete sich auf ihrem Gesicht aus.

Ich runzelte die Stirn. Diesen Gesichtsausdruck hatte ich noch nie bei ihr gesehen.

»Hallihallo!«, rief sie in den Hörer, und ich sah Ella fragend an. Diese wackelte nur mit den Augenbrauen.

»Was?«, kreischte June und umklammerte das Handy. »Oh bitte, sag mir, dass das kein Aprilscherz ist.« Sie schüttelte den Kopf. »Stimmt, wir haben März.«

Das Lächeln auf ihrem Gesicht war unendlich breit. »Ich kann es nicht glauben … Natürlich werde ich da sein!« Sie lachte auf. »Vielleicht werde ich sogar eine meiner Vorlesungen für dich schwänzen.«

Was?

Jetzt war ich wirklich neugierig, wer da am anderen Ende der Leitung war.

June schwänzte nicht.

Nie.

Sie war die größte Streberin, die ich jemals getroffen hatte.

»Okay, schreib mir, wann du ankommst.«

Sie legte auf und starrte einen Moment auf das Handy. Dann löste sie sich aus Ellas Umarmung, kreischte auf und hüpfte einmal im Kreis. Auch das hatte ich noch nie bei June gesehen. Ich tauschte einen verwirrten Blick mit Pekka.

Ella wusste anscheinend, ohne nachzufragen, wer am Telefon gewesen war.

»June, was zur Hölle hat er gesagt?«

June blieb stehen und fiel Ella um den Hals. »Er kommt zurück«, rief sie und drückte ihre beste Freundin abermals an sich. »Kian kommt zurück nach Bath.«

Ella kreischte noch lauter als June.

Gemeinsam tanzten sie durch die Straßen, nun beide mit einem Strahlen im Gesicht.

Pekka und ich wechselten erneut einen Blick. Diesmal belustigt.

Kian war ihr bester Freund aus Kindertagen. Die drei waren unzertrennlich gewesen, bevor Kians Familie nach Sydney gezogen war und die drei auseinandergerissen hatte. In unserem Wohnzimmer gab es ein Bild von ihm und June, als sie noch klein waren.

Für sie musste es sich anfühlen, wie es sich für mich angefühlt hätte, wenn ich Cautschuk jahrelang nicht gesehen hätte.

Oh fuck. Auf einmal verstand ich sie ziemlich gut und wurde beinahe so euphorisch wie meine beiden Freundinnen.

Kian würde zurückkommen.

Kapitel 8

Die nächsten Tage tänzelte June durch die Wohnung, als würde sie auf Wolken gehen. Sie half mir beim Kochen, wusch ungefragt unsere Wäsche und hatte ein Dauergrinsen im Gesicht. Es steckte mich jedes Mal an, wenn sie an mir vorbeilief. Sie schaffte es tatsächlich, das Chaos um Ella und Dilan ein bisschen in den Hintergrund rücken zu lassen. Auch wenn Dilan noch immer in meinem Kopf herumspukte und ich Ella vermisste. Sie hatte sich die ganze Woche nicht in der WG blicken lassen. Ich machte mir Sorgen, dass sie sich nach Dilans Abfuhr mies fühlte und vielleicht unsere Gesellschaft brauchte.

Doch da es June so gut ging, vertraute ich darauf, dass auch Ella okay war. June wäre niemals so fröhlich, würde es ihrer besten Freundin ernsthaft schlecht gehen.

Ich hatte heute drei Stücke Kuchen aus der Hotelküche des *Bath Priory* mitgehen lassen und freute mich nun auf einen gemütlichen WG-Abend, um mich von meinen Sorgen abzulenken. Doch als ich um die Ecke zum Wohnzimmer bog, waren weder June noch Pekka zu sehen, stattdessen saß ein Rockstar auf meiner Couch. Zumindest sah der Kerl wie einer aus. Blinzelnd stellte ich den Kuchen auf den Tisch und starrte den tätowierten Typen an.

Er starrte zurück.

»Ähm«, machte ich.

»June ist pissen«, sagte er, als müsste er sich verteidigen.

Ich grinste, mochte ihn sofort.

Nur zwei Sekunden später hörte ich die Haustür, und Pekka rief quer durch den Flur, dass *Daddy* zu Hause war. Er und June traten gleichzeitig ins Wohnzimmer, und sie lief knallrot an, da ich schon Bekanntschaft mit dem Fremden gemacht hatte.

Doch die Röte hielt nicht lange an. Schon im nächsten Moment breitete sich wieder das Strahlen der letzten Tage auf ihrem Gesicht aus.

»Darf ich vorstellen?«, wandte sie sich an den Fremden. »Das sind meine beiden Mitbewohner, Simon und Pekka.«

Sie zwinkerte uns zu. »Traummann und …« Sie wiegte den Kopf. »Trottel.«

Da sie mich mit Ersterem meinte, widersprach ich ihr nicht. Pekka stemmte die Hände in die Hüften. »Das finde ich jetzt nicht fair.«

June grinste ihn nur an und fuhr fort. »Und das hier«, sie deutete auf den Rockstar, »ist Kian.« Eine Handbewegung Richtung Bücherregal. »Der Junge auf dem Foto.«

Mein Mund klappte auf. Das sollte Kian sein?

Wow. Dieser Mann hatte so gar nichts mit dem Jungen auf dem Foto gemeinsam.

»Hi.« Kian hielt uns beiden die Hand hin, und wir schlugen ein.

»Du siehst ja gar nicht aus wie in Junes Erzählungen«, platzte es aus Pekka heraus.

Kian lächelte matt. »Wahrscheinlich nicht.«

June stupste ihn an, was ihm ein echtes Lächeln entlockte.

»Er wohnt jetzt hier«, verkündete sie.

Pekka und ich wechselten einen Blick.

»Heißt das, er schläft in deinem Bett?«, sprach er aus, was auch ich dachte.

June und Kian lächelten sich an.

Wärme breitete sich in mir aus.

Ich hatte June noch nie so glücklich gesehen und konnte nur hoffen, dass Kian es ernst mit ihr meinte. Denn sonst würde ich ihn leider hier rausschmeißen. Oder Schlimmeres.

Abends saßen wir gemütlich beisammen, und weil Pekka mit Kochen dran war, bestellten wir Pizza.

Feierlich hielt er seine Bierflasche in die Mitte des Tisches. »Auf unseren neuen Mitbewohner.«

Erschöpft ließ ich mich aufs Bett fallen. Wir hatten einen Film zusammen geschaut, und meine Bettgehzeit war längst überschritten. Doch kurz bevor ich einschlief, scheuchte mich der Klingelton meines Handys zurück in die reale Welt.

Noch keine Träume.

Ich tastete nach der Nachttischlampe. Cautschuk rief mich an.

Ich seufzte.

»Kannst du vielleicht kurz mit Lotte sprechen?«, fragte er, bevor ich ihn auch nur begrüßen konnte.

Ich hob beide Augenbrauen. »Ist sie noch nicht im Bett?« Es war schon nach elf.

»Sie heult, und ich bekomme nicht aus ihr heraus, warum.«

Stöhnend legte ich einen Arm über die Augen. »Gib sie mir.«

Es raschelte, Schluchzer drangen an mein Ohr und zerrissen mir augenblicklich das Herz.

»Lotte, ich bin's«, sagte ich sanft.

Die Schluchzer erstarben. »Die Jungs im Kindergarten sind so gemein.«

Ich hatte sie noch nicht einmal gefragt, was los war.

Wieso vertraute sie Cautschuk so wenig?

»Was haben sie denn gemacht?«

»Sie sagen, ich bin hässlich und komisch.«

Nein.

Nein.

Hier wurde nicht gerade mein schlimmster Albtraum wahr, oder?

Ich nahm den Arm von meinem Gesicht und presste mir stattdessen eine Hand auf die Brust, um den Schmerz dahinter zu lindern.

»Die sind doch nur neidisch.«

»Sie mögen mich nicht.«

»Ich mag dich.«

»Das ist doch nicht das Gleiche.« Sie schniefte.

Verdammt, das war mir auch klar. Ich ballte die Hände zu Fäusten. Warum musste Lotte auch älter werden und den Niedlichkeitsbonus eines Kleinkinds verlieren? In der

Schule würde sie wahrscheinlich bei lebendigem Leib verschlungen werden.

»Hast du es den Betreuer*innen gesagt?«, fragte ich.

»Nein, wenn jemand Erwachsenes da ist, sind sie immer ganz lieb.«

Natürlich.

»Weißt du was?«, entschied ich kurzerhand. »Nächste Woche komme ich mal mit in den Kindergarten.«

Ich konnte fast vor mir sehen, wie sie sich die letzten Tränen aus den Augen wischte.

Ich seufzte. »Muss ich noch vorbeikommen?«

»Jaaa!«, rief sie in den Hörer.

Ich verspürte weder die Kraft noch die Lust, heute Abend nach Bristol zu fahren.

»So ein Quatsch, du bleibst da«, meldete Cautschuk sich wieder. »Diese Stadt tut dir nicht gut, und du warst letzte Woche schon genug hier.«

Ich seufzte. »Ja, aber es geht ihr schlecht.«

»Wenn das so weitergeht, wird es *dir* bald schlecht gehen. Zweimal die Woche pendeln reicht.«

Wärme breitete sich in mir aus. Ich war so froh, dass sich mein großer Bruder um mich sorgte und mich manchmal zu meinem eigenen Glück zwang.

»Schlaf ein bisschen, Lotte«, hörte ich ihn im Hintergrund sagen, dann zog er die Tür ins Schloss.

»Sie schläft nur bei offener Tür.«

Mein Bruder fluchte. »Stimmt.«

Wir schwiegen einen Moment.

»Ich wünschte, ich wäre damals jünger gewesen.«

Ich schnaubte. »Glaub mir, das wünschst du dir nicht.«

Die Jahre, von denen er sprach, waren die schlimmsten meines Lebens gewesen.

»Doch«, hielt er dagegen. »Man merkt es mir vielleicht nicht an, weil ich ein gutes Pokerface habe, aber es kränkt mich, dass Lotte mich nicht auch lieb hat.«

»Sie hat dich lieb.«

»Mit dir hat sie mehr durchgemacht.«

»Daran ist nichts positiv.«

Er seufzte.

»Was sollen wir tun?« Die Treppe knarzte unter seinen Füßen, als er nach unten ging. »Ich würde am liebsten jeden dieser verdammten Wichser umbringen.«

Meine Mundwinkel kräuselten sich. »Es würde schon reichen, wenn du sie jeden Morgen hinbringst und zur Garderobe begleitest.«

»Oh, das werde ich auch, verlass dich drauf.«

Gut. Das war gut. Das Einzige, was wir auf die Schnelle tun konnten.

»Wie läuft's mit Ella und Dilan?«, wechselte er abrupt das Thema.

Ich schnaubte. »Cautschuk, dieses Thema ist ein Minenfeld.«

Er seufzte. »Du wirst deine erste große Liebe nie vergessen, wenn du anderen Leuten keine Chance gibst.«

Ich legte einfach auf, ohne etwas zu erwidern.

Dieses Thema war auch ein Minenfeld.

Kapitel 9

Am nächsten Abend schleppte Pekka uns in einen Club. Es war schließlich Samstag, und wenn ich diese Tage nicht in Bristol verbrachte, gab es für mich keinen Weg daran vorbei.

Ella hatte ihm absagt. Ich war mir nicht sicher, ob sie wusste, dass Kian schon da war, denn wie ich sie kannte, wäre sie sonst längst hier aufgetaucht. Ich nahm mir vor, ihr eine SMS zu schreiben, sobald ich wieder zu Hause war.

June und Kian waren ebenso wie ich gezwungen worden, mitzukommen. Das war der Nachteil, wenn man mit Pekka zusammenwohnte: Es war unmöglich, gegen ihn anzukommen. Im Gegensatz zu mir schienen die beiden unseren Ausflug aber zu genießen.

June tanzte um mich herum. Ich nippte an meinem Bier und weigerte mich, meinen Körper zu den Beats zu bewegen.

Ich tanzte nicht. Sosehr sie mich auch darum bat. Es erinnerte mich zu sehr an jenen Abschlussball, der mein Leben für immer verändert hatte. An all den Schmerz, den ich damit verband.

Ich presste die Finger gegen das kalte Glas der Bierflasche.

An einen Blick voller Liebe und Bedauern.

Ein rotes Abendkleid.

Was hatte ich nur falsch gemacht?

Kian kam von der Toilette zurück und zog June tiefer in die Masse der umherschunkelnden Menschen, was diese bereitwillig über sich ergehen ließ.

Erinnerungen an meinen letzten Tanz klopften an. Ich drehte mich um und entfernte mich von den anderen.

Am Rand der Tanzfläche lehnte ich mich gegen die Steinmauer und schloss die Augen.

»Where are you now?«

Mumford & Sons sangen leise, trotzdem dröhnte der Text laut in meinen Ohren. *»Do you ever think of me, in the quiet, in the crowd?«*

Hatten sie sich heute darauf spezialisiert, Songs zu spielen, die mir den Brustkorb zerfetzten?

Ich riss die Augen auf, als mir ein Typ seine Alkoholfahne ins Gesicht blies. Seine Pupillen waren geweitet. Ich wollte gar nicht wissen, was er noch intus hatte.

Freundlich, aber bestimmt schob ich ihn von mir.

Warum nur musste Pekka mich jedes Mal anflehen, mitzukommen, wenn er eh schon am Eingang des Clubs verschwand, um jemanden aufzureißen, und ich ihn dann den ganzen Abend nicht zu Gesicht bekam?

Fünf Leute in meinem Alter quetschten sich grölend an mir vorbei.

»Hey, Jase, heute richtig einen draufmachen?« Der eine rempelte den anderen mit seiner Schulter an. Besagter Jase verzog das Gesicht. »Heute eigentlich nicht, ich suche jemanden.«

»Immer diese Abschlepper«, erwiderte sein Gegenüber.

Ich verdrehte die Augen. Das hier war einfach nicht meine Welt. Ich gehörte mit einem Buch in der Hand aufs Sofa. In die Arme einer Person, die ich über alles liebte. Zum Beispiel in Ellas.

Ella.

Seit der Demo vor einer Woche hatte ich sie nicht mehr gesehen. Ich seufzte. Was, wenn Dilan ihr doch von meinem Besuch erzählt hatte und sie deshalb nicht mehr in der WG vorbeikam?

Vielleicht sollte ich ihr wirklich eine SMS schreiben, ihr von Kian berichten und ihr endlich sagen, dass Dilan eine komische Anziehung auf mich ausübte.

Ich ließ den Kopf in den Nacken fallen. Die Steine der Mauer waren rau, wie der Sturm in meinem Inneren.

Ich brauchte frische Luft und wollte nach Hause.

Ich stieß mich von der Wand ab. Heute musste ich nicht mal June gegenüber solidarisch sein und hierbleiben, denn heute hatte sie Kian.

Ich lächelte. Der gestrige Pizza-WG-Abend war supercool gewesen. Ich hatte Kian jetzt schon in mein Herz geschlossen, und das, obwohl ich ihn kaum kannte.

Mit den Augen suchte ich die Tanzfläche ab, konnte die beiden aber nirgends entdecken. Inzwischen drängten sich die Menschen so dicht, dass ich kaum zwei Meter weit gucken konnte.

Seufzend drehte ich mich Richtung Ausgang. Wozu hatten wir einen Gruppenchat? Dort konnte ich genauso gut Bescheid geben, dass ich mich vom Acker machte.

Meine Hand erstarrte auf halbem Weg zur Hosentasche. Ich vergaß mein Handy und dass ich hatte gehen wollen.

Auf der Tanzfläche war ein vertrautes Gesicht, aber weder das von June oder Kian noch das von Pekka.

Ich schluckte schwer.

Dilan hatte die Augen geschlossen, die Arme über den Kopf gestreckt und bewegte sich im Takt der Musik. Sein Ohrring glitzerte unter den Scheinwerfern, und sein rotbraunes Haar war zerzaust. Das T-Shirt war hochgerutscht und gab einen dünnen Streifen Haut an seinem Bauch frei.

Hitze schoss mir in die Wangen, und in meiner Hose wurde es augenblicklich enger.

Verfluchte Scheiße. Ich konnte beim Anblick eines anderen Mannes doch nicht so heftig reagieren.

Ich fasste mir an die Stirn, um sicherzugehen, dass ich nicht fieberte, aber meine Temperatur war normal.

Was sollte ich tun?

Weglaufen?

Zu ihm gehen?

Hallo sagen?

Meine Hände kribbelten. Alle Alarmglocken in meinem Kopf schrillten.

Ich konnte ja wohl nicht auf den Mann zugehen, der Ella verletzt hatte, nur weil seine Schönheit mir den Verstand vernebelte.

Doch dann tat ich genau das.

Ich erreichte den Rand der Tanzfläche. Jener verdammten Tanzfläche, die ich in den letzten acht Jahren kein einziges Mal freiwillig betreten hatte.

Dilan hielt die Augen geschlossen. Sollte ich ihn berühren? Seinen Namen rufen, der in der lauten Musik untergehen würde?

Ich trat einen Schritt näher.

Dilan öffnete die Augen.

Sah mich.

Erstarrte.

Das Treiben um uns herum verblasste. Während die Menge zu *Love Her Too* von Marc E. Bassy ausrastete, verschränkten wir reglos unsere Blicke.

Und dann, ganz langsam, ohne Vorwarnung, breitete sich ein Lächeln auf seinen Lippen aus. »Hey.«

»Hey«, erwiderte ich.

Er streckte eine Hand aus. Ein dünner goldener Ring an seinem Zeigefinger zog meine Aufmerksamkeit auf sich.

»Tanz mit mir.«

Ich konnte seine Stimme kaum verstehen, aber die Worte deutlich von seinen vollen Lippen ablesen.

Mit ihm tanzen? Zu diesem Song?

Zögernd nahm ich seine Hand und ließ mich näher ziehen.

Der Ring war kalt an meiner Haut. Er verschränkte seine Finger in meinem Nacken, ich legte meine Hände langsam an seine Taille. Unsere Körper schmiegten sich aneinander. Als hätten sie nie etwas anderes getan.

Ich zwang mich, gleichmäßig zu atmen und angesichts der Nähe zu ihm nicht die Kontrolle zu verlieren.

Ich tanze.

Zum ersten Mal seit dem Abschlussball tanzte ich.

Mein Magen drehte sich um, und tausend kleine Schmetterlinge begannen, darin verrücktzuspielen. Ich hatte vergessen, wie gut es sich anfühlte. Wie nah ich einer anderen Person dabei sein konnte.

Ich spürte seinen Atem an meinem Hals und seine Hüfte an meiner. Wir tanzten, bis mir Schweiß auf der Stirn stand und ihm das T-Shirt am Rücken klebte. Dann noch weiter. Immer enger. Seine Hände auf meinen Schultern und meiner Brust. Meine Hände an seiner Taille und seinen Seiten.

Meine Hose wurde wieder zu eng. Meine Erektion presste sich gegen seinen Bauch, und ich war mir sicher, dass auch er sie spüren konnte.

Ob er auch eine hatte? Oder ließ meine Nähe ihn völlig kalt?

Vielleicht sollte ich das besser gar nicht herausfinden. Ich kannte diesen Mann nicht. Konnte ich wirklich zulassen, dass wir hier so unbeschwert tanzten? Was war mit Ella?

Ella.

Ruckartig löste ich mich von ihm und taumelte nach hinten.

Erschrocken hob er den Blick, und ich wich noch einen Schritt zurück. Ich war so dumm. Ich konnte doch nicht mit dem Typen tanzen, in den Ella verliebt war.

Ich hatte es wieder getan. Jetzt gab es viel mehr, was ich ihr erzählen musste, als einen Beinahekuss.

Ich drehte mich um und stapfte nach draußen, ohne Dilan noch einmal anzusehen.

Ich hätte ihn einfach ignorieren sollen.

»Warte.« Dilan holte mich erst auf dem Parkplatz ein.

Geh weiter, Simon.

Ich blieb stehen.

Reue lag in seinen Augen. »Tut mir leid, vielleicht hätte ich dich nicht zum Tanzen auffordern sollen.«

Ich wollte mich umdrehen, doch seine Hand schob sich in meine. Ich spürte den Ring. Er hielt mich nicht fest, forderte mich mit der Berührung nur auf, zu bleiben. Mein Körper stand in Flammen. Stromschnellen zitterten über meine Haut.

»Ich wollte dich nicht bedrängen«, flüsterte er.

Mich bedrängen? Ich schluckte. Das war das Letzte, was er getan hatte. Der Tanz mit ihm hatte Spaß gemacht. Es hatte sich so richtig angefühlt. Aber ich verstand es nicht. Das durfte nicht sein, oder?

Ich hob den Blick und sah ihm in die Augen. Langsam schüttelte ich den Kopf. »Was soll das? Du ignorierst Ella, um was? Dich jetzt an mich ranzumachen?«

Dachte ich das wirklich?

Seine Augen weiteten sich. »So ist es nicht.«

»Wie dann?«

Er seufzte. »Simon, ich will weder Ella noch dir wehtun, deshalb habe ich Abstand zwischen sie und mich gebracht.«

Mein Name auf seinen Lippen. Konnte sich das wirklich so vertraut anfühlen wie der Geschmack meines Lieblingskuchens?

Ich zog die Augenbrauen zusammen. »Ich glaube, es würde sie sehr verletzen, wenn sie hiervon wüsste.« Ich deutete auf meine Hand, die in seiner lag.

Er folgte meinem Blick. »Da wäre ich mir nicht so sicher.«

Ich runzelte die Stirn. »Worum geht es hier eigentlich?«

Dilan zog seine Hand aus meiner. »Ich kann nicht mit der Frau zusammen sein, in die du verliebt bist.« Seine Stimme wurde mit jedem seiner Worte leiser. Er biss sich auf die Lippe, als hätte er zu viel gesagt.

Ich starrte ihn an.

»Was zur Hölle hat eure Beziehung mit mir zu tun?«

In seine Augen trat ein Glitzern. »Alles hat mit dir zu tun.«

Stille.

Es war seltsam. So verdammt seltsam. Wir hatten uns erst zwei Mal gesehen. Und doch schlug auch mein Herz in seiner Gegenwart höher.

Ich wollte etwas erwidern, nach einer Erklärung verlangen. Doch in diesem Moment drehte er sich um. Und statt ihm nachzulaufen, blieb ich einfach stehen.

Ich hatte nicht die Kraft, mich diesen neuen Gefühlen zu stellen.

Kapitel 10

Am Montagabend kam Junes Bruder Jake vorbei, um Kian zu begrüßen. Die beiden verschanzten sich ewig zu zweit auf dem Balkon und versuchten, die letzten sieben Jahre aufzuholen.

Junes Strahlen war geblieben. Kian brachte Sonne in ihr Leben, und nicht nur in ihres – auch Pekka und ich profitierten von seiner Anwesenheit. Gestern hatte er, während wir den Tag über in Uni und Schule gewesen waren, die gesamte Küche aufgeräumt und den Abwasch gemacht.

Heute war bereits Dienstag, und ich saß in meiner Mittagspause auf dem Hinterhof der Berufsschule. Unschlüssig betrachtete ich das Handy in meiner Hand. Seit der Demo war über eine Woche vergangen, und ich vermisste Ella noch immer.

Natürlich hatte ich ihr an dem Abend, an dem ich mit Dilan getanzt hatte, keine SMS mehr geschrieben. Keine Ahnung, ob sie Kian schon gesehen hatte, und noch viel weniger wusste ich, wie es ihr ging. Also entsperrte ich den Bildschirm und rief unseren Chatverlauf auf.

Ich tippte.

Löschte.

Tippte wieder.

Gerade als ich mich zu einer Nachricht durchgerungen hatte, mit der ich halbwegs zufrieden war, zeigte mein Handy an, dass sie mir schrieb.

Mein Herz rutschte mir in die Hose.

Ella: Darf ich dich heute Nachmittag auf einen Kuchen im Clara's einladen?

Meine Augen weiteten sich. Hatte sie etwa selbst über die Entfernung hinweg meine Gedanken gelesen? Ich hatte etwas Ähnliches schreiben wollen.

Meine Mundwinkel verzogen sich zu einem Lächeln.

Ich: Ella, bittest du mich etwa um ein Date?

Ich konnte schon vor mir sehen, wie sie mit den Augen rollte, trotzdem meldete sich mein schlechtes Gewissen noch in dem Moment, in dem ich die Worte abschickte. Durfte ich sie überhaupt noch auf diese Weise necken? Immerhin hatte ich eng mit dem Mann getanzt, in den sie verliebt war …

Ella: Nein, aber du tippst schon seit einer halben Stunde, ich dachte, ich beende das Theater.

Hitze schoss mir ins Gesicht. Gut, dass mich gerade niemand sah. Mit Sicherheit lief ich knallrot an.

Ich atmete tief durch und ließ meine Finger über das Display fliegen.

Ich: Du bist so unromantisch.

Ella: Deshalb passen wir nicht zusammen, Simon ;)

Autsch. Ich starrte einen Moment auf die Worte, bevor ich schließlich eine Antwort tippte.

Ich: Das sollte für uns kein Hindernis sein.

Ella: Um vier vorm Clara's?

Ich zögerte. Ich würde ihr endlich von Dilan erzählen müssen. Von meinem Besuch bei ihm, dem Tanz und unserem Gespräch danach.

Ich ließ sie vier Minuten warten und begann das gleiche Spiel wie zuvor. Tippte. Löschte. Tippte wieder.

Ich: Okay.

Sie schickte mir die Adresse des Cafés.

Meine Hände waren schweißnass. Ella war schon drei Minuten zu spät und ich nicht sicher, ob ich langsam durchdrehte. Ich warf einen Blick auf den Eingang des *Clara's*. Sollte ich sie einladen, oder kam das ihrer Vorstellung von einem Date zu nah? Außerdem hatte sie gesagt, *sie* würde *mich* einladen.

Die Augen rollend, wischte ich meine nassen Hände an der Hose ab. Wie alt war ich? Wieder vierzehn? Da hatte es nämlich eine ganz ähnliche Situation mit einer anderen Person gegeben.

»Na, hältst du es noch aus, den Kuchen nur durchs Schaufenster zu betrachten?«

Ella sprang von ihrem Rad und grinste mich an. Sie trug goldene Federohrringe, eine Strickjacke über einem gemusterten Top, und die roten Haare zu einem seitlichen Zopf geflochten.

Ein Lächeln breitete sich auf meinem Gesicht aus, während sie ihr Rad an einer Laterne anschloss.

»Für dich würde ich den Anblick von Kuchen für immer aushalten, ohne selbst zu probieren.« Ich zwinkerte ihr zu, und wir umarmten uns zur Begrüßung.

Sie verdrehte die Augen. »Charmeur.«

Nebeneinander betraten wir das Café. Mein Blick blieb ein bisschen zu lange an der kleinen Tafel neben dem Eingang hängen. *Was ist Liebe?*, stand dort in Druckbuchstaben. War das die Frage des Tages? Oder die generelle Frage des Lebens?

Herrlicher Kaffeeduft erfüllte meine Nase, als Ella die Tür hinter uns schloss, und ich blinzelte. Was für ein gemütlicher Laden!

Ein älterer Herr kam mit ausgebreiteten Armen auf Ella zu und drückte sie an sich.

»Ella, meine Liebe, weißt du, wer mich besucht hat?«

»June und Kian?«, riet sie und erwiderte seine Umarmung.

Sie wusste also doch schon, dass Kian zurück in Bath war.

Er strahlte sie an. »Ganz genau.«

In Ellas Augen lag das gleiche Funkeln. »Ich habe dir all die Jahre gesagt, sobald Kian zurückkommt, wird auch June wieder hier auftauchen.«

Anschließend stellte sie uns einander vor. Der alte Herr hieß Olaf und war der Besitzer des Cafés. Er servierte uns veganen Kuchen, Kaffee aufs Haus und eine Portion Liebe dazu.

Ich musste wieder an die Tafel vor der Tür denken.

Was ist Liebe?

»Als June, Kian und ich noch Tür an Tür gewohnt haben, war er unser Nachbar. Bevor Kian ging, haben wir unsere halbe Jugend bei Olaf verbracht«, erzählte Ella.

Ich war zum ersten Mal hier und ließ meinen Blick erneut über die Sitzecken und Tische gleiten. Nicht nur der Kuchen war süß dekoriert. Ich konnte mir die drei richtig gut hier drinnen vorstellen.

Dank Olafs Herzlichkeit brauchte ich mir auch keine Gedanken darüber zu machen, wer wen einlud.

»Wie geht's dir?«, wechselte ich das Thema.

Sie grinste mich an. »Kian ist zurück.«

Auch meine Mundwinkel zuckten. »Ich weiß.«

Fassungslos schüttelte Ella den Kopf. »Ich habe es erst Samstag erfahren.« Sie tippte mir gegen die Schulter, als wäre das alles meine Schuld. »Samstag! Obwohl er schon seit Freitag hier ist!«

Die Frau vom Nachbartisch drehte sich zu uns um, und ich lächelte sie entschuldigend an.

»Kein Grund, rumzuschreien, Ellie.«

»Was seid ihr für Freunde? Hat es denn niemand von euch für nötig gehalten, mir Bescheid zu geben?«

Ich verschwieg ihr, dass ich mich nicht getraut hatte, stattdessen sagte ich das Naheliegendste. »Ich dachte, du wüsstest, dass er kommt.«

»Ja, wusste ich, aber nicht genau, wann.« Sie schob ein Stück Kuchen auf ihre Gabel. »Aber keine Sorge, ich verzeihe euch.« Pause. »Unter einer Bedingung.«

»Die da wäre?«

Mit der leeren Gabel und vollem Mund deutete sie auf mich.

»Du hörst auf, eifersüchtig auf Dilan zu sein.«

Ich zuckte zusammen. Ihre Worte legten sich wie Eis über mich und das Café.

»Ich bin nicht eifersüchtig auf Dilan«, würgte ich leise hervor.

Sie hob beide Brauen.

»Jedenfalls nicht immer, es ist …« Das war meine Chance, ihr die Wahrheit zu sagen. »Es ist eher so, dass … ich ihn mag.« Ich versuchte, ihrem Blick standzuhalten. Scheiterte. »Wirklich mag.«

Es vergingen Sekunden. Schließlich eine ganze Minute, in der sie mich einfach nur anstarrte.

Panik breitete sich in mir aus. Hatte ich das gerade wirklich zugegeben?

Zu ehrlich.

Viel zu zerstörerisch.

»Wie bitte?« Sie blinzelte. »Was hast du da gerade gesagt?«

Ich fuhr mir mit beiden Händen durch die Haare und krallte sie in meinen Dutt. »Ich mag ihn.«

Unverändert starrte Ella mich an. »Was meinst du damit?«

Ich sollte ihr sagen, dass ich in seiner Nähe Herzrasen bekam und nicht mehr klar denken konnte, aber würde sie dann je wieder mit mir reden?

»Ich habe irgendwie das Gefühl, ihm nahezustehen, obwohl wir uns noch gar nicht so lange kennen.« Ein Kloß bildete sich in meinem Hals.

Stille.

Nervös spielte ich am Henkel meiner Kaffeetasse herum. »Es macht mir Angst«, gab ich zu. »Und ich habe ein schlechtes Gewissen.«

Ellas Augen durchleuchteten mich, als müsste sie die Wahrheit meiner Worte prüfen. »Das … habe ich nicht erwartet.«

Der Röntgenblick blieb, und ich zog automatisch den Kopf ein.

»Ich auch nicht«, sagte ich.

»Habt ihr euch noch mal ohne mich getroffen?«

»Zufällig.«

Kurz erzählte ich vom Club und dass wir zusammen getanzt hatten. Nur dass ich dabei Dinge gefühlt hatte, die ich definitiv nicht hätte fühlen sollen, und dass ich davor bereits einmal in seiner Wohnung gewesen war, ließ ich aus. Sie sah geschockt genug aus.

»Du hast mit dem Typen getanzt, wegen dem ich Liebeskummer habe?«

Das war der Moment, in dem sie mich endgültig in den Wind schießen würde, oder?

»Es tut mir so leid.«

Sie wandte den Blick ab, beobachtete die anderen Gäste des Cafés und sah mich schließlich wieder an.

Nervös rutschte ich auf meinem Stuhl herum. »Ich bin sicher, das sind Gefühle, die sich wieder legen.«

Ella schüttelte den Kopf. »Es ist eure Sache, was ihr miteinander habt.« Entschlossen nahm sie wieder ihre Gabel und aß den Rest ihres Kuchens. »Das hat nichts mit mir zu tun.«

»Das klingt, als hätten wir Sex.«

Ohne Vorwarnung breitete sich ein Lächeln auf ihrem Gesicht aus.

»Die beiden Männer, die ich am meisten mag, zusammen in einem Bett. Nicht übel.«

Ich stolperte mit dem Blick über ihre Lippen.

Das konnte doch nicht so leicht sein, sie konnte doch nicht einfach einen Witz machen, nachdem ich ihr *das* erzählt hatte.

Trotzdem nahm ich die Vorlage dankbar an.

»Du magst uns am meisten?«, fragte ich neckend. »Mich?«

Sie schob den leeren Kuchenteller von sich. Die Kerze auf unserem Tisch spiegelte sich in ihrem Blick.

»Sind der Tanz und dass du ihn magst die einzigen Gründe für dein schlechtes Gewissen?«

Schlagartig wurde ich wieder ernst. Ich biss mir auf die Lippe und nahm einen Schluck von meinem Kaffee, um nicht direkt antworten zu müssen.

»Er meinte, es hätte mit mir zu tun, dass er Abstand zwischen euch gebracht hat«, sagte ich schließlich.

»Mit dir? Warum sollte unsere Beziehung irgendwas mit dir zu tun haben?«

Hilflos hob ich die Schultern.

Sie starrte in ihre Tasse. Ich probierte endlich den Kuchen, den ich bis dahin noch nicht angerührt hatte.

Er war köstlich. Besser als mein eigener. Wie bekam Olaf nur diese Creme ganz ohne Sahne hin? Vielleicht würde ich ihn bei Gelegenheit fragen können.

»Doch, ich verstehe es«, sagte Ella langsam. »Dilan hat manchmal große Selbstzweifel, und du stehst auf mich. Vermutlich denkt er, dass du besser für mich bist.«

Ich schnaubte. »Hey, ich habe nie gesagt, dass ich auf dich stehe.«

»Sim, das ist offensichtlich.«

Ich starrte sie einen Moment an.

Ich machte kein Geheimnis daraus, dass ich sie mochte, aber verdammt … Wenn es so offensichtlich für sie war, bedeutete es doch etwas, dass sie hier mit mir saß, oder?

»Ich glaube, dass mehr dahintersteckt.« Ich senkte den Blick und schob den Kuchen auf meinem Teller hin und her. »Bei Dilan.«

»Vielleicht.« Ihr Blick wanderte durchs Café. »Ich wünschte, wir könnten uns einfach alle lieb haben, ohne dieses Drama.«

Ein Song von Bukahara unterbrach uns. Sie kramte das Handy aus ihrer selbst genähten Tasche und warf einen Blick auf das Display. Alle Gesichtszüge entglitten ihr.

»Hey, alles okay?«

Sie ignorierte meine Frage, atmete einmal tief durch und nahm das Gespräch entgegen.

»Hallo, wie schön, von euch zu hören.« Ihr unechtes Lächeln ließ mich die Stirn runzeln.

»Ja, sicher!«, sagte sie mit gespielter Euphorie.

Die Person am anderen Ende erwiderte etwas, und Ella furchte die Stirn. »Mum, einen Mann? Es gibt keinen …« Seufzend ließ sie das Telefon sinken und starrte das kleine Gerät an. Zorn sammelte sich in ihren Augen, fluchend warf sie es auf den Tisch.

Ich verlagerte mein Gewicht, sodass der Stuhl knarzte.

Ruckartig sah sie auf, Schwere lag in ihrem Blick.

»Meine Eltern«, sagte sie, als müsste sie sich erklären. Sie stützte die Ellenbogen auf dem Tisch ab und vergrub das Gesicht in den Händen. »Ich soll am Donnerstag zu ihnen zum Mittagessen kommen.«

»Und darauf hast du keine Lust?«

Sie zuckte mit den Schultern und wandte den Blick ab.

»Ellie.« Ich streckte eine Hand über den Tisch. Ein Angebot, das sie nicht annahm.

Stattdessen sah sie mir wieder in die Augen. »Das ist mir ziemlich peinlich«, gestand sie.

Ich erwiderte ihren Blick offen. »Dir muss nichts peinlich sein. Nicht vor mir.« Und das meinte ich ernst. Mit jeder Faser meines Körpers.

Sie seufzte. »Kurz nachdem Kians Familie weggezogen war, sind meine Eltern mit ihrer kleinen Anwaltskanzlei aufgestiegen und nun die teuersten und besten Anwält*innen, die du in Bath bekommen kannst. Sie erwarten, dass ich mich dementsprechend verhalte. Ich muss zu allen ihren Treffen antanzen, und auch diesen Donnerstag laden sie mich nur ein, weil neue Partner vorbeikommen, nicht, weil sie sich mit mir unterhalten wollen.« Sie seufzte erneut. »Und das Schlimmste ist, dass sie mir jedes Mal damit in den Ohren liegen, dass ich mir endlich einen Mann mit juristischen Fähigkeiten suchen soll.«

Wie altmodisch war das denn, bitte?

»Ich passe schließlich nicht in die Familie mit meinem ›*Zukunftsstudium*‹.« Sie malte Anführungszeichen in die Luft. »Da muss es ja wenigstens mein Freund.« Sie verzog die Lippen zu einem falschen Lächeln.

Mein Herz krampfte sich zusammen.

Schon immer hatte sie nur kurz angebunden über ihre Eltern geredet, als gäbe es über sie nicht viel zu erzählen.

Das steckte also dahinter. Eltern, die ihr Kind nicht unterstützten. Dabei war *International Development, Social Justice and Sustainability* ein Studiengang, der ziemlich perfekt zu Ella passte. Dass ihre Eltern das anders sahen, versetzte mir einen Stich.

Diesmal nahm ich ihre Hand in meine, verschränkte, ohne ihre Reaktion abzuwarten, meine Finger mit ihren.

Sie sah auf.

»Also, ich bin zwar kein Anwalt«, fing ich an, »aber ich könnte deinen Freund spielen.«

Oder es sein.

»Um sie ein bisschen zu beschwichtigen«, fügte ich hinzu.

Ihre Hand umklammerte meine.

»Verdammt! Ich sollte ihnen keinen Freund vorgaukeln müssen, um sie glücklich zu machen! Ich sollte ihnen einen Freund vorstellen, weil mir etwas an ihm liegt.« Pause. »Aber da würden sie mir sowieso nicht zuhören. Und außerdem will ich meine beiden Leben nicht vermischen.«

Ich stutzte. Dieser Satz hätte auch aus meinem Mund kommen können.

Ob sie die Worte auch so viel Überwindung gekostet hatten, wie sie es mich kosten würden?

»Kann ich gut verstehen«, sagte ich und bereute es direkt. Die Andeutung, die darin mitschwang, war zu offensichtlich.

Ella strich mit den Daumen über meine Hand, und alles um mich herum verschwand, ich konnte mich nur noch auf ihre Berührung konzentrieren.

»Sie würden dich am Ende wahrscheinlich sogar dazu bringen, Jura zu studieren.«

Ich lachte auf, erleichtert darüber, dass sie nicht nachfragte.

»Dafür waren meine A-Levels nicht gut genug.«

»Du hast die A-Levels?«, fragte sie belustigt.

Ich zog meine Hand aus ihrer und knuffte sie in die Seite. »Ja, stell dir vor.«

Sie grinste. »Hast du heute Abend noch was vor?«

Ich hielt die Luft an. Wollte sie mich etwa wiedersehen? Trotz der Sache mit Dilan?

»Außer ein neues Gericht für die Arbeit auszuprobieren und mir noch mal meinen Lernstoff anzusehen … Nein.«

Sie sah mich an, als müsste sie Mut sammeln.

»Wir könnten zusammen kochen?«, schlug ich vor, was mich direkt nervös machte.

Sie lächelte erleichtert. »Bei mir?«, fragte sie.

Oh.

Sie lehnte nicht ab?

Vorfreude sprudelte durch meine Adern.

»Dann kannst du dich in meine einzigartigen Fähigkeiten als Koch verlieben.« Ich wackelte mit den Augenbrauen. »Vielleicht werde ich dann doch noch dein Freund.«

»Vielleicht habe ich das ja längst.«

»Dann«, ich strich ihr eine lose Haarsträhne hinters Ohr, »würdest du mich zum glücklichsten Mann dieser Welt machen.«

Sie wich meinem Blick aus. »Du übertreibst.«

»Ich übertreibe nie«, widersprach ich.

Zwei Stunden später stand ich vor ihrer Wohnungstür und klingelte. Ich war noch mal nach Hause gefahren, um die Sachen zu holen, die ich für das Gericht bereits eingekauft hatte.

Pech für die WG, sie würden heute nicht in den Genuss meiner Fähigkeiten kommen.

Ella öffnete mir in den gleichen Klamotten, die sie am Nachmittag getragen hatte.

»Schönste Person der Welt«, begrüßte ich sie grinsend.

Sie verdrehte die Augen und fasste sich an die Stirn. »Wann wirst du endlich erwachsen?«

»Du weißt doch, dass ich in deiner Gegenwart nicht klar denken kann.«

Kopfschüttelnd zog sie mich über die Schwelle und schloss die Tür hinter uns. Ich marschierte geradewegs in die Küche und packte meinen Beutel mit den Einkäufen aus.

»Okay«, sagte ich und betrachtete die Zutaten. »Lass uns dich in mich verliebt machen.«

Ella lachte. »Ich hab doch bereits zugegeben, dass ich dich mag.«

»Zwischen mögen und lieben liegt ein himmelweiter Unterschied.« Ich hielt die Kakaopackung in die Höhe. »Und mein Schokoladensoufflé ist zum Dahinschmelzen.« Ich wackelte mit den Brauen.

Schwer seufzend schob Ella mich aus dem Weg, um ihr Handy an die kleine Anlage anzuschließen. Kurz darauf erfüllten die vertrauten Klänge von Bukahara den Raum. Inzwischen waren mir alle Songs der Gruppe vertraut. Schon seit ich Ella kannte, waren sie ihre absolute Lieblingsband, und wir hörten sie ständig.

»Okay, klär mich auf, was soll das hier werden?« Sie stemmte die Hände in die Hüften und betrachtete die Sachen, die ich mitgebracht hatte.

Ich lächelte. »Das hier wird ein Ratatouille vom Feinsten.« Ich zwinkerte ihr zu. »Und zum Nachtisch gibt es das bereits erwähnte Soufflé.«

Sie überging meinen Kommentar und holte uns Bretter und Messer. Mir war durchaus klar, dass ich sie mit keiner Nachspeise der Welt beeindrucken konnte. Hätte mein Essen gereicht, um sie für mich zu gewinnen, wären wir schon seit Jahren zusammen gewesen. Zu scherzen half mir allerdings, meine Nervosität in den Griff zu bekommen. Wir waren immerhin allein in ihrer Wohnung.

Ich krempelte die Ärmel hoch und machte mich an die Arbeit. Ella sang leise die Texte mit, und ich summte die Melodie. Wir arbeiteten im Einklang.

Normalerweise ätzte es mich an, Gesellschaft beim Kochen zu haben. Freund*innen standen oft im Weg herum, anders als in der Großküche, wo alle wie Zahnräder ineinandergriffen. Einzig bei Lotte machte ich eine Ausnahme. Doch mit Ella war es anders. Sie übernahm den Großteil der Arbeit, und ich konnte mich den Kleinigkeiten widmen.

Sie deckte den Tisch, während ich das Soufflé aus dem Ofen holte und dem Ratatouille den letzten Feinschliff gab. Eine geheime Gewürzmischung, die ich extra mitgebracht hatte.

»Ich habe genau gesehen, dass du noch was reingemischt hast«, kommentierte sie.

Ich grinste und setzte eine Unschuldsmiene auf. »Keine Ahnung, wovon du redest.«

Sie ließ es mir durchgehen. Am liebsten hätte ich sie dafür umarmt.

»Immer diese abgehobenen Sterneköche.«

Ich hielt in meinen Bewegungen inne.

Sternekoch.

Der dumme Traum seit meiner Kindheit.

Ich versuchte, mir nicht anmerken zu lassen, wie viel mir diese Bezeichnung bedeutete, und verengte die Augen zu schmalen Schlitzen. »Abgehoben?« Ich machte einen Schritt auf sie zu. »Na warte.«

Schon im nächsten Moment fing ich sie an der Hüfte ein und kitzelte sie durch.

Nach Luft schnappend, versuchte sie, sich zu befreien, wobei ihr ein Kichern entfuhr.

Mein Herz setzte einen Schlag aus, als ich sie losließ. Sie stand direkt vor mir. Ihr Atem vermischte sich mit meinem, und unsere Blicke flossen ineinander. Ich hätte sie küssen, ihre beiden rosa gefärbten Wangen in meine Hände nehmen und meine Lippen auf ihre legen können, aber ich riss mich zusammen, trat einen Schritt zurück und kratzte mich am Nacken.

Sie schluckte. »Essen?«

Ich nickte.

»Okay.« Ella wandte sich ab, und wir trugen Topf und Blech ins Wohnzimmer. Sie zündete eine Kerze an.

»Romantisch«, kommentierte ich.

»Pah. Gemütlich. Romantik ist nichts für mich«, erwiderte sie, aber ihre Augen funkelten verdächtig.

Ich tat uns beiden etwas vom Ratatouille auf.

Sie setzte sich.

»Guten Appetit.« Lächelnd reichte ich ihr den Teller.

Es war köstlich, und ich nahm mir vor, meinen Chef zu fragen, ob er das Gericht vielleicht im *Priory* auf die Karte setzten wollte.

»Du hast es einfach drauf.« Ella füllte sich zum zweiten Mal den Teller. Meine Mundwinkel reichten von einem Ohr zum anderen. Ein solches Kompliment bedeutete mir alles. Dabei war es genauso ihr Verdienst, dass es so gut schmeckte.

Wir widmeten uns dem Nachtisch.

»Danke übrigens, dass du dich auf das vegane Rezept eingelassen hast.« Sie legte mir eins der Schälchen auf den Teller.

Ich schmunzelte. »Na klaro, vegan macht es schließlich nicht weniger lecker.«

Wir zückten unsere kleinen Löffel und stießen sie aneinander. »Cheers.«

Lachend probierten wir. Ella stöhnte auf. »Vielleicht werde ich doch dahinschmelzen.«

Ich grinste hinter meinem Löffel.

Die Zeit verstrich. Wir unterhielten uns, bis es draußen dunkel wurde. Es war bereits elf, als wir das Geschirr zurück in die Küche trugen.

Ich drehte mich zu Ella um, schon eine Verabschiedung auf den Lippen, doch sie kam mir zuvor.

»Willst du hier schlafen?«

Ich erstarrte. Es war das erste Mal, dass sie das fragte. Ich war selten in ihrer Wohnung gewesen, und übernachtet hatte ich noch nie.

»Ich meine, es ist schon spät.« Sie verknotete ihre Finger ineinander. »Und außerdem …«

Ich trat einen Schritt auf sie zu. Sie hielt den Atem an, als ich eine ihrer Haarsträhnen einfing und zurück an ihren Platz schob. »Ich würde gerne hier schlafen.« Sehr gerne sogar.

Erleichtert atmete sie auf.

Ich zwinkerte ihr zu. »Das Sofa ist bestimmt irre gemütlich.«

»Ist es«, bestätigte sie. »Aber mein Bett auch.«

Mein Herz überschlug sich.

Ich senkte den Blick auf ihre Lippen. »Ellie«, murmelte ich und war mir nicht sicher, was ich hiervon halten sollte.

Sie schluckte. »Ich würde mich einfach über Gesellschaft freuen. Manchmal fühle ich mich so allein, wenn ihr alle in der WG seid und ich hier«, flüsterte sie.

Mein Magen krampfte sich zusammen. Ich trat einen Schritt vor und nahm sie in den Arm.

Sie entspannte sich, legte die Arme ebenfalls um meinen Körper.

»Du bist nicht alleine, Ellie.« Ich vergrub das Gesicht in ihrem Haar. »Nicht, solange du mich in dein Leben lässt.«

Sie seufzte und presste sich an mich.

Sekunden verstrichen. Minuten vergingen.

»Du bist viel zu gut für mich, Simon«, murmelte sie.

Zur Hölle, nein. »So ein Quatsch.«

Es war eher andersherum.

Wir gingen schlafen. Ich bekam sogar eine Zahnbürste, und während sie sich im Bad umzog, befreite ich mich im Schlafzimmer von meinen Jeans und hüpfte auf das große Bett.

»Ich bin ein Glückspilz«, verkündete ich, als sie nur in einem T-Shirt und kurzer Hose hereinkam. Ich musste mich schwer zusammenreißen, um nicht auf ihre nackten Beine zu starren.

Sie verdrehte die Augen und kletterte zu mir in die Kissen.

»Kannst du nicht *ein* Mal nicht flirten?«

Ich sah sie offen an. »In deiner Gegenwart?« Ich schüttelte den Kopf. »Unmöglich.«

Sie lächelte. Ich erwiderte es und breitete die Arme aus. Daraufhin wurde sie rot und wandte den Blick ab.

»Ellie.« Ich rutschte näher heran und nahm ihre Hand in meine. »Hey.«

Sie betrachtete unsere verschlungenen Finger. »Ich sehne mich einfach so sehr nach Körperkontakt und Umarmungen.« Sie sprach leise, peinlich berührt.

Ich schmiegte mich an sie. »Das ist doch vollkommen okay. Dafür sind Freund*innen doch da, oder?«

Endlich sah sie mich an, und all die Emotionen in ihren Augen wühlten mein Inneres auf.

»Ich will dich nicht ausnutzen.«

Was sollte das bedeuten? Dass ich nur ein Lückenfüller für Dilan war?

Dilan.

Denk nicht an ihn.

»Das kannst du gar nicht. Für dich mache ich alles gerne.«

Sie starrte einen Moment auf einen imaginären Punkt, als würde sie damit kämpfen, die Worte nicht an sich heranzulassen. Ohne mich noch einmal anzusehen, löschte sie das Licht und kuschelte sich unter der Decke eng an mich. Mein Herz blieb stehen, als ich ihren Körper an meinem spürte. Ihres dagegen pochte zu schnell für einen normalen Rhythmus.

Oh verdammt.

Ihr bedeutete das hier etwas.

Ich legte einen Arm um Ella und meine Hand auf ihren Bauch.

»Ist das okay?«, fragte ich flüsternd.

Sie atmete aus. »Ja«, hauchte sie. »Sehr okay.« Sie legte ihre Hand über meine.

Ich beugte mich näher und vergrub das Gesicht in ihren Haaren, bis mein Mund ihrem Ohr ganz nah war. »Ellie«, raunte ich.

Sie seufzte. »Mhh.«

»Ich wusste immer, dass dich meine Nähe nicht kaltlässt.«

Und deine mich auch nicht.

Sie schnaubte, und wir entspannten uns beide.

Kapitel 11

Ich stand vor dem Spiegel und knöpfte mein Hemd zu. Wieder ein Hemd für Ella. Diesmal entsprach es aber wenigstens dem Anlass.

Seufzend betrachtete ich mein Spiegelbild. Ich sah nicht aus wie ich selbst.

Der Benachrichtigungston meines Handys unterbrach meine Gedanken. Ich hatte es achtlos aufs Bett geworfen und griff nun danach, um die SMS zu lesen.

Dilan Dil hat dich zur Gruppe ›Netzwerk LGBTQIAP+-Zentrum‹ hinzugefügt.

Ich starrte einen Moment auf die Worte.

Eine zweite Nachricht ging ein.

Dilan Dil: Leute, ich habe endlich einen Space gefunden, der perfekt für das geplante Zentrum wäre. Fünf Räume plus offene Küche. Der Traum nimmt Form an.

Dahinter prangten fünf lachende Smileys. Ich hatte die Worte kaum zu Ende gelesen, da trudelten schon die ersten Glückwünsche ein.

Ich schluckte. Warum war ich in dieser Gruppe? Dachte Dilan, dass ich queer war, nur weil ich einmal mit ihm getanzt hatte?

Und woher hatte er meine Nummer?

Meine Zimmertür flog auf, und Ella kam herein. Ich ließ das Handy sinken.

»Dil hat endlich einen Raum gefunden.« Sie breitete die Arme aus. »Das ist so cool.«

Ich starrte sie an. Sie trug ein bodenlanges blaues Kleid und dazu goldene Ohrringe.

Wow.

Ich schluckte.

Es kostete mich jegliche Selbstbeherrschung, sie nicht an mich zu ziehen und meine Lippen auf ihre zu legen. Stattdessen legte ich den Kopf schief. »Ich dachte, ihr redet gerade nicht.«

Sie zuckte mit den Schultern. »Deshalb freu ich mich nicht weniger über diese Nachricht.«

Sie hielt inne und musterte mich einen Moment. Erst jetzt fiel ihr das Hemd auf. Sie räusperte sich, sagte aber nichts.

Unruhig trat ich von einem Bein aufs andere. »So schlimm?«

Sie schüttelte den Kopf. »So gut.«

Ich grinste. Das war … interessant.

»Was ist mit der Fliege?« Ich hielt das Ding in die Luft, doch sie nahm es mir aus der Hand und warf es aufs Bett.

»Vergiss es, du musst dich nicht verkleiden.«

Ich betrachtete ihr Outfit. »So wie du?«

»Schrecklich, oder?«, fragte sie, während sie vor den Spiegel trat und ihre Haare hochsteckte.

»Meine Mum schickt mir vor jedem Anlass das passende Kleid zu.« Sie rümpfte die Nase. »Ich hasse die Teile.«

Erinnerungen krochen in mir hoch – ich hatte schon mal einen Menschen gekannt, dem es mit Kleidern genauso gegangen war –, doch ich verdrängte den Gedanken.

»Schreckliches Teil«, stimmte ich zu, obwohl sie wunderschön aussah.

Sie lächelte.

Wir fuhren mit der Bahn zu ihren Eltern. Keine Ahnung, wie ich hier gelandet war.

In einem Hemd.

An ihrer Seite.

Nach der Nacht, die wir eng umschlungen verbracht hatten, und nachdem wir am nächsten Morgen beide unsere erste Stunde in Schule und Uni verpasst hatten, hatte sie mich gefragt, ob ich nicht doch mit zu ihren Eltern kommen wolle.

Natürlich hatte ich Ja gesagt und war jetzt schrecklich nervös. Ich würde ihre Eltern kennenlernen. Und ihre Schwester Kim. Das war irgendwie ein riesen Ding.

Ruckelnd setzte sich der Zug in Bewegung. Was, wenn ihre Eltern mich nicht mochten und ich alles nur noch schlimmer machte?

Eine Gruppe Jugendlicher schob sich an uns vorbei und musterte neugierig unsere Aufmachung.

Kein Wunder. In diesen Kleidern an einem Donnerstagmittag.

Ella bemerkte, wie ich unruhig auf dem Sitz herumrutschte, und drückte meinen Arm.

Ich schluckte. »Was, wenn sie finden, dass ich schrecklich bin?«

Ella schnaubte. »Auf ihre Meinung solltest du nicht allzu viel Wert legen.«

Sie heftete den Blick auf die Landschaft. Ich rieb meine schweißigen Hände an meiner Hose ab und versuchte, nicht daran zu denken, dass ich ihren Eltern und vor allem Kim gefallen wollte.

Ellas Elternhaus lag etwas außerhalb von Baths Innenstadt in Weston. Es hatte hohe Hecken und eine Überwachungskamera.

»Wow«, stieß ich aus, als wir vor dem Eingangstor stehen blieben. Ella verdrehte die Augen.

»Endlich.« Eine Frau, vielleicht zwei Jahre älter als ich, kam auf uns zu. »Ich kann heute nicht alleine reingehen.«

Ella schlang die Arme um ihre Schwester und drückte sie fest an sich.

Als sie sich voneinander lösten, zog Ella mich am Hemdärmel an sich. »Kimmy, das ist Simon.«

Kim trug ein ebenso bodenlanges Kleid wie Ella und die gleichen großen Ohrringe.

Sie stemmte die Hände in die Hüften und musterte mich von oben bis unten. »Simon? Soso …«

Ella verdrehte die Augen. »Wir sind nicht zusammen, das habe ich Mum und Dad auch schon gesagt.« Sie warf ihrer Schwester einen warnenden Blick zu.

Kim grinste. »Das ändert nichts an der Tatsache, dass er der erste Mann ist, den du seit Kian mit nach Hause bringst.«

Ella verdrehte die Augen. »Und ich bereue es schon jetzt.«

Kims Augen funkelten.

Ich lächelte. Wenn Ellas Schwester so cool war, waren ihre Eltern vielleicht auch nicht so übel.

»Quatsch.« Ich legte einen Arm um Ella, den anderen um Kim. »Du liebst es, mich in deiner Nähe zu haben.«

Kim johlte vor Lachen auf. »Zu dir passen tut er auf jeden Fall, Ella.«

Yes. Ich hatte den Jackpot geknackt.

Kim öffnete das riesige Tor, und gemeinsam betraten wir den weitläufigen Vorgarten. Es war ein kleiner Marsch bis zu der schweren Eisentür, vor der die Schwestern stehen blieben.

»Bereit?«, fragte Kim und sah uns an.

Ella schüttelte den Kopf, ich zuckte mit den Schultern.

»Willkommen in der Hölle, Simon.« Damit drückte sie auf den Klingelknopf, und ich wäre am liebsten in die entgegengesetzte Richtung davongelaufen.

Eine Frau in weißem Hemd und Schürze öffnete uns die Tür, und Ella atmete erleichtert aus.

»Hallo, Lisa.« Kim nahm die mir fremde Frau in den Arm.

Lisa drückte sie an sich und streckte anschließend die Hände nach Ella aus. »Wie schön, euch zu sehen.«

Ella lächelte sie an. »Darf ich dir Simon vorstellen?«

Lisas Blick traf meinen. »Freut mich.« Fröhlich reichte sie mir eine Hand. »Ich bin die Haushälterin«, fügte sie hinzu und zog uns über die Schwelle. »Ihr seid spät dran, eure Eltern erwarten euch bereits im Salon.«

Ella und Kim verzogen die Gesichter. Es gab einen Salon?

Lisa seufzte. »Ich verstehe wirklich nicht, warum ihr euch das immer wieder antut.«

Kim schnitt ihr das Wort ab. »Darüber will ich jetzt nicht sprechen, Lisa.«

Ella und ich folgten Kim zu einer großen Holztür. Währenddessen knipsten die beiden synchron ein Lächeln an, und Ellas Hand tastete nach meiner. Fest verschränkte ich unsere Finger, und sie klammerte sich an mich.

Kim klopfte und öffnete die Tür. Wir betraten einen Raum, der mich an einen Ballsaal erinnerte. Schwere Kronleuchter hingen von der Decke, und in der Mitte stand ein großer Tisch, der mit goldenen Ornamenten verziert war.

Eine Frau im Kostüm kam schnellen Schrittes auf uns zu. Hinter ihr ein Mann im Anzug. Hätten die beiden gelächelt, wären Ella und Kim ihnen wie aus dem Gesicht geschnitten gewesen.

»Endlich«, fuhr die Frau ihre Töchter an und schob sie nebeneinander. »Ihr seid zu spät.«

Keine Begrüßung. Keine Umarmung, wie es sie bei uns zu Hause gegeben hätte.

Meine Kehle schnürte sich zu, als ihr Blick auf mich fiel. Sie hatte eisige Augen. Ich konnte nichts von Ellas Wärme darin wiedererkennen, obwohl sie die gleiche Farbe hatten.

Ella stellte mich vor. Ihre Stimme klang dünn und ganz anders als die der Frau, die auf Demos Sprüche ins Mikro brüllte.

Ich drückte ihre Finger noch eine Spur fester.

»Schön, Sie kennenzulernen, Mrs Morgan.« Ich lächelte höflich und streckte ihr die freie Hand entgegen.

Sie musterte mich. »Was studiert er?«

Ich ließ meine Hand sinken.

»Jura, was sonst?« Der ironische Unterton in Ellas Stimme war kaum zu überhören. Mrs Morgan ignorierte ihn.

»Gut.« Sie schob mich ein Stück näher an Ella und betrachtete uns. »Keine Krawatte.« Sie strich meinen Hemdkragen glatt und verdrehte die Augen. »Na ja, dafür haben wir jetzt keine Zeit mehr, unsere Gäste müssen jeden Augenblick hier sein.«

Sie stellte sich nach vorne neben Kim.

Lisa steckte den Kopf durch die Tür. »Soll ich die Partner hereinbitten?«

Ellas Mum nickte zackig, woraufhin Lisa die Tür ganz aufzog und zwei Männer im Anzug den Raum betraten. Im Gegensatz zu mir trugen sie beide schicke Krawatten. Ich schrumpfte unter ihren stechenden Blicken.

Es wurden Hände geschüttelt, falsche Lächeln ausgetauscht, und ich begann, alles zu hassen.

Ellas Eltern.

Die Partner.

Dieses Haus.

»Setzen Sie sich doch, ich serviere den Wein.« Lisa lächelte ebenso falsch wie Kim und Ella.

Die Anzugträger nahmen am Tisch Platz.

Ich bekam einen Stuhl neben Ella zugeteilt und tastete unter dem Tisch wieder nach ihrer Hand. Um sie zu halten und um mich selbst zu halten.

Lisa schenkte Wein ein, während über irgendeinen neuen Fall in der Kanzlei gesprochen wurde. Ich hörte nur mit halbem Ohr zu. Ich war damit beschäftigt, Ella und Kim aufmunternde Blick zuzuwerfen.

»Vielleicht kann unsere Tochter Kimberly uns bei diesem Fall bereits unter die Arme greifen«, sagte ihr Dad.

Kim versteifte sich.

»Sie studiert selbstverständlich Jura«, fügte ihre Mum hinzu. »Ebenso wie der Freund unserer jüngeren Tochter.« Sie wies auf mich.

Ich schluckte. Ella hatte einen Namen, verdammt. Durfte der hier nicht ausgesprochen werden, bloß weil sie sich für andere Dinge interessierte als ihre Eltern?

»Und was studieren Sie?« Einer der Anzugträger nahm einen Schluck Wein, den Blick auf Ella gerichtet.

Alle am Tisch hielten die Luft an.

Ella presste die Kiefer aufeinander. »Ich studiere *International Development, Social Justice and Sustainability.*«

Die Anzugträger runzelten die Stirn.

»Selbstverständlich lassen wir ihr diesen Freiraum«, sagte ihre Mutter schnell. Angespannt lächelte sie. »Danach wird sie ebenfalls Jura studieren.«

»Klar«, murmelte Ella, woraufhin Kim ihr einen warnenden Blick zuwarf.

Hilfe, das hier war doch nicht real, oder?

Die Anzugträger schenkten nun Kim und mir ihre Aufmerksamkeit. Keine Ahnung, wovon der Typ redete, als er uns Fragen übers Studium stellte, doch Kim erzählte von ihren Kursen, einem Fall, den sie interessant fand, und rettete mir damit den Arsch.

Ella hatte die Lippen fest aufeinandergepresst und schwieg.

Es gab drei Gänge, und immer wieder musste ich mit Kims Hilfe Fragen ausweichen.

Als endlich der Nachtisch serviert wurde, seufzte Ella erleichtert auf.

Ich stupste sie an. Es gab Schokoladensoufflé.

Industrielles, wie mir nach dem ersten Löffel bewusst wurde. Ich musste mich zusammenreißen, um nicht das Gesicht zu verziehen.

Ella beugte sich näher zu mir. »Deins schlägt dieses um Längen.«

Ich schmunzelte. »Ich weiß.«

Drei verdammte Stunden dauerte das Essen.

Drei Stunden, in denen Ellas Leichtigkeit wie vom Erdboden verschluckt blieb und ich mich fragte, wie sie das all die Jahre ausgehalten hatte. Das hier war doch kein Zuhause.

Keine Familie.

Sobald die Partner gegangen waren, musste Ella sich einen Vortrag anhören, weil sie ihr richtiges Studium verraten hatte, und ich verlor die Beherrschung.

»Sehen Sie denn nicht, dass Ella glücklich damit ist?« Kim biss sich auf die Lippe, und Ella legte mir eine Hand auf die Schulter, doch ich schüttelte den Kopf. »Sie schreibt Bestnoten, Sie könnten stolz auf sie sein.«

»Sim«, flüsterte Ella. »Lass gut sein.«

Ich ignorierte sie. »Soll die ganze Welt Jura studieren, oder was? Ist das die einzige Realität, in der Sie leben?«

»Das muss ich mir nicht länger anhören«, polterte ihr Dad, und ihre Mum verschränkte die Arme. »Dein Zeugnis wollen wir erst mal sehen, bevor du noch einmal unser Haus betrittst.«

Perplex blinzelte ich. Zu getroffen, um irgendwas zu sagen. Sie hatten mir nicht mal zugehört.

Ella schnaubte. »Ihr seid echt nicht mehr zu retten.«

Sie zog mich und Kim nach draußen. Erst zwei Straßen weiter blieben wir stehen.

Fassungslos starrte ich die beiden an. »Warum macht ihr dieses Theater mit?«

Sie warfen mir einen Blick zu. »Weil wir keine Wahl haben«, antwortete Kim langsam. »Täten wir es nicht, würden sie jemanden zu unseren Wohnungen schicken, der oder die uns abholt.«

»Lisa«, sagte Ella leise. »Sie würden Lisa schicken.«

Kim nickte. »Und ihren Job können wir nicht riskieren, indem wir uns bockig gegen unsere Eltern stellen, dafür war sie in unserer Jugend zu oft für uns da.«

Ella schnaubte. »Glaub mir. Ich habe es so oft versucht, es ist immer jemand zu Schaden gekommen, der oder die es nicht verdient hatte.«

Meine Wut verrauchte nicht. »Das ist doch unmenschlich.«

Kim griff sich in die langen Haare und löste die geflochtenen Zöpfe auf. »Hat Ella dir nicht gesagt, dass unsere Regel ist, dass nur ich rede?«

Ich runzelte die Stirn. »Nein.«

Ella verdrehte die Augen. »Ich weiß, ich habe das mit dem Studium provoziert, aber es fällt auch auf, wenn ich sage, dass ich Jura studiere, und dann keine ihrer dämlichen Fragen beantworten kann.«

Kim seufzte und ließ von ihren Haaren ab, die nun in langen hellbraunen Wellen über ihre Schultern fielen. Sie sah Ella in diesem Moment so ähnlich. »Deshalb rede ich doch.«

Ella schnaubte. »Ich habe aber keinen Bock mehr darauf, dass du dein Leben für meines opferst.«

Schweigen.

Sie starrten einander an.

»Du hasst dein Studium.« Ella schüttelte den Kopf. »Und es passt nicht zu dir, du wolltest Tierärztin werden, seit wir klein sind.«

Kim sah sie an. »Man bekommt im Leben aber nicht immer, was man will.« Sie raffte ihr Kleid hoch. »Ich muss zur Bahn.« Sie sah mich kurz an. »Tschüs, Simon, war schön, dich kennengelernt zu haben.« Damit drehte sie sich um und ging mit schnellen Schritten die Straße hinunter.

Ella starrte ihr hinterher. Ihre Schultern bebten, und ein Schluchzer kam über ihre Lippen. Ich trat auf sie zu und nahm sie in die Arme. Sie vergrub das Gesicht an meiner Brust.

»Kim ist so stur.« Sie wischte sich über die Augen. »Keine von uns will diese dämliche Kanzlei übernehmen, aber sie denkt, eine von uns muss es.«

Ich runzelte die Stirn. »Und sie hat sich entschieden, dein Leben zu retten?«

Ella nickte. »Aber ich will nicht, dass sie mich rettet. Ich will, dass sie ihren eigenen Traum verfolgt.«

Ich schluckte. Cautschuk und ich hatten einen Weg gefunden, unsere eigenen Leben zu leben und trotzdem für Lotte da zu sein, aber es hätte auch ganz anders laufen können.

»Sie verdient etwas Eigenes.« Ella zog die Nase hoch. Ich drückte sie fester an mich.

Wenn ich geglaubt hatte, die Frau, die ich liebte, zu kennen, war ich heute eines Besseren belehrt worden. Und ich liebte sie nur noch mehr für die Fürsorge, die sie ihrer Schwester entgegenbrachte.

»Es muss doch möglich sein, dass wir beide unsere Träume verfolgen.«

»Natürlich«, stimmte ich zu. »Ihr dürft euch das nicht gefallen lassen.«

Die Wut kam zurück. Wie konnten ihre Eltern nicht sehen, was für tolle Frauen ihre Töchter waren?

Ella lächelte matt. »Ich weiß nur nicht, wie wir den Anfang finden.«

Ich küsste ihren Scheitel. »Ich bin für euch da. Ihr seid nicht allein.«

Kapitel 12

Als ich am Nachmittag nach Hause kam, saß Kian in der Küche und trank einen Kaffee.

»Alle ausgeflogen«, informierte er mich.

Obwohl ich auf dem Rückweg nichts lieber gewollt hatte, als endlich aus diesem Hemd rauszukommen, ließ ich es an und setzte mich zu ihm. Der Kaffee duftete herrlich, und meine Müdigkeit machte sich bemerkbar. Die letzte Nacht hatte ich vor Nervosität darüber, Ellas Familie kennenzulernen, kaum geschlafen.

»Du ohne June?«, fragte ich und schenkte mir auch eine Tasse ein.

»Sie ist in der Uni. Ich sterbe schon vor Sehnsucht.«

Ich nickte. »Nicht zu übersehen.«

Er grinste. »Das war kein Scherz.«

Ich zog meine Mundwinkel ebenfalls hoch. »Uns ist eh allen klar, dass ihr eines Tages heiraten werdet.«

»So wie du und Ella?«, konterte er.

»Schön wär's«, murmelte ich.

»Genau.« Er nickte. »Bei mir auch: Schön wär's.«

Einen Moment sahen wir einander an. Hatten wir gerade wirklich in dem ersten richtigen Gespräch, das wir zu zweit führten, über unsere Liebesprobleme geredet?

»Also, nachdem wir das geklärt haben, können wir uns ja kennenlernen«, sagte er lachend.

Ich nickte bekräftigend. Dass der Mann, von dem June und Ella ständig geredet hatten, nun hier in meiner Küche saß, war auch für mich aufregend. Ich wollte mehr über ihn erfahren.

»Wieso bist du damals nach Sydney gegangen?«

Er schluckte, wandte den Blick ab, als gäbe es hinter dem Fenster etwas Interessantes zu sehen. »Meine Eltern bekamen ein Jobangebot, das sie nicht ausschlagen konnten.« Ein Schatten lag unübersehbar in seinen Augen. »Glaub mir, ich habe alles versucht, um hierzubleiben, aber ich war noch minderjährig.« Er fuhr sich durch die kurzen braunen Locken. »Ich bin zurückgekommen so schnell ich konnte.«

Es tat gut, ihn das sagen zu hören. Pekka und ich hatten so oft darüber gegrübelt, ob ihm die Gefühle seiner besten Freundinnen einfach egal gewesen waren, als er gegangen war. Doch so wie ich ihn hier kennenlernte, war er durch die Trennung genauso sehr verletzt worden wie sie.

»Ich hab die Zeit ohne June und Ella kaum ausgehalten.« Seine Hände krampften sich um die Tasse. »Ella ist die beste Freundin, die ich je hatte, und June …« Er schluckte. »Alles, was ich die ganzen Jahre wollte, war, sie wieder in meine Arme zu schließen.« Er wandte den Blick ab. »Aber jetzt …« Er seufzte. »Es ist so anders.«

Ich runzelte die Stirn. »Anders?«

»Anders als früher.«

»Natürlich.« Ich nahm einen Schluck Kaffee. »Wie viele Jahre sind vergangen? Fünf?«

»Sieben.«

»Sieben.« Ich nickte. Nur ein Jahr weniger als bei mir.

Verdammt. Bei mir waren es wirklich auch schon acht Jahre. Acht Jahre seit dem Abschlussball. Ich zwang mich, nicht an den Menschen zu denken, der mir so sehr fehlte. »Natürlich ist dann alles anders.«

Er kämpfte mit den Tränen. Mein Schmerz lag in seinen Augen.

Um ihn aufzumuntern, streckte ich eine Hand über den Tisch und knuffte seine. »Ich habe gemerkt, wie sie dich ansieht, Kian.«

»Klar.« Er schüttelte den Kopf. »So wie Ella dich anschaut?«

Das war interessant. »Wie schaut Ella denn?«

Er zog die Augenbrauen hoch, als wäre ich schwer von Begriff. »Also, wenn du das nicht weißt, kann ich dir auch nicht weiterhelfen, Kumpel.«

Mein Herz machte einen kleinen aufgeregten Hüpfer. »Wirklich?« Meine Stimme kletterte ein paar Oktaven in die Höhe.

Er lachte. »Es freut mich, dass Ella dir etwas bedeutet.«

Ich lächelte verlegen. Es war auch schön, dass June ihm etwas bedeutete.

»Genug von der Liebe.« Kian lehrte den Rest seiner Kaffeetasse in einem Zug. »Bock zu zocken?«

Ich grinste. »Klar.«

Wir erhoben uns.

Auf dem Weg ins Wohnzimmer checkte ich mein Handy. Der LGBTQIAP+-Chat explodierte. Zweihundert neue

Nachrichten seit heute Morgen. Ich klickte sie an und scrollte nach unten. Auch Ella hatte gratuliert, und andere hatten bereits Ideen für das Zentrum vorgeschlagen.

Ich schluckte.

Sollte ich es einfach ignorieren oder ihm wie alle anderen meine Glückwünsche aussprechen?

Ich speicherte *Dilan Dil* unter *Dilan* ein und klickte seinen Nachrichtenchat an.

Hey Dilan,
freut mich, dass du einen Raum gefunden hast :)
Sag gerne Bescheid, wenn du Hilfe bei der Renovierung oder so brauchst.
LG Sim

Bevor ich es mir anders überlegen konnte, drückte ich auf *Senden*. Ich hatte Dilan seit dem Abend, an dem wir getanzt hatten, nicht mehr gesehen, und ich wollte auf keinen Fall, dass er sich weiterhin schuldig fühlte, mich bedrängt zu haben. Denn das hatte er nicht. Das Einzige, was zwischen uns stand, waren unsere Gefühle für Ella.

Ich ließ mich neben Kian aufs Sofa fallen, und er reichte mir einen Controller. »Fußball oder Outdoor Survival?«

Ich rümpfte die Nase. »Bei Fußball verlier ich immer. Lieber Outdoor Survival.«

Er grinste und rief das Spiel auf. Gerade als es losging, kündigte mein Handy eine Nachricht an, und ich ließ den Controller sinken, um einen Blick darauf zu werfen. Dilan hatte mir geantwortet.

Ich vergaß das Spiel.

Hey Sim,
danke dir! Super gerne, ich sag dir Bescheid, sobald es so weit ist. Sorry wegen der Sache im Club, lass uns doch noch mal in Ruhe reden.
XX Dil

Ich starrte auf die wenigen Worte. Mein Herz begann heftig zu pochen. In Ruhe reden?

»Hey!« Kian stieß mir in die Seite. »Steh nicht so faul rum, wir müssen Beeren und Pilze einsammeln.«

Ich blinzelte, legte mein Handy weg und griff wieder nach dem Controller. Ließ meine Figur über den Bildschirm laufen. Ich duckte mich unter einem Zweig hindurch und entdeckte die ersten Blaubeeren.

»Ha«, stieß ich triumphierend aus und packte sie ein.

Wir kamen ziemlich weit.

Es war der Beginn einer wunderbaren Freundschaft.

Kapitel 13

Ein paar Wochen später fuhren wir alle zusammen ans Meer. In Pekkas Heimatstadt Bergen in den Niederlanden.

Seine Eltern leiteten dort von dem Geld, das sie mit ihrem erfolgreichen Architekturbüro verdienten, ein Kinderheim, in dem Pekka praktisch auch aufgewachsen war. In der gleichen Stadt besaßen sie ein Ferienhaus, das früher als Rückzugsort der Familie gedient hatte, inzwischen waren seine Eltern aber ganz ins Kinderheim gezogen.

Der Grund, warum wir fuhren, war eigentlich, dass seine Eltern übers Wochenende Urlaub machen wollten und er am Samstag und Sonntag im Heim arbeiten sollte. Doch spontan war ein neues Kind einzogen, das am Sonntag Geburtstag hatte, deshalb blieben seine Eltern, und wir fuhren trotzdem. Pekka freute sich schon seit dieser Nachricht darauf, sie zu besuchen.

June war vor Freude auf und ab gesprungen. Sie liebte das Meer und den Strand, und auch ich hatte Pekka fest in den Arm genommen. Mir ein Wochenende Urlaub von meinen Gedanken zu nehmen, würde sicher guttun. Neben der Sache mit Ella und Dilan hatte meine gesamte Aufmerksamkeit in letzter Zeit auf Lotte gelegen. Die Kommentare im Kindergarten waren schlimmer geworden. Vor ein paar Tagen war ich voller Zorn ins Gebäude marschiert und hatte mit einigen Kindern geredet. Sie hatten Lotte ganze zwei Tage in Ruhe gelassen, bevor sie sich noch gemeinere Sachen ausgedacht hatten.

Meine Angst vor ihrer Einschulung wuchs mit jedem Tag.

Ruhig bleiben.

Ich war hier mit meinen Freunden. Drei Tage Pause.

Ich warf Ella einen Blick zu. Sie saß neben mir und schmollte, weil wir nicht mit dem Zug fuhren. Ich versuchte, den Gedanken an Lotte beiseitezuschieben, und nahm eine Hand vom Lenkrad, um sie auf Ellas Schulter zu legen.

Mit dem Zug zu fahren, hätte uns das Dreifache gekostet.

»Ihr versteht es einfach nicht«, fauchte sie. Ich nahm meine Hand wieder weg.

»Musikwünsche?«, deutete ich auf mein Handy und die Musikbox in der Mittelkonsole. Mein Wagen verfügte leider weder über einen CD-Spieler noch über eine moderne Anlage.

Schnaubend griff Ella nach dem Handy. »Euch ist schon klar, dass es nicht reicht, zu Demos zu gehen?« Ich nannte ihr meine PIN, und sie scrollte durch meine Alben. »Wir müssen auch unseren Alltag umstellen.«

Canaries in a Coal Mine, ihr liebster Song von Bukahara, erklang. Gegen meinen Willen musste ich lächeln, der Text passte so gut, dass sie gar nicht sagen brauchte: Keine weitere Diskussion.

Ich wagte es trotzdem, ihr zu widersprechen. »Wir fahren zu sechst in einem Wagen. Das geht doch für einen Ausflug, oder?« Ich warf einen Blick in den Rückspiegel und bog ab. »Es geht doch eher darum, dass du nicht jeden Tag mit dem Wagen zur Arbeit fährst, und das macht ja wohl niemand von uns.«

Außer vielleicht Pekka, der neben June und Kian auf der Rückbank saß und Anmachsprüche auf Niederländisch raushaute. Heute übertrieb er seine Kommentare maßlos, und ich hegte den leisen Verdacht, dass es an Kate lag, die den dreien gegenübersaß. Pekka hatte sie eingeladen mitzukommen, weil sie mit June und ihm zusammen studierte, doch die beiden flirteten so offensichtlich miteinander, dass ich mir ziemlich sicher war, dass Pekka sie mochte. Denn normalerweise hatte mein bester Freund nichts mit Menschen, die er wiedersah. Jedenfalls nicht in Bath, keine Ahnung, wie es hier in Bergen war.

»Ich bin auch gar nicht sauer auf euch«, holte Ella mich zurück. »Ich bin sauer auf diese Welt.« Ihr Blick fand meinen. »Alle wissen, dass wir etwas tun müssen, aber niemand kriegt den Arsch hoch.« Sie fuhr sich durch die langen roten Haare. »Ich fühle mich einfach so verdammt hilflos.«

Ich tastete nach ihrer Hand, ohne den Blick von der Fahrbahn zu nehmen. »Ich versteh dich.«

»Echt?« Sie verschränkte unsere Finger.

Ich verdrehte die Augen. »Wären wir nur zu zweit gefahren, hätte ich mich auch zu einem Zug überreden lassen.«

»Versuchst du, dich bei mir einzuschleimen?«

Ich lächelte. »Vielleicht.«

Sie ließ meine Hand los und gab mir eine leichte Kopfnuss. »Sim, mir ist es wichtig, dass wir alle darauf achten, zieh es nicht ins Lächerliche.«

»Das tue ich nicht«, verteidigte ich mich.

Mir war es auch wichtig. Sonst würde ich nicht jedes Mal mit dem Zug nach Bristol fahren, sondern einfach mein Auto nehmen.

»Ich muss endlich anfangen, in der Umweltbildung zu arbeiten«, murmelte sie.

Dem konnte ich nur zustimmen. »Ich würde zu deinen Kursen kommen.«

Ihre Augen leuchteten auf. »Echt?«

»Na klar!« Ich nickte energisch.

»Meine Eltern würden es für Zeitverschwendung halten.«

Mein Magen zog sich zusammen. Wie konnten diese Menschen sie so wenig unterstützen?

»Ich halte es für essenziell.« Ich wagte es, den Blick einen Moment von der Fahrbahn zu nehmen und sie anzusehen.

Die endlose Traurigkeit in ihren Augen war mein Untergang.

Über die Mittelkonsole hinweg griff ich erneut nach ihrer Hand, und sie drückte meine Finger. »Danke, Simon.« Ihre Stimme zitterte.

Ich sah zurück auf die Straße. »Du hast all meine Unterstützung, Ella.«

Sie ließ meine Hand los, kurbelte das Fenster herunter und ließ den Wind ihre Wangen trocknen. Ihr rotes Haar flog nach hinten, und sie schloss die Augen. Ich biss die

Zähne zusammen und versuchte, mich irgendwie davon abzuhalten, nicht direkt an den Straßenrand zu fahren, um sie auf meinen Schoß zu ziehen.

Pekkas Elternhaus lag direkt an der Küste und war mit seinem blauen Anstrich und den weißen Fensterrahmen einem Bilderbuch entsprungen. Die Möbel waren allesamt Antiquitäten, und die Küche erst – ich fiel fast auf die Knie, als ich die offene Küche sah. Sie war mit modernster Technik ausgestattet und besaß alles, wovon ich als Koch nur träumen konnte.

Das Erdgeschoss wurde vollständig von ihr und dem Wohnraum eingenommen, es war sonst nur noch ein kleines Bad vorhanden. Eine Fensterfront gab den Blick auf den Garten frei, hinter dem ein weißer, endloser Sandstrand lag. Wir waren im Paradies gelandet.

Pekka ließ seine Tasche mitten im Raum fallen und grinste uns an.

»Es gibt zwei Schlafzimmer im Obergeschoss und hier unten zwei Sofas mit Meeresblick.« Fragend hob er die Augenbrauen. »Wer will mit wem?«

Während die anderen ihre Sachen auspackten und die Zimmer bezogen, checkte ich die Küche ab. Die Kühlschränke waren gefüllt, und ich hatte längst eine Idee, was es heute Abend geben würde. Mein Kochherz war aktiviert.

Zufrieden tauchte ich aus einem der Schränke auf. Die Verandatür quietschte, und ich hob den Kopf. June, Ella und Kian schoben sich nach draußen. Ich ging um die Kochnische herum, um zu sehen, was sie ausheckten. Nebeneinander rannten sie aufs Meer zu.

Meine Mundwinkel zuckten. »Pekka!«, rief ich quer durchs Haus. »Bring deine Kamera mit!« Schon hatte ich die Verfolgung aufgenommen.

Als ich das Meer erreichte, waren die drei bis auf die Haut durchnässt, lagen sich in den Armen und strahlten um die Wette.

Pekka und Kate tauchten kurz hinter mir auf. Um Pekkas Hals baumelte die Kamera.

Ich watete zu den anderen ins knietiefe Wasser.

»Er ist noch nicht nass«, rief Kian, und ehe ich michs versah, hatten die drei sich auf mich gestürzt und mit ins eiskalte Meer gezogen.

Lachend fielen wir uns in die Arme.

Pekka schoss ein Beweisfoto.

Ich verteilte Mehl auf der Arbeitsfläche, während im Hintergrund Ellas Musik lief und sie singend um mich herumtanzte.

Ich war für die Tortellini zuständig, löste den ersten Klumpen Teig aus der Schüssel, rollte ihn aus und legte das gehackte Gemüse darauf.

»Ich hätte nie gedacht, dass ich mal schneller sein würde, schließlich bist du derjenige, der sonst in einer Großküche arbeitet.« Ella knuffte mich in die Seite.

Ich warf ihr einen Blick zu und verdrehte die Augen. Sie hatte bereits alle Zutaten für den Nachtisch in einer Schüssel verrührt, während ich hauptsächlich damit beschäftigt gewesen war, sie zu beobachten. Trotzdem hatte auch ich es in der Zeit geschafft, einen Teig zu machen. Hier war also niemand schneller oder langsamer gewesen.

»Manchmal lasse auch ich mich ablenken.«

»Heißt das, der Sternekoch wird Hilfe brauchen?«

Sternekoch. Sie sagte es schon wieder. Ich schluckte. *Konzentrier dich, Sim, es ist nur ein Wort vor dem Koch*.

Ein wirklich schönes Wort.

»Das heißt es wohl«, erwiderte ich so cool wie möglich.

Ella sah mich an, als hätte sie jede meiner inneren Regungen mitbekommen. Mit einem Satz war sie bei mir und drückte einen Kuss auf meine Wange.

Ich erstarrte.

»Eines Tages wirst du ein eigenes Restaurant haben, an dem die Sterne über der Tür prangen.«

Ihre Worte sickerten tief in mich und krallten sich in mein Herz. *Sie glaubte an mich*.

Und sie hatte mich geküsst. Ella hatte mich verdammt noch mal geküsst. Zwar auf die Wange, aber das war mehr, als ich jemals zu träumen gewagt hatte.

Sie schmunzelte. »Verschlägt dir mein Kompliment die Sprache oder der unschuldige Kuss?« Sie wackelte mit den Augenbrauen. »Wie soll es dann erst werden, wenn ich dich richtig küsse?«

Oh.

Verfluchte.

Scheiße.

Das hatte sie nicht gesagt.

»Ella«, raunte ich. Mit einer schnellen Bewegung zog ich

sie an mich. Viel näher als beabsichtigt. Unsere Gesichter nur Zentimeter voneinander entfernt.

Mein Herz schien einen Marathon zu laufen. »Hast du gerade davon geredet, mich zu küssen?«

Sie machte ein empörtes Gesicht. »Ich? Da musst du dich verhört haben.« Sie grinste. Unsere Nasenspitzen berührten sich. »Wie du weißt, lässt deine Nähe mich kalt.« Ihre Stimme wurde dünner, und ihr Atem beschleunigte sich. Es hätte nur eine winzige Bewegung gebraucht, um meine Lippen auf ihre zu legen.

»Ich drehe hier gerade durch«, gab ich zu.

Ein Lächeln zupfte an ihren Mundwinkeln. »Dann sollten wir uns wohl besser aufs Kochen konzentrieren.«

Ich schluckte. »Das sollten wir wohl.« Mein Blick fiel auf ihre Lippen. Sie sahen so weich aus. Ich wollte sie spüren. Mein Gehirn funktionierte nicht mehr richtig. In meinem Kopf war nur noch Platz für Ella.

»Hey, Turtelmenschen, wann ist das Essen fertig?«

Wir fuhren gleichzeitig auseinander. Pekka hüpfte in den Raum.

Ich ballte die Hände zu Fäusten. »Alter«, meckerte ich meinen besten Freund an. »Wir hätten uns gerade fast geküsst.«

»Sim, ich glaube, dein Optimismus geht langsam mit dir durch.« Pekka hievte sich auf die Arbeitsfläche. »Ella wird dich nicht küssen.«

Ella verschränkte die Arme vor der Brust. »Diesmal hätte ich es getan. Das Essen braucht noch.«

Mein Herz überschlug sich. Sie hätte es getan?

Fuck. Sie hätte es wirklich getan.

Pekka hob beide Augenbrauen. Sie starrten sich einen Moment an, bis Pekkas Lippen sich zu einem Lächeln verzogen. »Mist, bin schon weg.«

Er sprang von der Arbeitsfläche und verschwand nach oben.

Ella drehte sich zu mir um. »Wo waren wir?«

Mein Herz schwoll an vor Glück. Ich trat auf sie zu. »Du hast da ziemlich viel Mehl.« Ich strich ihr über die Wange, dann über die Schultern.

Meine Hände waren allerdings ebenfalls voller Mehl. »Ups.«

Sie lachte, schlang die Arme um mich und hielt mich ganz fest an sich gedrückt.

Ihr Körper an meinem.

Meiner an ihrem.

Langsam hob ich die Hände und erwiderte die Umarmung. Hielt sie bei mir und wünschte mir, der Moment würde nie vergehen.

»Ich bin so dankbar für dich, Sim.« Ihre Worte waren leise, aber ich verstand sie trotzdem.

»Das kann ich nur zurückgeben.«

Ich hatte mich ein zweites Mal verliebt. Die Person von damals hatte das Gefühl nicht mitgenommen, als sie gegangen war.

Wir lösten uns voneinander. Sie trat einen Schritt zurück.

»Wir sollten wirklich weitermachen.«

Ich grinste. »Womit genau?«

Sie verdrehte die Augen und boxte meine Schulter. »Hiermit.« Sie deutete auf die mehlbestäubte Arbeitsfläche.

Obwohl es mich jegliche vorhandene Kraft kostete, wandte ich mich meiner Arbeit zu. Ella tanzte wieder zum Takt der Songs. War die Musik die ganze Zeit an gewesen? Ich hatte nichts mehr mitbekommen.

Als ich die Tortellini gefaltet und in den Topf geworfen hatte, betrachtete ich mein Werk einen Moment. »Glaubst du wirklich daran, dass ich ein Sternekoch werde?«

Ella ließ von ihrer Arbeit ab und drehte sich zu mir um. »Sim, hast du dein eigenes Essen mal probiert?«

Ich hob den Blick von den Tortellini und sah sie an.

»Hin und wieder?«

Sie lachte. »Ich glaube nicht daran, ich weiß es.«

Die restliche Zeit bis zum Abendessen konnte ich mich nicht mehr konzentrieren. Meine Gedanken kreisten allein um ihre Worte.

»Simon, du bist ein verdammter Gott«, lobte Kian mich, als er am Abend von meinem Gericht kostete.

Anscheinend konnte ich sogar im Schlaf kochen, oder wenn all meine Sinne allein bei der schönsten Frau im Raum waren.

Kapitel 14

Die anderen waren längst schlafen gegangen. Ich saß alleine mit Ella auf der Couch vor dem Fernseher.

Ihr Körper war meinem so nah, dass ich einen kurzen Moment darüber nachdachte, einen Arm um ihre Schultern zu legen, doch ich wusste nicht, ob sie diese Nähe gerade genießen konnte.

Wir schauten den vierten Teil einer Fantasy-Reihe. Keine Ahnung, worum es ging. Meine gesamte Aufmerksamkeit lag bei Ella.

Sie hatte vor einer halben Stunde mit Dilan telefoniert und bisher nur verraten, dass sie sich gestritten hatten.

Sollte ich sie nach ihm fragen? Aber wahrscheinlich war ich die letzte Person, mit der sie über ihn reden wollte, oder?

Es tat weh, wie sehr ich sie halten und berühren wollte.

Ein tiefer Seufzer kam über ihre Lippen. »Eigentlich haben wir uns gar nicht gestritten.« Sie fuhr sich mit beiden Händen durch die Haare. »Und irgendwie doch.« Langsam löste sie den Blick vom Film und sah mich traurig an. »Er hat wegen der Planung für die nächste Veranstaltung angerufen. Er redet mit mir, als wären wir jahrelange Freund*innen, nicht, als hätten wir Gefühle füreinander.«

Ich konnte nicht annähernd beschreiben, was es in mir

auslöste, diese Worte zu hören. Hinter meiner Stirn pochte es. Selbst wenn Ella sagte, sie wolle mich küssen, wir würden einander nie ganz gehören.

Ihre Augen ruhten auf mir, als könnte sie all meine Gedanken lesen.

Eine einzelne Träne lief ihre Wange hinab.

»Ich weiß, das verletzt dich, aber ich möchte mehr für ihn sein als seine Ansprechpartnerin bei Fridays for Future.«

Ich schluckte meine Eifersucht hinunter. »Darf ich dich in den Arm nehmen?« Ich streckte ihr die Hände entgegen. Meine Finger zitterten aus Angst vor einem Korb. Aber ich konnte nicht länger dasitzen, ohne sie zu berühren, wenn sie so fertig war.

Sie zögerte, dann wischte sie sich über die Augen und rutschte zu mir. Ich zog ihren bebenden Körper an meine Brust. Es öffnete vollends ihre Tränendrüsen.

»Du bist mehr für ihn, Ella.« Sie schluchzte, während ich ihr eine widerspenstige Haarsträhne hinters Ohr strich. »Er war völlig fertig, als er meinte, er könne nicht mit dir zusammen sein.«

Wegen mir.

Meine Worte lösten weitere Tränen aus ihren Augen, und ich verfluchte mich selbst.

Supereinfühlsam, Sim.

»Ich verstehe das einfach nicht.« Sie sah zu mir auf, die Lider und Wangen gerötet. »Es gibt keinen vernünftigen Grund für sein Verhalten.«

Ich zog sie näher an mich. »Wir handeln nicht aus vernünftigen Gründen, wenn Gefühle im Spiel sind.« Ich griff nach der Fernbedienung und schaltete den Film aus. »Er ist nicht wie deine Eltern, Ella.« Sanft strich ich ihr übers Haar. »Er nutzt dich nicht nur für das aus, was ihm wichtig ist.«

Ihr Blick traf meinen. »Wie kannst du so einfach meine Gedanken lesen?«

Ich biss mir auf die Lippe. »Mir liegt etwas an dir.«

Und genau das war unser verfluchtes Problem. Der Grund, warum Dilan ihr das antat. Doch wie sollte ich aufhören, sie zu lieben, wenn sie hier in meinen Armen lag?

»Auch wenn deine Eltern dir nicht das Gefühl geben, dass es so ist …« Fest sah ich ihr in die Augen. »Du wirst geliebt, Ella.« Ich küsste ihren Scheitel und atmete einen Moment ihren Duft nach Orangen ein. »Ich liebe dich«, flüsterte ich.

Wir erstarrten beide. Doch ich bereute die Worte nicht.

Sie schaffte es, mich anzusehen. »Wirklich?«

Ich runzelte die Stirn. »Du zweifelst daran? Ich dachte, das sei offensichtlich?« Ich wackelte mit den Augenbrauen, in Gedanken bei unserem Gespräch im Café.

Sie schluckte. »Ich war mir nie sicher, ob du die Wahrheit so gut in Scherze verpacken kannst.«

Ernst sah ich sie an. »Kann ich.« Mein Blick bohrte sich in ihren. »Du bedeutest mir alles.« Und noch viel mehr. »Du kannst mir vertrauen, zu hundert Prozent.« Das würde ich ihr so lange sagen, bis sie es glaubte.

»Das habe ich gar nicht verdient«, murmelte sie und vergrub das Gesicht an meiner Brust.

»Du verdienst alles Glück dieser Welt.«

Sie schniefte. »Du weißt, dass ich dich auch lieb habe, oder?«

Ich lächelte und wiegte den Kopf hin und her, als würde ich darüber nachdenken. »Manchmal bin ich mir nicht sicher.«

Sie boxte meine Schulter, und ich jubelte innerlich.

Sie hat mich lieb.

»Verletzt es dich, wenn ich mit dir über Dilan spreche?«

Sie sagen zu hören, dass sie auch einen anderen mochte? »Nicht mehr so sehr wie am Anfang.«

Keine Lüge, und doch rebellierte mein Magen. Aber meine eigenen Gefühle spielten in diesem Moment keine Rolle.

»Du kannst über alles mit mir reden.« Ich seufzte. »Auch über Dilan.« Unsicher suchte ich ihren Blick.

Spürte sie, wie sehr ich sie wollte? Dass ich sogar das in Kauf nahm?

»Du bist viel zu gut für mich, Simon.«

Ich schnaubte. »Diese Meinung teile ich nicht.«

»Tut mir leid«, murmelte sie.

»Was?«, fragte ich.

Sie kam ein Stück näher. Mein Atem stockte.

»Das hier«, flüsterte sie.

Unsere Lippen waren, wie vorhin in der Küche, nur Zentimeter voneinander entfernt. Ich spürte ihre Wärme auf meiner Haut. Mein Herz überschlug sich.

Sie legte ihre Lippen auf meine.

Stille.

Ruhe.

Wärme.

Ella küsste mich.

Verdammte heilige Scheiße.

Die Frau, von der ich mir seit Jahren mehr wünschte, küsste mich.

Meine Lippen zitterten, als ich den Kuss erwiderte. Weich und zärtlich lag ihr Mund auf meinem. Sie schob ihre Finger in mein Haar.

In mir explodierte etwas. Ihr Geruch war überall. Hüllte mich ein wie eine Decke. All die Spannung der Zeit, in der wir nur umeinander herumgeschlichen waren, entlud sich. Wir bebten beide.

Ich seufzte tief in ihren Mund, ihre Finger umklammerten meinen Nacken. Vorsichtig hob ich meine Hände an ihre Hüfte und zog sie näher. Sie schmiegte ihren Körper an meinen und nahm mir damit jeglichen Halt. Ich schlang die Arme ganz um ihre Taille und zog sie auf meinen Schoß.

Wir wurden eins. Ich zerfloss unter ihren Lippen.

Noch zärtlicher.

Immer weicher.

Nur schwer atmend ließen wir voneinander ab. Ich erstarrte in jeder einzelnen Faser meines Körpers.

»Ellie«, flüsterte ich erstickt.

Erneut liefen Tränen über ihre Wangen.

»Hey.« Ich legte meine Stirn an ihre. »Du hast nichts falsch gemacht.«

Sie schluckte. »Ich fühle mich trotzdem schlecht.«

Ich schüttelte den Kopf.

Wir umarmten uns. Eine lange und endlose Umarmung,

bis ihre Tränen versiegten und ihr Körper nicht mehr an meinem bebte. Ich hielt sie weiter, zog eine Decke über unsere verschlungenen Körper und küsste sie noch einmal.

Sie seufzte in meinen Armen.

Eng beieinander schliefen wir ein.

Kapitel 15

Brummend schlug ich die Augen auf und starrte in Junes Gesicht. Sie sah mich schockiert an. Warum sah sie mich schockiert an?

Weil Ella auf dir drauf liegt, du Trottel.

Meine Beine waren mit ihren verschlungen, und ihr Arm lag über meinem Bauch.

Langsam kam ich zu mir.

Ließ mich das hier wie ein kompletter Arsch dastehen? Wusste June, wie es gerade zwischen Ella und Dilan war?

Ja, beruhigte ich mich. Natürlich wusste sie es. June und Ella erzählten sich *alles*.

Auf Junes Lächeln reagierte ich nur mit einem flüchtigen Blick. Meine volle Aufmerksamkeit lag bei Ella. Vorsichtig schob ich eine Hand in ihr Haar und strich über ihre Kopfhaut.

Sie drehte sich, schlug die Augen auf.

Ich hielt die Luft an.

Als sie mich sah, kräuselten sich ihre Mundwinkel, und ich atmete erleichtert aus.

Doch dann bemerkte sie June und setzte sich ruckartig auf. Ihr Blick zuckte von mir zu ihrer besten Freundin und zurück zu mir.

»Scheiße, sind wir so eingeschlafen?«

Ich nickte und bereute sofort, sie in diese Situation gebracht zu haben. Es war etwas anderes, wenn wir bei ihr zu Hause in einem Bett schliefen, als hier, wo all unsere Freunde es mitbekamen und wir Fragen beantworten mussten.

»Ihr saht süß aus«, schaltete June sich ein.

»Nicht hilfreich, June«, kommentierte ich und zog mich aus den Kissen hoch. Ohne Ellas Wärme war es hier nicht mal halb so gemütlich.

Ella vergrub das Gesicht in den Händen. »Scheiße«, stieß sie erneut zwischen zusammengebissenen Zähnen hervor.

Es versetzte mir einen Stich. Bereute sie etwa die Nacht? Diesen Kuss, der mir alles bedeutet hatte?

June reichte Ella ihren Kaffee.

»Auch einen?«, fragte sie mich.

Ich nickte mechanisch. Mein Blick ruhte auf Ella, die es nicht schaffte, mich anzusehen.

»Es tut mir leid«, flüsterte sie, als June sich entfernte. »Ich hätte dich nicht küssen sollen.«

Zur Hölle, nein. Dass sie sich Vorwürfe machte, war das Letzte, was ich wollte.

»Mir tut es nicht leid, Ella.« Ernst sah ich sie an. »Es war wunderschön.«

Sie wagte ein Lächeln. »Ja«, hauchte sie, den Blick in die Kaffeetasse gerichtet. »Aber jetzt wird alles noch komplizierter.«

Bevor ich etwas erwidern konnte, kam June zurück und reichte mir ebenfalls eine Tasse.

»Danke«, ich prostete ihr zu.

Sie ließ sich neben Ella fallen und schlang einen Arm um ihre beste Freundin. Ella vergrub den Kopf an Junes Schulter und hob ihn nur ab und zu, um einen Schluck zu trinken. Ich starrte derweil aus dem Fenster. So saßen wir da, bis alle drei Becher gelehrt waren.

»Sollen wir ein Stück spazieren gehen, Ellie?«

Junes Worte schickten Stromschnellen durch meinen Körper. Ella würde ihr alles erzählen.

Fuck.

Ich wollte weder dastehen, als würde ich es ausnutzen, dass sie wegen Dilan traurig war, noch wollte ich mich zwischen die beiden drängen. Ich wollte Ella einfach nur lieben.

Ella nickte, und June zog sie auf die Beine.

Wortlos reichte ich Ella einen meiner Pullis und June eine Jacke. Draußen war es bestimmt noch kalt, und sie trugen beide nicht mehr als Tops und Shorts.

Während June das Angebot dankend annahm, zögerte Ella. Innerlich seufzte ich. War das ihr Ernst?

»Bitte nimm ihn oder geh hoch und hol dir deine eigene Jacke«, sagte ich sachte und suchte ihren Blick.

Etwas in ihren Augen veränderte sich. Sie griff nach dem Pulli und wirbelte herum.

Kein weiterer Blick in meine Richtung, als sie nach draußen stolperte. Kalter Meereswind blies mir durch die offene Tür ins Gesicht. June schloss sie hinter ihnen, und das Einzige, was zurückblieb, war die Leere des riesigen Wohnzimmers.

Meine Gedanken überschlugen sich und standen gleichzeitig still. Stöhnend vergrub ich das Gesicht in den Händen.

Es hätte tausend bessere Zeitpunkte für unseren ersten Kuss gegeben als gestern Abend. Ich hätte auf den perfekten Moment warten müssen, hätte …

»Was geht hier ab?« Kian ließ sich neben mich aufs Sofa fallen. »Schlechte Stimmung?«

Ich sah auf, ohne ihn wirklich anzusehen.

Er seufzte. »Lass mich raten –«

»Spar dir das«, unterbrach ich ihn. »Wir haben uns geküsst, und sie bereut es.«

»Okay, lass mich noch mal raten.« Diesmal war ich nicht schnell genug. »Ella hat angefangen, richtig?« Er grinste. »Was erstens bedeutet, dass sie es sicher nicht bereut, sondern sich jetzt am nächsten Tag vielleicht nur unsicher ist, wie du darüber denkst.« Sein Grinsen wurde noch eine Spur breiter. »Und zweitens liegt es dann nicht in deiner Verantwortung, denn du wurdest von der Frau deiner Träume geküsst, und sind wir mal ehrlich, da kann kein vernünftiger Mensch aufhören.«

Ich schnaubte. »Man kann immer aufhören, Kian. Immer.«

»Jaaa klar.« Ironie triefte aus seiner Stimme. »Aber es kostet die Selbstbeherrschung eines ganzen Lebens. Mich zumindest bei June.«

June und er hatten sich geküsst?

Ich verdrehte die Augen. »Du übertreibst.«

»Ja, vielleicht.«

Wir schwiegen einen Moment.

»Hey.« Er knuffte mich in die Seite. »Aus irgendeinem Grund ist euer Kuss heute Nacht passiert.« Er zuckte die Schultern. »Du kannst es nicht ändern, also mach das Beste draus und rede doch einfach noch mal mit ihr.«

»Du verstehst das nicht.« Ich seufzte. »Da ist dieser andere Mann.«

»Dilan? Er ist nicht der Richtige für sie.«

Ich schüttelte den Kopf. »Hast du die beiden je zusammen gesehen?«

»Nein. Aber ich habe dich und Ella zusammen gesehen. Du machst sie glücklich.«

Die Worte schmiegten sich wie warmer Zimtduft um mich, dennoch rieb ich mir mit einer Hand übers Gesicht. »Ella und Dilan passen zusammen.«

»Okay«, sagte er.

»Okay?«, fragte ich.

»Okay, ich akzeptiere, dass ich es nicht verstehe und keinen schlauen Tipp geben kann.«

Ich mochte diesen Menschen. Ich mochte ihn so sehr.

Wir diskutierten noch ein bisschen weiter, bis ich wieder den kalten Wind auf meiner Haut spürte, als June und Ella hereinkamen.

Kian und ich sprangen gleichzeitig auf. Er wechselte einen kurzen Blick mit June, dann war er mit wenigen Schritten bei Ella und zog sie in seine Arme. Sie vergrub das Gesicht an seiner Brust. Erst da wurde mir wieder bewusst, wie lange die beiden sich schon kannten und wie nahe sie sich standen.

Vielleicht sollte ich doch auf ihn hören. Einfach noch

mal mit Ella reden, anstatt mir einen Berg an Gedanken zu machen.

Vorsichtig legte er eine Hand an Ellas Wange und betrachtete sie. »Wie geht's dir?«, fragte er leise.

»Gut«, log sie offensichtlich, woraufhin Kian nur die Augen verdrehte, weil auch er sie sofort durchschaute.

»Kaffee?«, fragte er, statt weiter nachzubohren, und Ella nickte erleichtert.

Kapitel 16

»What do we want?«

»A green new deal!«

Gemeinsam mit Ella schwenkte ich ein großes Banner durch die Luft. Heute war zwar nicht Freitag, doch an diesem Dienstagnachmittag gab es eine spontane Großdemo am Queen Square, weil in London über ein neues Klimagesetz abgestimmt wurde und die Chancen, dass die Forderungen der Umweltschützer*innen umgesetzt werden würden, gegen null gingen.

Auch in Bath wollten wir deshalb laut sein.

»When do we want it?«

»Now!«

Ella rief die Zeilen aus vollem Halse.

Wir waren vor zwei Tagen aus Bergen zurückgekommen, und seitdem hatte es noch keine Möglichkeit gegeben, mit ihr alleine zu reden. Auch jetzt war kein guter Zeitpunkt, um den Kuss anzusprechen. June tanzte um Kian herum, während Pekka mit in den Hosentaschen vergrabenen Händen neben uns herlief.

Sie würden unser Gespräch alle mitbekommen.

Selbst June und Kian, die in ihrer eigenen Welt zu sein schienen.

Er betrachtete sie voller Liebe, was mich schlucken ließ. Ob ich Ella auch so ansah?

Ich schüttelte den Kopf, um meine Gedanken zu verscheuchen und mich wieder auf die Demo zu konzentrieren.

Es gab Reden, Poetry Slams und es wurde ein Song gespielt. Nach drei Stunden begannen die Leute, auseinanderzugehen und abzubauen.

Ella schenkte mir nur ein kurzes Lächeln und hängte sich an June und Kian. Zu dritt wollten sie in Olafs Café, und ich traute mich nicht, zu fragen, ob ich mitkommen durfte.

Ella ging mir ganz offensichtlich aus dem Weg. Die Erkenntnis schnürte mir die Kehle zu. Bereute sie unseren Kuss wirklich so sehr?

Pekka klopfte mir mitfühlend auf die Schulter. »Sie braucht sicher nur Zeit.«

Ich faltete das Banner zusammen. »Sicher.« Ich stopfte es in meinen Rucksack und schulterte ihn. »Ich hätte sie einfach nicht zurückküssen dürfen.«

Er verdrehte die Augen. »Alter, soll ich mir jedes Mal Vorwürfe machen, wenn ich einen Menschen küsse?« Er schnalzte mit der Zunge. »Genieß es doch einfach.«

»Mit Ella ist es etwas anderes.«

Pekka zog einen Apfel aus seiner Jackentasche und biss hinein. »Wenn du den Kuss nicht erwidert hättest, hätte es sie sicher gekränkt.«

Ich seufzte. Hatte er recht?

Pekka betrachtete mich kauend. »Rede doch einfach mit Ella, anstatt sie vier Stunden lang anzustarren.«

Ich furchte die Stirn. »Willst du dich prügeln?«

Pekka wiegte mit vollem Mund den Kopf. »Eigentlich nicht. Ich ertrage es bloß nicht, dich so geknickt zu sehen, das Leben ist schön, Mann.«

Ich betrachtete meinen besten Freund. Wahnsinn, wie gut wir uns normalerweise verstanden, obwohl wir so verschieden waren.

Ich rollte mit den Augen. »So weise. Wer dich hat, braucht echt keine Teebeutelsprüche mehr.«

Schallend lachte er auf. »Meine Rede.« Er warf das Kerngehäuse des Apfels, oder vielmehr, was davon noch übrig war, aus fünf Metern Entfernung in den öffentlichen Mülleimer.

»Treffer«, kommentierte ich trocken, und er zog einen imaginären Hut.

»Ich muss noch mal zur Uni, hab einen schönen Tag.« Winkend entfernte er sich, und ich blieb allein auf dem Platz zurück. Nur noch die Menschen von der Technik bauten die improvisierte Bühne ab.

Ich wollte mich schon abwenden, da entdeckte ich ein vertrautes Gesicht und blieb wie angewurzelt stehen.

Dilan.

Was hatte ich erwartet? Klar war er hier.

Er stellte gerade eine Kiste mit Kabeln ab und hob den Kopf. Unsere Blicke trafen sich über den leeren Platz hinweg.

Einen Moment blieb meine Welt stehen.

Wie damals, wenn ich jemand anderen entdeckt hatte. Ich wischte den Gedanken beiseite, kämpfte stattdessen mit der Überlegung, ob ich zu ihm gehen oder mich einfach umdrehen und gehen sollte.

Dilan nahm mir die Entscheidung ab, er rief einer Kollegin etwas zu und war mit wenigen Schritten bei mir.

»Hey.« Er hielt mir seine Faust zur Begrüßung hin.

»Hey«, erwiderte ich und boxte mit meiner dagegen.

Einen kurzen unbehaglichen Moment schwiegen wir.

Ich räusperte mich. »Wie geht es dir?«

Lass uns noch mal in Ruhe reden.

Seit der SMS hatten wir keinen Kontakt mehr gehabt und uns auch nicht mehr gesehen.

Meine Haut kribbelte, als ich an unsere letzte Begegnung und den Tanz zurückdachte.

Alles hat mit dir zu tun.

Ich schluckte.

»Ich habe die perfekten Räume für das Zentrum bekommen«, holte Dilan mich zurück in die Realität. »Der Vermieter hat mich auf einer Demo angesprochen. Er ist selbst queer und stellt sie uns zur Verfügung, ohne Geld zu verlangen. Jetzt muss ich nur noch einen Antrag auf Fördergelder stellen, um die Renovierung zu zahlen.« Seine Augen blitzten auf. »Es geht voran.«

»Wow, das klingt toll!«

Sein Lächeln wurde breiter. »Ja«, er drehte sich einmal um die eigene Achse, »langsam spüre ich Veränderung in dieser Stadt.«

Ich konnte nicht anders, als sein Lächeln zu erwidern.

»Hast du gewusst, dass es in Bath nicht mal eine öffentliche Gruppe für queere Menschen gibt?«

Er fuhr sich durch die Haare. »Nur private Gruppen wie die von mir.«

Ich schüttelte den Kopf. »Nein, darüber habe ich noch nie nachgedacht.«

»Ich schon.« Pause. »Oft.«

Irgendwas schien sein intensiver Blick mir sagen zu wollen.

Ich starrte auf seinen Mund. Seine Lippen waren so voll. Ich hätte nur einen Schritt vortreten müssen, um sie mit meinen zu berühren.

Was zur Hölle? War es nicht gerade eben noch mein einziger Wunsch gewesen, mit Ella über unseren Kuss zu reden? Ich stand nicht auf Männer, schon gar nicht auf Dilan.

Queere Menschen.

War ich dann auch *queer*, wenn Dilan mich so anzog? Hatte er mich deshalb der Gruppe hinzugefügt? Merkte er, was für eine Wirkung er auf mich hatte?

Dilan schaute mich noch immer an. »Und bei dir so?«

Ich räusperte mich.

Konzentrier dich.

Doch was sollte ich ihm erzählen? Gegen seine Erfolge waren meine nichts.

»Ich habe ein neues Gericht entwickelt, das mein Chef im *Priory* auf die Karte gesetzt hat.« Ich starrte auf meine Schuhspitzen.

»Das ist ja großartig!« Dilan strahlte, als ich erstaunt den Kopf hob.

»Nicht so großartig, wie ein Zentrum aufzubauen, das anderen Menschen hilft, aber ja«, antwortete ich.

»Kochen ist deine Leidenschaft, *das* ist verdammt großartig. Apropos …« Er verknotete seine Finger. »Ich wollte dich fragen, ob du Lust hast, auf der großen Demo, die wir im Juni planen, zu kochen?«

Perplex blinzelte ich. »Was?«

»Ich weiß, wir sind letztes Mal nicht gerade im Guten auseinandergegangen, aber, Sim …« Er trat einen Schritt vor, sodass ich die vertrauten goldenen Sprenkel in seinen Augen sehen konnte.

Wie Blüten auf einer Sommerwiese.

»Ich möchte dich in meinem Leben.«

Sim.

Wie hatten wir so schnell das Thema wechseln können?

Zaghaft nahm er meine Hand in seine. Ich starrte ihn an, während mein Herz wieder mal einen Marathon lief.

Verdammter Mist. Musste alles immer noch komplizierter werden, als es eh schon war?

»Ella und ich haben uns geküsst«, rutschte es mir raus.

Er zuckte zusammen. Meine Hand fiel aus seiner.

»Was?«

»Ella und ich haben uns geküsst.« Die Worte verklebten mir die Zunge.

»Zum ersten Mal?«, fragte er.

Ich nickte.

Er runzelte die Stirn. »Wow, ich dachte, das wäre längst passiert, bevor ich sie kannte.«

Ich schüttelte den Kopf. »Davon habe ich nur geträumt.«

Er lächelte müde. »Es freut mich für euch.« Er fuhr sich durch die Haare, ohne mich wirklich anzusehen. »Bedeutet das, ihr seid jetzt …« Er ließ den Satz unvollendet in der Luft hängen, und ich runzelte die Stirn.

»Nein.« Ich zögerte. »Ella … ich weiß nicht, vielleicht braucht sie dich.« Es kostete mich jegliche vorhandene Kraft, die Worte auszusprechen. Ich wollte so gerne derjenige sein, der für sie da war. Ich wollte alles für sie sein, doch wie, wenn mein Herz bei Dilans Anblick aus dem Takt geriet?

Seine Augen weiteten sich. »Wollte sie dich nicht küssen?«

Ich räusperte mich. »Doch, sie wollte, sie hat sogar damit angefangen, aber danach hat sie sich schlecht gefühlt.«

Dilan furchte die Stirn. »Verdammt.«

Fest sah er mir in die Augen. »Ich werde mit ihr reden.«

Ich lächelte gequält. Das war gut. Bestimmt war das gut.

Sein Blick wurde weich. »Simon …«

Ich schluckte die Tränen, die sich in meinen Augen sammeln wollten, hinunter.

»Hey.« Er furchte die Stirn. »Sie ist nur so abweisend, weil sie denkt, dass sie dich verletzt.« Die Worte rutschten ihm von den Lippen, und er legte eine Hand über den Mund, als hätte er sie nicht aussprechen dürfen. »Mist.«

Ich schaffte es, meine Tränen zurückzuhalten. »Warum sollte sie mich verletzen, wenn ein Kuss von ihr alles ist, was ich mir wünsche?«

Dilan fuhr sich mit beiden Händen übers Gesicht und schüttelte den Kopf. »Ich weiß nicht, ob das der richtige Moment ist, um darüber zu reden.«

Ich trat einen Schritt auf ihn zu, nahm mir damit selbst die Luft zum Atmen. »Ist es.«

Er wich meinem Blick aus; die Traurigkeit in seinen Augen sorgte dafür, dass mein Herz sich zusammenkrampfte.

»Was soll's.« Er sah mich wieder an. »Es ist ja eigentlich offensichtlich: Weil sie sich diesen Kuss auch von mir wünscht, aber das Gefühl hat, es nicht zu dürfen, wenn sie eine Beziehung mit dir will.«

Ich starrte ihn an, unfähig, irgendwas zu erwidern. War es für ihn etwa vollkommen okay, zwei Menschen zur gleichen Zeit zu küssen? Hatte er dabei kein schlechtes Gewissen?

»Du träumst schließlich von einer Frau mit Kindern, Haus und Garten.« Er schluckte. Seine Augen wurden feucht.

Warum wurden seine Augen feucht?

»Was ist so falsch daran?«, fragte ich flüsternd.

Woher wusste er das überhaupt? Hatte Ella mit ihm darüber geredet?

»Daran ist nichts falsch.« Eine einzelne Träne löste sich aus seinem Augenwinkel. Er schenkte ihr keinerlei Beachtung. »Aber das passt nicht zu den Menschen, die du liebst.«

Was?

Alles in mir schlug einen Salto. Mein Magen drehte sich, und Übelkeit kroch meine Kehle hinauf.

»Was soll das heißen?«

»Ich wünschte, ich könnte es dir sagen.«

Meine Welt blieb stehen, als er einen Schritt vortrat und mich in eine feste Umarmung zog. Ich atmete seinen vertrauten Geruch ein. Meine Wange an seiner Wange.

Ruckartig ließ er von mir ab, drehte sich um und stapfte

zu den anderen zurück. Er baute zu Ende ab, ohne mich ein weiteres Mal anzusehen.

Ließ mich zurück.

Den Kopf voller Fragen.

Kapitel 17

Lotte und ich spielten Käsekästchen. Sie zog mich gnadenlos ab, weil ich mit den Gedanken noch immer bei meinem gestrigen Gespräch mit Dilan war.

Weil sie sich diesen Kuss auch von mir wünscht.

Hatte Ella ihm das gesagt? Hatten sie sich wieder vertragen und standen sich nun so nah? Und war es so falsch von mir, Ella für mich alleine haben zu wollen?

Du träumst schließlich von einer Frau mit Kindern, Haus und Garten.

Hatte er damit recht? Oder war das nur der Traum, den ich mit einem anderen Menschen geteilt hatte? Einem Menschen, für den ich noch immer alles stehen und liegen lassen würde, um genau diesen Traum zu verwirklichen.

»Verdammt«, murmelte ich, als ich wieder einen Fehler machte.

Lotte lachte und malte ihre neuen Kästchen aus. Ich war einfach nicht bei der Sache.

Es passt nicht zu den Menschen, die du liebst.

Ellas Kuss.

Dilans Worte.

»Na, ihr Affen.« Cautschuk kam herein und strubbelte erst mir – wobei er meinen Dutt zerstörte –, dann Lotte durch die Haare. »Wenn es gleich klingelt, ist das meine Kundin für heute, kannst du ihr öffnen, Simon? Ich muss dringend noch mal scheißen.«

»Scheißen, scheißen.« Lotte lachte, und ich warf meinem großen Bruder einen vorwurfsvollen Blick zu. Genau wie er es bei mir tat, wenn ich Schimpfwörter benutzte.

»Kannst du nicht auf deine Wortwahl achten?«

»Ich gebe mir Mühe.«

»Das sehe ich nicht.«

»Weil du nie da bist, Brüderchen.« Er bemerkte seinen Fehler noch in dem Moment, in dem er die Worte aussprach, und ruderte mit den Armen, als wollte er sie zurücknehmen.

Ich biss mir trotzdem auf die Lippe. »Bin ich dir zu wenig hier?«

Cautschuk schüttelte den Kopf. »Schlag dir diesen Gedanken direkt wieder aus dem Kopf.« Mit dem Finger zeigte er auf mich. »Ich habe einen Scherz gemacht.« Sein Blick bohrte sich in meinen. »Du bist oft genug hier.«

Damit ich nicht widersprechen konnte, drehte er sich um und verschwand pfeifend im Bad.

Lotte tippte mit dem Stift auf das Papier. »Du bist dran.«

»Jaja.« Seufzend malte ich zwei neue Kästchen aus, realisierte aber im selben Moment, dass ich an einer anderen Stelle mehr bekommen hätte.

»Kochen wir nachher zusammen?«, fragte ich Lotte. Vielleicht würde mich das besser ablenken.

Als in diesem Moment die Türklingel läutete, stand ich auf, um der Kundin zu öffnen.

»Jaaaa«, krähte Lotte mir hinterher.

Noch nach einer Entschuldigung für Cautschuk suchend, durchquerte ich den Flur und öffnete die Haustür.

Rotes Haar wehte im Wind.

Ich taumelte einen Schritt zurück, starrte die Frau auf der Schwelle an. Ihre selbst genähte Tasche hing locker über der Schulter. Sie trug die Haare offen, nur einzelne Strähnen waren nach hinten gesteckt worden.

Ella sah ebenso verwirrt aus wie ich.

»Simon?«

Meine Welten krachten aufeinander.

Bam.

Ohne Vorwarnung.

Nein.

Zum ersten Mal seit der Nacht in Bergen waren wir alleine, doch jeder Gedanke an ein Gespräch verpuffte.

»Hast du mir nachspioniert?«, krächzte ich.

Das durfte nicht wahr sein. Auf keinen verdammten Fall durfte das hier passieren.

»Nein, ich …« Ella fand keine Worte, stattdessen runzelte sie die Stirn.

»Du darfst nicht hier sein.« Bittend sah ich sie an. »Es hat einen Grund, weshalb ich euch nie etwas von diesem Leben erzählt habe.«

Sie starrte mich an.

»Was?«, fragte sie leise. »Welches Leben?«

Mist.

»Ist sie schon da?« Cautschuk schob sich um die Ecke und trat neben mich.

»Bist du Ella Morgan?«

Ella nickte perplex.

»Ich bin Cautschuk«, stellte mein Bruder sich vor. »Wir hatten geschrieben.«

Ella starrte ihn an.

»Bist du mit Simon verwandt?«

Cautschuk blickte zwischen uns beiden hin und her. Erkenntnis breitete sich auf seinem Gesicht aus, und er riss die Augen auf.

»Du bist Simons Ella?«

Ella und ich schnaubten gleichzeitig. »Nein, ich bin meine Ella.«

»Du willst zu Cautschuk?«, fragte ich.

Sie nickte. »Ich wollte mir das Tattoo stechen lassen, von dem ich dir erzählt habe, ich schwöre, ich habe dir nicht nachspioniert.«

Meine Schultern sackten nach unten. Ich fuhr mir mit beiden Händen übers Gesicht.

Cautschuk lachte. »Oh, wow, das ist ja ein Zufall, dann komm mal rein.« Er winkte sie in den Flur, doch ich schob mich in die Tür.

»Das ist keine gute Idee.«

Ella zog die Augenbrauen hoch. »Ich bin extra aus Bath hergefahren.«

Das tat ich jede Woche zweimal, weshalb mich das Argument nicht überzeugte.

Cautschuk rempelte mich an. »Vergiss nicht, dass tätowieren meine Geldquelle ist.«

Das war mir durchaus klar, aber wir konnten Ella nicht

einfach in dieses Haus lassen, das ihr die Geschichte meiner Vergangenheit präsentieren würde.

Zu allem Überfluss kam nun auch noch Lotte um die Ecke und schob sich unter meinem Arm hindurch. Aus sicherem Abstand musterte sie Ella.

Ella starrte zurück, auf meine Hand, die auf Lottes Kopf ruhte.

»Du hast ein Kind?«, fragte sie erstickt.

Cautschuk klopfte mir seufzend auf die Schulter. »Das ist das Problem mit Lügen, Alter.«

Ich stieß seine Hand weg. »Ich habe nie gelogen.«

»Komm rein, Ella, du verdienst eine Erklärung.« Cautschuk versuchte, mich zur Seite zu ziehen, doch ich schüttelte den Kopf.

»Fahr nach Hause und vergiss das hier. Ich bin morgen zurück in Bath.«

Ella löste den Blick von Lotte und sah stattdessen mich an. »Keine Chance.«

»Bitte«, flehte ich. »Ich will dich nicht damit belasten.«

»Du belastest mich, wenn du mir das hier nicht erklärst.« Sie deutete zwischen mir, Lotte und dem Haus hin und her.

»Da gibt es nichts zu erklären.« Bittend sah ich sie an.

Sie schüttelte energisch den Kopf. »Vergiss es. Ich gehe nirgendwohin.«

Wut sammelte sich in meinem Bauch. »Das hier ist aber nicht dein Leben.« Meine Stimme war lauter geworden als beabsichtigt.

»Ach ja?«, fragte sie gereizt. »Du glaubst also, es geht mich nichts an, obwohl ich dir von meiner Scheißfamilie erzählt habe?« Sie schnaubte. »Obwohl wir uns geküsst haben und du dir eine Beziehung mit mir wünschst?« Ihre Augen glitzerten. »Ich habe dich an mich herangelassen, obwohl ich Angst davor hatte, und jetzt machst du dicht?«

Ich presste meine Kiefer aufeinander, um meine Emotionen nicht zuzulassen. »Das hier ist keine schöne Geschichte, Ella.«

Cautschuk räusperte sich. »So verlierst du sie, Kumpel.«

Lotte fing leise an zu weinen. »Nicht streiten«, schluchzte sie.

Es zerriss mir das Herz. Ich ging vor ihr in die Hocke und nahm sie in den Arm.

»Wir streiten nicht, Süße, wir müssen nur was klären.«

Sie wischte sich die Tränen an meinem T-Shirt ab. »Aber wir kochen gleich noch zusammen, oder?«

Ich lächelte sie an. »Natürlich.« Ich strich ihr übers Haar und küsste ihre Stirn. »Gehst du schon mal vor und holst den großen Topf aus dem Schrank?«

Sie nickte.

»Aber noch nicht den Herd anstellen«, rief ich ihr nach.

»Seit wann weiß sie, wie das geht?« Cautschuk zog die Augenbrauen hoch.

Ich zuckte mit den Schultern. »Sie ist immer dabei, wenn ich koche.«

Ella starrte uns an. Sie bemühte sich sichtlich um eine neutrale Miene, und doch blitzte der Schmerz darüber, dass sie keine Ahnung hatte, worum es hier ging, unübersehbar in ihren Augen auf.

Ich seufzte.

Sie hatte recht, es war nicht fair. Sie hatte mir auch von ihrer Familie erzählt. Und wenn ich ehrlich zu mir selbst war, würde es alles leichter machen. Keine Ausreden mehr, warum ich einfach zwei Tage die Woche verschwand.

»Ich lass euch mal allein und sehe nach Lotte.« Pfeifend entfernte Cautschuk sich.

Ella hob den Kopf. Unsere Blicke flossen ineinander, und einen Moment sahen wir uns schweigend an. Sie hatte in meinen Armen gelegen, ich hatte sie in dem Schmerz, den sie ihren Eltern gegenüber empfand, gehalten und sie geküsst.

Es war wohl an der Zeit, ihr meinen eigenen Schmerz zu zeigen. Auch wenn das nicht besonders angenehm werden würde.

Ella räusperte sich. »Wenn du willst, dass ich gehe, dann gehe ich.« Sie presste die Lippen aufeinander. »Auch ganz.«

Mit beiden Händen fuhr ich mir übers Gesicht und trat einen Schritt zur Seite. Ich hatte meine Entscheidung längst getroffen.

»Komm rein.«

Kapitel 18

Wir gingen hinaus in den Garten. Der April war noch relativ kalt, und Ella rieb fröstelnd ihre Hände aneinander.

Meine Hände zitterten auch, allerdings nicht vor Kälte.

Sie löste die Jacke, die sie um die Hüften geschlungen hatte, und setzte sich auf die Stufen der Veranda. Auffordernd klopfte sie neben sich.

Ich atmete tief durch, starrte auf den freien Platz. Konnte ich wirklich alles wieder aufrollen, was ich seit Jahren versuchte zu verdrängen? Der Schmerz würde mich erdrücken, da war ich mir sicher.

Sie sah mich offen an. Wartete.

Langsam ließ ich mich neben sie sinken, konnte ihrem Blick aber nicht standhalten. Stöhnend vergrub ich das Gesicht in den Händen.

»Hey.« Sie rutschte näher zu mir. »Ich bin es«, flüsterte sie. »Ella.«

Die Frau, die ich liebte und der ich vertraute. Sie hatte mir von ihrer Familie erzählt. Ich sollte keine Angst davor haben, ihr mehr von mir zu zeigen. Und obwohl ich das genau wusste, fiel es mir doch verdammt schwer.

»Niemand in Bath weiß von meiner Familie.«

»Ich weiß.«

Ich hob den Blick, um sie anzusehen.

»Glaubst du, es ist an uns allen vorbeigegangen, dass du nie auch nur ein Wort über deine Eltern oder mögliche Geschwister verloren hast?« Sie schüttelte den Kopf. »Selbst Pekka hat das kommentiert.«

Ich riss die Augen auf. »Wirklich?«

Pekka hatte mich noch nie darauf angesprochen. Ich war mir so sicher gewesen, dass mein Schweigen kein Problem war.

Er ist mit Heimkindern aufgewachsen, schoss es mir durch den Kopf. Es fiel mir wie Schuppen von den Augen. Seine Eltern leiteten das Kinderheim in Bergen. Natürlich hatte er gemerkt, dass ich nie darüber redete. Er war nur sensibel genug, mich nicht darauf anzusprechen.

Ella nahm meine Hand. »Ich habe mich immer gefragt, ob da etwas ist oder ob du einfach nicht besonders gesprächig in Bezug auf deine Familie bist.« Sie legte den Kopf schief. »Und June wundert sich oft darüber, wenn sie dich zwei Tage am Stück nicht sieht. So lange können schließlich auch keine Nachtschichten in einem Fünf-Sterne-Restaurant gehen.«

Ich seufzte. »Ich habe einfach das Gefühl, dass diese beiden Leben nicht zusammenpassen.«

»Kann sich nicht alles irgendwie fügen?«

Ich schloss die Augen und nickte knapp. Sie hatte recht. Es gab eh kein Zurück mehr.

Ich holte tief Luft.

»Sie heißt Lotte.« Fest sah ich Ella in die Augen. »Und sie ist nicht meine Tochter, sondern meine kleine Schwester.« Mein Gesicht fing Feuer. »Ich habe seit … der Highschool mit niemandem mehr geschlafen.«

Sie starrte mich einen Moment an. »Im Ernst?«

Ich nickte.

Ihre Augen wurden riesig, und ich sprach schnell weiter, um dieses Thema nicht auch noch zu vertiefen. »Als ich noch zur Schule ging, hatten wir die tollste Familie der Welt. Mein großer Bruder Cautschuk, den du gerade kennengelernt hast, Mum, Dad und ich waren unzertrennlich.« Ich lächelte bei der Erinnerung. Inzwischen ging es. Lächeln, wenn ich an diese Zeit zurückdachte. »Cautschuk hätte längst ausziehen können, doch er ist geblieben, weil wir uns alle liebten und Freunde waren.«

Ich zog scharf die Luft ein. Jetzt kam der schwierige Teil, und ich hatte keine Ahnung, ob ich ihm standhalten konnte. »Ein Jahr nach meinem Highschool-Abschluss …« Ich stockte, weil mich die Erinnerung an jenen Abend kurz aus der Bahn warf. Vielleicht würde ich ihr irgendwann auch davon erzählen müssen. Von meinen Erinnerungen an ein rotes Abendkleid und traurige Augen. Doch jetzt zwang ich mich, den Gedanken beiseitezuschieben und mich auf meine Familie zu konzentrieren. Es zerfetzte mir mindestens genauso stark das Herz.

Ella, die zu bemerken schien, wie aufgewühlt ich war, berührte mein Knie.

»Mum ist noch mal schwanger geworden.« Ich atmete tief durch. Diese Worte waren für andere Menschen kein Grund, durchzudrehen. Doch für mich schon. *Schwanger* und *Geburt* hatte in diesem Haus seit Jahren niemand mehr ausgesprochen. »Sie dachte, ihre Wechseljahre würden beginnen. Deshalb hat sie es erst spät bemerkt. Eine Abtreibung kam nicht mehr infrage, und sie wollte das Kind.«

Ellas volle Aufmerksamkeit lag auf mir, und ich musste den Blick kurz abwenden.

»Also haben deine Eltern das Baby bekommen?«, fragte sie leise.

Ich nickte und schaffte es, sie wieder anzusehen. »Wir haben uns alle gemeinsam dafür entschieden, jemand weiteren in unserer Familie aufzunehmen.«

Stundenlang hatten Mum und ich auf dem Sofa gesessen, um einfach nur das Ultraschallbild anzusehen und darüber zu fachsimpeln, welche Dinge wir dem Kind zuerst beibringen würden, wenn es älter wurde. Für mich waren es Rezepte und der Spaß am Kochen gewesen. Für sie das Zeichnen und das Erschaffen von Figuren.

Unerwartet explodierte der Schmerz in meiner Brust, und ich krümmte mich nach vorne. Ella legte einen Arm um mich.

»Die Ärzt*innen haben schon kurz vor der Geburt festgestellt, dass irgendetwas nicht stimmt.« Meine Stimme bebte. Tränen lösten sich aus meinen Augenwinkeln. »Mums Frauenärztin und ihre Hebamme haben immer wieder einen Kaiserschnitt empfohlen.« Ich fuhr mir mit beiden Händen übers Gesicht und verteilte damit die Tränen auf meinen Wangen. »Mum wollte davon nichts hören. Sie wollte eine natürliche Geburt wie bei Cautschuk und mir.«

Ich legte den Kopf in den Nacken und blinzelte. »Sie war Heilpraktikerin, und gerade bei der Geburt ihrer Kinder war ihr der natürliche Weg extrem wichtig.« Ich schluckte. »Sie war ihre eigene Ärztin.«

Ella legte eine Hand an meine Wange und fing die Tränen mit dem Daumen auf.

»Als Kinder sind wir auch kaum bei Ärzt*innen gewesen, meist hat sie uns homöopathisch behandelt.« Noch heute griff ich auf ihre Methoden zurück, auch wenn das natürlich nicht immer eine Lösung war.

Ich brauchte einen Moment, um mich zu sammeln. »Am Ende haben sie sich darauf geeinigt, dass sie eine natürliche Geburt im Krankenhaus machen.« Ich umklammerte Ellas Handgelenk. »Damit sofort Ärzt*innen zur Stelle sind, falls es zu den Komplikationen kommt, vor denen die Hebamme Angst hatte.« Ich schluckte hart. »Ich glaube, das hat sie unter Druck gesetzt und gestresst.«

Ich war mit meinen Gedanken längst auf einem Plastikstuhl vorm Kreissaal. Schweißnass, weil die Geburt so lange dauerte.

»Was ist passiert?«, fragte Ella leise.

In Bächen liefen die Tränen meine Wangen hinunter. »Sie ist gestorben.« Ich unterdrückte einen Schluchzer. Ella zog mich an sich. Ich bebte am ganzen Körper, ließ zu, dass sie mich festhielt. »Lotte wäre beinahe auch ums Leben gekommen.«

Ich sah Ella an. Mein Schmerz spiegelte sich in ihren Augen. Dann zwang ich mich fortzufahren. »Dad war im Raum.« Ich zitterte. »Er hat zugesehen, wie die Person, die er liebte, starb und wie sein drittes Kind ums Überleben kämpfte. Er hat so laut geschrien, dass Cautschuk und ich es auf dem Flur gehört haben. Wir sind beide aufgesprungen und losgestürzt, aber das Personal hat uns aufgehalten. Es waren eh schon zu viele Menschen in dem Zimmer.« Ich schluckte. »Alle Wiederbelebungsversuche für Mum kamen zu spät.« Mein Atem stockte. »Ich hab mich so allein gefühlt, als sie Cautschuk und mich später in ein steriles weißes Zimmer geführt haben, in dem ein Baby an Geräten und Atemhilfen angeschlossen war.«

Ich vergrub das Gesicht an Ellas Schulter. Sie strich mir über den Kopf, murmelte Worte, die ich nicht verstand. Erst nach einem Moment konnte ich weitersprechen.

»Sie sah so hilflos aus, Ellie. So verdammt hilflos.«

Lottes schlafendes Gesicht in diesem Krankenhausbett hatte sich für immer in mein Gedächtnis eingebrannt. Ich hatte mir geschworen, alles für sie zu tun, auch wenn es mein eigenes Leben kosten würde. Keine Ahnung, wie gut ich diese Aufgabe noch erfüllte.

»Ich habe nach Mum und Dad gefragt, aber sie haben uns nur gesagt, dass bei unserem Vater ein Arzt sei und er einen Augenblick für sich brauche. Kein Wort über Mum.«

Ich sah Ella an. Auch in ihren Augen hatten sich Tränen gesammelt. Da war nur Mitgefühl. Kein Mitleid. Nur Tränen, die mir signalisierten, dass sie da war.

»Dad ist zerbrochen. Wir hatten unsere Mutter verloren, aber er die Liebe seines Lebens. Er hat es nicht geschafft, einfach weiterzumachen, und schon gar nicht konnte er sich um drei Kinder kümmern. Nach der Beerdigung hat er eine Therapie begonnen und ist ein Jahr lang in eine Klinik gegangen. Cautschuk war volljährig und durfte hier im Haus wohnen bleiben, aber Lotte und ich sind in eine Pflegefamilie gekommen.« Ich schluckte. »Als wir es danach wieder zu viert probiert haben, war ich wie ein Vater für Lotte geworden. Ich wusste, wann sie eine neue Windel brauchte und warum sie weinte, deshalb habe größtenteils ich ihre Pflege übernommen, auch um Dad zu entlasten. Es ging ihm zwar deutlich besser, aber er musste sich erst mal wieder im Alltag einfinden und war in vielen Situationen mit Lotte überfordert.«

»Aber …« Ellas Stimme brach. »Ihr habt es geschafft, wieder eine Familie zu werden?«

Ich atmete ein. »Ja.« Ich fuhr mir übers Gesicht und wischte die Tränen fort. »Jetzt wohnen Lotte, Cautschuk und Dad hier, und ich komme sie, so oft es geht, besuchen. Lotte hasst es, dass ich weggezogen bin, aber ich kann hier nicht wohnen. In diesen Wänden sind zu viele schmerzhafte Erinnerungen.«

Ella küsste meine Schläfe und drückte mich fester an sich. Ihre Augen glänzten noch immer.

»Manchmal komme ich mir egoistisch vor und würde gerne mehr für sie da sein, aber meine Kochausbildung ist alles, wovon ich immer geträumt habe.«

Ella fuhr mir durch die Haare. »Das ist nicht egoistisch.«

Ich wusste, dass sie recht hatte, aber ich fühlte mich trotzdem oft genug schlecht deswegen.

Wir schwiegen einen Moment.

»Ich vermisse sie so sehr, Ella.« Meine Stimme war kaum mehr als ein Flüstern. »Mum und ich standen uns unglaublich nah.«

Ich lag wieder auf dem Boden des Krankenhauses. Krümmte mich vor Schmerzen, von der Nachricht, dass ich sie verloren hatte.

Ella legte ihre Stirn an meine. Unser Atem vermischte sich. Ihre Hände an meinen Wangen.

Ich drohte auseinanderzubrechen.

Sie hielt mich zusammen.

»Es tut mir so leid«, sagte sie. Neue Tränen lösten sich aus ihren Augenwinkeln, mir rannen sie noch immer die Wangen hinab.

Ich hielt die Luft an, als sie einen zärtlichen Kuss auf meine Lippen hauchte.

»Ich bin hier.«

Zitternd holte ich Luft.

Ihre Lippen streiften erneut meine.

»Für dich immer, Simon.«

Kapitel 19

Minuten vergingen.

Vielleicht Stunden.

Wir saßen ewig so da und umarmten uns. Ella hielt mich, bis alle Tränen versiegt waren. Ihre und meine.

Langsam kamen wir wieder in der Gegenwart an.

»Danke, dass du es mir erzählt hast.«

»Danke, dass ich dir vertrauen kann.«

»Natürlich kannst du das.« Sie gab mir einen Kuss. Nur flüchtig, doch ich vertiefte das Gefühl ihrer Lippen auf meinen noch einen Moment und verlor mich in dem Geruch nach Orangen. Als wäre es nach unserem ersten Kuss nie komisch gewesen. Als hätten wir das hier schon immer getan.

»Du fühlst dich so gut an.« Die Worte verließen meinen Mund, bevor ich sie aufhalten konnte.

Ella betrachtete mich einen Moment. »Du fühlst dich auch gut an, Simon.« Ein Lächeln umspielte ihre Mundwinkel. »Nicht nur beim Küssen.« Mein Herz überschlug sich. Sie kam wieder ein Stück näher. Ihre Lippen schwebten über meinen. »Du fühlst dich auch gut an, wenn wir uns nicht mal berühren.«

Ich schloss die Augen. Spürte ihren nächsten Kuss, noch

bevor er da war, tauchte ein paar Sekunden in eine Welt ab, in der es nur sie und mich gab.

Langsam lehnte sie sich zurück und nahm meine Hand. Ihre Augen leuchteten. »Komm, wir schauen mal, wie weit das Essen ist.«

Das Essen war fertig. Es gab Spaghetti mit Tomatensoße. Das Einzige, was Cautschuk zubereiten konnte. Lotte saß auf ihrem Platz, ihren Hasen auf dem Schoß, und erzählte stolz, dass sie ganz allein die Soße gemacht hatte.

»Fast«, ergänzte Cautschuk.

An Essen zu denken, kam mir nach diesem intensiven Gespräch fast schon banal und belanglos vor. Mein Magen knurrte trotzdem, als ich an den Tisch trat. Lotte verzog bei meinem Anblick das Gesicht und funkelte Ella böse an.

»Ich will, dass sie geht, sie bringt dich zum Weinen.«

Dieses Kind war einfach zu sensibel, was meine Gefühle betraf.

Über Ellas Gesicht huschte ein Schatten. *Das war nie meine Absicht*, sagten ihre Augen.

Beruhigend lächelte ich ihr zu. *Ich weiß.*

Ich zog Ella an mich und legte einen Arm um ihre Schulter. »Lotti, Ella ist meine liebste Freundin auf der Welt.« *Vertrau ihr.* »Sie bringt mich immer zum Lachen.« Ich küsste Ella auf die Wange, ließ von ihr ab und legte meiner Schwester die Hände auf die Schultern. »Ich habe ihr nur von früher und von Mum erzählt, deshalb habe ich geweint.«

Lotte wusste, dass Mum gestorben war, nur nicht, dass

es bei ihrer Geburt passiert war. Lange war sie zu klein gewesen, um es zu verstehen, und später hatten wir unser Schweigen beibehalten. *Wenn sie erwachsen wird*, sagte Dad oft. Doch Lotte würde wahrscheinlich nie wirklich erwachsen werden. Die Phrase war nur eine Ausrede, um ihr Leben nicht unnötig schwerer zu machen.

Ella trat zögernd einen Schritt näher.

Cautschuk grinste sie an und zog einen Stuhl zurück. »Setzen Sie sich, schöne Frau.« Er zwinkerte ihr zu. »Das ist das erste Mal seit der Highschool, dass Simon jemanden mit nach Hause bringt.«

Ella verdrehte die Augen und nahm Platz. »Das mit dem Tattoo …« Sie sah Cautschuk zerknirscht an.

»Können wir verschieben, Mylady.« Cautschuk strahlte sie an.

»Lass den Shit«, maulte ich, doch ich musste selbst grinsen.

»Ich bekomme so wenig aus deinem Leben mit, Sim, da werde ich mich wohl mal freuen dürfen.«

»Hier riecht es ja gut.« Dad kam um die Ecke, und Ella versteifte sich. Ich schluckte. Hoffentlich würde das nicht unangenehm werden.

»Huch, haben wir Besuch?« Er ließ sich am Tisch nieder und sah Ella offen an.

»Guten Abend, Mr Vance.« Höflich streckte sie ihm eine Hand entgegen.

Dad erwiderte den Gruß. »Guten Abend …«

»Ella«, kam Cautschuk ihm zu Hilfe. »Simons Freundin.«

Ich hasste meinen Bruder.

»Ella ist nicht meine Freundin«, sagte ich im selben Moment, in dem Ella protestierend den Kopf schüttelte.

»Aha.« Dad schmunzelte. »Alles klar.«

Lotte nickte. »Sie haben sich nur sehr lieb.«

»Genau.« Ich strubbelte meiner Schwester durch die Haare und setzte mich an den Tisch.

Es wurde ein Höllenabendessen. Dad fragte Ella aus. Über alles. Was sie studierte, was sie werden wollte, wie wir uns kennengelernt hatten, was ihre Hobbys waren, wohin sie unbedingt mal reisen wollte.

»Das ist der Grund, warum ich niemanden mehr mit nach Hause gebracht habe«, wandte ich mich irgendwann an Cautschuk.

»Und ich ebenso wenig«, erwiderte er.

»Du hast einen Freund?«, fragte Dad aufgeregt.

Cautschuk lachte und winkte ab. »Ach, nichts Festes, weißt du doch.«

Dad nickte nur. »Darf ich diese nicht feste Person irgendwann kennenlernen?«

»Nach diesem Essen?« Cautschuk zog die Augenbrauen hoch. »Sicher nicht, Dad.«

Dad verzog das Gesicht. »Entschuldige, waren es zu viele Fragen, Ella?«

Sie lächelte. »Ein wenig vielleicht.«

Dad zog den Kopf ein. »Ich wollte dich auf keinen Fall bedrängen.«

Ella winkte ab. »Schon verziehen.«

»Ich mag deine Familie«, sagte sie, nachdem wir Lotte ins Bett gebracht und ich die Tür zu meinem alten Kinderzimmer hinter uns ins Schloss gezogen hatte.

»Sie sind so ehrlich.« Ihre Augen glitzerten. Ich dachte an den Besuch bei ihren Eltern und empfand tiefe Abneigung gegen diese beiden schick gekleideten Menschen.

»Es hat lange gedauert, bis wir wieder so geworden sind«, erwiderte ich.

Sie blinzelte. »Ich wünschte, meine Eltern würden sich mal so für mich interessieren wie dein Dad heute.«

Gespielt schockiert sah ich sie an. »Bitte sag mir nicht, dass dir seine Fragerei gefallen hat, das war doch ultrapeinlich.«

Ich ließ mich aufs Bett fallen und legte einen Arm über die Augen. Als sie lachte und das Geräusch in meinem Brustkorb rumpelte, verschränkte ich die Hände hinter dem Kopf und sah sie an.

Noch mehr Witze? Oder sollten wir noch einmal ernsthaft über ihre Eltern sprechen? Bevor ich mich entscheiden konnte, drehte sie sich einmal um die eigene Achse.

»Hier hast du also früher gewohnt?«, wechselte sie das Thema.

Ich stöhnte. An der Wand hing ein Imagine-Dragons-Poster, und im Regal standen Bücher der *Fünf Freunde*. Es war alles noch genau wie damals.

Ella grinste. »Warum räumst du es nicht um, wenn das hier praktisch deine Zweitwohnung ist?«

Ich starrte an die Decke. »Mum hat es eingerichtet, es ist irgendwie ein Andenken …«

»Verstehe.« Sie setzte sich neben mich aufs Bett. »Vielleicht würde es aber auch guttun, es umzugestalten.«

»Vermutlich.« Aber ich würde es nicht übers Herz bringen.

Ella nickte, als hätte sie meine Gedanken gelesen und verstünde sie.

»Darf ich dich was fragen?« Offen sah sie mich an.

»Klar, alles.«

Sie holte tief Luft. »Was hat Lotte für eine Krankheit?«

Ich presste die Lippen aufeinander. »Ich nenne es den Peter-Pan-Effekt.«

Ella runzelte die Stirn.

Ich seufzte. »Sie hat eine Trisomie 21.« Ich wandte den Blick ab. »So nennen es die Ärzt*innen. Downsyndrom. Ich nenne es Peter-Pan-Effekt, weil ...« Ich suchte ihren Blick. »Lotte wird wohl nie richtig erwachsen werden, oder zumindest viel langsamer.«

Ella griff nach meiner Hand und drückte sie kurz. »Ihr geht toll damit um.«

»Was bleibt uns anderes übrig?«

»Ich bin froh, dass du mich in dein Leben gelassen hast, Sim.«

Mein Lächeln kehrte zurück. »Ich auch.«

Es tat erstaunlich gut, eine Person aus Bath eingeweiht zu haben. Ich fühlte mich leichter.

Sie breitete die Arme aus, und ich schmiegte mich hinein.

»Im August kommt sie in die Schule.« Meine Stimme zitterte. »Ich habe solche Angst, dass sie sich nicht gegen die Kommentare wehren kann.«

Ellas Blick verschleierte sich. »Das schaffen die wenigsten.«

»Aber bei Lotte ist es irgendwie noch schlimmer.«

Sie seufzte traurig.

Wir blieben auf meinem Kinderbett sitzen. Erzählten. Sie von sich. Ich von mir. Bis Mitternacht.

Erst danach kuschelten wir uns in die Kissen. Eng umschlungen.

Kapitel 20

Am nächsten Morgen fuhren wir gemeinsam zurück nach Bath.

Es war Donnerstag. Ella musste in die Uni und ich zur Berufsschule. Den gesamten Unterricht saß ich grinsend vor meinem Block, ohne ein einziges Wort zu notieren.

Mein Lehrer ermahnte mich, als er mich drannahm und ich nicht die richtige Antwort liefern konnte, und das nicht nur ein Mal, sondern drei Mal während der Stunde, doch es tat meiner guten Laune nicht den geringsten Abbruch.

Ich hatte Ella von meiner Familie erzählt.

Wir hatten uns geküsst und waren uns näher als jemals zuvor.

Die halbe Nacht hatten ihre Lippen auf meinen gelegen.

Ich knüllte meine Jacke zusammen und stopfte sie zwischen meine Beine.

All das Unbehagen, das sich seit Bergen zwischen uns angestaut hatte, war verschwunden, zurückgeblieben war nur noch Wärme.

Selbst Dilans Worte, die mir schwer im Magen gelegen hatten, traten nach dieser Nacht mit Ella in den Hintergrund.

Sie hatte mich geküsst.

Am Abend kochte ich für meine WG und tanzte durch die Küche. Pekka ließ sich von meiner guten Laune anstecken und deckte den Tisch.

Am Freitag sortierte ich die Bilder von der Bergen-Fahrt, die Pekka mit seiner Kamera gemacht hatte, und gab online schon mal einige bei der Drogerie in der Stadt in Druck. Ich klappte gerade meinen Laptop zu, als ich die Geräusche hörte.

Ich runzelte die Stirn und brauchte einen kurzen Moment, um sie zuzuordnen.

Das Grinsen, das schon seit Mittwoch in meinem Gesicht klebte, wurde noch eine Spur breiter.

June und Kian hatten Sex, so laut, dass man es in der gesamten Wohnung hören konnte. Es musste verdammt gut sein.

Sehnsucht flammte in mir auf. Mein letztes Mal war acht Jahre her. Es wäre eine Lüge gewesen, zu behaupten, dass ich es nicht vermisste und mich nicht nach dieser Art von Körperkontakt sehnte. Doch wie Pekka eine Person im Club aufzureißen, war einfach nicht mein Ding.

Vielleicht würde ich das auch gar nicht müssen.

Ella hatte mich geküsst.

Das Stöhnen wurde lauter. Ich lächelte.

Vielleicht ging Kians Traum nun endlich in Erfüllung, vielleicht fanden die beiden zueinander. Ich wünschte es ihnen von ganzem Herzen. Und vielleicht, ganz vielleicht würde auch mein Wunsch in Erfüllung gehen.

Als sie später duschen gingen, schlief ich ein.

Am Samstagnachmittag schauten wir uns gemeinsam die Fotos aus Bergen an. Auch Kate und Ella kamen vorbei.

Mein Herz schlug höher, als wir uns an der Tür mit einem heimlichen Kuss begrüßten.

Sie und June halfen mir beim Kochen, und es hätte ein richtig gemütlicher Abend werden können. Am liebsten hätte ich mich zusammen mit Ella ins Bett oder aufs Sofa gekuschelt, einen Film angeschaut oder einfach nur mit ihr gequatscht.

Stattdessen schleppte Pekka uns mal wieder in einen Club. Es war schließlich Samstag.

Ich verfluchte ihn im Stillen.

Er und Kate verschwanden schon am Eingang des Ladens irgendwo im Gedränge. Kian klopfte dumme Sprüche, holte uns aber wenigstens was zu trinken. Ich bekam nur eine Cola, ich durfte nämlich den Fahrer für diesen Partyabend spielen.

Ich nahm einen Schluck aus meinem Glas, während Ella mich anstupste.

Sie war hier. Das würde das Ganze erträglich machen. Wir ergatterten einen Stehtisch direkt neben der Tanzfläche, und Ella verwickelte mich in ein Gespräch über eklige Biersorten, als wollte sie mir damit sagen: *Sei froh, dass du dieses widerliche Zeug heute nicht zu trinken brauchst.*

Ich entspannte mich ein bisschen. Es hätte wirklich schlimmer sein können.

June und Kian machten sich auf den Weg zur Tanzfläche, und Ella sah ihnen nach.

»Willst du auch?«, fragte ich.

Noch im selben Moment hätte ich mich ohrfeigen können. War ich wahnsinnig? Wollte ich mit einem Schlag zurück in die Vergangenheit und zurück zu meinem letzten Tanz auf dem Abschlussball katapultiert werden?

Andererseits war das bei meiner Begegnung mit Dilan auch nicht direkt passiert.

Dilan.

Ella sah mich misstrauisch an. »Du hasst tanzen, Simon.«

»Stimmt.«

Ihr Blick wurde unergründlich. »Aber du würdest es trotzdem für mich machen?«

Ich nickte.

Ein Lächeln, das mir beinahe den Boden unter den Füßen wegzog, breitete sich auf ihrem Gesicht aus. »Okay.« Sie streckte mir ihre Hand entgegen. »Beweis mir, dass du dich bewegen kannst.«

»Kann ich nicht«, gab ich sofort zu.

Ella hob die Augenbrauen. »Ich weiß, dass das nicht der Grund ist, aus dem du den Floor meidest.«

Ertappt zuckte ich zusammen. »Zur Hölle«, murmelte ich und ergriff endlich ihre Hand.

Sie zog mich ins Gedränge. Wir bewegten uns im Takt der Beats. June und Kian tauchten neben uns auf und grinsten uns an. Ella grinste zurück. Ich konzentrierte mich darauf, nicht über meine eigenen Füße zu stolpern.

Sie beugte sich näher zu mir. »Verrätst du mir, warum du nicht gerne tanzt?«

Ohne es zu wissen, betätigte sie damit den Schalter, der

mich zurück unter die provisorisch aufgebauten Scheinwerfer in unserer Schulkantine beförderte. Ein Abschiedskuss und roter Stoff, der sich immer weiter von mir entfernte.

Ich konnte ihr nicht antworten. Sie ließ es mir durchgehen und zog mich an sich.

Die Erinnerung brannte auf meiner Haut, und weil ich nicht wusste, wie ich vor Ella damit umgehen sollte, tanzte ich.

Wie damals.

Bis mir der Schweiß im Nacken stand und Ella rosige Wangen hatte.

Sie fragte nicht weiter nach.

Ein schneller Song wurde gespielt, und Ella und ich bewegten uns wild umeinander.

Meine Gedanken an früher verflogen. Es gab nur noch sie.

Zu einem langsamen Song von Halestorm tanzten wir eng umschlungen. Sie verschränkte die Arme in meinem Nacken.

»You make it feel the way it's supposed to be.«

Ja.

Ich fühlte mich wieder wie fünfzehn und war nicht mehr traurig um den Alkohol, den ich nicht bekommen hatte. Ella benebelte meine Sinne viel mehr.

Ihr Kopf ruhte an meiner Brust, als der DJ die neueste Nummer-eins-Single aus Australien ankündigte. Ihr Gesicht war meinem so nah, dass ich nicht mehr klar denken konnte.

»Simon«, murmelte sie.

Ich nickte, meinen Blick auf ihre Lippen gerichtet.

»Wenn du einen Wunsch frei hättest, was würdest du dir wünschen?«

Mein Herz setzte einen Schlag aus.

Lotte und Mum miteinander spielen sehen.

Oder zu wissen, wohin eine ganz bestimmte Person damals abgehauen war.

Ich strich ihr eine Haarsträhne aus der Stirn. »Dass du gerade nicht betrunken wärst.« Denn im Gegensatz zu mir hatte sie einiges intus.

»Ich bin nicht betrunken.«

Ich zog sie an mich. »Was würdest du dir wünschen, Ella?«

Einen kurzen Moment sah sie in eine andere Richtung, klärte ihren Blick aber sofort wieder.

»Dass du mich küsst.« Sie kam ein bisschen näher. »Jetzt.«

Ich zwang mich zur Konzentration. »Ich küsse dich nicht, wenn du nicht nüchtern bist.« Auch wenn ihre Lippen auf meinen zu spüren alles war, was ich wollte.

»Du bist zuuu vernünftig, Simon.«

Ich lachte auf, während sie mich einfach zu sich hinunter zog und ihren Mund auf meinen presste.

Ihre Lippen glühten und raubten mir auf der Stelle den Atem.

Kian hatte recht, wie sollte ein vernünftiger Mensch da aufhören?

Ein paar lange Augenblicke erwiderte ich den Kuss, dann löste ich mich. »Ella.« Meine Stimme war ein Witz. Sie ging in dem Gedränge und der Musik unter. »Nicht so.« Ich nahm ihre Hand und zog sie an den Rand der Tanzfläche. »Du weißt, wie gerne ich dich küsse, aber ich kann nicht riskieren, dass du es später bereust.«

Sie rollte mit den Augen. »Du klingst schon wie Dilan.«

Kalt standen die Worte zwischen uns.

Ich starrte sie an, während das Treiben um uns herum vorbeizog.

»Dilan?«

Ella wirkte mit einem Mal wieder ziemlich nüchtern. »Sorry.«

Früher oder später wäre sein Name wieder gefallen und hätte unserem Glück einen Dämpfer verpasst, aber musste das so früh passieren?

»Wie ist das mit Dilan?«, stellte ich die unausweichliche Frage.

Ella zog die Brauen hoch. »Was meinst du?«

»Na ja, magst du ihn noch?«

Sie starrte mich einen Moment an. »Ja«, flüsterte sie. »Ich mag ihn noch.«

»Aber was ist dann … das zwischen uns?«

Sie trat einen Schritt auf mich zu. »Hat das zwischen uns denn wirklich etwas mit ihm zu tun? Es ist doch echt.«

»Aber bin ich dann nicht nur dein Lückenfüller, weil es mit Dilan gerade nicht klappt?«

»Das denkst du? Nachdem wir uns einander geöffnet haben?«

Ich schüttelte den Kopf, zuckte die Achseln. »Ich weiß es nicht.«

»Simon.« Sie legte mir beide Hände auf die Schultern. »Du warst niemals ein Lückenfüller, und Dilan ist auch nicht dein Konkurrent.«

»Aber was sind wir dann für dich?« Hatte Dilan recht, und sie wünschte sich einen Kuss von uns beiden?

Schmerz flackerte in Ellas Augen auf. »Ich trau mich nicht, dir das zu sagen.« Sie trat einen Schritt zurück. »Ich hab zu viel Angst, dich zu verlieren.«

Damit drehte sie sich um und verschwand mit zerknirschter Miene in der Menge.

Was zur Hölle?

Ließ sie mich wirklich so im Regen stehen?

Ich wollte es doch nur verstehen.

Bevor Ella aus meinem Blickfeld geraten konnte, gab ich mir einen Ruck und folgte ihr. Die Menschenmassen versperrten mir den Weg, und ich erreichte sie erst, als sie schon bei June stand.

»Wir wollen los«, informierte June mich, und Ella drückte dankend ihren Arm.

Ich presste die Kiefer aufeinander. »Sicher, wenn du Pekka irgendwo findest.«

Ich sah nur Ella an, während ich mit June sprach. Bat sie stumm um eine Erklärung, doch sie wich meinem Blick aus. Ich entdeckte Kian und Kate an der Bar und gab den beiden Bescheid, obwohl sich alles in mir dagegen sträubte, Ella den Rücken zu kehren.

»Soll ich noch mit reinkommen?«, fragte June, als ich bei Ella zu Hause hielt und die beiden sich verabschiedeten.

Sie schüttelte den Kopf. »Ich ruf dich an.«

Sie ließ die Wagentür einrasten und stapfte auf das Gebäude zu. Ich starrte ihr nach. Sie hatte mich gerade nicht mal angesehen.

So würde dieser Abend nicht enden. Ganz sicher nicht.

Ich riss meine eigene Tür auf, bevor sie das Haus erreicht hatte, und lief ihr nach.

»Ella.«

Sie blieb stehen und drehte sich zu mir um. Unsicherheit spiegelte sich in ihrem Gesicht.

»Hey, es tut mir leid.« Ich hielt vor ihr an. »Das mit Dilan verunsichert mich nur.«

Ihre Züge wurden weicher, und sie trat einen zaghaften Schritt auf mich zu.

Langsam schüttelte sie den Kopf. Der Alkohol war wie weggeblasen. »Mir tut leid, dass es so kompliziert ist. Ich weiß einfach nicht, wie ich euch meine Gefühle erklären soll.«

Ich wagte ein Lächeln. »Nimm dir Zeit, aber lass uns nicht wegschmeißen, was wir gerade erst bekommen haben, okay?«

Sie schloss die Augen und atmete tief ein. Dann nickte sie und breitete die Arme aus. Erleichtert kuschelte ich mich hinein. Wir umarmten uns länger als nötig, und mir war durchaus bewusst, dass wir Publikum im Auto hatten, aber es war mir gerade so egal.

In diesem Moment zählte nur Ella.

»Bis bald«, flüsterte ich in ihr Haar.

»Sehr bald«, fügte sie leise hinzu, und wir lösten uns

voneinander. Sie verschwand nach drinnen, und ich ging zurück zum Wagen.

»Was läuft denn bei euch, Mann?« Pekka hob eine Augenbraue und sah mich belustigt von der Seite an. Ich lenkte den Wagen wieder auf die Hauptstraße.

»Gar nichts.« Ich beschleunigte. »Absolut gar nichts.«

Alles.

Kapitel 21

Hätte ich gewusst, dass Kian noch am selben Abend verschwinden und June das Herz brechen würde, hätte ich mich mehr um meine Freund*innen gekümmert als um meine eigenen Probleme, aber ich erfuhr es erst, als Kian schon abgehauen war und niemand in der WG wusste, wohin.

June wanderte zwischen der Kaffeemaschine und ihrem Bett hin und her, und kein Versuch, sie aufzuheitern, brachte etwas. Das Leuchten, das seit Kians Rückkehr in ihren Augen gelegen hatte, war verschwunden.

Am Montagmorgen runzelte ich verärgert die Stirn. Ella war noch immer nicht vorbeigekommen, und June ging es mit jedem Tag beschissener. Im Wohnzimmer liefen die Songs von Shattered Tears auf voller Lautstärke.

Ich konnte sie nicht länger so unglücklich sehen und wählte Ellas Nummer. Sie ging nach dem zweiten Klingeln dran.

»Komm endlich her, June braucht dich.«

»Ich weiß«, feuerte sie zurück.

»Worauf wartest du dann?«

Es entstand eine kurze Pause. »Ich bin mir nicht sicher, ob du noch sauer bist wegen der Sache im Club, und wollte nicht einfach bei dir in der WG auftauchen.«

Das war ja wohl nicht ihr Ernst? Klar war noch nicht alles geklärt, aber das war doch kein Grund, June hängen zu lassen.

»Ella, ich erwarte dich hier. Du hast eine halbe Stunde.« Mit diesen Worten legte ich auf.

Sie brauchte zwanzig Minuten. Ich verschwand derweil in meinem Zimmer und setzte mir Kopfhörer auf. Nicht, dass ich nicht gerne gewusst hätte, was passiert war, aber es ging mich nichts an, solange June nicht selbst mit mir darüber sprach.

Erst am Abend traute ich mich wieder aus meinem Versteck und lief im Flur prompt gegen Ella.

»Wie geht es ihr?«, fragte ich.

Ella seufzte. »Sie benehmen sich wie kleine Kinder. Kian hat sich bei mir zu Hause verkrochen.«

Immerhin wussten wir dann, wo er war. Sie ging in die Küche, und ich zerrte Pekka aus seinem Zimmer, damit ich Verstärkung hatte, als ich vorschlug, mit allen einen Film zu schauen. Es war schön, mal wieder etwas zu viert zu machen. Wie früher.

Doch Zeiten änderten sich auch, und Kian fehlte.

Ich vermisste seine lustigen Sprüche und das Funkeln in Junes Augen, wenn er sie ansah.

Und noch jemanden vermisste ich.

Ich ertappte mich dabei, wie ich mir wünschte, auch Dilan wäre ein Teil dieser Clique.

Ich bekam nicht viel vom Film mit. Meine Gedanken kreisten allein um die Menschen, die ich mehr in mein Herz geschlossen hatte, als ich mir jemals hätte vorstellen können.

Ella verschränkte die Arme vor der Brust, als ich in Schuhe und Jacke schlüpfte.

»Ich kann alleine gehen.«

»Ich weiß.« Ich lächelte sie an. »Aber ich bin egoistisch und möchte gerne mehr Zeit mit dir verbringen.«

Sie schnaubte zwar, doch ich konnte sehen, dass sie sich ein Schmunzeln verkniff.

»Pass auf, dass der Umschlag nicht zerknittert.«

Sie löste ihre verschränkten Arme und rollte mit den Augen.

Ich hatte ihr und June jeweils einen Umschlag mit den Fotos der Bergen-Fahrt übergeben und hoffte von ganzem Herzen, dass sie June zeigen würden, dass ihre und Kians Geschichte noch nicht vorbei war.

Ella hielt mir die Tür auf. »Es tut mir leid, dass du am Samstag keine Antworten auf deine Fragen bekommen hast, ich hätte gar nicht erst mit Dilan anfangen sollen.« Zerknirscht sah sie mich an. »Vielleicht war ich doch ein bisschen betrunken.«

»Manchmal sagen wir nur betrunken, was wir wirklich sagen wollen, oder?« Ich zwinkerte ihr zu.

Sie lächelte zaghaft. »Ja, manchmal.«

Ich gab mir einen Ruck. »Ich habe einfach Angst, dass du mich irgendwann für Dilan verlassen wirst«, gab ich zu.

Ella fuhr sich durch die roten Haare. »Das könnte ich niemals.« Sie schluckte. »Und ich habe Angst, dass du das nie verstehen wirst.«

Wir ließen die Straße der WG hinter uns und bogen um die Ecke. »Ich könnte euch beide niemals verlassen.«

Uns beide?

Wir würden einander also nie ganz gehören.

Dilan ist nicht dein Konkurrent.

Warum fühlte es sich dann aber verdammt noch mal so an?

Ihr Blick suchte meinen, als wollte sie sichergehen, dass ich es kapierte, doch offenbar fand sie in meinem Gesicht nicht, wonach sie suchte. Frustriert seufzte sie und schüttelte den Kopf.

Den restlichen Weg legten wir schweigend zurück. Erst als wir vor ihrem Haus ankamen, traute ich mich, sie wieder anzusehen.

»Glaubst du, Kian ist noch wach?« Meine Stimme zitterte, noch immer aufgewühlt von ihren vorherigen Worten.

Sie zog beide Augenbrauen nach oben. »Suchst du einen Grund, noch mit hochzukommen?«

»Vielleicht.«

Wir grinsten uns an.

»Ich möchte nur nachsehen, ob es ihm gut geht.«

Ella schloss die Tür auf. »Es geht ihm nicht gut.«

Wir stiegen die schmale Treppe bis zu ihrer Wohnung hinauf.

»Ki, Simon ist hier«, brüllte sie, sobald wir eintraten. Wir durchquerten den Flur und sie öffnete die Schlafzimmertür. Ich linste nach ihr um die Ecke.

Kian lag auf dem Bett und hatte ein Buch in der Hand. Falsch herum.

Er sah wirklich scheiße aus. Seine Augen waren von Tränen gerötet.

»Hey.« Ich hob die Hand zum Gruß. »Ich habe mir Sorgen um dich gemacht.«

Er seufzte. »Toll.«

Ella und ich setzten uns zu ihm aufs Bett. Seine Augenringe waren noch tiefer als die von June.

»Ich verstehe nicht, warum du vor ihr davonläufst.« Ella schüttelte den Kopf. »Sie ist völlig fertig.«

Kian legte das Buch zur Seite. »Wird das ein Verhör?«, fragte er, ohne uns anzusehen.

Ella stieß einen frustrierten Laut aus.

Ich versuchte stattdessen, einen versöhnlichen Ton anzuschlagen. »Natürlich nicht, aber ihr liebt euch, macht nicht so ein Theater.«

»Ach ja?« Kian deutete zwischen mir und Ella hin und her. »Das Gleiche könnte ich euch raten.«

Dazu sagten weder Ella noch ich etwas.

Kian erhob sich. »Es ist spät, ich gehe Zähne putzen.«

Damit verschwand er und ließ Ella und mich zurück.

»Machen wir Theater?« Fragend sah ich sie an.

Sie verdrehte die Augen. »Bei uns ist das ja wohl was ganz anderes. June und Kian sind schon ihr ganzes Leben füreinander bestimmt.«

»Sind wir das nicht?« Ich strich ihr eine verirrte Haarsträhne aus der Stirn.

»Ich hab es ernst gemeint, als ich gesagt habe, dass ich dich liebe.«

Sie wich meinem Blick aus. »Sag so was nicht.«

»Warum? Weil du nicht darüber nachdenken willst, ob du ähnlich fühlst?«

Sie schluckte hart und wandte den Blick ab. »Ich fühle nicht ähnlich.«

Alles in mir krampfte sich zusammen.

In ihren Augen schimmerten Tränen, als sie mich wieder ansah. »Ich fühle genauso.«

Mein Herz blieb stehen.

Ich schnappte nach Luft.

Atmen.

Ich. Muss. Atmen.

»Ellie«, flüsterte ich.

Sie fuhr sich mit beiden Händen übers Gesicht. Eine einzelne Träne lief ihre Wange hinunter, und sie wischte sie zur Seite. »Ich habe Angst.« Ihre Stimme brach, und die Tränen überschwemmten ihre Augen. »Ich habe Angst davor, dir nicht geben zu können, wonach du suchst.«

Auch meine Augen begannen zu brennen. »Du brauchst keine Angst zu haben.« Fest sah ich ihr in die Augen. »Nicht bei mir.«

Sie beugte sich vor, bis ich ihren Atem auf meiner Haut spürte.

Ich nahm ihr Gesicht in beide Hände und schloss die Augen. So zärtlich ich konnte, berührte ich ihre Lippen mit meinen. Ihre Finger krampften sich um meine Handgelenke. Sie erwiderte den Kuss.

Tastend.

Langsam.

Weich.

Ich zerfloss. Wie konnte sie daran zweifeln, mir zu genügen, wenn ein einziger Kuss *das hier* in mir auslöste? Wenn ein einziger Kuss schon mehr war, als ich mir je erträumt hatte?

»Na endlich!«, riss Kians Stimme uns auseinander. Gleichzeitig sahen wir auf. Er lehnte im Türrahmen und zwinkerte uns zu. Zum ersten Mal, seit ich angekommen war, blitzte so etwas wie Freude in seinen Augen auf.

»Ich schlaf auf dem Sofa.« Er wandte sich ab und zog die Tür hinter sich ins Schloss.

Ich konnte nicht anders, ich lachte.

Ella schnaubte. »Arsch.«

»Wir sind Ärsche, wenn wir ihn jetzt alleine schlafen lassen.«

Ella zuckte die Schultern. »Das verkraftet er.« Sie grinste. »Sorry, aber er ist wie mein großer Bruder, und sein Liebeskummer ist unbegründet. Er könnte einfach zu June zurückgehen, und sie würde ihn mit offenen Armen empfangen.«

Natürlich war alles viel komplizierter, doch ich war zu froh, um weiter darüber nachzudenken. »Heißt das, ich darf über Nacht bleiben?«

Sie verdrehte die Augen. »Ja, du Clown, das heißt es.«

Kapitel 22

Das hieß es.

Ich durfte bei ihr bleiben.

Unter der Bedingung, dass wir rüber ins Wohnzimmer gingen und Kian zwangen, mit uns Karten zu spielen. Er ließ alles über sich ergehen, weigerte sich allerdings, uns zu verraten, warum er vor June davonlief.

Kurz vor zwölf legte er sein Blatt auf den Tisch.

»Leute, jetzt verschwindet endlich, ich sehe euch an, dass ihr zu zweit sein wollt.« Er wedelte mit der Hand. »Ich kann das verkraften.«

Ella und ich tauschten einen Blick.

Er verdrehte die Augen. »Im Ernst, ich freu mich für euch. Ich kann es gerade nur nicht zeigen.«

Ella lachte und küsste ihn auf die Wange. »Ich liebe dich, Ki.«

Er schnaubte und ging zum Sofa hinüber. Die Federn knarzten, als er sich darauf ausstreckte. »Seid einfach nicht allzu laut. Gute Nacht.«

Ich lief knallrot an.

»Du hast großes Glück, dass es dir so schlecht geht, sonst würde ich dich jetzt durchkitzeln«, drohte Ella ihm.

»Ich bebe vor Angst.«

Meine Mundwinkel zuckten. Ella nahm meine Hand und zog mich ins Schlafzimmer.

Als ich einen Blick auf ihre Laken warf, verrutschte mein Grinsen etwas. Wir hatten längst gemeinsam in diesem Bett geschlafen, doch jetzt fühlte es sich anders an. Heute hatte es eine direkte Einladung gegeben, und wir beide wussten, dass sie zu mehr führen konnte, als wir bisher geteilt hatten.

Mein Herz trommelte gegen meine Brust, als wir uns bettfertig machten. Ich zog meine Jeans aus. Sie tauschte ihre lange, weite Hose gegen eine kurze.

Anschließend kuschelten wir uns gemeinsam ins Bett.

Dort zog ich sie an mich, während sie einen Arm um meinen Körper schlang.

All die Anspannung fiel von mir ab.

»Das fühlt sich so gut an«, murmelte ich in ihr Haar. *Dir so nah zu sein.*

Sie streichelte meinen Rücken. »Ja«, hauchte sie leise. »Viel zu gut.«

Unsere Lippen fanden einander. Ich keuchte, als sie ihre Zunge in meinen Mund schob und sich das Verlangen in meinem gesamten Körper ausbreitete. Meine Gedanken zerfielen zu Staub. Ich konnte nur noch fühlen.

Ihre Lippen waren so weich und zärtlich, als würde sie das erste Mal in ihrem Leben küssen. Ich drängte mich näher an sie. Stöhnend legte sie den Kopf in den Nacken.

Ich lächelte. »Ich lass dich also kalt, hm?«

»Absolut«, erwiderte sie rau. Verlangen blitzte in ihren Augen auf.

Seit damals war ich keinem anderen Menschen so nah gewesen. Ich stand kurz vorm Explodieren.

Sie rollte sich auf mich, küsste sich meinen Hals hinab und schob ihre Hände unter mein Shirt. Nichts hatte sich je so gut angefühlt. Ihre Finger bekamen den Saum zu fassen. Sie zögerte nur einen Wimpernschlag, bevor sie mir das T-Shirt über den Kopf streifte.

Ich hielt die Luft an, als sie mich musterte. Im Gegensatz zu Kian hatte ich weder Muskeln noch ein Sixpack. Und ich liebte es, zu essen. Mein Bauch war alles andere als definiert. Ich versuchte, in ihren Augen zu lesen, doch ihr Blick war unergründlich.

Unsicherheit überkam mich. Seit acht Jahren hatte mich niemand so gesehen. Ich war nicht wie Pekka und lief den gesamten Sommer oberkörperfrei durch die Gegend, und auch baden ging ich nicht allzu oft.

Stumm sah ich sie an.

Bitte.

Bitte sag was.

Ellas Augen fanden meine. Ihr rotes Haar war zerzaust, und als sich ein Lächeln auf ihrem Gesicht ausbreitete, war ich mir sicher, nie zuvor eine so schöne Person gesehen zu haben.

Wärme durchströmte meinen gesamten Körper.

Sie beugte sich vor und küsste mein Schlüsselbein. Mein Körper reagierte heftig. Ihre Küsse wanderten über meine Brust, erreichten meinen Bauch.

Das Zimmer drehte sich.

Es war ihr egal.

Was hatte ich erwartet? Das hier war Ella. Warum sollte sie auf krasse Muskeln stehen?

Ein bisschen Mut durchflutete mich, und ich ließ meine Hände unter ihr T-Shirt wandern.

Dort erstarrte ich. Sie trug keinen BH. Natürlich nicht. Natürlich trug sie keinen BH.

Langsam tastete ich mich ihre Seiten hinauf und wieder hinab. Sie seufzte an meinem Mund, und mein Mut wuchs.

Sie genoss es, oder? Durfte ich sie berühren? Wollte sie berührt werden?

Ich zwang mich, die Zweifel beiseitezuschieben. Vorsichtig umfasste ich ihre nackten Brüste. Es entlockte ihr ein zufriedenes Stöhnen, und ich atmete erleichtert auf. Mit dem Daumen rieb ich über ihre Brustwarzen, und sie schloss die Augen.

Wir verloren uns ineinander. Sie zog mich aus. Bis auf meine Seele. Ich zog sie aus. Bis wir nur noch in Unterwäsche übereinanderlagen.

Ella drückte einen federleichten Kuss auf meine Lippen. Frech grinste sie mich an. »Können wir Sex haben?«

Mein Herz blieb stehen. Mein Körper war seit Stunden bereit, und zwischen meinen Beinen begann es langsam zu schmerzen. Doch das hier war Ella.

Ich zog sie zu mir herunter und gab ihr einen Kuss. »Du weißt, wie viel du mir bedeutest, ich würde es bereuen, wenn wir nicht warten.«

»Ich will nicht warten.« Der Länge nach presste sie sich an mich, und ich erschauderte.

»Kian schläft im Nebenzimmer«, erinnerte ich sie.

»Er würde sich für uns freuen.«

»Kian hat Liebeskummer«, hielt ich weiterhin dagegen.

»Alter, er ist wie ein Bruder für mich.«

»Das macht es nicht besser.«

Sie verdrehte die Augen und zog einen Schmollmund.

»Ellie.« Ich umfasste ihr Gesicht mit beiden Händen. Zärtlich strich ich ihr über die Wange.

»Ich bin ziemlich aus der Übung.«

»Ich auch.«

In dieser Hinsicht gingen unsere Definitionen von *aus der Übung* wahrscheinlich weit auseinander.

»Es sollte perfekt sein.«

»Es ist perfekt.«

Ich zögerte.

Sie beugte sich vor und küsste mich erneut. So lange und berauschend, dass ich vergaß, warum ich eigentlich warten wollte.

Fies.

Ihre Hände waren überall. Meine erkundeten ihren Körper.

Keuchend ließen wir voneinander ab.

»Hast du Kondome da?« Ich hatte nämlich keine. Ich hatte seit dem Abschlussball keine mehr gekauft.

Sie nickte.

Keine Barrikaden. Nichts, was uns aufhalten konnte.

Nur in ihrer Unterhose sprang sie aus dem Bett und lief zu ihrem Kleiderschrank. Achtlos warf sie zwei Jacken auf den Boden und kam mit drei Päckchen zurück.

Mit zitternden Fingern nahm ich eins davon entgegen,

und sie ließ die anderen beiden auf den Nachtschrank fallen.

»Bist du dir sicher?« Ich drehte die Packung in meinen Händen.

Ella lächelte. Sie lächelte, und in meinem Herzen ging die Sonne auf. Zärtlich nahm sie mein Gesicht in beide Hände und drückte einen Kuss auf meine Lippen. »Ich war mir nie sicherer.« Ihr Blick verschränkte sich mit meinem. »Ich vertraue dir, Sim.«

Diese simplen Worte reichten aus, um mich zu überzeugen.

Ihre Augen leuchteten, als ich meine Boxershorts auszog und sie sehen konnte, was außer einem einzigen Menschen nie jemand zu Gesicht bekommen hatte.

Mit zitternden Fingern packte ich das Kondom aus und wollte es mir überstreifen.

Falsch herum.

Mist. Ich war wirklich aus der Übung.

»Ich brauch ein anderes«, flüsterte ich und ließ das Ding auf den Boden fallen.

Sie reichte mir eine neue Packung. Diesmal hatte ich mehr Glück.

Wir lächelten einander an, und sie zog mich an sich. Dabei tauschten wir ununterbrochen Küsse aus. So viele Küsse.

Sie hob die Hüften, als ich ihr den feuchten Slip abstreifte.

Wir taten es tatsächlich. Wie oft hatte ich genau hiervon geträumt. War mitten in der Nacht aufgewacht, schweißgebadet und mit einer nassen Unterhose, weil sie meine

Gedanken nicht losließ. Nur, dass das hier schöner war als alles, was ich je geträumt hatte.

»Darf ich nach oben?«, fragte sie.

Ich nickte. »Alles, was du willst, Ellie.«

Wir rollten uns herum, und sie positionierte sich über mir.

Vorfreudige Angst durchflutete meinen Körper, und ich schnappte nach Luft, als sie sich langsam auf mich hinabsinken ließ.

Sie atmete ein. Ich stöhnte auf. All meine Gefühle bündelten sich zwischen meinen Beinen. Sie war so weich. So warm. Ich konnte nicht mehr klar denken.

Ich bewegte mich, doch sie zuckte zusammen. Fuck. Sie genoss es nicht so sehr wie ich.

»Alles okay?« Ich stützte mich auf den Ellenbogen auf, wodurch ich unseren Winkel veränderte, und sie leise aufschrie. »Oh, verdammt, ja.« Sie beugte sich zu mir hinunter und küsste meine Lippen. »Ja, es hat nur kurz wehgetan.«

»Sollen wir aufhören?«

Sie schüttelte den Kopf, begann, sich langsam zu bewegen, und schloss die Augen.

Himmel, so würde ich nicht aufhören *können*.

Ich kam ihr mit meinen Hüften entgegen, und sie atmete zischend ein.

Ich erstarrte. »Tut mir leid.« Ich wollte mich zurückziehen, doch sie riss die Augen auf und hielt mich bei sich. »Nein, das war gut.«

Sie beugte sich näher zu mir, und ich schlang ihr die Arme um den Rücken.

»Beweg du dich«, flüsterte ich an ihren Lippen.

Das tat sie. Bis ich nicht mehr wusste, wo oben und unten war, bis ich meinen eigenen Namen vergaß und sie ständig bremsen musste, weil ich sonst ohne sie gekommen wäre.

Als sie die Kontrolle verlor, ihre Finger in meine Haut bohrte und über mir erzitterte, erlaubte ich mir endlich, auch loszulassen. Ich kam heftiger denn je. Und als ich sie völlig erschöpft in meinen Armen hielt, hatte sich nie zuvor etwas so richtig angefühlt.

Kapitel 23

Ich erwachte in dem Geruch von Orangen. Ellas Bettdecke hatte denselben Duft wie ihre Kleidung, wenn ich sie umarmte.

Mein Kopf ruhte an ihrer Brust. Ihre Finger fuhren zärtlich durch mein Haar.

So gemütlich.

»Guten Morgen«, murmelte ich, die Augen noch halb geschlossen.

Sie küsste meinen Kopf.

»Guten Morgen.«

Eine Weile blieben wir genau so liegen. Einander anlächelnd, einander streichelnd. Ich wollte nie wieder etwas anderes tun. Die Geborgenheit, die ich empfand, hätte ich am liebsten in einem Marmeladenglas konserviert.

»Frühstück?«, fragte Ella.

Mein Magen knurrte als Antwort.

Irgendwie schafften wir es tatsächlich, aufzustehen, uns anzuziehen und in die Küche zu gehen. Ich hatte die Arme um Ella geschlungen, als Kian sich mit einer Kaffeetasse in der Hand zu uns umdrehte. Unter seinen Augen lagen noch dunklere Schatten als gestern. Ich bekam sofort ein schlechtes Gewissen und rückte ein Stück von Ella ab. Er zwinkerte uns zu, als wollte er meine Schuldgefühle fortwischen.

»Ich hätte nie gedacht, dass Ella *so* laut sein kann.« Er wackelte mit den Augenbrauen und nippte an seinem Kaffee.

Mein Herz stolperte.

Ella seufzte. »Er kann wieder scherzen.«

Sofort sackten Kians Mundwinkel nach unten, und er knallte die Tasse auf den Küchentisch. Ausdruckslos sah er mich an. »Ich weiß, dass ihr zwei füreinander bestimmt seid, aber wenn du sie verletzt oder es verbockst –«

»Kian!«, fauchte Ella. »Geht's vielleicht noch klischeehafter, du bist nicht mein Bruder!«

Hatte sie nicht gestern Nacht noch etwas anderes gesagt?

Kian rollte mit den Augen. »Nein?«

Ella presste die Lippen aufeinander. »Na schön, Kotzbrocken. Reden wir doch noch mal über dein Liebesleben.«

Sie setzte Teewasser auf und zog mich an den Tisch.

Stöhnend ließ Kian sich auf einen Stuhl fallen und vergrub das Gesicht in den Händen. »Ich muss zurück nach Sydney.« Seine Augen wurden glasig. »Und es ist das Letzte, was ich will.«

Ella blinzelte. »Das ist nicht dein Ernst?«

»Ich habe keine Wahl.«

Sie verengte die Augen. »Du hast immer eine Wahl, Kian. Warum solltest du zurückmüssen?«

»Weil …«, er schluckte hart, »Menschen dort von mir abhängig sind.«

»Wenn du gehst, wirst du June nicht nur das Herz brechen, sondern es in tausend Stücke zerreißen«, sprach Ella aus, was auch ich mir bei seinen Worten gedacht hatte.

Er verzog das Gesicht. »Ich weiß.«

»Und ich kenne dich, du bist hier glücklicher als dort«, fügte sie hinzu.

»Du kennst mich nicht mehr«, wisperte er. Seine Stimme ging im Rauschen des Wasserkochers unter.

Ellas Blick wurde weich, und sie schlug einen etwas sanfteren Ton an. »Hör mir zu, Ki.« Sie griff nach seiner Hand und fing seinen Blick ein. »Ich bringe June diese Woche mal mit hierher, und dann erklärst du ihr, wovor du wegläufst, und lässt sie selbst entscheiden, ob sie dich dafür in die Wüste schicken oder dich in ihre Arme ziehen will.«

Erst rührte Kian sich nicht, dann stand er vom Tisch auf. Seine Bewegungen waren so hektisch, dass die Kaffeetasse beinahe umkippte.

»Du hast keine Ahnung, worum es geht, Ella.«

Ella sprang ebenfalls auf. »Dann klär mich auf!«

»Nein.«

Sie verschränkte die Arme vor der Brust. »Du liebst sie. Spring über deinen verdammten Schatten.«

»Nein.«

Sie starrten einander an. Ella rang die Hände. »Es kränkt mich, dass du mir nichts mehr erzählst, aber dass du June etwas verschweigst, verstehe ich einfach nicht.«

Kian öffnete den Mund, um etwas zu erwidern, doch die Türklingel unterbrach ihn und er drehte sich auf dem Absatz um.

»Ich mach auf, ich wollte eh spazieren gehen.«

Ella funkelte ihm wütend hinterher. Ich ging zu ihr und legte meine Arme um sie.

»Es ist seine Entscheidung, Ellie.«

»Er ist ein Dummkopf.«

Ich grinste. »Das mag sein, aber du kannst ihm diese Entscheidung nicht abnehmen.«

»Ich kenne ihn, seit wir auf der Welt sind. Ich habe ein Recht darauf, Anteil an seinem Leben zu nehmen.«

Ich küsste sie auf die Wange. »So wie er ein Recht darauf hat, seinen eigenen Weg zu gehen.«

Sie grummelte gegen meine Schulter.

»Lass uns nachsehen, wer an der Tür ist.«

Sie machte sich von mir los, und ich folgte ihr in den Flur.

Es war Dilan.

Oh verdammt.

Kian stand mit verschränkten Armen vor ihm. »Du wirst Ellas Glück heute nicht gefährden«, sagte er gerade. Anscheinend wollte er genauso sehr über Ellas Leben bestimmen wie sie über seines.

»Kian, lass gut sein.« Ella ging zu den beiden hinüber und legte ihm die Hände auf die Schultern.

»Hallo, Dilan.«

Er lächelte zaghaft. »Lässt du mich rein?«

Sein Blick schweifte zu mir, und seine fröhliche Miene gefror. Seine Augen weiteten sich.

Ella schob Kian aus der Tür, ohne Dilans Reaktion zu bemerken. »Bis später, Ki.«

Dieser schüttelte aufgebracht den Kopf, stapfte aber ohne ein weiteres Wort die Treppe nach unten.

»Simon … was …«, brachte Dilan stockend hervor, »was machst du denn hier?«

Ich trat einen Schritt näher. »Das Gleiche könnte ich dich fragen.«

Erst jetzt bemerkte Ella die Situation und rieb sich mit einer Hand die Stirn.

»Hast du schon gefrühstückt?«, fragte sie Dilan.

Er runzelte die Stirn. »Es ist elf Uhr, habe ich.«

Oh, ups.

Ella und ich wechselten einen Blick. Wir hatten wohl die Zeit vergessen. Was ich, ehrlich gesagt, gerne noch ein bisschen länger getan hätte. Stattdessen freute ich mich, jetzt auch noch Dilan zu sehen.

Das war doch merkwürdig.

Er sah von Ellas rosa Wangen zu meinen zerzausten Haaren und zurück.

»Oh«, murmelte er leise.

Ella wirkte, als würde ihr jeden Moment alles zu viel werden. »Ich muss frühstücken«, verkündete sie trotzdem relativ ruhig und marschierte zurück in die Küche.

Dilan befreite sich von Schuhen und Jacke, und wir folgten ihr. Ich goss den Tee auf, während sie Pfannkuchenteig anrührte.

Dilan setzte sich an den Tisch, und ich verfluchte mich, weil ich ihn immer wieder länger als nötig anstarrte. Er trug sein buntes Hemd in die Jeans gesteckt, und sein Haar war nicht gemacht. Wie konnte man so gut aussehen?

Ella machte die ersten Pfannkuchen fertig und stellte sie auf den Tisch.

Dilan räusperte sich. »Seid ihr jetzt … zusammen?«

Die Traurigkeit in seiner Stimme war mein Untergang. Ich wollte ihn in den Arm nehmen, ihm sagen, dass wir ihn niemals ausschließen würden und er zu uns gehörte.

Was zur Hölle?

Ella ließ den Pfannenwender sinken und drehte sich zu ihm um. »Du weißt, wie ich über Liebe denke.«

Sie hatten über Liebe geredet? Verdammt, standen sie sich wirklich so nah?

»Ganz ehrlich«, sagte sie leise. »Ich kann mir nicht vorstellen, nur einen von euch zu lieben.« Sie warf einen kurzen Blick in meine Richtung, wie um sich zu vergewissern, dass ich ihren Worten standhalten würde. »Und ich will auch nicht vor diese Entscheidung gestellt werden.« Ihre Ehrlichkeit machte Dilan und mich beide einen Moment sprachlos. »Und solange wir uns alle nicht über unsere Gefühle im Klaren sind und ihr nicht akzeptieren könnt, dass ich zwei Menschen mag, werde ich mit niemandem zusammen sein.« Sie drehte sich wieder zum Herd, um den Pfannkuchen zu wenden. »Tut mir leid, dass ich das jetzt zum ersten Mal so offen sage.«

Stecknadeln regneten in mein Herz. Sie wollte nicht mit mir zusammen sein. Nach dieser Nacht und der Art, wie sie mich berührt hatte, schnürte es mir die Kehle zu.

Ich linste zu Dilan, der sich mit beiden Händen übers Gesicht fuhr. »Okay«, sagte er. »Danke.«

Seine Augen suchten meine, er räusperte sich, um das

Kratzen in seiner Stimme zu verscheuchen. »Ich bin eigentlich vorbeigekommen, weil ich ein paar Sachen für das Zentrum und die nächste Demo mit dir besprechen wollte, Ella.« Er stand auf, um uns Teller zu holen, und mir wurde schmerzhaft bewusst, wie gut er sich in dieser Küche auskannte. Zielstrebig öffnete er auch die Schublade mit dem Besteck. »Ich wurde eingeteilt, das Banner für diesen Freitag zu malen«, fuhr er fort. Er verschränkte die Hände ineinander. »Und ich dachte, vielleicht hast du Lust, mir dabei zu helfen. Oder ihr?«

Er lenkte ab. Ich bemerkte es, als er das Geschirr auf dem Tisch verteilte und sein warmer Blick meine zitternden Hände streifte.

Er lenkte ab, damit ich nicht auf Ellas Worte antworten musste und sie erst mal sacken lassen konnte.

Meine Sympathie für ihn explodierte in den Tausenderbereich. Dabei hätte ich doch eigentlich mit ihm um Ella konkurrieren müssen, oder? Aber Ella wollte nicht vor eine Entscheidung gestellt werden, und Dilan half mir hier gerade, statt mich vor ihr schlechtzumachen.

Ich sollte ihn hassen, ihn anschreien, dass Ella zu mir gehörte, doch ich reichte ihm nur den Teller mit den Pancakes. »Ich habe heute noch nichts vor.«

Er nahm einen Pfannkuchen an sich.

Ella hatte sich zu uns umgedreht. Ob sie bemerkte, dass ich noch nichts zu ihren Worten gesagt hatte?

»Ich auch nicht«, sagte sie langsam.

Dilan lächelte. »Tut mir leid, dass ich einfach so reingeplatzt bin.«

Er drehte den Pfannkuchen in seinen Händen. »Ich wusste nicht, ob du meine Nachrichten noch liest, und war eh im Bioladen um die Ecke einkaufen.«

Ella erwiderte sein Lächeln. »Es ist schön, dass du vorbeigekommen bist.« Sie machte den Herd aus, stellte noch einige Marmeladen auf den Tisch und setzte sich zu uns. Zu dritt frühstückten wir. Zuerst blieb die Stimmung angespannt, doch nach und nach entspannten wir uns und schäkerten herum. Ich wunderte mich selbst darüber, wie sehr ich es genoss, dass Dilan auch hier war.

Er erhob sich. »In zwei Stunden bei mir?«

Mit einem Nicken stimmte ich zu und stand auf, um die Teller wegzuräumen.

Ella brachte ihn zur Tür. Als sie wieder in die Küche gehüpft kam, grinste sie.

Ich zog die Augenbrauen zusammen. Hatten sie sich geküsst? Würde mich das stören?

Es sollte mich stören.

Ich fing Ella auf und schlang meine Arme um ihre Hüften. Sie legte ihre Lippen auf meine.

»Kommst du mit duschen?«, fragte sie.

Mein Herz blieb stehen. Hatte sie etwa beschlossen, mir innerhalb eines einzigen Tages alles zu geben, was ich seit Monaten wollte?

»Verdammt, ja.«

Alles, außer dass wir zusammenkommen.

Wegen eines Mannes, der Schmetterlinge in meinem Bauch tanzen ließ und mich davor bewahrte, etwas Falsches zu sagen.

Lächelnd zog sie mich ins Bad.

Meine Gedanken an Dilan verpufften.

Nackt vor ihrem ebenso nackten Körper zu stehen, über den die Wassertropfen rannen, war etwas völlig anderes, als sich gegenseitig im Halbdunkeln auszuziehen.

Was war noch mal kompliziert?

Kapitel 24

Exakt zwei Stunden später standen wir vor Dilans Wohnungstür. Ella presste ihren Daumen auf die Klingel.

Er öffnete uns in einem alten, mit Farbe beschmierten T-Shirt und den gleichen Jeans wie heute Morgen. Sein Ohrring glitzerte in der Sonne, die durchs Treppenhaus hereinfiel, und er hatte die Locken, die ihm ins Gesicht fielen, mit einer blauen Haarspange zurückgesteckt.

Er lächelte. »Hey, kommt rein.«

Ich wandte den Blick von seinen Lippen ab und folgte Ella in den Flur.

Wie schon beim letzten Mal war die Tür zum Schlafzimmer geschlossen, die zum Bad offen, und ansonsten gab es ja nur den Wohn- und Kochraum. Auf dem Boden lag ein riesiges Banner, und überall waren Farbtuben verteilt. Dilan war schon beim dritten Buchstaben.

»Schick.« Ella kniete sich neben das große Stück Stoff und griff nach einem Pinsel. Ich blieb im Türrahmen stehen und sah auf das strahlende Weiß hinunter. Ich konnte weder malen noch schön schreiben. Leider hatte ich dieses Talent, im Gegensatz zu Cautschuk, nicht von unserer Mutter geerbt.

Dilan grinste mich an und warf mir eine grüne Farbtube

zu. »Du kannst die Buchstaben ausmalen.« Er zwinkerte mir zu.

Perplex fing ich die Tube auf. Woher wusste er, dass ich nicht malen konnte?

Ella widmete sich dem unteren Rand und pinselte eine Erdkugel. Dilan zeichnete den nächsten Buchstaben vor.

Ich räusperte mich und setzte mich neben ihn, um die Buchstaben, die er in Schwarz vormalte, mit Grün zu füllen. Mit dem ersten war ich ganz zufrieden, den zweiten malte ich etwas über, aber es ging noch. Beim dritten stellte Dilan ein Album von Jack Johnson an, und ich lächelte, als *Banana Pancakes* lief.

Wir arbeiteten schweigend, nur Ella erzählte uns ab und zu, wie die Demo ablaufen würde, und sie und Dilan besprachen ihre Aufgaben. Nach zwei Stunden stand der Text auf dem Banner, und es fehlten nur noch ein paar Zeichnungen.

Damit konnte ich nicht dienen, also erhob ich mich. »Ich muss mal …«

»Ich muss zuerst«, unterbrach Ella mich. »Schon seit einer Stunde.« Sie warf den Pinsel ins Wasserglas, sprang auf und verschwand im Flur.

»Fies«, kommentierte ich und ließ mich zurück auf meinen Hosenboden fallen.

Dilan lachte. »Sie ist so verrückt.«

Ich pflichtete ihm bei. »Genau das ist so verdammt anziehend.«

»Ich weiß.«

Er seufzte. »Was denkst du über ihre Worte von heute Morgen?«

Ich schluckte. »Ich weiß noch nicht«, sagte ich ausweichend. »Wie läuft's mit dem Zentrum? Kommt ihr gut voran?«, versuchte ich abzulenken, bevor er weiter nachfragen konnte.

Dilan ließ es mir einfach durchgehen, sah mich nicht mal vorwurfsvoll an.

»Gut, den Antrag für die Fördergelder habe ich schon gestellt, jetzt müssen wir nur noch alle Daumen drücken, dass er durchgeht.«

Ich lächelte und hielt ihm meine entgegen. Es brachte ihn zum Schmunzeln.

»Die Räume nutzen wir aber schon und bekommen beim Renovieren sogar Unterstützung von dem Vermieter. Er ist wirklich cool. Gerade sind wir dabei, die Zimmer zu streichen. Du bist auch herzlich eingeladen, falls du mal mithelfen willst.«

Ich nickte sofort. »Gerne.«

Er wusch seinen Pinsel aus und drehte sich ganz zu mir. »Es tut mir leid, dass ich euch so auf Abstand gehalten habe.«

Er schaffte es kaum, mich anzusehen. »Es ist einfach leichter, wenn ich die Leute nicht zu nah an mich heranlasse.«

Ich runzelte die Stirn. »Aber auch ziemlich einsam, oder?«

Dabei konnte ich ihn so gut verstehen. Nachdem die erste Person, die ich wirklich geliebt hatte, einfach abgehauen war, hatte ich eine Zeit lang niemanden mehr an mich herangelassen, außer meiner Familie.

Ob Dilan auch verlassen wurde? Von dem Mann, den er erwähnt hatte?

»Es ist verdammt einsam«, bestätigte er.

Ich wollte nachfragen, mit ihm über all das zwischen uns dreien reden, doch Ella kam zurück, und ich erhob mich.

Noch kurz sah ich zu Dilan, der den Blick schnell auf Ella richtete, als er meinen bemerkte.

Ich seufzte.

Im Flur waren beide Türen geschlossen, und ich hatte vergessen, hinter welcher sich die Toilette befand. Auf gut Glück zog ich eine auf.

Ich stand in Dilans Schlafzimmer. Mist. Schnell wieder raus und die andere Tür öffnen, oder?

Meine Neugierde siegte jedoch.

Das Bett war nicht gemacht, und die Decke lag zerwühlt darauf, als wäre er gerade erst aufgestanden. In einem kleinen Regal standen Bücher. Ich ließ die Türklinke los und trat näher. Kinderbücher. Ich kannte jedes einzelne. Es waren dieselben Geschichten, die ich damals verschlungen hatte.

Ich zog eine Taschenbuchausgabe von *Hinter verzauberten Fenstern* aus dem Regal und schlug sie auf.

Mein Herz blieb stehen.

Auch in deinem Zimmer kannst du manchmal Abenteuer erleben.

Die Worte schienen sich vom Papier zu lösen und mir direkt ins Gesicht zu schlagen. Ich kannte sie, genauso wie die Handschrift.

Es war meine eigene.

Was?

Zur?

Verdammten?

Hölle?

Ich schlug das Buch zu, riss es aber im selben Moment wieder auf. Die Worte waren immer noch da.

Wie kam Dilan ausgerechnet an dieses Exemplar? Ein Trödelmarkt? War das alte Zimmer etwa ausgeräumt worden? Fingen Margaret und Anderson schon an, zu vergessen?

Die Vorstellung schnürte mir die Kehle zu.

Ich ließ das Buch fallen, als hätte ich mich daran verbrannt, und taumelte einen Schritt zurück. Ich wollte rennen, mich nicht von den Erinnerungen an damals einholen lassen. Einfach weg.

Ich stieß gegen hartes Holz. Etwas fiel zu Boden, und ich wirbelte herum. Eine Vase war von Dilans Schreibtisch gerutscht, und der Teppich saugte sich mit Wasser voll.

Mist.

Ich bückte mich nach den Blumen, doch ein weiterer Blick auf den Schreibtisch ließ mich erstarren.

Mein Atem stockte. Was war das?

Das hieß, ich wusste ganz genau, was das war, aber wie kam es hierher?

Ich vergaß die Vase, packte das ausgedruckte Foto, das unter einer Rechnung hervorlugte, und hielt es mir vors Gesicht.

Ich strahlte in die Kamera, während das Lächeln der Person, die ich geliebt hatte, lediglich aufgesetzt war. In grünen Augen lag bereits das Wissen darüber, dass ich von ihr verlassen werden würde.

Das Foto, das Margaret gemacht hatte, bevor wir zum Abschlussball aufgebrochen waren.

Das Foto, welches ich nie zu Gesicht bekommen hatte, weil die Liebe meines Lebens an jenem Abend spurlos verschwunden war.

Ich versuchte, den Kloß in meinem Hals herunterzuschlucken, scheiterte aber.

Warum besaß Dilan dieses Bild?

Das Zimmer drehte sich. Es gab keine logische Erklärung, vielleicht träumte ich. Hatte ich zu viel von der Malfarbe eingeatmet?

Ich hielt mir das Foto dichter vors Gesicht. Es war real und die Farbe bestimmt ökologisch gewesen.

Kannte Dilan etwa …?

Mein Magen rebellierte. Enttäuschung und Verrat machten sich bei diesem Gedanken in mir breit.

»Was wird das?«, riss mich eine Stimme zurück ins Hier und Jetzt.

Ich wirbelte herum. Dilan stand in der offenen Tür. Sein Blick wanderte über das Taschenbuch auf dem Boden, zur ausgelaufenen Vase und schließlich zu dem Bild in meinen Händen.

Jegliche Farbe wich aus seinem Gesicht.

»Sim«, brachte er erstickt hervor.

Ich zuckte zusammen.

Sim.

Mein Spitzname aus seinem Mund.

Seltsam vertraut.

Ich starrte abwechselnd ihn und das Bild an.

»Woher hast du dieses Foto?«, fragte ich.

Er verzog das Gesicht, als hätte ich ihn geohrfeigt. Langsam trat er zwei Schritte näher.

»Du hast wirklich keine Ahnung, oder?«, fragte er leise.

Wäre nicht der Schreibtisch in meinem Rücken gewesen, wäre ich zurückgewichen, stattdessen zog ich die Augenbrauen zusammen.

»Keine Ahnung von was?« Meine Stimme war ein paar Oktaven in die Höhe geklettert und schrillte in meinen eigenen Ohren.

Was passierte hier gerade?

Sein Schmerz riss mir den Boden unter den Füßen weg. Da war so viel … Reue? Mir gegenüber?

»Mum hat es mir geschickt.«

Was?

Die Puzzleteile in meinem Kopf wollten sich einfach nicht zusammensetzen. »Woher hat deine Mum dieses Bild?«

Mit beiden Händen fuhr er sich übers Gesicht. »Margaret war diejenige, die es gemacht hat.« Verzweifelt sah er mich an.

»Sie hat es mir, gleich nachdem sie es gemacht hat, gemailt, aber ich hab es erst vor ein paar Wochen zum ersten Mal angeschaut und dann ausgedruckt.«

Seine Mum.

Margaret Jonas.

Aber es gab keine Geschwister, oder doch?

»Es tut mir leid.« Dilans Blick fand meinen. »Ich wollte es dir früher sagen.«

Tränen sammelten sich in seinen Augen.

»*Was* früher sagen?«

Dilan schluckte. Er ging zu seinem Bett hinüber und nahm einen Papiervogel von der Wand. Mein Herz raste, als er ihn mir vors Gesicht hielt.

Ich berührte den Vogel, sodass er sich drehte. Darunter hing ein kleiner Zettel mit meiner Handschrift.

Fliege.

Es war der Papiervogel, den ich gefaltet hatte. Als Geschenk zum Geburtstag.

Das Bild, das ich noch immer in der Hand hielt, segelte zu Boden. Ich ignorierte es und ließ den Blick über Dilans Gesicht wandern.

Diese Augen.

So vertraut.

Grün wie eine Sommerwiese mit goldenen Blüten.

Jene Augen, in die ich so oft geschaut hatte und in denen sich meine Welt gespiegelt hatte.

Dieser schmale Mund.

Die Narbe über seiner Schläfe, die von den Windpocken stammte.

»Ich wollte nie so tun, als wären wir Fremde.« Seine Augen bettelten um Vergebung. »Aber als ich kapiert habe, dass du mich nicht wiedererkennst, fiel es mir so schwer, etwas zu sagen.«

Wiedererkennst.

»Wir kennen uns doch gar nicht.«

Dilan verzog voller Schmerzen das Gesicht. Er brauchte einen Moment, um sich zu sammeln. »Doch«, flüsterte er.

Stille.

Endlose Sekunden sahen wir einander an.

»Das auf dem Foto neben dir, das bin ich.«

Er deutete auf den Abzug.

Die Information lud sich auf, knallte mir mit voller Wucht auf den Brustkorb.

Langsam. Ganz langsam drangen seine Worte in mich und zerfetzten mir das Herz.

»Wir waren zusammen, Simon.« Eine einzelne Träne löste sich aus seinem Augenwinkel. »Ich hab dich verlassen, weil du und alle anderen jemanden in mir gesehen habt, der ich gar nicht war.« Seine Stimme brach.

Er schluckte schwer.

»Ich bin trans*.«

Trans*.

Meine Gedanken überschlugen sich.

*Trans**.

Es kam nicht wirklich bei mir an, was das bedeutete.

Dabei sah ich all die Dinge, die ich früher so an seinem Gesicht geliebt hatte. Sah endlich, dass er die Person war, an die ich damals mein Herz verloren hatte.

Ich kann nicht mit der Frau zusammen sein, die du liebst.

Unser Tanz.

Alles.

Es ist einfacher, die Menschen nicht an mich heranzulassen.

Deshalb wusste er, dass ich Hafermilch trank und nicht

malen konnte. Von meinem Wunsch nach einer Familie, mit Haus und Garten ganz zu schweigen.

Warum hatte ich das nicht früher gesehen?

Aus einer einzelnen Träne wurde ein Bach. Er suchte meinen Blick. Verzweiflung lag in seinem. »Ich wollte dich nie verletzen, aber ich musste gehen, um das Leben zu führen, das *mein* Leben ist.«

Sein Leben.

Trans.*

Zaghaft machte ich einen Schritt auf ihn zu. »Ein Leben als Mann?«

Er nickte, öffnete den Mund, doch seine Tränen erstickten jegliche Worte.

Er hatte öfter mal meine T-Shirts und Hosen getragen. War das womöglich ein Anzeichen gewesen?

Ich hatte ihn wiedergefunden. *Ich hatte die Liebe meines Lebens wiedergefunden.*

Verdammte Scheiße.

Jetzt füllten sich auch meine Augen mit Tränen. »Du bist es?«, fragte ich leise, als hätte ich es noch immer nicht begriffen.

Er nickte.

Ich wollte ihm um den Hals fallen und ihn gleichzeitig vor die Brust stoßen.

»Du hast mich angelogen.«

Es waren nicht die ersten Worte, die mir in den Sinn kamen, aber die ersten, die es über meine Lippen schafften.

»All die Jahre, die wir zusammen waren, hast du mir kein einziges Mal gesagt, dass du ein Mann bist.«

Er rieb sich mit beiden Händen über die Augen. »Ich hab nicht gelogen.« Fest sah er mich an. »Ich wusste selbst lange nicht, was diese Gefühle in mir bedeuteten, und ich hatte einfach Angst vor deiner Reaktion, wo ich selbst schon so überfordert damit war. Glaub mir, das hättest du dich an meiner Stelle auch nicht mal so eben getraut.«

Er hatte recht, ich hatte keine Ahnung, wie er sich damals gefühlt haben musste, vermutlich war es alles andere als leicht gewesen. Als ich das begriff, explodierten tausend Fragen in meinem Kopf. Ich wollte es verstehen, begreifen, warum er mich hatte verlassen müssen.

»Glaubst du wirklich, du hättest mich verloren, hätte ich es gewusst?«

Dilan senkte den Blick. Schmerz und Tränen tropften auf den Teppich. »Ich dachte, du wolltest eine Freundin im roten Abendkleid.«

Fassungslos starrte ich ihn an. Ließ meine eigenen Tränen meine Wangen hinunterlaufen.

»Nein!« Ich musste mich zusammenreißen, um ihn nicht anzuschreien. »Ich wollte dich«, flüsterte ich. »So wie du bist.« Nie hatte ich auch nur irgendwen anderen gewollt.

Er schluchzte auf und wandte den Blick ab.

»Warum hast du dich mir nicht offenbart, als wir getanzt haben?«

Zumindest das hätte er doch tun können. Der erste Schock, mir wiederbegegnet zu sein, war da doch bestimmt schon überwunden gewesen.

Er starrte auf seine Füße. »Ich hab mich noch immer nicht getraut, dir die Wahrheit zu sagen, und plötzlich wollte ich auch, dass du mich endlich so kennenlernst, wie ich wirklich bin.« Er hob den tränenverschleierten Blick und sah mich an. »Du solltest nicht direkt wieder diese frühere Version von mir vor Augen haben.« Er schluckte. »Ich dachte, es sei egal, wen du früher in mir gesehen hast. Zumindest habe ich mir das gewünscht, denn das damals war nicht wirklich ich.«

Ich fuhr mir durch die Haare. »Verdammt, Dilan, aber es verändert alles!« Ich schüttelte den Kopf und wischte mir über die Wangen. »Weißt du, wie viele Jahre ich darauf gehofft habe, dass wir uns wiedersehen?«

Ich konnte alles in seinen Augen sehen, was auch ich fühlte.

»Ich auch«, gab er zu. »Glaub mir, ich auch.«

Ich taumelte. All die Jahre, in denen ich mich gefragt hatte, wo er war und wie es ihm ging. All die Jahre, in denen ich probiert hatte, über ihn hinwegzukommen.

All der Schmerz.

Alles kam mit voller Wucht zurück und zwang mich in die Knie.

»Ich konnte nie wieder jemanden so sehr lieben wie dich!« Die Worte rutschten mir von den Lippen und trafen ihn mitten ins Gesicht.

»Auch nicht Ella?«, fragte er leise.

Ella.

Erst jetzt fiel mir wieder ein, dass auch sie in dieser Wohnung war.

Alles begann, sich zu drehen.

Hilfe!

Dilan.

Ella.

Wieder Dilan.

Es war zu viel. Die Tränen verschleierten mir die Sicht, und er verschwamm vor meinen Augen. Ich wandte mich ab, schob mich blind an ihm vorbei in den Flur.

Ausgerechnet in dem Moment kam Ella um die Ecke. »Seid ihr ins Klo gefallen oder knutscht ihr im Flur rum?«

Als sie mich erblickte, verrutschte ihr Lächeln. Mit zwei großen Schritten war sie bei mir. »Simon?«

Ich trat in meine Schuhe und riss die Jacke vom Haken.

Beim Anblick meiner Tränen zuckte sie zurück. »Hey?«, fragte sie sanft. »Was ist passiert?« Sie umfasste meine Schultern, versuchte, meinen Blick einzufangen, doch ich schaffte es nur, einen unkontrollierten Schluchzer hervorzubringen.

»Verdammt, was ist …?«

»Lass mich los, bitte«, brachte ich hervor, und sofort ließ sie von mir ab.

Ich drehte mich um, riss die Tür auf und konnte erst wieder atmen, als ich drei Blocks weiter schnaufend stehen blieb. Ich sackte auf die Knie. Der Schmerz drückte mir die Kehle zu.

Ich hatte ihn wiedergefunden.

Dilan war derjenige, den ich nie aufgehört hatte zu lieben.

Kapitel 25

Am ganzen Körper zitternd, brach ich auf dem Gehweg zusammen.

Ich fiel. Mein Körper ignorierte die Zigarettenstummel und die Plastiktüte, die nur wenige Zentimeter von mir entfernt lagen. Vielleicht hätte ich mich an einem anderen Tag geekelt, doch jetzt warf ich mich auf den Boden, ließ meinen Tränen freien Lauf und schlang die Arme um meine Beine.

In meiner Hosentasche vibrierte mein Handy. Ich ignorierte es.

»Du wirst angerufen.«

Ist mir klar, du dumme Stimme in meinem Kopf.

»Steh auf, Mann, oder willst du von einem Fahrrad überfahren werden?«

Ich hob den Blick und starrte in ein dreckiges Gesicht. Wo war ich?

Dilan war meine große Liebe von damals.

Natürlich wusste ich, was transgender bedeutete.

Aber wusste ich es wirklich? Wie hatte er zum Beispiel eine so tiefe Stimme bekommen?

»Dein Handy!«

Er war seit Wochen wieder Teil meines Lebens. Nach all

den Jahren wusste ich, wo er war und dass es ihm gut ging. Neue Tränen strömten aus meinen Augen.

»Ich will dir nicht in den Schritt fassen, jetzt hol dein verdammtes Handy raus.«

Endlich klärte ich meine Gedanken und wandte den Blick dem Mann mit dem dreckigen Gesicht zu.

Er deutete auf meine Hose.

Ich kam seiner Bitte nach und hielt ihm mein Handy entgegen. Nur am Rande registrierte ich den vollgestopften Einkaufswagen, den er bei sich hatte.

Er schüttelte den Kopf. »Ich kenne deine PIN nicht.«

»Was willst du dann mit dem Handy?«

Er schlug sich mit der flachen Hand gegen die Stirn.

Dann war Dilan schon immer ein Mann gewesen, oder?

»Ich will gar nichts damit, du sollst jemanden anrufen, der oder die dich hier abholt.«

Abholen? »Wozu soll das gut sein?«

Mein Gegenüber stöhnte und grapschte sich mein Handy. »Wie ist deine PIN?«

Ich nannte ihm die vier Zahlen und ließ den Kopf zurück auf den Gehsteig fallen.

Ob Dilan wohl aufgehört hatte, mich zu lieben? *Hat er mich überhaupt jemals geliebt?*

Seine warmen grünen Augen tauchten vor mir auf. Das Funkeln darin, wenn ich ihn in den Armen gehalten hatte.

»Wen soll ich anrufen? *Pekka* mit drei Herzchen oder *Clark Edward den King*? Sonst ist niemand unter den Favoriten eingespeichert.«

Ich schloss die Augen. Ich benutzte die Favoritenleiste

nicht. Pekka und Clark hatten sich beide selbst dort abgespeichert.

»Lieber Pekka.«

Mein neuer Freund wählte und stellte auf Mithören.

»Allgemeine Befindlichkeitshotline der weltbesten WG«, meldete Pekka sich zu Wort.

Ich hob nicht mal einen Mundwinkel.

Der Fremde antwortete für mich. »Dein Freund mit den langen Haaren liegt hier auf der Straße und ist nicht ansprechbar.«

»Bin ich wohl!«, wollte ich widersprechen, doch Pekka hörte mich anscheinend gar nicht.

»Scheiße, wo denn? Ich wusste doch, dass es eine gute Idee war, mich unter den Favoriten einzuspeichern.«

Alles drehte sich.

Ich hatte bisher noch nie jemanden getroffen, der oder die transgender war.

Oder vielleicht doch und es nicht gewusst? Ich hatte keine Ahnung, ob ich irgendwas beachten musste.

Es dauerte eine Ewigkeit, und doch überhaupt nicht lange, bis Pekka neben mir kniete und mir die von Tränen getränkten Haarsträhnen aus der Stirn strich.

»Was ist passiert?«

Er zog mich ins Sitzen und nahm mein Gesicht in beide Hände. »Hast du Drogen genommen, Baby?«

»Äh, nein.«

Er fing meine Tränen mit dem Daumen auf. »Erzähl.«

»Ich hab meine große Liebe von damals wiedergetroffen.«

Mehr konnte ich ihm nicht sagen, wenn ich Dilan nicht verletzen wollte.

In meinem Zimmer warf ich mich aufs Bett. Pekka deckte mich zu, stellte mir einen Tee hin und drückte meine Hand. Seine Fürsorge trieb mir noch mehr Tränen in die Augen als die Tatsache, dass er eine Stunde später noch mal kurz zur Uni musste.

Die Stille erdrückte mich, also stellte ich Musik an. Genauso laut, wie June sie angehabt hatte. So laut, dass sie meine Gedanken übertönte. Endlich verstand ich June.

Auf meinem Handy hatte ich zehn verpasste Anrufe von Ella und drei von Dilan. Obwohl Pekka mir geraten hatte, mich bei ihm zu melden, warf ich das Handy aufs Bett, ohne den beiden zu antworten.

Wie hatte ich Dilans Augen nicht erkennen können? Grün wie eine Sommerwiese mit goldenen Blüten. Ich hätte die Windpockennarbe erkennen müssen. Alles an seinem Gesicht.

Jemand kam nach Hause. Trotz der lauten Musik hörte ich den Schlüssel im Schloss. Ich stellte die Musik aus und seufzte tief.

Hoffentlich kam niemand hier rein. Ich war definitiv nicht bereit, Menschen gegenüberzutreten.

Zwei helle Stimmen vermischten sich im Flur.

Hatte June eine Freundin mitgebracht?

Ich stöhnte. Vergrub das Gesicht in den Kissen und ließ die Tränen erneut laufen. »Ich kann nicht mehr«, flüsterte ich leise.

»Sim?« Meine Zimmertür wurde geöffnet, und beim Klang von Ellas Stimme schnürte sich meine Kehle zu.

Die Matratze gab neben mir nach, und sie berührte meine Schulter. »Hey.«

Ich schluckte und zwang mich, sie anzusehen. Ihr besorgter Blick vertiefte sich, als sie meine Tränen sah.

Sie rutschte neben mich. Zog meinen Körper an ihren und strich über meinen Rücken.

Ich musste noch mehr weinen.

»Es ist gut, alles ist gut«, flüsterte sie.

Ich klammerte mich an sie.

Sie küsste meine Stirn. »Es ist okay, hörst du? Ich bin hier.«

Ich nickte mechanisch.

»Ich bin für dich da.«

Dilan hatte ihr alles erzählt. Ich merkte es an der Art, wie sie mich hielt, und daran, dass sie keine Fragen stellte.

Im Stillen dankte ich ihm. Ich hätte nicht die Kraft dazu gehabt. Sie beugte sich vor und küsste meine Tränen fort. Ich vergrub mein Gesicht in ihrem Pulli und wollte sie nie wieder loslassen.

Kapitel 26

Ella blieb drei Nächte bei uns in der WG.

Kian verschwand am Donnerstag aus ihrer Wohnung und war nicht mehr auffindbar. June tigerte wie ein Zombie zwischen Kaffeemaschine und Bett hin und her, und mir ging es kein Stück besser.

Ella schaffte es auf wundersame Weise, für uns beide da zu sein, uns zum Essen zu zwingen und mir das Gefühl zu geben, nicht komplett alleine auf dieser Welt zu sein.

Dilan hatte ihr tatsächlich alles erzählt. Von unserer ersten Begegnung als Kinder bis hin zu dem Moment, als er mich mitten auf der Tanzfläche des Abschlussballs hatte stehen lassen.

Sie telefonierte jeden Tag mit ihm. Ich ignorierte seine Anrufe und SMS. Ich war nicht bereit, ihm wieder gegenüberzutreten. Und das, obwohl Pekka mir jeden Tag damit in den Ohren lag, über meinen Schatten zu springen. Er wusste inzwischen über Dilans und meine gemeinsame Vergangenheit Bescheid. Dilan hatte Ella sogar die Erlaubnis gegeben, mit Pekka über seine Identität zu sprechen, damit mein bester Freund besser für mich da sein konnte.

Es rührte mich, dennoch war ich nicht bereit, mich bei ihm zu melden. Der Schmerz war zu groß. Alles, was ich damals nach Dilans Verschwinden empfunden hatte, erlebte ich heute in doppelter Intensität.

Wann immer June und Pekka nicht hinsahen, lenkte Ella mich mit Küssen ab.

Am vierten Tag verschwand ich und fuhr noch vor dem Frühstück nach Bristol.

Mir war egal, dass Ella sich Sorgen machen und ich Fehlstunden in der Berufsschule haben würde. Ich musste mit Cautschuk über Dilan reden. Mit jemandem, der ihn noch von damals kannte. Ich brauchte den Rat meines großen Bruders.

Er holte mich mit dem Rad vom Bahnhof ab. Einen Moment betrachtete er mich entgeistert, im nächsten nahm er mich fest in den Arm.

»Was ist passiert?«, fragte er voller Sorge.

War es wirklich so offensichtlich, wie scheiße es mir ging?

»Können wir erst nach Hause fahren?«

Wieder musterte er mich. »Okay, schwing dich rauf.« Er zwinkerte mir zu, doch seine Augen blickten weiterhin bekümmert.

Ich setzte mich auf seinen Gepäckträger, nicht sicher, ob sein rostalter Drahtesel uns beide halten würde.

»Festhalten.« Er fuhr über einen Bordstein, und mein Hintern protestierte schmerzend. Mistkerl. Einen Meter weiter hätte es eine Senke gegeben.

Zum Glück wurden wir nicht von der Polizei angehalten und kamen unversehrt zu Hause an. Lotte sprang mir schon im Flur in die Arme und beschwerte sich darüber, dass ich so lange nicht da gewesen war.

Von meiner schlechten Laune und den Ringen unter meinen Augen bekam sie nichts mit. Im Gegensatz zu Dad, der mich beim gemeinsamen Spieleabend immer wieder besorgt musterte.

Ich brachte Lotte ins Bett, und auch Dad ging früh schlafen, da er am nächsten Morgen einen wichtigen Termin in der Firma hatte.

Cautschuk öffnete den Kühlschrank und reichte mir ein Bier. »Dann erzähl mal«, forderte er mich auf.

Wir setzten uns ohne Jacken in den Garten. Inzwischen war es draußen wieder warm genug, um die Abende im Freien ausklingen zu lassen.

Ich seufzte. Ich wusste von Ella, dass es für Dilan okay war, wenn die Menschen in unserem Umfeld von seiner Identität erfuhren. Schließlich wollte er bald offen in einem Zentrum darüber reden. Trotzdem brauchte ich mehrere Anläufe, um Cautschuk die ganze Geschichte zu erzählen.

»Donnerwetter«, murmelte er, als ich endete. »Das ist ja stark.«

Gequält sah ich ihn an. »Was soll ich jetzt tun?«

Cautschuk schwieg eine Weile. »Das war doch alles, was du immer wolltest, oder?«, sagte er schließlich. Ein Lächeln umspielte seine Mundwinkel. »Deine große Liebe wiederzufinden.«

Ich schluckte. »Ja schon, aber …« Ich wandte den Blick ab. »Aber nicht so, und jetzt gibt es Ella …«

»Nicht so?« Cautschuk schnaubte. »Stört dich etwa, dass er ein Mann ist?« Er verengte die Augen zu schmalen Schlitzen. »Oder dass er trans* ist?«

»Nein!«, stellte ich sofort klar. »Das ist es nicht!«

Nur, dass er Angst davor gehabt hatte, sich mir anzuvertrauen, schmerzte. Ich hatte ihm immer alles anvertraut. Er war lange der Mensch gewesen, der mich am besten gekannt hatte.

»Du weißt, wie schlimm es für mich war, als er damals einfach verschwand, ohne ein einziges Lebenszeichen zu hinterlassen.« Bei der Erinnerung daran schossen mir sofort Tränen in die Augen. »Ich muss einfach erst mal darauf klarkommen, dass er jetzt wieder da ist.«

Cautschuks Blick wurde weich, als er mir eine Hand auf den Arm legte. »Aber das ist doch verständlich.«

»Ich weiß nur nicht, wie ich wieder auf ihn zugehen soll, nachdem ich einfach aus seiner Wohnung gelaufen bin.«

Cautschuk drückte meinen Arm. »Ich bin sicher, er wird dich verstehen.«

Ich seufzte und umklammerte meine Bierflasche. »Und dann?« Ich sah meinen großen Bruder an. »Was ist mit Ella?«

Fragend legte er den Kopf schief.

»Soll ich dann mit beiden zusammen sein?« Ich schüttelte den Kopf. »Ich kann doch nicht zwei Menschen auf einmal lieben.«

Hat Ella nicht auch gesagt, dass sie uns beide liebt?

Cautschuks mitleidiger Blick traf meinen. »Himmel, ich hatte ja keine Ahnung, wie sehr du in Klischeebildern feststeckst.«

Ich schnaubte. »Ich stecke nicht fest«, sagte ich und realisierte im selben Moment, dass vielleicht genau das der Fall war. Cautschuk nickte, als würde er das genauso sehen.

»Ich hatte gedacht, du könntest mir sagen, was ich jetzt tun soll.«

Er lachte auf. »Das kannst du nur selbst wissen, Sim.«

Kapitel 27

»Ich halte das für keine gute Idee, Ella.«

Sie winkte ab und ignorierte meine Worte, während sie sich die Schuhe von den Füßen trat.

Ohne mich eines weiteren Blickes zu würdigen, stolzierte sie an mir vorbei. Ich hielt sie am Arm fest.

»June hat da sicher keine Lust drauf.« *Und ich auch nicht.* »Es geht ihr echt dreckig.«

Ella schnaubte. »Genau das will ich ändern.«

Seufzend ließ ich sie los und folgte ihr ins Wohnzimmer, wo June mit einer Dose Keksen vor dem Fernseher saß. Kekse, die ich gebacken hatte, weil es das Einzige gewesen war, was mich heute über Wasser gehalten hatte.

»Schlechte Nachrichten für dich«, begrüßte Ella sie und ließ sich neben ihre beste Freundin in die Kissen fallen. »Man wird nur ein Mal vierundzwanzig. Ich habe alle eingeladen, wir feiern heute rein.«

Mit den Augen rollend griff June nach der Keksdose. Ella nahm sie ihr weg.

»Du hast noch genau vier Stunden, um zu duschen und dich anzuziehen.«

June sah sie an. »Ella«, beschwerte sie sich und versuchte, sich die Dose zurückzuholen.

Ella hielt sie außerhalb ihrer Reichweite.

»Ich bin auch gegen eine Party«, mischte ich mich ein.

Ich war bis gestern wieder mal in Bristol gewesen, und obwohl meine Gedanken dank weiterer Gespräche mit Cautschuk ein bisschen klarer waren, kreisten sie noch immer unaufhörlich um Dilan und ließen mich nachts nicht schlafen. Vor allem, weil meine Schonfrist bei Ella abgelaufen war. Sie küsste meinen Schmerz nicht mehr fort, sondern bombardierte mich stattdessen mit Informationen über Dilan. Wodurch ich genau wusste, dass es ihm schlecht ging und er sich Vorwürfe machte.

Krieg endlich deinen Arsch hoch und rede mit ihm.

Aber wo sollten wir nur anfangen zu reden?

Woher sollte ich die Kraft dazu nehmen?

Obwohl June protestierte, halfen wir Ella drei Stunden später, alles vorzubereiten.

»Manchmal hasse ich sie«, murmelte June, als wir kurz alleine in der Küche standen.

Ich rang mir ein Grinsen ab. »Tu doch nicht so, wir lieben sie beide.«

June verdrehte die Augen.

»Sie macht sich nur Sorgen um dich«, verteidigte ich Ella. June lehnte sich gegen die Arbeitsplatte.

»Ich will nicht das achte Jahr ohne Kian feiern.«

Wie oft hatte ich diese Worte über Dilan gedacht, wenn wieder ein Jahr verstrichen war.

Tränen sammelten sich in ihren Augen. Auch hinter meinen brannte es.

»Hey.« Ich trat einen Schritt auf sie zu und nahm sie in den Arm. Im ersten Moment erstarrte sie, dann drückte sie mich an sich. Hielt sich an mir fest, und ich mich an ihr.

Sie lud ihren Schmerz bei mir ab. Ich meinen bei ihr.

Wenigstens für den Moment.

Zu gerne hätte ich ihr gesagt, dass Kian ihre Tränen nicht wert war. Aber er liebte sie. Er *war* ihre Tränen wert.

»Er wird zurückkommen«, versprach ich. Keine Ahnung, woher ich die Gewissheit nahm. Vielleicht, weil ich den Zwiespalt in seinen Augen gesehen hatte.

Ella kam herein und stieß einen überraschten Laut aus. Wir sahen sie an, ohne uns voneinander zu lösen. Lachend schlang sie die Arme um uns beide.

»Kommt.« Sie zog uns ins Wohnzimmer, wo sie Musik anstellte und durch den Raum tanzte.

Ich verdrehte die Augen und setzte mich neben Pekka aufs Sofa.

»Hast du endlich mit Dilan geredet?«, fragte er flüsternd.

Ich schüttelte den Kopf.

»Mann, er wird viel mehr leiden als du, wenn du ihn so ausschließt.«

Ich schluckte. Stimmte das? Mein Schmerz, was ihn betraf, war doch schon unendlich, wie musste Dilan sich dann nur fühlen?

»Wollt ihr es denn nicht wieder miteinander versuchen?«, bohrte Pekka nach.

Offen sah ich ihn an. »Ehrlich gesagt habe ich keine Ahnung, was ich will.«

»Aber ich«, erwiederte er. »Du hast mir so oft von deiner großen Liebe aus der Highschool erzählt, und jetzt ist er endlich wieder da.« Er nahm einen Schluck Bier. »Klar, der erste Moment war ein Schock, aber inzwischen ist der Punkt erreicht, an dem du dich einfach freuen könntest, diesen geliebten Menschen wiedergefunden zu haben.«

Ich seufzte. Natürlich hatte er genauso recht wie Ella und Cautschuk. Ich hatte es mir mein halbes Leben lang gewünscht, ihn wiederzutreffen. Dabei war es völlig egal, dass ich früher noch geglaubt hatte, Dilan hätte ein anderes Geschlecht.

Pekka legte mir einen Arm um die Schultern und zog mich an sich. Mitgefühl stand ihm so gut.

»Ich weiß, ich habe recht, und ich bin jederzeit zur Stelle, wenn du weitere schlaue Ratschläge und Tipps brauchst.« Er zwinkerte mir zu, und ich gab ihm eine Kopfnuss, obwohl ich ihm innerlich dafür dankte, dass er für mich da war.

Es klingelte an der Wohnungstür, und weil June und Ella zu beschäftigt waren, stand ich auf, um zu öffnen.

Es waren Jake und sein Freund Toni. Ich ließ sie rein und bot ihnen Bier an.

»Wo ist Kian?«, fragte Jake, als wir das Wohnzimmer betraten.

Ich seufzte, und June wich seinem Blick aus.

Kein Wort mehr von Kian, hatte Ella vorhin gesagt.

Sie setzte sich durch, niemand sprach den restlichen Abend über ihn, aber seine Abwesenheit war trotzdem spürbar.

Um Mitternacht zählten wir einen Countdown und ließen June hochleben. Tränen schimmerten in ihren Augen.

Ich schrieb dem Mistkerl eine SMS, dass er seinen Arsch herbewegen und ihr gratulieren sollte, doch ich erhielt keine Antwort und ging mit Sorge um meine Freundin ins Bett.

Ein Teil meiner Last wurde mir genommen, als ich am nächsten Tag erfuhr, dass June in der Nacht zu Kian gefahren war und sie sich ausgesprochen hatten. Ich grinste und klatschte ihn ab, als er zwei Tage später wieder bei uns einzog.

»Na, du Volltrottel?«

Er grinste schief. »Das bin ich.«

June schlang ihm die Arme um den Nacken und küsste seine Wange. »Jap.«

Damit war alles geregelt, und die beiden begannen, Pekka Nacht um Nacht mit ihrem Stöhnen Konkurrenz zu machen.

An einem Morgen erwischten wir sie sogar auf dem Sofa, was June so peinlich war, dass sie sich noch Tage später dafür bei mir entschuldigte.

Dabei würde ich mich niemals über das Glück meiner Freund*innen beschweren, selbst wenn mein eigenes Leben gerade in Scherben lag.

Kapitel 28

Ich zupfte an meinem Jackett herum und starrte mein Spiegelbild an. Ich sah aus wie damals, als ich an unserem großen Tag zum ersten Mal einen Anzug getragen hatte. Ich schüttelte mein Haar aus und band mir einen neuen Dutt.

Mein Handy klingelte. Ich warf einen Blick auf den Bildschirm.

Dilan.

Die gesamte letzte Woche hatte er mich jeden verfluchten Tag angerufen. Ich war nie rangegangen. Meine Angst war einfach zu groß. Ich konnte mit ihm noch nicht über alles reden, denn dann würden sich Dinge verändern, und ich wusste nicht, ob ich bereit dazu war.

Meine Kinderzimmertür ging auf, und Ella trat herein.

Ich hielt die Luft an.

Sie trug ein leichtes Sommerkleid, hatte ihre langen roten Haare zur Hälfte geflochten und sich ein wenig geschminkt.

»Das ist nicht fair«, murmelte ich. »So werde ich mich den ganzen Tag nicht auf Lotte konzentrieren können.«

»Red keinen Müll«, sagte sie lachend und kam zu mir, um meinen Hemdkragen zurechtzuzupfen und mir einen Kuss auf die Lippen zu geben.

»Du siehst toll aus.«

Ich lächelte. »Nicht halb so gut wie du.«

Cautschuk steckte den Kopf zur Tür herein und grinste bis über beide Ohren. »Ihr seid ja so wunderschön, süß und einzigartig.«

Ich rollte mit den Augen.

Er selbst trug ein blaues Hemd zu einer schwarzen Jeans. Die Ärmel hatte er hochgekrempelt, sodass seine Tattoos und Armbänder sichtbar waren. Dazu hatte er große silberne Kreolen, drei verschiedene Ketten und glitzernden Eyeliner ausgesucht.

Er wäre stolz auf mich, dass ich das Wort *Eyeliner* überhaupt kannte.

»Danke, gleichfalls.« Ella strahlte ihn an.

Ich steckte mein Handy ein, und sie hüpfte voraus.

Cautschuk zog eine Augenbraue hoch. »Ich hätte gedacht, dass du beide mitbringst.«

»Ich hatte keinen Kontakt mehr zu Dilan.«

Mein Bruder musterte mich nachdenklich. »Hast du immer noch Angst, ihn wieder an dich heranzulassen?«

Mit beiden Händen rieb ich mir über das Gesicht und sah ihn bittend an. »Heute ist Lottes Tag, nicht meiner.«

Cautschuk seufzte. »Mach nicht den gleichen Fehler wie er damals, streich ihn nicht aus deinem Leben.«

Ich öffnete den Mund, um etwas zu sagen, doch Ella war wieder da und griff nach unseren Händen. Wir folgten ihr ins Wohnzimmer. Sie und Cautschuk hatten Lotte bei ihrem Outfit geholfen, und ich hielt die Luft an, als ich sie so sah.

Mein kleines Mädchen.

War sie echt schon so groß geworden? Waren die letzten Jahre so schnell vergangen?

Sechseinhalb Jahre.

Sechseinhalb Jahre ohne Mum.

Wie stolz wäre sie gewesen, hätte sie Lotte so sehen können.

Unsere Schwester trug eine alte Lederjacke von Cautschuk, die ihm schon lange zu klein war, und darunter ein geblümtes Kleid. Um ihren Hals hingen seine Ketten, und Ella hatte ihr Zöpfe geflochten.

Sie sah umwerfend aus.

Ich hob sie hoch und wirbelte sie herum. Lotte quietschte und lachte.

Als ich sie wieder absetzte, räusperte Dad sich.

»Lotti, du weißt ja, dass dein Großvater aus Deutschland kam, und als ich damals eingeschult wurde, hat er mir etwas ganz Besonderes geschenkt.«

Cautschuk und ich wechselten einen Blick. Dad hatte diese Tradition bei uns fortgeführt, weil Mum sie so geliebt hatte.

Nun zauberte er eine kleine Schultüte hinter seinem Rücken hervor. »Das bekommen Kinder in Deutschland zur Einschulung.« Er überreichte ihr die Tüte, und Lotte drehte sie staunend in den Händen. »Wenn wir wieder zu Hause sind, darfst du sie öffnen.« Dad zwinkerte ihr zu.

Wir hatten die Tüte gestern zu viert gebastelt. Ella, Cautschuk, Dad und ich.

Wie eine richtige Familie.

Der Gedanke kam so plötzlich, dass ich nicht genug Zeit hatte, ihn zu verdrängen, und er sich in mir festsetzte wie Kaugummi. Es war alles, was ich mir damals am Küchentisch der Pflegefamilie gewünscht hatte.

Eine Familie wie früher.

Meine Familie.

Ich blinzelte, um das Brennen hinter meinen Augen zu verscheuchen.

Ella griff nach meiner Hand und lächelte mich an. Seit ich wusste, wie ihre Eltern sie behandelten, ertappte ich mich immer wieder dabei, wie ich mir wünschte, sie würde einfach ein Teil meiner Familie werden.

Oder war sie es längst?

Und Dilan? Was war mit Dilan?

»Wow, da ist ja sogar Prinz Harry der Hässliche!«, rief Lotte.

Prinz Harry der Hässliche aus *Hinter verzauberten Fenstern.* Wir hatten die Schultüte mit jeder Menge Bildern aus den deutschen Kinderbüchern verziert, die Dad uns immer vorgelesen hatte, damit auch wir die Sprache unseres Großvaters lernten.

Mein Magen machte bei ihren Worten einen Satz, denn augenblicklich musste ich an das Buch in Dilans Regal denken. Ich hatte ihm die Geschichte damals grob übersetzt und ihm die Taschenbuchausgabe geschenkt, weil er irgendwie dazugehört hatte. Dilan hatte die Geschichte geliebt.

Sie stand noch immer in seinem Zimmer. Er hatte sie einfach behalten und aufbewahrt.

Jetzt fang bloß nicht an zu heulen, Sim.

Lotte umarmte Dad. »Danke.«

Dieser strahlte über das ganze Gesicht und drückte sein Kind fest an sich. »Der Prinz war Ellas Idee, sie hat die Geschichte in deinem Regal entdeckt.«

Sofort war Lotte bei ihr und schlang die Arme um ihren Bauch. Verlegen ließ Ella meine Hand los und erwiderte die Geste.

»Danke«, murmelte Lotte erneut.

Mein Herz explodierte vor Freude. Lotte akzeptierte Ella. Einfach so, obwohl sie ihr am Anfang nicht vertraut hatte.

Ella warf mir einen erleichterten Blick zu. »Simon und Cautschuk haben auch mitgebastelt.« Sie zwinkerte Lotte zu, und diese umarmte anschließend auch uns beide.

Cautschuk grinste. »Meine Ideen waren natürlich die besten.«

»Selbstverständlich.« Ich rollte mit den Augen.

Lotte drehte sich mit ihrer Schultüte im Kreis, sodass ihr Kleid sich bauschte.

Dad öffnete die Tür. »Dann mal los.«

Meine kleine Schwester griff nach Ellas Hand und schritt voraus. Perplex blinzelnd starrte ich ihnen nach.

Wow.

Als ich den Schock darüber, dass sie nicht *meine* Hand genommen hatte, überwunden hatte, nickte ich.

»Dann mal los.«

Dabei tauschte ich einen besorgten Blick mit Cautschuk und Dad. Keiner von uns dreien wollte feiern, dass Lotte in die Schule kam. Für mich war es eher, als würde ich den mir liebsten Menschen zur Schlachtbank führen, und Cautschuk und Dad machten ähnliche Gesichter.

Dabei hatten wir es schon so lange wie möglich hinausgezögert. Die meisten Kinder wurden mit vier eingeschult. Lotte war fast sieben.

Es war Zeit, sich darauf einzulassen.

Wir fuhren mit dem Rad zur Primary School. Dieselbe Schule, in die auch Cautschuk und ich gegangen waren.

Und Dilan.

Mein Herzschlag setzte aus, als wir unsere Räder davor anschlossen und ich das unscheinbare blaue Schild entdeckte:

Mangotsfield Primary School.

In diesen Gebäuden hatte ich Dilan kennengelernt.

Die Erinnerungen prallten mir heftiger entgegen als erwartet.

Ella berührte meinen Arm, ich verschränkte unsere Finger und hielt mich an ihr fest. »Deine alte Schule?«, fragte sie.

Ich nickte.

Sie drückte meine Hand, als wollte sie sagen: *Ich bin hier. Bist du auch hier und nicht in der Vergangenheit?*

Das Foyer sah genauso aus wie damals. Nur die Bilder an den Wänden waren durch neue Kunstprojekte ersetzt worden.

Draußen auf dem Hof fand die Einschulung statt. Diese Schule machte sogar eine kleine Zeremonie daraus. Wir setzten uns zu den anderen Eltern und Kindern auf die Holzbänke. Lotte wippte unruhig hin und her.

Die Schulleiterin hielt eine Rede. Sie war schon zu meiner Zeit Rektorin gewesen, nur ihr Haar war inzwischen grau geworden.

Die ganze Zeit über klammerte Lotte sich an mich und ich mich an Ella.

Die Hölle begann. Ich konnte weder Lotte noch mich retten.

Schließlich wurden die Klassen aufgerufen.

Class 1.

Class 2.

Dann trat ein älterer Lehrer ans Mikro und rief die Namen seiner Gruppe auf. Jener Lehrer, der in der letzten Woche schon bei uns zu Hause gewesen war, wie Cautschuk mir über Ella hinweg zuflüsterte.

Das würde also Lottes Klasse werden.

»Jacob Morris, Charlotte Vance …«

Die restlichen Namen hörte ich nicht mehr.

Ich hatte Lotti fünf Mal erklärt, dass sie aufstehen und nach vorne gehen musste, wenn sie aufgerufen wurde, doch sie blieb sitzen und vergrub das Gesicht unter meinem Arm.

Ich seufzte. »Komm«, flüsterte ich und verschränkte meine Finger fest mit ihren. »Wir schaffen das zusammen.«

Wie wir es immer getan hatten.

Widerwillig stand Lotte auf, und Hand in Hand marschierten wir nach vorne. Ihr Lehrer nickte mir zu, und ich stellte mich, ohne eine Miene zu verziehen, hinter meine Schwester. Immerhin war ich nicht ihr Vater, sonst würden die anderen Kinder es vielleicht noch uncooler finden.

Nachdem alle aufgerufen worden waren, nahm die Schulleiterin wieder das Mikro an sich.

»Jetzt zeigen wir euch eure Klassenräume.«

»Schaffst du das alleine?«, fragte ich Lotte. Sie schüttelte den Kopf.

Also blieb ihre Hand in meiner.

Wir folgten dem Lehrer zu dem Raum, auf dem groß *Class 3* stand. Mr Evan stellte sich vor und erklärte, was ab Montag auf keinen Fall in der Federtasche fehlen durfte. Es gab Kennenlernspiele und eine erste Unterrichtsstunde. Danach wurden alle wieder zu ihren Eltern entlassen.

Ein wirklich untypischer erster Tag. Es war schön, dass die Schule sich inzwischen diese Zeremonie ausgedacht hatte. Ich war damals einfach in meinem Klassenraum abgesetzt worden, und statt einer Kennenlernrunde hatte es direkt Mathe und Englisch gegeben.

Lotte rutschte von meinem Schoß und packte ihre Sachen zusammen. Den Rucksack reichte sie mir. Die Schultüte nahm sie selbst.

»Darf ich Sie noch etwas fragen?«, hielt Mr Evan uns auf, als wir gerade den Raum verlassen wollten. Er wartete ab, bis alle anderen Schüler*innen verschwunden waren.

Lottes Hand lag fest in meiner. Ich schloss die Augen. Ich hatte absolut keine Lust auf dieses Gespräch.

Der Lehrer musterte erst mich, dann Lotte. »Gibt es noch irgendetwas, das ich bei ihrer Krankheit beachten muss?«, fragte er mit gesenkter Stimme, als könnte Lotte ihn so nicht verstehen. »Das habe ich bei meinem Besuch letztens vergessen zu fragen.«

Sie verzog das Gesicht.

Ich räusperte mich. »Sie kann Sie sehr gut hören, ihre Ohren sind fantastisch, stimmt's?« Ich zog Lotte spielerisch an einem ihrer beiden Zöpfe.

»Eins a.« Sie strahlte ihren Lehrer an. »Hab ich von Mami.«

Das hatte Dad ihr erzählt, und sie war mächtig stolz darauf.

Es stimmte sogar. Mum hatte die besten Ohren der Welt gehabt. Sich nachts aus dem Haus zu schleichen, war nie infrage gekommen, abgesehen davon, dass sie uns sowieso alles erlaubt hatte, solange sie uns in Sicherheit gewusst hatte.

»Soso«, sagte ihr Lehrer.

»Ich habe keine Krankheit.« Lotte verlor ihre Schüchternheit. »Ich bin Peter Pan.« Sie ließ meine Hand los und drehte sich einmal im Kreis. »Ich werde nie erwachsen.«

»Aha.« Ihr Lehrer schmunzelte. »Da bist du ja mit großem Glück gesegnet, Charlotte.«

»Lotte«, verbesserte ich ihn. »Wir nennen sie nur Lotte.«

»Lotte«, sagte er und nickte. »Gibt es bei nie erwachsen werdenden Kindern irgendwas zu beachten?« Diesmal wandte er sich direkt an sie.

Trotzdem antwortete ich. »Sie sollten Lotte wie jedes andere Kind behandeln, denn sie ist nicht blöd, sie merkt, wenn man anders mit ihr umgeht.«

Der alte Mann lächelte. »Na dann, raus mit euch zu eurer Familie.«

Die anderen warteten dort, wo wir sie zurückgelassen

hatten, auf den harten Holzbänken aus der Turnhalle, die auf dem Schulhof aufgestellt worden waren.

Ella sprang auf, als sie uns entdeckte. »Wie war's?«, fragte sie Lotte.

»Ich hab einen netten Lehrer«, erwiderte sie.

»Zum Glück.« Ella zupfte Lottes Zopf zurecht und warf mir einen fragenden Blick zu.

Ich lächelte sie an. Auch von meiner Seite aus war alles okay.

»Und jetzt …« Cautschuk zückte seine Kamera, und ich stöhnte auf.

War ja klar, dass wir nicht um ein Foto herumkamen.

Ella nahm ihm das Ding aus der Hand, und wir suchten einen schönen Platz vor einem grünen Busch. Sie positionierte uns vier und schoss ein paar Fotos.

Lotte gefiel das gar nicht. Sie zog einen Schmollmund.

»Du musst mit aufs Bild«, sagte sie und zog Ella zu uns. »Du gehörst doch zur Familie.«

Ella starrte meine kleine Schwester an. Sekunden verstrichen. Tränen sammelten sich in ihren Augen. Ich konnte mir nicht mal annähernd vorstellen, was diese Worte für sie bedeuten mussten.

Eine Familie.

Sie warf mir einen Blick zu, den ich liebevoll erwiderte.

Cautschuk lachte. »Da hörst du es. Jetzt hast du uns für immer an der Backe.«

Ellas Augen waren glasig. »Ich kann mir nichts Schöneres vorstellen.«

Cautschuk grinste, nahm ihr die Kamera ab und quatschte eine Frau in der Nähe an. Ich war mit zwei Schritten bei Ella, legte eine Hand an ihre Wange und wischte die einzelne Träne, die sich aus ihrem Augenwinkel gelöst hatte, fort.

»Ich kann mir auch nichts Schöneres vorstellen«, flüsterte ich. Ohne Vorwarnung hob ich sie hoch, wirbelte sie herum und gab ihr einen Kuss auf die Lippen.

Den Blitz der Kamera ignorierte ich.

»Ich will auch einen Kuss«, maulte Lotte. Ella und ich beugten uns gleichzeitig zu ihr und küssten ihre Wange. Wieder schoss die Frau ein Foto.

Cautschuk räusperte sich, und wir stellten uns noch einmal alle zusammen hübsch auf.

Leider ließ ich meinen Blick dabei über den Schulhof wandern und schnappte erschrocken nach Luft, als ich eine Person am anderen Ende stehen sah.

Nein.

Das. War. Nicht. Wahr.

Dilan starrte in unsere Richtung.

Mein Magen zog sich zusammen, dennoch explodierten bei seinem Anblick tausende Schmetterlinge in meinem Herzen.

Ich wollte zu ihm rennen, ihn an mich ziehen und mich entschuldigen, dass ich ihn die letzte Woche ignoriert hatte. Ich wollte seine Lippen auf meinen spüren und ihn auch auf diese Weise wieder kennenlernen.

»Was tut er hier?«, murmelte ich, als Dilan sich in Bewegung setzte und auf uns zukam.

All der Schmerz der letzten Tage verpuffte. Nichts als Wärme durchflutete mich.

Ella folgte meinem Blick. Einen Moment spiegelten ihre Züge Ungläubigkeit, dann kräuselten sich ihre Mundwinkel.

Ich fuhr zu Cautschuk herum. »Hast du ihn eingeladen?«

»Wen?« Auch er folgte meinem Blick. Seine Augen weiteten sich. »Ist das Dilan?«

Bevor ich antworten konnte, hatte Dilan uns erreicht und blieb mit einem schüchternen Lächeln stehen.

»Hey«, flüsterte er.

Ella nahm ihn zur Begrüßung in den Arm. Ich starrte ihn nur schweigend an.

Er trug ein grünes Hemd zu schwarzen, eng anliegenden Jeans und sah wie immer umwerfend aus.

Als ich weiterhin nichts sagte, wandte er sich an meinen Bruder, der mit weit aufgerissenen Augen dastand.

»Hey, Cautschuk«, sagte er leise.

Cautschuk atmete ein. »Mannomann!«, stieß er kopfschüttelnd hervor. »Das ist ja ewig her!«

Mit einem Satz war er bei Dilan und umarmte ihn.

Dilan erstarrte.

»Ich sollte dich schlagen, dafür, dass du damals abgehauen bist und Simon verletzt hast, aber ich freue mich so verdammt doll, dich wiederzusehen.«

Auf Dilans Gesicht breitete sich ein Lächeln aus. Fest schlang er die Arme um meinen Bruder, gleichzeitig sammelten sich Tränen in seinen Augen.

Dass ich selbst weinte, merkte ich erst, als Ella über meine Wangen wischte.

»Lasst uns noch ein Foto alle zusammen machen.«

Cautschuk gab der Frau, die noch immer mit seiner Kamera in der Hand dastand, ein Zeichen.

»Wird mir der junge Mann noch vorgestellt?«, fragte Dad, der Lotte an der Hand hielt.

Ich biss mir auf die Lippe, und Cautschuk grinste. »Du kennst ihn schon Dad.«

»Hallo, Mr Vance.« Dilan reichte ihm eine Hand.

Dad riss die Augen auf, als er Dilans Blick begegnete und ihn erkannte.

»Ich bin Dilan.«

Dad ließ seine Hand los und nahm ihn in den Arm.

Ich schluckte und schluckte, doch der Kloß in meinem Hals verschwand nicht. Warum hatte ich nicht auf die gleiche Weise reagieren können, als ich es erfahren hatte?

Lotte zupfte an meinem T-Shirt. »Simon, warum weinst du?«

Ich sah sie an, wischte mir die Tränen von der Wange und lächelte. »Ja, lasst uns noch ein Foto machen«, sagte ich bloß.

Wir stellten uns auf, Ella zog Dilan zwischen sich und mich. Seine Nähe war mir überdeutlich bewusst, als der Auslöser gedrückt wurde. Sobald wir das Foto hinter uns gebracht hatten, wandte ich mich an Dilan.

»Warum bist du hier?«

Er schaffte es nicht, mich anzusehen.

»Das Kind von meinem Cousin wurde eingeschult, und ich wollte zusehen.« Er kämpfte mit den Tränen. »Ich hab auch nur durch Zufall über Social Media davon erfahren. Ich wusste bis vor Kurzem nicht mal, dass er ein Kind hat.«

»Dann weiß deine Familie nicht, dass du hier bist?«, fragte Ella.

Dilan schüttelte den Kopf und wandte den Blick ab. »Nein.« Er schluckte. »Natürlich nicht.«

Der Schmerz und die Traurigkeit in seinen Augen stachen wie ein Stachel in mein Herz.

Ella legte ihm eine Hand auf den Arm. »Hast du sie schon gesehen?«

Er schüttelte den Kopf und suchte verzweifelt ihren Blick. »Nein, ich …«

»Die Vances! Ich fasse es nicht!«, unterbrach ihn eine mir bekannte Stimme.

Wir zuckten gleichzeitig zusammen.

Cautschuk und Dad hoben die Köpfe. Dilan und ich standen mit dem Rücken zur Stimme, und ich brauchte nur einen Blick über die Schulter zu werfen, um mich zu vergewissern, dass es wirklich Margaret war.

Ihre schulterlangen Haare, die sie mit Henna färbte, waren unverkennbar. Die Trauer war auch nach all den Jahren noch nicht aus ihren Augen verblasst. Als hätte sie nicht mehr gelacht, seit dem Tag, an dem ihr Kind verschwunden war. Genau wie bei ihrem Mann.

Dad strahlte. »Oh, wow, wie lange haben wir uns nicht gesehen?«

Er ging auf Dilans Eltern zu und nahm sie nacheinander in den Arm.

Ella erwachte. »Sind sie das?«, fragte sie flüsternd.

Ich nickte und rüttelte an Dilans Schulter. »Sollen wir weg?«

Er imitierte mein Nicken. Ella schob sich sofort vor uns, während Cautschuk Lotte an die Hand nahm und ihr zu Dad folgte.

Ich verschränkte meine Finger mit denen von Dilan, der endlich den Blick von seinen Eltern losriss, und zerrte ihn mit mir.

Wir rannten über den Schulhof, bis unsere Füße sich ineinander verhedderten und wir stolpernd auf den Boden fielen.

Dilan atmete schwer.

Genau an dieser Stelle hatten wir in den Pausen so oft im Gras gelegen. Mühsam setzte Dilan sich auf, und der Ausdruck in seinen Augen zerriss mir das Herz.

»Ich habe sie nicht mehr gesehen, seit ich mich vor dem Abschlussball von ihnen verabschiedet habe. Es tut so verdammt weh.«

Ich rutschte an ihn heran und nahm ihn in den Arm.

Er bewegte sich keinen Zentimeter. Ja, ich hatte ihn die letzte Zeit über ignoriert, aber das änderte nichts daran, wie viel ich für ihn empfand.

Langsam hob er die Arme und legte sie um mich. Einen kurzen Moment saßen wir einfach so da, einander haltend, dann nahm ich seine Hand.

»Sie vermissen dich sicher«, flüsterte ich.

Er schüttelte den Kopf. »Ich weiß nicht, vielleicht mögen sie nicht, wie ich wirklich bin.«

»Das kannst du nur herausfinden, wenn du mit ihnen redest. Und ich kann mir nicht vorstellen, dass sie sich nicht freuen würden, dich zu sehen.«

Er vergrub das Gesicht an meiner Schulter. »Danke, dass du wieder mit mir redest«, flüsterte er kaum hörbar. »Tut mir leid, dass ich dir diesen Tag versaue.«

Ich lächelte. »Komm, lass uns schauen, ob unsere Buchstaben noch in den Kletterbaum geritzt sind.«

Er lachte heiser und lehnte sich zurück, um mich anzusehen. Unsere Blicke flossen ineinander.

»Okay.«

Gegenseitig zogen wir uns wieder auf die Füße. Ich schob ein paar Zweige auseinander, und wir bahnten uns einen Weg zu dem gut versteckten Baum. Ich lief los und umrundete ihn vor Dilan. Die Buchstaben waren noch da.

L & S

Nicht besonders hübsch mit seinem alten Schlüssel hineingeritzt.

Ich stemmte die Hände in die Hüften, als er zu mir aufschloss.

»Das muss wohl erneuert werden.«

Ein Lächeln umspielte seine Lippen, auch wenn in seinen Augen noch immer die Traurigkeit über seine Eltern lag.

»Nein«, erwiderte er ruhig. »Ich stehe zu meiner Vergangenheit, ohne sie wäre ich nicht der Mensch, der ich heute bin.« Er seufzte. »Obwohl es natürlich sehr viel einfacher gewesen wäre, wenn ich in einem Körper geboren worden wäre, in dem ich mich wohlfühle und der zu mir passt.«

Wir wandten den Blick von den Buchstaben ab.

»Dilan?«, fragte ich. »Magst du mit zu uns zum Essen kommen?«

Er starrte mich an. Erneut sammelten sich Tränen in seinen Augen.

Auf genau die gleiche Weise hatte ich ihn damals das erste Mal zu mir nach Hause eingeladen.

»Wirklich?«, fragte er erstickt.

Ich nickte.

»Okay«, erwiderte er.

Kapitel 29

»Schlaf schön.« Ich gab Lotte einen Kuss auf die Stirn und deckte sie zu. »Das war ein aufregender Tag, was?«

Sie nickte und zog die Decke bis zum Kinn. »Bringst du mich am Montag zur Schule?«

Ich strich ihr übers Haar, sie hatte Ellas Zöpfe dringelassen. »Na klar.« Ihren ersten richtigen Schultag würde ich mir auf keinen Fall entgehen lassen, auch wenn ich mir dadurch wieder Fehlstunden bei der Ausbildung einhandeln würde.

Sie griff nach meiner Hand. »Simon?«

»Ja?« Fragend sah ich sie an.

»Wer ist dieser Mann?« Sie kräuselte die Nase. »Hat er dir wehgetan?«

Dilan war schweigsam beim gemeinsamen Kuchenessen gewesen, und mir waren Lottes misstrauische Blicke in seine Richtung nicht entgangen. Umso wichtiger war es, ihr jetzt die Wahrheit zu sagen.

»Ja, ziemlich«, gab ich zu. »Aber da waren wir noch Kinder. Er ist damals einfach abgehauen, obwohl wir uns sehr nahestanden.«

Lotte verzog das Gesicht. »Warum darf er dann hier sein?«

»Weil ich ihn noch immer gernhabe. Und ich ihm verzeihe. Schlaf jetzt.«

Ich strich ihr übers Haar, ließ die Tür angelehnt und das Licht im Flur brennen. Jeden einzelnen Schritt nach unten zögerte ich hinaus.

Ella, Dilan, Cautschuk und Dad saßen am Küchentisch und sprachen gerade über die Einschulung.

Ich lehnte mich an den Türrahmen und verschränkte die Arme vor der Brust.

Dad lenkte das Gespräch auf Dilan und begann, ihn auszufragen, ohne mich zu bemerken.

»Studierst du jetzt, Dilan? Und stehst du noch immer so sehr auf kitschige Liebesfilme?«

Cautschuk rollte mit den Augen, und Ella tastete schmunzelnd nach Dilans Hand, weil dieser leicht überfordert wirkte.

Ich räusperte mich, bevor es unangenehm für ihn wurde. Alle sahen gleichzeitig auf, und Cautschuk stieß unseren Vater in die Seite. »Komm, Dad, lass uns die Fotos auf den Computer ziehen.«

»Gute Idee.« Sofort war Dad auf den Beinen und hakte sich bei Cautschuk unter, pfeifend verließen sie den Raum.

Ich blieb an der Tür stehen und funkelte ihnen nach. War das ihr Ernst?

Dann drehte ich mich zu Ella und Dilan.

Nur wir drei in einem Raum.

Eine falsche Bewegung, und alles würde uns um die Ohren fliegen.

Ella seufzte. »Ihr zwei solltet dringend miteinander

reden.« Sie sah erst Dilan, dann mich an. »Ihr habt euch wiedergefunden! Erzählt euch von den letzten Jahren, seid wieder füreinander da.«

Sie hob eine Augenbraue. »Kriegt ihr das hin?«

Der Kloß in meinem Hals wuchs, genau wie meine Bewunderung für sie. Wie schaffte sie es nur, uns diesen Freiraum zu lassen, obwohl sie für uns beide etwas empfand?

»Ja.« Dilans Stimme war kaum mehr als ein dünnes Flüstern.

Ich schwieg.

Ella deutete es als Zustimmung. »Ich bin oben«, sagte sie, verließ den Raum, und Dilan und ich waren alleine.

Ich stand dem Menschen gegenüber, auf dessen Rückkehr ich all die Jahre gehofft hatte. Keiner von uns schien zu wissen, wie er beginnen sollte.

»Setzen wir uns raus?«, fragte er.

Ich nickte. Gemeinsam traten wir in den Flur, und ich nahm zwei Strickjacken vom Haken, nicht, weil wir sie bei den sommerlichen Temperaturen brauchten, sondern einfach, weil es ein Ritual von früher war. In die Jacken gewickelt, gingen wir hinaus auf die Terrasse und setzten uns auf die Treppenstufen. Dicht nebeneinander. Es war wirklich ganz schön warm, was vermutlich nicht nur am Wetter lag.

»Es tut mir leid.« Dilans Worte füllten den leeren Garten. »Alles.« Er fuhr sich mit beiden Händen übers Gesicht. »Ich hätte damals mit dir reden sollen, aber ich habe mich nicht getraut. Ich hatte so verdammt große Angst.« Er sah mich nicht an, während er sprach. »Angst davor, endlich als der zu leben, der ich bin, und davor, damit nicht akzeptiert zu werden.«

»Ich hätte dich nicht verurteilt, niemals.«

»Das kannst du jetzt nicht wissen.«

Ich verlor mich in seinen Augen, sie leuchteten im Halbdunkeln. Wie eine Sommerwiese mit goldenen Blüten. Vertraut.

Er war der Mensch, den ich über alles geliebt hatte. Egal, was passiert wäre. Vielleicht wäre ich überrascht gewesen. Vielleicht hätte es meine Welt durcheinandergewirbelt, und ich hätte es erst mal sacken lassen müssen, aber hätte ich wirklich aufgehört, ihn zu lieben, wenn ich es damals gewusst hätte?

Das hier war Dilan. Dilan, dem ich von Anfang an vertraut hatte, weil mein Körper ihn wiedererkannt hatte, ohne dass mein Bewusstsein hinterhergekommen war.

Grün mit goldenen Blüten.

»Doch, das weiß ich.« Meine Stimme brach. *Ich liebe dich noch immer*. Zitternd straffte ich die Schultern. »Denn ich habe nie aufgehört, dich zu lieben.«

Ungläubig starrte er mich an.

»Was?«, fragte er flüsternd.

»Es macht keinen Unterschied, welches Geschlecht du hast.«

Tränen traten in seine Augen. »Aber du bist weggelaufen und hast seit Wochen auf keinen meiner Anrufe reagiert.«

Ja.

Aus Überforderung.

Fuck.

Erst jetzt wurde mir bewusst, wie recht Pekka gehabt hatte und wie unsensibel ich gewesen war.

»Das hatte nichts damit zu tun, dass du ein Mann oder trans* bist.« Dass er das dachte, war das Letzte, was ich wollte. »Es war einfach ein Schock, dass du so plötzlich wieder in mein Leben gestolpert bist.« Ich wagte ein Grinsen. »Und ich gebe zu, vielleicht habe ich auch einen kurzen Moment gebraucht, um zu verarbeiten, dass du jetzt einen anderen Namen hast.«

Seine Mundwinkel zuckten. »Tatsächlich?«

Ich knuffte ihn in die Seite, wurde aber direkt wieder ernst. »Meine Gefühle haben sich nicht verändert. Als ich dich heute gesehen habe, sind die Schmetterlinge in meinem Herz explodiert.« Hektisch atmete ich ein. Manchmal war es wirklich schwer, Wahrheiten auszusprechen. »Es war falsch, wegzulaufen. Das habe ich aber erst heute verstanden.«

Am ganzen Körper zitternd streckte er eine Hand aus. Eine Haarsträhne hatte sich aus meinem Dutt gelöst, und er steckte sie hinter meinem Ohr fest. »Du hast keine Ahnung, wie gerne ich dich gerade küssen würde.«

Mein Herzschlag beschleunigte sich. Seine Hand ruhte an meiner Wange.

Oh verdammt.

Mein Blick fiel auf seine Lippen. Es tat weh, so sehr wollte auch ich es.

Es kostete mich all meine Selbstbeherrschung, mich zurückzuhalten. »Aber Ella hat *reden* gesagt. Nicht rummachen.«

Er lachte. Nickend ließ er von mir ab.

»Hast du Fragen?«

»Tausende.«

Offen sah er mich an.

Wo sollte ich nur anfangen?

»Wo bist du hin? Am Abend des Abschlussballs, wo hast du geschlafen?«

Er holte tief Luft, atmete die kühle Nachtluft ein. »Ich bin in ein Hotel gefahren.« Er presste die Lippen aufeinander. »Meine Tasche war schon gepackt und in der Schule versteckt.« Er schaffte es nicht, meinem Blick standzuhalten. »Ich hatte das alles seit zwei Wochen geplant. Mir war einfach klar geworden, dass es so nicht weitergehen konnte. Und dass ich wegmusste, um etwas zu verändern.«

»Und du hast mir nichts gesagt«, flüsterte ich.

»Nein«, erwiderte er. »Das bereue ich. Sehr.« Er zog die Jacke fester um seine Schultern. »Ich hab niemandem etwas gesagt, nur Mum und Dad habe ich einen Brief auf meinem Schreibtisch hinterlassen, bevor ich mit dir zum Ball aufgebrochen bin. Ich weiß, ich hätte dir auch einen schreiben sollen, aber ich dachte, ich könnte es dir ins Gesicht sagen, bevor ich ginge. Aber das habe ich nicht geschafft. Die Schule, auf die wir gingen, war einfach so konservativ. Die einzige queere Person, die ich kannte, war Cautschuk, und mit ihm konnte ich auch nicht wirklich reden, weil er dein Bruder war.

Anfangs dachte ich, ich wäre einfach merkwürdig, aber dann habe ich dieses Forum im Internet gefunden, und mir wurde klar, dass es noch andere Menschen gibt, die sich so fühlen wie ich, und dass es für dieses Gefühl ein Wort gibt: trans*.« Er schluckte. »Es hat sich so falsch angefühlt, in deinem Arm zu liegen, deine flache Brust unter meinem Kopf zu spüren, ich … ich wollte so gerne mit dir tauschen. Dich an meine eigene flache Brust ziehen.« Verzweiflung lag in seinem Blick. »Wie hätte ich dir das erklären sollen?«

Die Erinnerungen an all die Momente, in denen er aus meiner Umarmung gekrochen war und stattdessen ich mich an ihn geschmiegt hatte, schnürten mir die Kehle zu.

»Ich hatte solche Angst, du würdest denken, dass es an dir liegt. Dass ich dich nicht wollen würde. Aber so war es nicht. Ich habe dich geliebt. Kein einziger Korb, den ich dir gegeben habe, hat je etwas anderes bedeutet.«

Es tat so unfassbar gut, ihn das sagen zu hören. Ich hatte mir schreckliche Vorwürfe gemacht. Die Schuld bei mir gesucht, doch jetzt konnte ich mir endlich eingestehen, dass sie mich nicht traf.

Er rieb sich über die Augen. »Ich hab so geweint, als ich alleine in diesem Hotelzimmer saß. Fast wäre ich wieder umgedreht und hätte mich in deine Arme geworfen. Mum und Dad noch mal alles persönlich gesagt, aber das habe ich mich noch weniger getraut, als einfach abzuhauen. Sie haben sich so oft über meinen Kleidungsstil lustig gemacht, wenn ich deine Hosen oder Hemden getragen habe.«

»Abzuhauen?« Meine Stimme brach.

»Am nächsten Tag ging mein Zug zum Hafen. Ich habe Großbritannien verlassen.«

Es war meine größte Angst gewesen, und sie nun bestätigt zu bekommen, schnürte mir die Kehle zu.

»Nie zuvor ist mir etwas so schwergefallen. Ich wollte euch nicht verlassen. Nicht meine Familie, nicht deine Familie und schon gar nicht dich. Aber … ich dachte, ihr würdet mich ernster nehmen, wenn ich mein Äußeres meinem Inneren mehr angeglichen hätte.« Er schnaubte. »Totaler Bullshit, ich war damals schließlich nicht weniger ein Mann als jetzt.«

»Aber warum der Hafen, warum bist du nicht nach London gegangen?«

»Weil ich damals eine Person übers Internet kennengelernt hatte, der es genauso ging wie mir, die sich auch nicht getraut hat, sich vor ihren Eltern zu outen.« Er lächelte. »Sie kam aus Frankreich, und wir sind gemeinsam nach Deutschland gegangen, wo wir uns um deutsche Krankenversicherungen bemüht haben, um unsere Transition zu starten.« Ein wehmütiger Ausdruck trat in seine Augen. »Sie heißt Laura.«

Er war zu einer fremden Person gefahren, weil er Angst gehabt hatte, uns zu vertrauen. Wieder kamen Schuldgefühle in mir hoch. War der Raum unserer Beziehung nicht sicher genug gewesen? Hätte ich etwas daran ändern können?

»Bei ihr wusste ich einfach von Anfang an, dass sie mich nicht auslachen, sondern verstehen würde«, sagte er, als hätte er meine Gedanken gelesen.

Vorsichtig sah ich ihn an. »Ich hätte dich auch niemals ausgelacht.«

Er legte eine Hand auf mein Knie.

»Das weiß ich, aber ich hatte im Internet gelesen, dass

es für viele Partner*innen auch schwer sein kann und die Liebe oft nicht stark genug ist, um über die äußeren Veränderungen hinwegzusehen. Ich hätte es nicht verkraftet, wenn das bei uns so gewesen wäre und du mich dann verlassen hättest.«

»Aber ich hab es auch nicht verkraftet, dich zu verlieren und nicht zu wissen, warum.«

Als ich Dilans schmerzerfüllte Miene sah, bereute ich meine Worte sofort.

»Es tut mir so leid, Simon.«

Ich legte meine Hand über seine, die noch immer auf meinem Knie ruhte. »Ich glaube, ich verstehe es trotzdem, soweit ich kann.«

Es spiegelten sich so viele unterschiedliche Emotionen in seinem Blick, dass ich schlucken musste.

»Laura hat mich am Bahnhof in Berlin abgeholt«, erzählte er weiter, damit wir nicht beide erneut in Tränen ausbrachen. »Noch von dort sind wir in ein Café gefahren und haben uns neue Namen ausgesucht, mit denen wir uns von da an ansprechen wollten. Es war so einfach mit ihr. Gemeinsam sind wir neue Kleidung shoppen gegangen. Sie hat jetzt übrigens mein Kleid vom Abschlussball.« Er zwinkerte mir zu. »Und ich hab mir meine langen Haare abgeschnitten. Wir wurden oft als hetero Paar gesehen.« Seine Augen funkelten. »Ich als der Mann, sie als die Frau. Dass endlich erkannt wurde, welches Geschlecht wir haben, hat uns so viel gegeben.«

»Wart ihr auch wirklich ein Paar?« Ich traute mich kaum, die Worte auszusprechen.

Er schüttelte den Kopf. »Nein, nicht wirklich. Wir haben uns zwar ein paarmal geküsst, aber nie miteinander geschlafen, dafür waren wir beide zu unsicher. Unsere Beziehung war insgesamt eher emotional.«

Ich schämte mich ein bisschen für die Erleichterung, die mich durchflutete. Ich war froh, dass Laura für ihn da gewesen war, aber es schmerzte auch, dass ich ihm keine Stütze hatte sein dürfen.

»Wir haben dann gemeinsam nach freien Plätzen gesucht und über ein halbes Jahr lang eine Therapie gemacht. Erst danach haben wir von unseren Psychotherapeut*innen ein Indikationsschreiben für eine Hormonbehandlung bekommen. Als ich dieses Papier in den Händen hielt, hatte ich schon eineinhalb Jahre in Deutschland gelebt.« Erneut zwinkerte er mir zu. »Ich spreche jetzt sogar ein bisschen deine Sprache.«

Ich hielt die Luft an. »Wirklich?«

»Ja, aber mit Akzent«, sagte er auf Deutsch. »Laura hat mich gebeten, ein Land auszusuchen. Ich hab Deutschland gewählt, weil du mir so viel bedeutet hast.«

Mein Atem stockte. Himmel, das war …

Dilan lächelte. »Es war die richtige Entscheidung, ich hab mich dir in vielen Momenten sehr nahe gefühlt. Dadurch, dass ihr die Sprache oft gesprochen habt, war sie ein Stück Zuhause.«

Seine Worte ließen Blumen in meinem Herzen blühen.

»Dafür ist eine Transition in Deutschland ein bisschen komplizierter.« Mit der freien Hand fuhr er sich durch die Haare. »Es gibt tausend Gesetze und Formulare auszufüllen. Ich musste mich so oft rechtfertigen und beweisen, dass ich wirklich trans* bin. Aber das war es wert, auch wenn man es uns definitiv nicht so schwer machen sollte.«

Eine Fledermaus flatterte am Dach der Terrasse vorbei.

»Nach einem halben Jahr Therapie bin ich für die Testosteronbehandlung zu einer Ärztin gegangen. Sie war eine tolle Frau. Mit ihr habe ich noch einmal darüber gesprochen, was ich an meinem Körper verändern möchte, um mich wohler zu fühlen. Und dann durfte ich endlich mit den Hormonen starten.«

Er schwieg, als wäre er nicht hier bei mir, sondern in der Vergangenheit.

»Gerade die ersten Monate waren so krass. Was da alles passiert ist … Nach und nach bin ich immer mehr in meinem Körper angekommen und war mir immer sicherer, dass ich auch chirurgische Eingriffe wollte. Die Begleittherapie hat mir dabei extrem geholfen.«

Er sah mich wieder an. »Laura hat sogar noch mehr Therapiestunden genommen, denn sie war sich unsicher, wie sie ihren Körper verändern wollte. Gerade was Operationen betraf, hat sie viel hin und her überlegt.«

»Wir sind dann nicht ganz den gleichen Weg gegangen. Haben aber beide unsere Namen und unseren Personenstand offiziell anpassen lassen. Den Antrag dafür habe ich hier in England eingereicht.«

Er ließ den Blick in den Garten schweifen. »Tja, und dann gab es lange, lange Wartezeiten bis zu meinen OPs. Es hat insgesamt vier Jahre gedauert, bis ich mich endlich ganz wohl in meinem Körper gefühlt habe und glücklich war.«

Er lehnte seinen Kopf einen Moment gegen meine Schulter.

Ich zögerte. Ich wollte ihn auf keinen Fall mit meinen Fragen bedrängen, auf der anderen Seite aber auch alles über seine Vergangenheit wissen. Ihn wieder kennenlernen.

»Habt ihr die ganze Zeit in Berlin gewohnt?«

Er ließ seinen Kopf an meiner Schulter ruhen. »Ja, wir haben viel gejobbt, um uns dort eine Wohnung leisten zu können. Wir wollten unbedingt bleiben, weil die Community in Berlin riesig ist. Wir waren in LGBTQIAP+-Zentren und konnten uns mit anderen queeren Menschen austauschen.« Er suchte meinen Blick. »Das war so verdammt gut. Ich habe endlich kapiert, dass ich nicht alleine bin und nichts falsch mit mir ist.«

Seine Augen glänzten. »Als ich zum ersten Mal auf dem CSD in Berlin war, habe ich einfach angefangen zu heulen, weil es so wundervoll war.« Er lachte. »Damit zieht Laura mich noch heute auf.«

Ich runzelte die Stirn. »Was ist der CSD?«

»Die Pride-Parade in Deutschland.«

Also die Veranstaltungen, zu denen Pekka in Bath und Bristol ging. Oh, wow. Es gab so vieles, was ich noch nicht wusste.

»Willst du ein Foto von uns sehen?« Er richtete sich auf und kramte sein Handy aus der Hosentasche. Ich nickte. Und wie ich das wollte.

Er tippte auf dem Gerät herum und hielt es mir hin. Auf dem Bild, das er mir zeigte, stand er neben einer großen Frau inmitten einer Menschenmenge. Sie hatten sich gemeinsam eine Regenbogenflagge um die Schultern gelegt und strahlten einander an.

»Ist das Laura?«

Er lächelte. »Sie ist schön, oder?«

Ich knuffte ihn in die Seite. »Du stehst ja doch auf sie.«

»Ich glaube, wenn zwei Menschen eine so intensive Zeit miteinander verbringen wie wir, lässt es sich nicht vermeiden, Gefühle füreinander zu entwickeln.« Er warf mir einen kurzen Blick zu, als wollte er prüfen, ob es okay für mich war.

Komischerweise war es das. Mein Kopf war voller weiterer Fragen und ließ keinen Platz für so etwas belangloses wie Eifersucht. Ich gab ihm das Handy zurück.

»Keine Ahnung, was ich ohne sie getan hätte«, gab er zu und erzählte mir noch ein bisschen mehr über sie.

Während er berichtete, wuchs in mir der Wunsch, Laura kennenzulernen.

»Wie geht es ihr jetzt?«, fragte ich.

»Richtig gut, sie wohnt wieder in Frankreich bei ihrer Familie. Sie ist so mutig. Ich weiß nicht, ob ich mich je trauen werde, zurück zu meinen Eltern zu gehen, auch wenn ich mir das am Anfang fest vorgenommen und Mum in meinem Brief versprochen habe.«

Ich dachte an die Traurigkeit in den Augen seiner Mutter. »Sie würden sich so freuen.«

Es konnte doch nicht sein, dass er sich vor seiner eigenen Familie verstecken musste, nur weil er herausgefunden hatte, wer er wirklich war.

Er scharrte mit den Füßen auf der Stufe. »Vielleicht,

aber jetzt, nach all den Jahren, ist es noch schwerer. Was, wenn sie mich jetzt gar nicht mehr wiedererkennen und wie einen Fremden behandeln?«

»Aber du bist doch noch immer ihr Kind!«

Er wandte den Blick ab, als würde er nicht weiter darüber reden wollen.

»Wann bist du zurück nach England gekommen?«, fragte ich, um ihn nicht dazu zu drängen, auf meine vorherige Frage zu antworten.

»Vor dreieinhalb Jahren. Wir hatten viele Freund*innen in Berlin, und es ging uns wirklich gut, aber wir vermissten auch beide unsere Heimat.« Sein Blick wanderte zum Nachthimmel. »Zuerst sind wir gemeinsam nach Frankreich gefahren. Laura wollte ihre alten Freund*innen wiedertreffen, und ich habe sie begleitet.«

Er senkte den Blick, betrachtete seine Finger. Goldener Nagellack glänzte darauf. »Kaum jemand von ihnen hat noch in der Stadt gelebt. Es gab nur eine Person, die noch da war, und sie hat …« Er kratzte an einem Nagel. »… nicht besonders gut reagiert. Deshalb hatte ich ziemliche Angst davor, Menschen von früher zu treffen, als ich ein halbes Jahr später zurück nach England ging.«

»Seit dreieinhalb Jahren?«, hauchte ich.

Er nickte entschuldigend. »Ich war zuerst in London, bevor ich nach Bath gekommen bin. Näher habe ich mich nicht an Bristol herangetraut. Ich habe meine Ausbildung begonnen und wollte mir hier ein neues Leben aufbauen, in der Hoffnung, irgendwann bereit für Bristol, meine Eltern und … vielleicht sogar dich zu sein.«

Für mich. Er hatte mich wieder sehen wollen. Oh Fuck. Mein Herz kollabierte.

»Dann war heute dein erster Tag hier?«

»Ja, bisher hätte ich es einfach nicht verkraftet, meine Eltern zu treffen, wie du ja heute gesehen hast. Von dir ganz zu schweigen ... Woher, zum Teufel, sollte ich wissen, dass du ausgerechnet nach Bath gegangen bist?« Ein Lächeln umspielte seine Mundwinkel. »Und dass ich ausgerechnet mit der Frau, in die *du* verliebt bist, zusammen die Demos plane?«

»Schicksal, würde Ella sagen.«

»Ja.«

Er war also da gewesen. Nur ein paar Straßen entfernt von Ellas Wohnung. All die Momente, die mir den Brustkorb zerfetzt hatten, weil meine Sehnsucht nach meiner großen Liebe so stark gewesen war, hätte ich mich nur auf mein Rad setzen müssen und wäre bei ihm gewesen.

Meine Augen brannten. Es wäre so einfach gewesen.

»Hey.« Dilan kam näher und wischte mit dem Daumen die Tränen von meiner Wange.

Einfach war vielleicht übertrieben, aber wir hätten uns sehen können. Nur hätte ich vor drei Jahren wirklich anders reagiert als heute?

Ich schüttelte den Kopf. Es spielte keine Rolle.

»Ich kann kaum glauben, dass ihr das nur zu zweit durchgemacht habt«, brachte ich erstickt hervor. »Ich wäre gerne bei dir gewesen.«

»Es tut gut, das zu hören.« Er legte einen Arm um mich, und ich bettete meinen Kopf an seine Schulter.

»Ich habe Angst davor, dass wir uns wieder näherkommen«, gab er zu.

Ich sah zu ihm auf. »Körperlich?«

Er nickte.

Ich setzte mich wieder richtig hin. »Aber du fühlst dich jetzt wohl in deinem Körper, oder?« Ich war mir nicht sicher, ob es okay war, diese Frage zu stellen, aber ich wollte die Antwort darauf so dringend wissen.

Er sah mich an, ohne etwas zu erwidern. »Ja«, hauchte er schließlich. »Sogar sehr. Es ist nur so, dass seit damals niemand meinen Körper berührt hat.« Pause. »Außer Laura.«

»Warum?«

Er presste die Lippen aufeinander. »Weil man die Narben sieht und weil ich …« Er stockte. Schaffte es nicht, mich anzusehen.

»Hey.« Ich legte meine Hand auf seine. »Ich bin's.«

Er schloss die Augen und kämpfte wieder mit den Tränen. »Ich weiß.« Er straffte die Schultern und atmete ein. »Ich bin unsicher. Ich habe mich an diesen Körper gewöhnt, und ich liebe ihn, aber ich habe Angst, dass andere ihn nicht lieben könnten und …« Er machte eine Pause. Sammelte erneut Kräfte. »Ich habe Angst, dass er beim Sex nicht so funktionieren könnte, wie ich es mir wünsche. Deshalb habe ich auch Ella immer auf Abstand gehalten.«

Ich drückte seine Hand fester. Der goldene Nagellack glitzerte im Mondlicht.

»Du brauchst keine Angst zu haben.« Ich ließ seine Hand los und nahm sein Gesicht in beide Hände. »Nicht bei Ella und schon gar nicht bei mir.«

Sein Blick fand meinen. »Das hat Ella auch gesagt.«

»Weil es stimmt.«

»Ihr akzeptiert es.« Einzelne Tränen liefen seine Wangen hinab. »Ihr akzeptiert mich einfach so, wie ich bin.«

»Natürlich tun wir das. Es ist dein Körper und nur an dir, zu entscheiden, was du tun musst, um glücklich zu sein.«

Etwas fiel von seinen Schultern. Ich konnte sehen, wie die Last, die all die Jahre auf ihnen gelegen hatte, zwischen uns auf den Stufen zerschellte.

»Das bedeutet mir so viel«, flüsterte er.

Ich wollte ihn küssen. So sehr.

Dass er nun anders aussah als damals, änderte so was von gar nichts daran, welche Wirkung er auf mich hatte.

Er schlang die Arme um meinen Nacken und presste seinen Körper an meinen. »Danke.«

Ich nahm ihn mindestens genauso fest in den Arm.

Noch Stunden saßen wir auf den Stufen. Ich erzählte ihm von Mum und Lotte, und wir weinten gemeinsam. Es traf ihn so hart, wie es mich getroffen hatte. Meine Eltern waren wie zweite Eltern für ihn gewesen. Genau wie seine für mich.

»Es tut mir alles so leid, ich hätte für dich da sein müssen.« Er verzog das Gesicht.

Ich schüttelte den Kopf. »Ich hätte für *dich* da sein müssen.«

»Ich bin froh, dass wir uns wiedergefunden haben.«

»Ich auch.« Ich vergrub mein Gesicht an seiner Schulter. Er seines an meiner. »Ich habe dich vermisst.«

Dilan lächelte gegen meine Halsbeuge. »Glaub mir, ich

dich auch.« Er lehnte sich ein Stück zurück, um mich anzusehen. »Und es tut mir verdammt leid, dass du es so erfahren hast, durch das Bild und …«

Ich winkte ab. »Ich verstehe, dass du Angst hattest, es mir zu sagen.«

»Heißt das, du hast mir verziehen?«

Ich nickte leicht. »Ja.«

Schon in dem Moment, als du mich damals auf der Tanzfläche stehen gelassen hast.

Sein Blick wurde unendlich weich. »Ich habe auch niemals aufgehört, dich zu lieben, Simon.« Zärtlich nahm er mein Gesicht in beide Hände und drückte einen Kuss auf meine Lippen.

Funken explodierten um mich herum.

Ich schloss die Augen.

Zu Hause.

Kapitel 30

Ella lag auf dem Bett, ein Buch in den Händen, als wir Stunden später hereinkamen. Lächelnd ließ sie die Lektüre sinken. »Habt ihr euch geküsst?«

Die Frage traf uns so unvorbereitet, dass wir beide husten mussten und Ella erleichtert aufseufzte. »Na endlich«, sagte sie und legte das Buch zur Seite.

Was? Sie freute sich darüber?

»Ellie?«, fragte ich vorsichtig.

Sie rutschte ein Stück zur Seite und klopfte auf die Matratze. »Legt euch zu mir«, bat sie.

Zu ihr? Wir beide zusammen?

Zwar hatte ich ein Doppelbett und somit genug Platz für uns drei, aber … *Uns drei?*

»Ich kann auf dem Boden schlafen«, schlug Dilan vor.

Ella verdrehte die Augen. »Ja, das kann ich auch, wäre aber albern.«

Dilan und ich wechselten einen Blick. Sie hatte recht.

Ich zog meine Anzughose aus und warf sie über den Schreibtischstuhl. »Rutsch ein Stück«, forderte ich sie auf.

Grinsend machte sie Platz.

Ich ließ mich in die Kissen fallen und spürte erst jetzt, wie mich der Tag geschlaucht hatte.

»Hat Dilan dir von seinem Leben in Deutschland erzählt?«

Ich nickte.

»Und, Dil, hat Simon dir von seiner Familie erzählt?«

Dilan verzog das Gesicht, die Trauer über Mum lag noch immer in seinem Blick.

»Hat er.«

Ella lächelte zufrieden. »Das ist ein guter Anfang.«

Ich hatte keine Konzentration und keine Nerven mehr, um mir Gedanken darüber zu machen, was ihre Worte bedeuteten.

Dilan stand noch immer unschlüssig in der Tür. Langsam schloss er sie und sah uns an.

Ich streckte eine Hand nach ihm aus. »Komm.«

Er trat einen Schritt näher, sodass ich meine Finger mit seinen verschränken konnte.

»Vertrau mir«, flüsterte ich. Wie damals, als wir das erste Mal in einem Bett geschlafen hatten.

Er hob einen Mundwinkel.

»Uns«, fügte ich hinzu und wechselte einen Blick mit Ella.

Ihr Blick war unendlich weich.

Er schloss die Augen und atmete ein. »Okay.« Dann zog er seine Hose aus, löschte das Licht und krabbelte über mich.

Ich schlang meine Arme um ihn. Ella ihre von der anderen Seite.

Dilan verkrampfte sich. Erst nach einer Minute entspannte sich sein Körper, und er seufzte erleichtert auf.

»Das ist verdammt gemütlich«, murmelte er.

Ich hörte, wie Ella ihn auf die Wange küsste, und drückte seine Hand.

So hielten wir ihn zwischen uns. Gaben uns alle drei das Gefühl, geliebt zu werden.

Noch nie in meinem Leben hatte sich etwas so richtig angefühlt, wie hier mit den beiden Menschen zu liegen, die ich liebte.

Kapitel 31

Ein Zuppeln in meinen Haaren ließ mich die Augen aufschlagen. Dilan spielte mit den Spitzen meiner Strähnen, genau wie er es früher getan hatte, wenn wir die Nacht zusammen verbracht hatten.

Mein Herz machte einen Sprung.

Mein Zuhause war zu mir zurückgekehrt.

Lächelnd schob ich eine Hand unter die Decke und zog seinen Körper näher an meinen. Zu gerne hätte ich die Hände unter sein T-Shirt geschoben, einfach nur, um mehr von seiner Wärme zu spüren, doch ich hielt inne, denn er war erstarrt. Das Zuppeln an meinen Haaren hatte aufgehört.

»Ist das zu nah?«, fragte ich flüsternd.

Er entspannte sich. »Nein.« Er legte eine Hand über meine. »Es ist nur ungewohnt …« Er stockte. »Aber wunderschön.«

Ich vergrub das Gesicht an seinem Hals und atmete seinen Duft ein. Wie sollte ich aufhören, ihn zu berühren, wenn er solche Sachen sagte?

Er lachte, intensivierte unsere Umarmung und drückte einen Kuss auf mein Haar.

Dann stand er auf.

Ella erwachte, als er über sie hinüberkletterte.

Ella.

Wir hatten tatsächlich zu dritt in einem Bett geschlafen.

Zu dritt.

Eng aneinandergekuschelt. Durften wir das überhaupt?

Wer sollte es uns denn verbieten?

Ich fuhr mir mit beiden Händen übers Gesicht. Ich hatte es genossen. Viel zu sehr. Und ehrlich gesagt hatte ich auch noch nie so gut geschlafen wie heute Nacht.

Ella rollte sich herum und schlang die Arme um mich. Ich strich ihr übers Haar.

»Wie spät ist es?«, murmelte sie.

Ich zuckte die Schultern und sah mich nach Dilan um, der dabei war, sich wieder in seine enge Jeans zu quetschen.

»Ich habe Jogginghosen im Schrank.«

Er verharrte in seinen Bewegungen. Sein Blick fand meinen, als würde er sich an all die Momente erinnern, in denen er früher meine Hosen getragen hatte. Einen Augenblick später warf er die Jeans auf den Teppich und klaute sich eine Hose aus meinem Schrank.

Ein Lächeln lag auf seinen Lippen, als er zurück zum Bett kam, mir einen Kuss auf die Stirn drückte und aus dem Zimmer verschwand. Als wäre es das Normalste der Welt, dass Ella dabei in meinen Armen lag. Aber war es wirklich normal, oder würde ich mich irgendwann zwischen den beiden entscheiden müssen?

Ella schmiegte sich näher an mich. Ich lachte und küsste ihren Scheitel. »Hey, ich wollte gerade aufstehen.«

Sie brummte etwas gegen meine Brust und kuschelte sich noch näher an mich.

Ich vergaß das Aufstehen, wollte für immer mit ihr hier liegen.

Leider warf ich einen Blick auf die Uhr über der Tür, weil mir wieder einfiel, dass sie nach der Uhrzeit gefragt hatte.

Uff, schon so spät?

»Es ist elf, Ellie.«

Sie brummte. Dann: »Shit.« Schneller, als ich erwartet hatte, sprang sie aus dem Bett.

Schnaufend lief sie durchs Zimmer, um ihre Sachen zusammenzusuchen. »Ich bin in einer halben Stunde mit June verabredet.«

Ich lachte. »Das schaffst du nicht mehr.«

Ich reichte ihr mein Handy vom Nachtisch. »Ruf sie an und sag ihr, du kommst später, du musst noch frühstücken.«

Mitten im Raum blieb sie stehen, die Tasche in den Händen. Das viel zu große T-Shirt reichte ihr fast bis zu den Knien.

Ich grinste und ertappte mich dabei, wie ich mir wünschte, wir würden jeden Morgen so starten. Mit verwuschelten Haaren. Ehrlich und real.

Sie verdrehte die Augen, widersprach mir aber nicht und griff nach dem Handy. Während sie Junes Nummer wählte, ging ich nach unten.

In der offenen Wohnzimmertür blieb ich stehen. Dilan lag neben Lotti auf dem Bauch. Sie hatten den Teppich neben das Sofa gezogen und es sich in den weichen Fransen gemütlich gemacht. Er las ihr aus *Tintenherz* vor, und sie hing an seinen Lippen.

Mein Grinsen wurde breit. Sehr, sehr breit. Sein deutscher Akzent war zuckersüß.

Irgendwann bemerkte Lotte mich. »Simon.« Sie streckte die kleinen Hände nach mir aus.

»Guten Morgen, Lotti.« Ich ging zu ihr und strubbelte ihr durch die Haare, womit ich die Reste von Ellas Flechtfrisur gänzlich zerstörte.

Dilan hörte auf zu lesen und sah mich an. Seine Augen blitzten auf, als sein Blick über mich wanderte und an meinen Haaren hängen blieb.

Das hier war mein zweites Zuhause, ich hatte mir nicht die Mühe gemacht, über meine Boxershorts eine Hose zu ziehen, und mein Dutt glich wahrscheinlich einem Vogelnest. Warum sah er mich so an, als könnte er den Blick nicht von mir nehmen?

»Was haltet ihr zwei von Frühstück?«

»Cautschuk hat mir schon was gemacht«, sagte Lotte.

»Ach ja?« Ich zog die Augenbrauen hoch. »Haferflocken mit Hafermilch?«

Zustimmendes Nicken.

»Nun denn.« Ich zwinkerte ihr zu. »Ich mache Pfannkuchen. Interesse?«

Begeistert klatschte Lotte in die Hände.

Dilan starrte mich immer noch an.

»Ich helfe dir mit dem Teig.« Meine Schwester sprang auf und rannte in die Küche.

»Hab ich was im Gesicht?«, fragte ich Dilan.

Er schüttelte den Kopf. »Ich kann einfach nicht glauben, dass wir wieder Zeit miteinander verbringen.«

Lächelnd streckte ich ihm eine Hand entgegen. »Ich auch nicht.«

Er ließ sich von mir hochhelfen und zog mich an sich. Unsere Gesichter waren nur Zentimeter voneinander entfernt. Mein Herz schlug einen Salto, meine Atmung beschleunigte sich. Er schloss die Augen und gab mir einen Kuss. Ich schlang die Arme um seine Taille.

Bitte, lass das niemals enden.

»Diiiillllaaaannnn«, kam es aus der Küche. »Liiiieeessst du weiter voooor?«

Ich lachte gegen seine Lippen, und er trat verlegen einen Schritt zurück. Ich hob das Buch vom Boden auf und drückte es ihm in die Hand. »Diesen Job wirst du nie wieder los.«

Dilan schmunzelte.

Während Lotte und ich den Pfannkuchenteig machten, zauberte Dilan uns zwischen die Zeilen und in eine andere Welt.

Ich schöpfte gerade die erste Kelle in die Pfanne, als Ella in die Küche kam. »Alles klar, ich treffe mich heute Nachmittag mit June.« Sie trat neben mich und küsste meine Wange. »Es gibt Pfannkuchen? Ich weiß schon, warum ich dich so lieb hab.«

Noch vor wenigen Tagen hätte mich dieser Spruch auf Wolke sieben katapultiert, doch jetzt warf ich Dilan einen besorgten Blick zu.

Er hatte zwar aufgehört zu lesen, lächelte aber. »Dafür lieben wir ihn alle, stimmt's, Lotte?«

Sie strahlte ihn an. »Aber so was von!«

Ella wirkte so glücklich wie schon lange nicht mehr.

Ich blinzelte und bemerkte zu spät, dass ich viel zu viel Teig in die Pfanne gegossen hatte. Schnell warf ich die Kelle in die Schüssel und versuchte, den Pfannkuchen zu retten. Dilan las weiter vor, als wäre nichts gewesen, während Ella den Tisch deckte.

Es konnte doch nicht so einfach sein, oder?

Lotte stupste mich an. »Du musst den umdrehen.« Sie deutete in die Pfanne. »Der ist übrigens viel zu dick.«

Ich versuchte, mich wieder auf meine Arbeit zu konzentrieren, was dank Lottes Hilfe sogar ganz gut klappte.

Wir servierten die Pfannkuchen noch warm und mit Sirup. Sie waren besser als in jedem Restaurant, was ich gerne ohne Bescheidenheit zugab.

Bei leiser Musik frühstückten wir alle gemeinsam. Anschließend fuhr Ella zurück nach Bath.

An der Tür verabschiedete sie erst Dilan, dann mich mit einem Kuss auf die Lippen, was erstaunlicherweise nur Wärme in mir auslöste und wir alle drei nicht komisch zu finden schienen. Nicht mal Lotte.

Sie umklammerte Ellas Arm. »Warum gehst du schon?«, jammerte sie.

»Ich komme euch bald wieder besuchen.« Ellas Blick suchte meinen. *Wenn ich darf?*

Ich nickte sofort. Natürlich durfte sie.

Lotte ließ ihren Arm erst los, als sie zwei Finger hob und hoch und heilig schwor, wiederzukommen.

Dilan blieb, und wir sahen einander an, als die Tür hinter Ella ins Schloss fiel.

»Hat sie uns gerade beide geküsst?«, fragte ich.

»Hat sie.« Er schüttelte den Kopf. »Und ich habe keine Ahnung, was ich davon halten soll.«

Hatte ich auch nicht.

Den restlichen Samstagnachmittag spielten wir mit Lotte Karten. Sie zog uns gnadenlos ab. Dilan und ich waren zu abgelenkt. Immer wieder warfen wir uns heimliche Blicke zu. Ich war mit meinen Gedanken längst beim Abend und dabei, wie ich ihn bitten konnte, noch eine Nacht zu bleiben.

Trotzdem versuchte ich, mich auf Lotte zu konzentrieren, wenn schon nicht auf das Spiel.

»Freust du dich auf deinen ersten Schultag am Montag?«

»Klar«, sagte sie und legte triumphierend die Karten aus ihrem Blatt ab. Sie würde auch diese Runde gewinnen.

»Macht dir irgendwas Sorgen?«

»Nein«, erwiderte sie, während Dilan eine neue Karte vom Stapel zog.

Ich seufzte.

»Du hast Angst um sie, was?«, fragte er, als wir uns am Abend mit einem Tee auf die Terrasse setzten. Er machte keinerlei Anstalten zu gehen, was mich mit purem Glück erfüllte.

»Ziemlich«, bestätigte ich.

»Sie ist selbstbewusst.« Er stieß seine Tasse gegen meine und prostete mir zu.

Ich trank einen Schluck. »Sie ist auch schüchtern. Wenn jemand sie ärgert, siegt ihre Angst.«

»Mach dir nicht schon vorher so viele Gedanken.« Dilan legte eine Hand auf meine. »Sie wird es schaffen.«

Ich seufzte. »Das hoffe ich sehr.«

Ich konnte kaum glauben, dass wir hier saßen und über meine Familie redeten. Wieder am selben Ort, wieder in derselben Geschichte.

Und auch wenn so vieles anders war als vor acht Jahren, war er doch noch immer die Person, die ich so sehr liebte.

Ich stellte meine Tasse ab, zog ihn auf die Beine, verschränkte meine Finger mit seinen und ging ein Stück in den Garten hinein. Dort legte ich den Kopf in den Nacken und sah zu den Sternen auf.

»Immer, wenn meine Sehnsucht zu stark wurde, habe ich mir vorgestellt, dass du die gleichen Sterne sehen kannst wie ich.« Ich entdeckte den Polarstern. Er war zu einem meiner liebsten geworden.

Dilan blinzelte. »Wirklich?«

Ich nahm den Blick vom Himmel.

»Ich auch«, flüsterte er. »So oft habe ich draußen in der Kälte gesessen, nur um dir ein bisschen näher zu sein.«

Meine Augen weiteten sich. Oh, wow, das war irgendwie romantisch, oder?

Er räusperte sich. »Ich habe mich immer gefragt, was du gerade machst und wie es dir geht.«

»Du hattest meine Nummer.«

Eine Sternschnuppe streifte den Himmel, und wir schlossen beide die Augen, um uns etwas zu wünschen.

»Eine SMS hätte gereicht, um dir diese Frage zu beantworten.«

»Das ging nicht, wenn ich wieder mit dir geredet hätte, wäre ich vielleicht zurückgekommen und hätte mich selbst aufgegeben.«

Ich legte einen Arm um seine Schultern und zog ihn an mich. »Du bist den richtigen Weg gegangen.«

Er lächelte.

Kapitel 32

Lotte fuhr Schlangenlinien, als Dilan und ich sie am Montagmorgen zur Schule brachten. Anscheinend hatte sich ihre Vorfreude vom Wochenende doch noch mit Angst vermischt.

Dilan saß auf meinem Gepäckträger, die langen Beine angezogen, damit seine Schuhe nicht über den Boden schleiften. Er trug wieder die schwarze Jeans, die es mir unglaublich schwer machte, mich zu konzentrieren.

Wir hatten die letzten zwei Nächte eng umschlungen verbracht. Uns geküsst und einfach die vertraute Körperwärme des anderen genossen. Nicht mehr und nicht weniger.

Ich wollte alles von ihm, aber wir hatten beschlossen, es langsam angehen zu lassen.

Lotte trug Cautschuks alten Rucksack und eine Glücksbringerkette, die unser Bruder ihr heute Morgen überreicht hatte.

»An der Straße musst du aber gerade fahren«, rief ich.

Sie nickte, ohne mir zu antworten.

Meine Angst um sie wuchs mit jeder Sekunde, ich konnte nur noch die leuchtende Zielscheibe auf ihrer Stirn sehen.

Dilan schlang mir von hinten die Arme um den Bauch.

»Kann mich sonst nicht festhalten«, sagte er, aber ich kannte ihn besser. Er hatte meine Gedanken gelesen und wollte mir Halt geben. Hätten wir nicht auf dem Rad gesessen, hätte ich ihn geküsst.

Hinter der nächsten Kurve erreichten wir die Schule.

Dilan stieg ab und half Lotte, ihr Fahrrad anzuschließen, während ich mein eigenes Schloss zuklicken ließ. Anschließend bot ich Lotte eine Hand an. Sie schloss ihre Finger fest um meine, als wir auf den Eingang des Gebäudes zugingen.

Dilan und ich atmeten gleichzeitig ein. *Unsere Schule.* Der Ort, an dem wir uns kennengelernt hatten.

»Willst du alleine reingehen?«, fragte ich meine Schwester.

Fast hoffte ich, dass sie Ja sagen würde, doch natürlich schüttelte sie den Kopf und umklammerte meine Hand.

Ich rang mit mir. War es nicht uncool, von einem Erwachsenen in die Klasse gebracht zu werden?

Ein paar Kinder rannten an uns vorbei, Lotte wurde angerempelt, und ein Junge drehte sich zu ihr um. Missbilligend musterte er ihren Rucksack.

Sah ich schon Gespenster, wo keine waren?

Dilan blieb dicht neben mir, als wir das Gebäude betraten.

Ein älteres Mädchen klopfte Lotte auf die Schulter. »Cooler Rucksack.«

Trotz der vielen Eindrücke strahlte sie. Ich ließ die angehaltene Luft aus meinen Lungen entweichen. Es gab auch nette Kinder. *Entspann dich, Sim.*

In Lottes Klassenzimmer schrieb Mr Evan seinen neuen Schützlingen bereits den Stundenplan an die Tafel und zwinkerte uns zu, als wir hereinkamen. Außer den zwei Jungs, die ganz hinten in der Ecke saßen, war noch niemand da.

Wir brachten Lotte zu ihrem Platz und warteten, bis sie ihre Sachen ausgepackt hatte, dann küsste ich sie auf den Kopf. »Ich liebe dich«, flüsterte ich.

»Ich dich bis zum Mond«, erwiderte sie genauso leise.

»Cautschuk holt dich dann nachher ab.«

Sie zog einen Schmollmund. »Warum nicht du?«

»Weil er genauso cool ist wie ich.«

Lotte schnaubte und spielte mit ihren Stiften.

»Hab einen schönen Tag.«

Sie rümpfte nur die Nase.

Dilan strubbelte ihr durch die Haare. »Den wünsch ihr dir auch.«

Ihn lächelte sie an, was mein Herz um das Zehnfache vergrößerte. *Sie mag ihn.* Das war die schönste Nachricht des Tages.

Mr Evan musterte uns, als wir gehen wollten. Zu meiner Überraschung sprach Dilan ihn an.

»Es ist schön, Sie wiederzusehen, Mr Evan.«

Der Lehrer hob erstaunt die Augenbrauen. »Sie waren mal mein Schüler?«

Dilan nickte. »Ja, Sie hatten mich in Englisch.«

Mr Evan zog die Augenbrauen zusammen. »Wie heißen Sie denn?«

Dilan wurde aschfahl, obwohl er es gewesen war, der

das Gespräch begonnen hatte. »Ähm … Ich …« Er suchte meinen Blick.

Ich griff nach seiner Hand und drückte sie. *Trau dich.*

Er straffte die Schultern. »Dilan Jonas.«

»Jonas?«, murmelte Mr Evan, als würde ihm dieser Name etwas sagen. »Ich erinnere mich nur an …«

Bevor er womöglich Dilans alten Namen aussprechen konnte, räusperte ich mich hastig. »Wir müssen jetzt leider los.«

Ich zog Dilan zur Tür, er nickte zustimmend und warf Mr Evan einen entschuldigenden Blick zu. Dann machten wir, dass wir davonkamen.

»Mochtest du ihn?«, fragte ich, sobald wir draußen waren. »In Englisch?«

»Er war der beste Lehrer, den ich je hatte, total aufmerksam.«

Meine Schritte wurden etwas leichter. Wenn Dilan ihn gemocht hatte, konnte Lotte sich in seiner Klasse vielleicht auch wohlfühlen.

Dilan stieß mich an. »Positiv denken.«

Ich beugte mich über mein Fahrrad, um das Schloss zu öffnen. »Das ist schwer, wenn man nicht der Norm entspricht.«

»Ich weiß.« Er seufzte. »Das weiß ich so genau.«

Wir hatten unsere Rucksäcke mitgenommen und fuhren direkt von der Schule zum Bahnhof.

Ich würde zu spät zu meinem eigenen Unterricht kommen, aber die zwei Fehlstunden machten den Kohl auch nicht mehr fett.

Ich kettete mein Rad an einer Laterne vor der Temple Meads Station an und betrat neben Dilan das alte Gebäude. Die Fahrradständer im Inneren waren meist alle belegt.

»Musst du auch gleich zum Unterricht?«, fragte ich ihn, als wir die Treppen zum Gleis hinunterstiegen.

»Ja, ich habe schon ein Modul verpasst.«

Er hatte ein Modul für Lotte sausen lassen?

Er zuckte mit den Schultern, als wäre es keine große Sache. Aber das war es, und ich liebte ihn nur noch mehr dafür.

Wir redeten noch ein bisschen über Lotte, erst als der Zug einfuhr und wir uns auf unseren Plätzen niederließen, lenkte Dilan das Gespräch auf uns.

»Darf ich dich was fragen?«

Ich nickte und betrachtete die Menschen, die vor dem Fenster hin- und herliefen, um noch schnell einsteigen zu können.

»Es macht dir Angst, oder?«, fragte er.

Ich wandte den Blick von dem Geschehen draußen ab und sah ihn an. »Was meinst du?«

»Dass wir zu dritt sind?«

Er traf mich völlig unvorbereitet damit. Die letzten beiden Tage hatten wir in einer Blase zu zweit gelebt, aber jetzt fuhren wir zurück nach Bath.

Zu dritt.

Was sollte ich darauf erwidern, außer der Wahrheit? Er kannte mich. Er konnte sowieso in meinem Gesicht lesen.

»Ja«, gab ich zu. »Es macht mir Angst.«

Seine Hand tastete nach meiner, und er verschränkte

unsere Finger ineinander. »Weißt du, warum es dir Angst macht?«

Warum? War das nicht offensichtlich? »Weil ich eine Person von euch verlieren könnte … Oder euch beide.«

Dilans Blick wurde unendlich weich. »Wer sagt, dass wir uns verlieren, bloß weil wir zu dritt sind?«

Machte er Witze?

»Ich sag dir was, Sim, es gibt Geschlechter jenseits von Frau und Mann.« Er lächelte mich an, und ich runzelte die Stirn, weil ich nicht kapierte, was er mir damit sagen wollte. »Genauso gibt es auch Beziehungen, die nicht nur aus zwei Personen bestehen.«

Seine Worte sickerten tief in mein Herz und krallten sich dort fest.

»Wir müssen aussteigen.« Er sprang auf, bevor ich etwas erwidern konnte. Ich hatte gar nicht gemerkt, dass wir längst in Bath eingefahren waren.

Ich beeilte mich, nach draußen zu kommen.

»Sehen wir uns heute Abend?« Die Worte gingen ihm ganz von selbst über die Lippen, als hätte er nie aufgehört, sie zu sagen.

»Ja, warum nicht?«

Mein Lächeln blieb den ganzen Tag.

Kapitel 33

Dilan hielt mich am Arm fest, als ich mich erhob, um zu gehen. Wir hatten den Abend mit Keksen und Tee auf seiner Couch verbracht, über die letzten Jahre geredet und einander wieder besser kennengelernt.

Acht Jahre waren eine lange Zeit. Es gab so viel zu erzählen, so viel, was wir nicht mehr übereinander wussten. Wir hatten eine Menge aufzuholen.

Am meisten schockierte mich, dass er Erdnussbutter inzwischen eklig fand, dabei hatte sie früher bei keinem einzigen Frühstück fehlen dürfen.

Jetzt lagen seine warmen Finger auf meiner Haut. »Bleib doch über Nacht«, flüsterte er.

Ich hielt inne. Alles in mir wollte bleiben. Den nächsten Morgen gemeinsam starten.

»Ich kann auf dem Sofa schlafen«, bot ich an.

»Musstest du jemals auf dem Sofa schlafen?«

Ich grinste. »Ja, damals, als ich unsterblich in dich verliebt war und nach deinem Kindergeburtstag ewig bei dir geblieben bin.«

Er schmunzelte. »Du hast gesagt, dein Dad würde dich abholen, aber das hatte er nie vor. Und dann war es zu spät, um alleine nach Hause zu fahren.«

»Tja, jedenfalls hat deine Mum mich da aufs Sofa verdonnert.«

Wir lachten.

»Verdient«, murmelte er.

»Okay, ich bleibe.«

Seine Augen leuchteten auf.

Sein Bett war so eng, dass wir uns gegenseitig die Decke wegzogen, bis wir es beide bequem hatten.

Entschuldigend sah Dilan mich im Halbdunkeln an. »Hier schläft sonst keine zweite Person.«

»Ist doch gemütlich.«

Ich rückte ein Stück näher und nahm seine Hand in meine. Ertastete, wie gut unsere Finger auch nach all den Jahren noch immer ineinanderpassten.

Er verharrte reglos. Keiner von uns bewegte sich, auf einmal beide ganz schüchtern. Zeit verging. Ich dachte schon, er wäre eingeschlafen, als ich eine Bewegung an meiner Handinnenfläche wahrnahm. Seine Fingerkuppen waren so weich. Ich schloss die Augen, spürte der Berührung nach. Intensiver als jeder Kuss.

Ich streichelte über seinen Handrücken, was ihn erzittern ließ. Augenblicke lang froren wir ein, dann lag seine Stirn an meiner, seine Lippen nur Millimeter von meinen entfernt.

Ich spürte seinen Atem auf meiner Haut.

Mehr.

Ich wollte so viel mehr, zwang mich aber zum Abwarten.

Sein Tempo.

Dilan holte zischend Luft. »Ich brauche einen Moment«, flüsterte er.

»Okay.«

Ein Wort von ihm, und ich würde mich zurückziehen oder im Wohnzimmer auf der Couch schlafen. Das Letzte, was ich wollte, war, irgendwas zu überstürzen.

Dilan atmete ein und presste seine Lippen ohne Vorwarnung auf meine. Ein überraschter Laut drang aus meiner Kehle.

Er zog sich zurück und suchte meinen Blick. Fragend.

Jeder Zentimeter meiner Haut stand in Flammen. Ich drückte seine Hand. Ich wollte. So sehr.

Erneut beugte Dilan sich vor und legte seine Lippen auf meine. Diesmal erwiderte ich den Kuss. Zärtlich und ohne Hast. Wir hatten alle Zeit der Welt, und ich wollte, dass Dilan das spürte.

Seine Küsse waren vertraut und gleichzeitig so neu, als würde ich seine Lippen zum ersten Mal auf meinen spüren.

Es raubte mir den Atem.

Ich zog ihn näher. Unsere Beine verknoteten sich.

Seine Hände auf mir.

Sein Körper an meinem.

Ich war mir sicher, dass er meine Erektion durch den dünnen Stoff unserer Unterhosen spüren konnte. Er zog meine Unterlippe zwischen seine Zähne, und jegliche rationale Gedanken verflogen. Nichts hätte meinen Strudel an Gefühlen dämpfen können. Das hier war einfach wunderschön.

Seine Finger fuhren in mein Haar. Ich schlang einen

Arm um seine Taille und zog ihn näher, obwohl schon jetzt kein Platz mehr zwischen uns war.

Er streichelte über meinen Nacken, meine Schultern und wanderte tiefer. Am Saum meines T-Shirts hielt er inne. Er gab mir Zeit, ihn aufzuhalten.

Ich wollte nicht, dass er aufhörte.

»Du kannst nichts falsch machen«, flüsterte ich. »Ich mag deine Berührungen.«

Daran hat sich nichts geändert.

Auch damals hatte ich ihm diese Worte so oft gesagt, und genau wie damals war es nur diese Bestätigung, die er brauchte.

Er schob seine Hände unter mein T-Shirt.

Ich zog Luft in meine Lunge. Wie konnte er mit dieser einfachen Berührung so viel in mir auslösen?

Seine Finger ließ er über meinen Rücken, meinen Bauch und meine Brust wandern, bis er mir schließlich das Shirt über die Arme streifte. Der Stoff fiel leise zu Boden. Seine Hände berührten jeden Zentimeter meiner Haut. Tränen brannten in meinen Augen, so vertraut war das alles.

Alles um mich herum verschwamm.

Es gab nur noch Dilan. Seine Lippen auf meinen.

Ich schob sein Shirt nach oben, wollte seine Wärme an meiner nackten Haut spüren, doch er erstarrte.

Niemand hat mich seit damals berührt.

Ich drückte einen zärtlichen Kuss auf seinen Mund. »Ist das okay?«, fragte ich leise.

Mit der Hand verharrte ich an seiner Taille, bis er wieder atmen konnte, langsam nickte und mich erneut küsste.

Obwohl alles in mir Achterbahn fuhr, vertraute ich nicht ganz darauf, dass er sich wohlfühlte, und lehnte mich abermals ein Stück zurück. Sein T-Shirt zog ich wieder nach unten.

Zitternd atmete er ein und setzte sich auf. »Tut mir leid«, murmelte er.

Ich schüttelte den Kopf, folgte seiner Bewegung und legte eine Hand auf seinen Arm.

»Nein, sag mir, wenn es zu viel ist.« Im Halbdunkeln suchte ich seinen Blick. »Ich will dich weder bedrängen noch irgendwas überstürzen.«

Er wandte den Blick ab. Tränen schimmerten in seinen Augen. Ich nahm ihn in den Arm, und er klammerte sich an mich.

»Ich will das hier«, flüsterte er. »Es ist wunderschön.«

Unter nassen Wimpern sah er mich an. »Aber ich habe solche Angst.«

Ich küsste seine Wange und hielt ihn fest an mich gedrückt. »Ich werde da sein, wenn deine Angst versiegt.«

Kapitel 34

Ella strahlte mit der Sonne um die Wette, als ich sie ein paar Tage später vor ihrem Haus abholte.

Ihre langen roten Haare waren zu einem kunstvollen Dutt aufgetürmt, und ich tippte zur Begrüßung dagegen. »Willst du mir Konkurrenz machen?«

Sie umarmte mich. »Vielleicht.«

Der Sommer war in vollem Gange, und sie hatte ihre Strickkleidung gegen luftige, gebatikte ausgetauscht. Auch ich trug heute eine kurze Hose.

»Dilan fragt sich schon, wo wir bleiben.« Sie ließ ihr Handy in die Tasche fallen und schwang sich aufs Rad.

»Dann nichts wie los.« Ich zog mein eigenes Rad vom Zaun weg.

Wir brauchten zwanzig Minuten bis zu der Adresse, die Dilan uns geschickt hatte. Das bernsteinfarbene Gebäude in der Pierrepont Street verriet nichts darüber, dass hier ein buntes Zentrum entstehen sollte. Es erinnerte mehr an einen verlassenen Laden.

Wir schlossen unsere Räder auf der gegenüberliegenden Straßenseite an einem Zaun an, und als wir uns umdrehten, kam Dilan mit ausgebreiteten Armen ins Freie.

»Da sind ja meine beiden Lieblingsmenschen.«

Ella verdrehte die Augen. »Schleimer.« Sie küsste ihn auf die Wange und nahm ihn in den Arm.

Mein Lächeln war breit, als ich ihn ebenfalls umarmte und Erinnerungen an unsere Berührungen hochkamen.

»Schön, dich zu sehen«, flüsterte er, und ich konnte ihm nur aus vollem Herzen zustimmen.

Er führte uns ins Innere. Die kühlen Räume waren eine Wohltat für meine erhitzte Haut.

»Wir verlegen heute den Fußboden«, verkündete er. »Die Wände sind fertig gestrichen, und der Boden muss schön gemacht werden, bevor die ersten Möbel kommen.«

Ella und ich grinsten uns an, weil Dilans Augen so leuchteten. Er trug dasselbe farbverschmierte T-Shirt wie an dem Tag, als wir das Banner in seiner Wohnung gemalt hatten.

Als ich erfahren habe, dass ich ihn längst kenne.

Sein Outfit passte zum halb fertigen Flur, durch den wir gingen. Von der Decke baumelten Kabel, die noch auf Lampen warteten. Er wirkte glücklich, als hätte er genau vor Augen, wie es hier in ein paar Wochen aussehen würde.

Er drehte sich zu uns um. »Habt ihr Bock?«

Wie hätten wir da mit Nein antworten können?

Nacheinander wurden wir Sara, Larissa, Sam, Jamon, Maxon, Calle und Tourina vorgestellt. Sie alle waren gekommen, um bei dem Parkett zu helfen oder die Fliesen in der Küche zu verlegen.

Dilan hievte sich auf den großen Tisch, der bereits aufgestellt war, und aktivierte seinen Laptop. Gemeinsam sahen wir uns Videos im Internet an, in denen uns freundliche Handwerker erklärten, worauf es beim Fliesenlegen ankam.

Jedes Video zeigte Männer. Mir fiel es bereits auf, bevor Ella den ersten Kommentar darüber machte. Auch die anderen schnaubten.

Dilan schloss nach einer Weile den Browser. »Wenn ihr euch unsicher seid, fragt mich oder schaut selbst noch mal im Internet nach.« Nacheinander sah er uns an. »Bereit?«

Waren wir.

Ich wurde mit Ella und Calle für den großen Seminarraum eingeteilt. Ich hatte noch nie ein Parkett verlegt, und schon nach wenigen Minuten war ich voll und ganz in der Arbeit abgetaucht. Es war superinteressant, wie die Böden gemacht wurden, auf denen wir tagtäglich gingen.

Dilan kam ab und zu vorbei, um zu schauen, wie wir vorankamen. Er behielt den Überblick und war so in seinem Element, dass es mir schwerfiel, ihn nicht die ganze Zeit anzustarren.

Calle schnippte vor meinen Augen, als Dilan mit einem Paket Fliesen durch den Flur lief und ich ihm nachschaute.

Ich blinzelte.

»Ich hatte ja keine Ahnung.« Kopfschüttelnd wechselte ich einen Blick mit Ella.

»Wahnsinn, oder?«, stimmte sie zu. »Auf den Demos geht er schon voll auf, aber dieses Zentrum ist seine wahre Leidenschaft.«

»Total«, stimmte Calle ihr zu. »Er hätte sich damals sicher auch so ein Zentrum gewünscht.«

Ruckartig sahen Ella und ich ihn an. Wusste er, dass Dilan trans* war? Oder redete er hier gerade nur über seine sexuelle Orientierung?

»Er hat es dir erzählt?«, fragte Ella.

Calle legte eine Parkettfliese an die vorherige. »Das hier soll ein Ort werden, an dem die Menschen über ihre Sexualität und Geschlechtsidentität sprechen können.« Er reichte mir den Hammer. »Wer, wenn nicht der Chef, sollte also besonders offen sein?«

»Es gibt hier keine Chefs.« Dilan stand mit verschränkten Armen im Türrahmen. »Und mit dir zu sprechen, war ja wohl etwas völlig anderes, Calle.« Er fuhr sich durch die Haare, während Calle nickte und ein ernstes Gesicht machte.

»Das stimmt«, gab er zu.

Dilan deutete auf Ella und mich. »Außerdem hatte ich da schon mit diesen beiden tollen Menschen gesprochen, und das war alles andere als einfach.«

Als er uns anlächelte, geriet mein Herz aus dem Takt.

Calle sah schmunzelnd zwischen unseren glücklichen Gesichtern und den Blicken, die wir einander zuwarfen, hin und her. »Führt ihr eigentlich eine Liebe zu dritt?«

Wir erstarrten alle gleichzeitig.

Dilan fuhr sich durch die Haare. »Ich muss noch mal zu den anderen.« Damit rauschte er ab und ließ Ella und mich mit Calles fragendem Blick allein.

Ich wusste nicht, was ich sagen sollte, also beugte ich mich über die Parkettfliese, um sie endlich festzuhämmern.

Ella sah Calle offen an. »Das müssen wir, glaube ich, selbst noch herausfinden.«

Calle lächelte. »Okay.«

Eine Liebe zu dritt. Den gesamten Tag geisterten die Worte in meinem Kopf herum und lösten die unterschiedlichsten Gefühle in mir aus.

Genauso gibt es auch Beziehungen, die nicht nur aus zwei Personen bestehen.

Hatte Dilan damit eine Liebe zu dritt gemeint?

Und wenn ja, was bedeutete das? Mussten wir dann immer zu dritt Sex haben?

Der Gedanke war so absurd, dass ich den Kopf schüttelte.

Ich konnte nicht leugnen, dass Ella und Dilan mir beide extrem wichtig waren, aber gerade funktionierte es doch nur, weil wir nicht offiziell zusammen waren, oder? Früher oder später würden wir uns entscheiden müssen.

Mein Traum war es, eine Familie zu gründen. Wie sollte das mit drei Personen funktionieren?

Verfluchter Mist.

Ich hatte die letzten Tage nicht darüber nachgedacht, und Calles Worte katapultierten mich zurück in die Realität. Wie Ella und Dilan wohl darüber dachten? Würde eine oder einer von beiden mich wählen, wenn wir uns entscheiden mussten? Oder war am Ende ich derjenige, der alleine dastehen würde?

Fuck.

Ich will auch nicht vor diese Entscheidung gestellt werden, hallten Ellas Worte in mir wider.

Ich fuhr mir durch die Haare und zerstörte den Dutt. Fahrig zog ich das Haargummi heraus und band ihn neu.

Ich sollte mich konzentrieren. Ich war zum Arbeiten

hier, nicht, um über mein kompliziertes Liebesleben nachzudenken.

Entschlossen kniete ich mich wieder hin und nahm die nächste Parkettfliese in Angriff. Sie musste zurechtgesägt werden, also reichte ich sie an Ella weiter, die als Einzige von uns dreien mit der Handkreissäge umgehen konnte.

Wir arbeiteten den ganzen Tag. Das Zentrum bestand aus fünf großen Räumen plus Bad und offener Küche. Dank der vielen Menschen schafften wir es, den gesamten Fußboden zu verlegen. Meine Muskeln schmerzten, und mein Kopf war noch immer voller Gedanken, als wir uns am Abend alle zusammen in der Küchennische versammelten. Dilan spendierte Bier und strahlte in die Runde.

»Danke für euren Einsatz. Es bedeutet mir wirklich viel, dass ihr alle gekommen seid.«

Wir prosteten ihm zu.

»Ich hoffe, dieser Ort wird ein Ort des Zuhörens und des Verstehens, an dem wir alle sein können, wer wir wirklich sind.«

Der Glanz in seinen Augen ließ es hinter meinen verdächtig brennen. Es war unmöglich, keine Liebe für ihn zu empfinden, wenn ich ihn hier so sah.

Niemals hätte ich ihn für Ella aufgeben können.

Aber würde ich Ella für ihn aufgeben können?

»Jetzt muss nur noch der Förderantrag durchgehen.« Dilan räumte die Bierflaschen in eine Kiste.

Ella wischte den Tresen ab. »Bath braucht ein LGBTQIAP+-Zentrum. Sie werden den Antrag genehmigen.«

Dilan seufzte. »Das hoffe ich, sonst weiß ich nämlich nicht, wie ich das alles bezahlen soll. Wir haben wirklich Glück, dass der Vermieter hinter uns steht und nicht auch noch Geld von uns haben will. Schon der Fußboden hat ein Vermögen gekostet, und ich musste nicht mal Arbeiter*innen bezahlen. Das kann ich bei der Elektrizität nicht so machen.«

Ella knetete den Lappen in ihren Händen. »Kimmy kennt sich ganz gut damit aus, ich könnte sie fragen.«

Dilans Blick wurde weich. »Ich würde mich freuen, sie kennenzulernen.«

Ich schloss die Schranktür, in die ich das wieder saubere Geschirr geräumt hatte, und sah Ella an. »Gibt es was Neues von deinen Eltern?«

Sie verzog das Gesicht. »Kim und ich waren noch zweimal bei einem Treffen mit den neuen Partnern. Sie haben nach dir gefragt.«

»Du bist mal dort gewesen?«, fragte Dilan, während er die letzte leere Bierflasche verstaute.

Ich nickte.

»Das letzte Mal war die Hölle.« Ella warf den Lappen in die Spüle und hievte sich auf den noch halb nassen Tresen.

»Kim ist das erste Mal laut geworden und hat sie angeschrien, als die Partner weg waren.« Ihre Stimme brach. »Es wächst ihr alles über den Kopf.«

Ich stemmte mich ebenfalls am Tresen nach oben und setzte mich neben sie. »Habt ihr darüber nachgedacht, ihnen die Wahrheit zu sagen?«

»Sie kennen die Wahrheit, sie akzeptieren sie nur nicht.«

Dilan schob den Bierkasten unter das Regal und kam zu uns. »Lass mich mit Kim reden«, bat er. »Sie kennt mich nicht, und ich bin Experte, wenn es darum geht, den eigenen Weg zu gehen.«

Ella fuhr sich durch die Haare. Aus dem Dutt von heute Morgen hatten sich bereits einige Strähnen gelöst. »Keine Ahnung, ob das eine gute Idee ist, und selbst wenn wir es schaffen, was ist mit Lisa?«

Dilan zögerte. »Ich werde Menschen im Zentrum brauchen, die putzen und kochen. Wenn der Antrag durchgeht, könnte ich ihr einen Job anbieten.«

»Kochen?« Ich horchte auf.

Dilans Blick fand meinen. »Ich habe auch darüber nachgedacht, dich einzustellen, Sim.«

Mein Herz klopfte schneller. »Du willst mich hier als Koch haben?«

»Wenn du es möchtest?«

Ella knuffte mich in die Seite. »Ob ein Sternekoch sich aber mit so was Trivialem wie einer sozialen Tätigkeit abgibt?«

»Hey!« Ich knuffte sie zurück.

Dilan lachte, und Ella und ich fielen mit ein.

Der Klingelton von Ellas Handy unterbrach uns mit einem Song von Bukahara. Sie verdrehte die Augen. »Ich wollte mir doch angewöhnen, es lautlos zu stellen.«

»Bitte nicht, dann erreichen wir dich nicht mehr«, erwiderte Dilan gut gelaunt.

Ella sprang vom Tresen und fischte das Handy aus ihrer

Tasche. Sie runzelte die Stirn. »Die Nummer habe ich nicht eingespeichert.«

»Ella Morgan«, meldete sie sich kurz darauf. »Oh, hallo, Mr Smithson.«

Dilan und ich wechselten einen Blick. Wer war das?

Ihre Gesichtszüge wurden ernst. »Was? Wie …« Sie stockte. »Wie schnell denn?«

Dilan furchte die Stirn, und auch mir wurde unbehaglich zumute.

»Okay.« Ellas Stimme zitterte. »Danke fürs Bescheidgeben.« Sie legte auf und starrte einen Moment auf das Handy. Der Bildschirm wurde schwarz. »Das war mein Vermieter«, murmelte sie, als ich es kaum mehr aushielt. »Er will Eigenbedarf anmelden, ich bekomme bald einen Brief in meinen Kasten.«

»Was?« Dilan riss die Augen auf.

»Oh, Scheiße«, entfuhr es mir.

Ella warf das Handy auf den Tresen. Dilan war mit wenigen Schritten bei ihr und nahm sie in den Arm.

Ich sprang auf den Fußboden und legte eine Hand auf ihre Schulter. »Wann musst du raus?«

»In zwei Monaten.«

Dilan ließ sie los, und sie rang die Hände. »Eine so günstige Wohnung werde ich nicht noch einmal finden.« Tränen traten in ihre Augen. »Dann muss ich wieder Geld von Mum und Dad annehmen.«

Diesmal war ich derjenige, der sie umarmte.

»Diese Wohnung war einfach ein Stück Freiheit für mich.«

Dilan nahm ihre Hand. »Du kannst bei mir wohnen, Ella.«

Die stechende Eifersucht blieb aus. Stattdessen breitete sich nur Wärme in mir aus. Er war für sie da.

»Oder bei uns in der WG«, fügte ich hinzu.

»Du musst nicht zurück zu deinen Eltern oder Geld von ihnen nehmen.« In Dilans Augen trat ein Funkeln.

Ich lehnte mich ein Stück zurück, um Ella anzusehen. »Du hast schließlich uns.« Ich strich ihr eine verirrte Haarsträhne aus der Stirn.

»Euch«, flüsterte sie. »Ja.« Und nach einer kurzen Pause: »Danke, Jungs.«

Diesmal traten die Tränen in Dilans Augen. »Jungs«, flüsterte er, und ich zog ihn in unsere Umarmung.

Kapitel 35

Ich schreckte aus dem Schlaf hoch.

Mein Zimmer drehte sich. Ella und Dilan kämpften um mich. Ihre wutverzerrten Gesichter verschwammen in der Dunkelheit.

Nur ein Traum.

Stöhnend setzte ich mich auf. Was passierte hier gerade? Mein Kopf dröhnte, und ich presste mir die Fäuste auf die Augen.

Verfluchter Drecksmist. Warum träumte ich so einen Bullshit?

Einen Moment blieb ich in der Dunkelheit liegen. Ließ das Gedankenkarussell in meinem Kopf verrücktspielen, dann tastete ich nach meinem Handy, das neben dem Bett an der Steckdose lud. Ich ging meine Kontakte durch.

Ella.

Dilan.

Dilan.

Ella.

Eigentlich waren es nur diese beiden Namen, die mir entgegenleuchteten. Aber was sollte ich ihnen sagen?

Hey, ich hab von dir geträumt, und jetzt komme ich nicht mehr klar?

Ich seufzte und wählte schließlich Cautschuks Nummer.

»Jap, private Seelsorge des Simon Vance«, meldete er sich.

Ich verdrehte die Augen.

»Um wen geht's? Ella oder Dilan?«

Ich stöhnte. Wieso kannte dieser Blödmann mich eigentlich so gut?

»Beide.« Ich wusste, dass er grinste. »Ich brauche deinen Rat.«

»Das habe ich mir gedacht, warum sonst solltest du mich um zwei Uhr nachts anrufen?«

Manchmal war er wirklich zum Kotzen. »Warum bist du denn noch wach?«

»Weil ich auf einem Date bin, Baby.«

Aha.

»Habe ich euch beim Sex gestört?«

Er lachte. »Nein, wir haben schon zwei Runden hinter uns und rauchen gerade eine.«

»Mit wem sprichst du denn da?«, ertönte eine tiefe Stimme aus dem Hintergrund.

»Mit meinem liebeskranken Bruder, dem ich mein Sexleben gerne unter die Nase reibe.«

»*Zu* gerne«, kommentierte ich.

Cautschuk versuchte, wieder ernst zu werden. »Also, was gibt's, Brüderchen?«

Brüderchen? Hatte er was gesoffen?

»Ich habe geträumt, dass Ella und Dilan um mich kämpfen.«

Schweigen.

»Okaaay«, sagte er gedehnt. »Aber es war ja nur ein Traum.«

»Aber es … war so echt.« Ich holte tief Luft. »Ich muss dem zwischen Dilan und mir eine Chance geben, es fühlt sich zu gut an, um es zu beenden. Aber das mit Ella … ist einfach richtig.«

Cautschuk blies Rauch ins Telefon. »Ich glaube, du bist der Einzige von euch dreien, der auf die Idee kommen würde, um irgendwen zu kämpfen.«

Wie bitte? Was sollte das denn heißen?

Cautschuk sprach einfach weiter. »Du und Dilan wart schon immer füreinander bestimmt.« Theatralische Pause. »Er ist deine große Liebe, Mann.«

»Ich dachte, an diesen Quatsch glaubst du nicht?«

»Bei *dir* glaube ich daran.«

»Rätst du mir also, Ella zu verlassen?«

»Nein, du wärst bescheuert, wenn du das machen würdest.«

»Was soll ich dann tun?«

»Oh Mann, Simon. Das solltest du echt selbst wissen.«

Ich wusste es aber nicht. Ganz und gar nicht. Stumm flehte ich ihn an, Klartext zu sprechen. Doch statt mir eine Antwort zu präsentieren, zog er nur erneut an seiner Kippe.

»Hast du Ella und Dilan mal gefragt, was sie sich wünschen? Vielleicht trauen sie sich ja nicht, dir zu sagen, dass sie eine Liebe zu dritt wollen.«

Liebe zu dritt.

Da waren sie wieder, diese drei kleinen Wörter, die mich völlig aus dem Konzept brachten.

»Meinst du das ernst?«

»Ja, natürlich!« Ich konnte vor mir sehen, wie er entrüstet die Stirn runzelte.

»So direkt habe ich sie das noch nicht gefragt«, gab ich zu.

Obwohl Ella so etwas angedeutet hatte, oder? Sie wollte mit keinem von uns zusammen sein, bevor wir nicht akzeptierten, dass sie zwei Menschen mochte.

Hieß das, sie wollte eigentlich mit uns beiden zusammen sein?

In Cautschuks Stimme lag der Ansatz eines Lächelns. »Dann solltest du das tun.«

Ich legte auf und ließ das Handy auf die Decke fallen.

Nur ein Traum.

Dennoch überrollte mich die Realität. Wir lebten in einer Gesellschaft, in der es verpönt war, zwei Menschen zu lieben, und in der die eine Liebe gleich als Betrug der anderen dargestellt wurde.

Wie, verdammt noch mal, sollte ich damit umgehen?

Kapitel 36

»Mr Vance, bleiben Sie doch auf ein Wort.« Mein Dozent lächelte mich an. Mit zusammengepressten Lippen warf ich mein Zeug in den Rucksack und schulterte ihn. Früher oder später würde ich diesem Gespräch nicht mehr aus dem Weg gehen können. Ich wartete seit Wochen darauf, dass er mich ansprach.

Ausgerechnet heute war ich mit meinen Gedanken allerdings immer noch bei Ella, Dilan und meinem Traum.

Ob die beiden wohl wirklich eine Beziehung zu dritt wollten? Was, wenn Cautschuk recht hatte?

»Bald stehen die Zeugnisse an«, informierte er mich, als ob ich das nicht selbst gewusst hätte. Ich fummelte am Riemen meines Rucksacks herum.

»Sie haben zweiundfünfzig unentschuldigte Fehlstunden.«

Ich fuhr mir durch die Haare, die ich so locker zusammengebunden hatte, dass der Dutt dabei auseinanderfiel.

»Es tut mir leid …« Was sollte ich auch sagen? Dass es mich nicht juckte, weil Lotte wichtiger war als ein perfektes Zeugnis?

Ich tastete nach dem Haargummi und rettete meine Frisur.

Mein Lehrer seufzte. »Ich bin nicht blöd. Wenn Sie hier sind, sind Sie es mit ihrer vollen Konzentration, mir ist durchaus bewusst, dass es Ihr Traum ist, Sternekoch zu werden.«

Ich starrte ihn an.

Das … hatte ich nicht erwartet.

»Sie sind nicht einer der Schüler*innen, die sich nicht für meinen Unterricht interessieren und deshalb ständig fehlen«, fuhr er fort. »Ich bin mir sicher, es gibt einen anderen Grund.«

Sein Unterricht war tatsächlich interessant. Zwar war die Schule der Teil der Ausbildung, auf den ich auch hätte verzichten können, aber ich machte sie trotzdem gerne mit, wenn sie mir dabei half, in den großen Küchen der Stadt zu stehen.

Ich hob den Blick und sah ihm geradewegs ins Gesicht. Ich hatte keine Wahl.

»Meine kleine Schwester ist krank«, hörte ich mich sagen.

Ich hasste es, diese Karte zu spielen. Es war Lotte gegenüber nicht fair, und trotzdem sah ich gerade keine andere Möglichkeit. Meine Hände zitterten. »Unsere Mutter ist bei ihrer Geburt gestorben, und sie …« Meine Stimme brach, hinter meinen Augen brannte es. »Braucht mich.« Ich sah weg. »Oft.«

Ich blinzelte, um den Tränen keine Gewalt über mich zu geben. Diese Worte gehörten nicht nach Bath. Auch wenn ich Ella und Dilan eingeweiht hatte.

Der Blick meines Lehrers wurde freundlicher. »Das tut mir leid«, sagte er. »Meine Großmutter ist auch krank, und ich weiß, wie belastend das für alle sein kann.« Er lehnte sich in seinem Stuhl zurück und warf einen Blick auf seine Zettelwirtschaft. »Was schlagen Sie vor, wie wir damit umgehen, Simon?«

Ich zuckte die Schultern. »Sie steht für mich an oberster Stelle, vor meinen eigenen Träumen.«

Er schwieg so lange, dass ich unruhig von einem Bein aufs andere trat. Würde er mich rausschmeißen?

»Das Glück anderer über das eigene zu stellen, ist nie gesund«, murmelte er, mehr zu sich selbst als zu mir. »Ich mache Ihnen einen Vorschlag«, sagte er schließlich. »Sie schreiben mir alle zwei Wochen eine Hausarbeit, in der Sie mir zeigen, dass Sie den Stoff trotz Ihrer Fehlstunden beherrschen.« Er beugte sich über seine Liste und machte sich eine Notiz, dann schob er die Zettel auf dem Tisch übereinander. »Für jeden guten Aufsatz streiche ich Ihre Fehlstunden der letzten zwei Wochen.«

Was blieb mir anderes übrig, als das Angebot anzunehmen?

»Danke«, würgte ich hervor, auch wenn ich alles andere als erfreut darüber war.

Wie sollte ich neben meinen Schichten im *Priory*, Lotte und meinem Gefühlchaos auch noch diese Texte schreiben?

»Das hat aber lange gedauert. Ich dachte, wir waren um halb verabredet?« Dilan zog eine Augenbraue nach oben.

Er lehnte neben seinem Rennrad an der Mauer gegenüber dem Schultor, beide Hände in den Hosentaschen seiner Jeans vergraben und ein Lächeln auf den Lippen.

Ich beschleunigte meine Schritte und zog ihn zur Begrüßung in die Arme.

Als er mir einen Kuss gab, ließ ich die Augen ein bisschen länger geschlossen als nötig. Er roch und schmeckte nach Rauch.

»Es gab Stress wegen meiner Fehlstunden.«

»Oh.« Dilan zog die Nase kraus.

Ich schloss mein Rad auf und schilderte ihm kurz, was mein Lehrer gesagt hatte.

»Aber das klingt doch fair, oder?«

»Klar, voll, ich weiß nur nicht, wann ich diese Aufsätze auch noch schaffen soll.«

Dilan grinste. »Tja, dann musst du wohl weniger mit Ella und mir rumknutschen.«

»*Das* kommt nicht infrage.« Ich legte einen Arm um seine Schultern.

Ella und mir.

Fand er es einfach okay, dass ich auch Ella küsste?

»Würde mir auch nicht gefallen«, kommentierte er.

Ich wandte ihm mein Gesicht zu. Sein Atem strich über meinen Mund.

Wieder der Zigarettengeschmack.

»Hast du geraucht?«

Ertappt wich er meinem Blick aus.

»Was ist passiert?«

»War nur aus Gruppenzwang, um cool zu sein«, erwiderte er, aber ich kannte ihn besser. Früher hatte er immer geraucht, wenn er unter Stress gestanden hatte.

»Gibt's schon was Neues von deinem Antrag?«, fragte ich.

Er schüttelte den Kopf. Ein nervöses Funkeln trat in seine Augen. Volltreffer. »Nein, die brauchen ewig«, jammerte er. »Langsam habe ich wirklich Schiss, das mit dem Zentrum nicht zu schaffen.« Da war er, der Stress. »Was, wenn sie den Antrag nicht genehmigen? Wie soll ich das alles finanzieren?«

Ich beugte mich zu ihm hinüber und küsste seine Wange. »Wir werden das hinbekommen, Dilan. Du bist nicht allein.«

Endlose Sekunden sahen wir einander an.

»Danke«, flüsterte er.

Ich beugte mich erneut vor und küsste ihn diesmal auf die Lippen. Ich verlor mich einen Moment in dem vertrauten Geschmack nach Rauch, dann lehnte ich mich zurück.

»Ella hat heute Morgen in unserem Gruppenchat vorgeschlagen, dass wir mal alle zusammen ein Wochenende campen gehen.« Denn gerade war es für alle anstrengend. June musste einen Vortrag für die Uni vorbereiten, vor dem sie Angst hatte. Kate und Pekka würden bald ihren Abschluss machen, und auch Ella stand kurz vor der Prüfungsphase.

Ich stupste ihn an. »Pekka und ich kennen eine coole Stelle im Wald, wo wir uns wunderbar erholen können. Komm doch mit.«

Wenn ich ehrlich war, wünschte ich mir schon seit Wochen, dass er endlich ein Teil unserer Clique wurde.

Dilan lächelte. »Das wäre schön.« Die goldenen Sprenkel in seinen Augen glitzerten. »Sehr gerne.«

Mein Herz stolperte vor Freude. Ich ließ ihn los, zückte

mein Handy und nahm eine Sprachnachricht an Ella und die WG auf, dass Dilan mitkommen würde. Er stöhnte im Hintergrund und behauptete, dass ich ihn zwingen würde.

Vorwurfsvoll sah ich ihn an. »Das war ja wohl gelogen.«

Er griff nach seinem Rennrad und schenkte mir ein Lächeln. »Stimmt. Aber das werde ich doch nicht vor deinen Freund*innen zugeben.«

Ich rollte mit den Augen.

»Wollen wir los zum Zentrum?«, fragte er und schwang sich auf den Sattel.

Es mussten noch ein paar Sachen eingeräumt werden, und später würde ein Typ kommen, der die Wasserleitungen überprüfte.

Ich wollte mein Handy gerade in die Tasche stecken, als es klingelte. Stirnrunzelnd warf ich einen Blick auf das Display. Dad rief mich an.

Toll.

»Ja?«, meldete ich mich.

»Lotte heult, ich weiß nicht, was ich tun soll.« Dad klang müde, als hätte er schon einige Stunden mit sich gerungen, ob er mich anrufen sollte oder nicht.

»Soll ich vorbeikommen?«

»Ist das gerade sehr unpassend?«, fragte er.

Ich sah zu Dilan, der mich aufmerksam musterte. »Kann ich jemanden mitbringen?«

Dad atmete erleichtert aus. »Immer, Simon.«

Wir legten auf, und ich lächelte Dilan an. »Lust auf einen Ausflug?«

Eine Stunde später schloss ich die Haustür in Bristol auf und trat gemeinsam mit Dilan über die Schwelle. Calle war zum Zentrum gefahren, um das mit dem Wassermenschen zu klären, und ich war unglaublich froh, dass Dilan mich begleitete.

Heute war einer der Tage, an denen es mir schwerfiel, Mums Fotos im Flur anzuschauen, ohne mir Gedanken darüber zu machen, was sie wohl zu all meinen Fehlstunden sagen würde. Oder dazu, dass Dad kaum Zugang zu seiner Tochter hatte.

Lotte saß zusammengekauert auf ihrem Bett, die Decke bis zum Hals hochgezogen, ihren Stoffhasen fest umklammert. Dicke Tränen tropften ihre Wangen hinunter.

»Süße«, murmelte ich und ließ mich neben sie sinken.

Ihr Kopf hob sich. »Simon!« Sie streckte die dünnen Arme nach mir aus.

»Ich bin hier«, sagte ich und zog ihren bebenden Körper auf meinen Schoß. Sie presste sich an mich.

»Geh nicht weg«, jammerte sie. »Die Kinder in der Schule sind alle so gemein.«

Nein.

Meine Befürchtungen verwandelten sich zu realen Monstern.

»Warum sind sie gemein?«, fragte ich.

»Sie schubsen mich, und sie sagen gemeine Sachen.«

Es kostete mich all meine Anstrengung, nicht die Fäuste zu ballen.

»Sie finden mich komisch.«

Schmerz explodierte in meiner Brust. »Sie haben unrecht.« Ich räusperte mich und küsste sie auf die Stirn. »Du bist die Coolste.«

Sie sah mich aus tränenverschleierten Augen an.

»Viel cooler als sie alle zusammen«, machte ich weiter.

Ich hätte alles für ihr Lächeln getan.

»Ich überlege mir was«, versprach ich, auch wenn ich keinen blassen Schimmer hatte, was ich unternehmen konnte. »Schlaf erst mal ein bisschen, es ist schon spät.«

Es war höchstens sechs, aber so fertig, wie Lotte war, würde ihr das Land der Träume sicher guttun.

Sie nickte und ließ sich von mir zudecken.

»Liest du mir noch was vor?« Bittende große Augen.

Natürlich konnte ich ihr diesen Wunsch nicht abschlagen und griff nach dem Buch auf dem Nachttisch. Noch immer *Tintenherz*.

Es dauerte keine Viertelstunde, bis sie einschlief. Anscheinend hatte der Tag sie sogar noch mehr geschlaucht, als ich gedacht hatte. Ich lauschte einen Moment lang ihren gleichmäßigen Atemzügen, legte das Buch zurück und schlich aus dem Zimmer. Die Tür ließ ich angelehnt und das Licht im Flur brennen.

Dad war noch mal in die Firma gefahren. Dilan und Cautschuk saßen unten in der Küche und unterhielten sich. Beide hoben den Kopf, als ich hereinkam.

»Dilan hat ernsthafte Absichten mit dir, ich hab es ausgecheckt«, informierte mein Bruder mich.

Ich zog einen Stuhl zurück und setzte mich zu ihnen. »Mir ist nicht nach Scherzen.« Ich fuhr mir mit beiden Händen übers Gesicht.

Cautschuk seufzte. »Was hat sie?«

»Die anderen Kinder sagen ihr, dass sie komisch ist.«

Krachend donnerten seine geballten Fäuste auf den Tisch. »Ich wusste es, ich würde diesen Drecksschweinen am liebsten allen eine reinhauen.«

»Cau, es sind Kinder.«

Dilan war nicht weniger empört als mein Bruder. »Immer gehen sie auf die Menschen los, die anders sind, dabei ist es doch schön, dass wir Menschen so vielfältig sind.«

Cautschuk rieb sich seine Handballen. »Selbst ich habe damals was abbekommen, weil ich mich in Jungs verknallt habe statt in Mädchen, und ich bin verdammt cool.«

Wie schaffte er es nur, zu scherzen, selbst wenn er stinksauer war?

An Dilans Mundwinkeln zupfte ein Lächeln. »Weißt du, dass ich versuche, ein LGBTQIAP+-Zentrum aufzubauen?«

Cautschuks Augen weiteten sich. »In Bath?«

Dilan nickte, und Cautschuk warf mir einen vorwurfsvollen Blick zu. »Kein Wort hat Simon mir gesagt.«

»Du bist herzlich eingeladen, wann immer du willst.«

Cautschuks Augen leuchteten, und die beiden boxten ihre Fäuste gegeneinander.

Ich zog die Brauen hoch. »Ist das der Moment, in dem ihr euch gegen mich verbündet?«

Sie lachten.

»Sim, das haben wir schon vor Jahren«, witzelte Cautschuk.

Gespielt entrüstet stemmte ich die Hände in die Hüften und funkelte meinen Bruder an. »Zurück zu Lotte.«

Cautschuk wurde direkt wieder ernst. »Wir müssen den anderen Kids irgendwie beweisen, dass sie cool ist. Was ist cool an Lotte?«

»Alles ist cool an Lotte.« Ich verengte die Augen zu schmalen Schlitzen. »Alles.«

»Schon klar, aber was könnten Kinder in ihrem Alter cool an ihr finden?«

»Ich weiß es nicht, verdammt.« Verzweifelt sah ich meinen großen Bruder an. Cautschuk legte die Stirn in Falten, um zu überlegen.

Dilan räusperte sich. »Du könntest einen Kochkurs für die Klasse anbieten. Und ihr kocht irgendwas, das Lotte richtig gut kann.«

Ich seufzte. Mit dem großen Bruder zu kochen, war nicht besonders cool, oder?

»Da müsste ich schon ein Rockstar sein.«

Kapitel 37

Da es schon spät war und die Züge nach Bath nur noch im Stundentakt fuhren, blieb Dilan über Nacht. Aber auch mit einer guten Verbindung wäre er nicht gefahren. Es fühlte sich einfach zu vertraut an, gemeinsam ins Bett zu gehen. So normal, als würden unsere Herzen dabei nicht schneller schlagen.

Was meines definitiv tat, als wir uns aneinanderkuschelten.

Dilan strich mir eine Haarsträhne aus der Stirn. »Lässt du den Dutt nachts drin?«

Ich tastete nach meinen Haaren. »Hab ihn wohl vergessen«, murmelte ich und ließ die Hand wieder sinken.

Meine Gedanken kreisten allein um Lotte; ich hatte sogar vergessen, einen Wecker zu stellen. Dilan hatte es für mich übernommen.

Seine Finger wanderten höher und lösten das Haargummi. Meine Haare fielen in langen Wellen über das Kopfkissen, und Dilans Augen weiteten sich. »Wow«, hauchte er und berührte einzelne Strähnen, als würde er das zum ersten Mal tun. »Du bist so schön.«

Seine Worte ließen Schmetterlinge in meinem Bauch tanzen.

Er zupfte an meinen Spitzen. »Wie kannst du so vertraut und gleichzeitig so neu für mich sein?«

Diese Frage stellte auch ich mir schon seit einer Weile. Er war derselbe von damals, und gleichzeitig gab es so viel Neues zu entdecken.

»Ich weiß es nicht«, flüsterte ich und zog ihn näher an mich.

Sein Gesicht war meinem so nah, dass er nur eine winzige Bewegung brauchte, um seine Lippen auf meine zu drücken. Ich seufzte auf, schlang die Arme um seinen Körper und hielt ihn bei mir. Er vertiefte den Kuss. Ich schob meine Zunge in seinen Mund und kostete von dem vertrauten Geschmack.

Vor dem Fenster pfiff der Wind. Es war eine stürmische Nacht, und so wurden auch unsere Küsse. Stürmisch. Langsam verblassten die Geräusche von außen, und ich nahm ausschließlich das Gefühl seiner Lippen auf meinen wahr. Es war wie damals, nur noch echter, intensiver und leidenschaftlicher. Vielleicht, weil er endlich er selbst sein konnte.

Er schob seine Hände unter mein Shirt und streichelte meine nackte Haut. Ich erschauderte. Er wurde mutiger, zog mir das T-Shirt über den Kopf und ließ es behutsam neben uns aufs Bett fallen. Seine Küsse wanderten über meinen Hals und mein Schlüsselbein. Er umschloss eine meiner Brustwarzen mit seinen Lippen, machte da weiter, wo wir das letzte Mal aufgehört hatten, und tausend Empfindungen schossen durch meinen Körper.

Er wusste einfach, wie er mich berühren musste, damit ich alles vergaß.

Sogar meine Sorgen um Lotte.

Ich hätte nichts lieber getan, als mich in ihm zu verlieren. Ihn einfach nur zu spüren, doch als sein Mund tiefer wanderte, zog ich ihn wieder zu mir nach oben.

Unsicher sah er mich durch seine dichten Wimpern an. »Du willst nicht?«, fragte er leise.

Liebevoll legte ich eine Hand an seine Wange und lächelte. »Du bist alles, was ich will.«

Er biss sich auf die Lippe. »Aber?«

Aber ich wusste nicht, ob ich mir das hier einfach nehmen konnte, bloß weil ich seit acht Jahren darauf gewartet hatte und bereit war.

»Aber möchtest du auch?«, fragte ich deshalb flüsternd.

Er hielt inne. Sein ganzer Körper spannte sich an. Ich konnte sein Herz klopfen hören, obwohl mein Gesicht auf der Höhe von seinem war.

»Ich möchte das hier nicht überstürzen.« Ernst sah ich ihn an. »Lieber gebe ich dir einmal mehr Zeit als einmal zu wenig.« Ich strich ihm eine verirrte Locke aus der Stirn. »Ich möchte es mit dir zusammen erleben, wenn wir wieder Sex haben. Nicht alleine.«

Er kam nicht gegen die Tränen an, die ihm in die Augen stiegen.

»Hey«, flüsterte ich.

»Ich habe solche Angst, mich dir so zu zeigen«, gab er zu. Verzweiflung lag in seiner Stimme.

Ich streichelte ihn. »Ich werde dich immer wunderschön finden, Dilan. Ganz gleich, wie dein Körper aussieht, aber ich werde nicht lügen, ich habe auch Angst.« Dilan verzog das Gesicht, und ich sprach schnell weiter. »Aber nicht davor, deinen Körper zu sehen oder zu berühren. Ich habe Angst davor, etwas zu tun, das du nicht magst …«

Er beugte sich vor und legte seine Lippen so sanft auf meine, dass ich mich selbst unterbrach. Ich lachte, als unser Kuss endete. »Wolltest du mich zum Schweigen bringen?«, fragte ich neckend.

»Du würdest nichts falsch machen, Sim.« Er wischte sich über die Augen. »Ich weiß nur noch nicht, ob ich bereit bin, dir zu zeigen, wie … was mir gefällt.«

Ich legte beide Arme um ihn und küsste sein Haar, seine Wangen und seine Stirn. »Wir warten«, flüsterte ich nah an seinen Lippen.

Neue Tränen traten in seine Augen. »Danke.« Dann schlang er einen Arm um meinen Bauch und hielt sich an mir fest.

Eine Welle voller Liebe überrollte mich. Wie sehr hatte ich mir diese Nähe all die Jahre, die er fort gewesen war, gewünscht.

Meine Stimme zitterte. »Bitte geh nie wieder weg.«

Er zog mich so dicht an sich, dass es mir alle Luft aus der Lunge presste. »Glaub mir, das habe ich nicht vor.«

Mit jeder Sekunde, die seine Worte tiefer sickerten, wurde mir wärmer.

Wir hatten einander wirklich wiedergefunden.

Kapitel 38

Die restliche Woche half ich Dilan noch zweimal im Zentrum und schaffte es tatsächlich, einen halbwegs passablen Text für meinen Dozenten zu schreiben, den ich am Donnerstag abgab. Danach veranstalteten wir einen Filmabend in der WG.

Ella kuschelte mit June und Kian, und ich bekam nichts von dem Film mit, weil ich ständig zu ihnen hinüberschielte. Ich wusste, wie wichtig ihr die Freundschaft zu den beiden war, und trotzdem ertappte ich mich dabei, wie ich gerne bei ihr gelegen hätte.

Konnten wir nicht zu viert kuscheln?

Einen kurzen Moment dachte ich darüber nach, diese Frage zu stellen, erschrak dann aber vor meinen eigenen Gedanken.

Zu viert.

Zu dritt.

Meine Gedanken wanderten zu Dilan. Wie schön es wäre, wenn er jetzt neben mir säße. Mit mir kuscheln würde.

Ella und ich hatten ihn heute zum ersten Mal zu einem WG-Abend eingeladen, weil auch Kate, Jake und Toni vorbeigekommen waren, doch Dilan hatte einen Fortbildungstermin und würde erst gegen zehn von einer sozialen Einrichtung etwas außerhalb von Bath zurückkehren.

Das Gedankenkarussell der letzten Tage nahm wieder Fahrt auf. Wie konnte es überhaupt sein, dass ich in Ellas Gegenwart genauso sehr Herzrasen bekam wie in seiner?

Eine Kampfszene flimmerte über den Bildschirm.

Was ich nicht kapierte, war vor allem, dass sich weder Ella noch Dilan darum zu scheren schienen, dass sie zwei Menschen mochten, als wäre es für sie total okay, dass wir zu dritt waren. Andererseits konnte ich doch nicht der Einzige sein, der darüber nachdachte, oder?

Cautschuk hatte recht.

Ich musste mit den beiden reden.

Wir hatten uns für das Wochenende zwei Wochen vor Junes Vortrag entschieden, um campen zu gehen.

Ich stand mit offenen, frisch gewaschenen Haaren vor meinem Kleiderschrank und überlegte, was ich einpacken sollte, als mein Handy klingelte. Die tropfenden Strähnen peitschten mir ins Gesicht, als ich herumwirbelte und es vom Bett klaubte.

Dilan.

Mein Lächeln wurde breiter.

Er kam mit. Wir würden ein ganzes Wochenende zusammen verbringen.

»Guten Morgen ohne Sorgen.«

»Es ist längst Mittag.« Ich konnte vor mir sehen, wie er die Augen verdrehte.

Ich lachte. »Was gibt's?«

»Der Antrag wurde abgelehnt.«

Die Stille dröhnte laut in meinen Ohren.

Shit.

»Oh verdammt. Warum?«

Dilan räusperte sich. »Bath ist bisher ja auch ganz gut ohne ein LGBTQIAP+-Zentrum zurechtgekommen.«

»Das ist ja wohl nicht deren Grund?«

»Sie haben, ehrlich gesagt, keinen Grund genannt.«

Ich fuhr mir durch die Haare und wischte die nassen Finger an der Hose ab. Das konnte doch nicht wahr sein.

»Ich habe keine Ahnung, wie ich das alles bezahlen soll.«

Seine Traurigkeit schnürte mir die Kehle zu. »Kann ich dir irgendwie helfen?«

»Das ist lieb, aber ich glaube nicht.« Tränen lagen unüberhörbar in seiner Stimme. »Ich werde das Wochenende hierbleiben und nach anderen Sponsor*innen suchen.«

Ich schloss die Augen und schluckte.

»Okay.«

Das war absolut verständlich, und doch krampfte sich mein Herz zusammen.

Es muss nicht dieses Wochenende sein, redete ich mir gut zu. *Er und die anderen können sich ein anderes Mal kennenlernen.*

»Wir holen das nach. Ich komm mal zu einem Filmabend.« Selbst durchs Telefon konnte er meine Gedanken lesen.

»Okay.«

Ich wünschte ihm Glück und Erfolg, und er legte auf.

Danach warf ich das Handy aufs Bett.

Meine Tasche war noch immer leer.

Ich ließ den Blick durchs Zimmer schweifen. Packen. Ich sollte packen.

Wahllos griff ich nach einem Kartenspiel, einer Hose und einem T-Shirt. Viel mehr brauchte ich nicht für zwei Tage, oder?

Mein Blick blieb an meiner alten Gitarre hängen. Seit Mum gestorben war, spielte ich nicht mehr, aber June hatte erwähnt, dass Kian es gut konnte.

Vielleicht war Musik am Lagerfeuer ja das Richtige, um uns alle auf andere Gedanken zu bringen.

Wenigstens für einen Abend.

»Wir hätten auch eine Fahrradtour hierher machen können.«

»Hätten wir«, bestätigte ich Ellas Worte und lenkte den Wagen von der Hauptstraße. Pekka und ich waren in dieser Gegend oft zusammen wandern gewesen, und die vertrauten Wälder gaben mir das Gefühl von Geborgenheit. »Aber du musst zugeben, dass ich ein ausgezeichneter Fahrer bin.«

»Das muss ich noch analysieren, bis du den Wagen zum Stehen gebracht hast.« Sie grinste mich an. Ich verdrehte die Augen.

Die anderen auf der Rückbank hatten sich jedenfalls noch nicht beschwert.

»Dilans Antrag wurde abgelehnt«, wechselte ich das Thema. »Deshalb kommt er nicht mit.«

Ella erstarrte.

Ich hatte vorhin nur kurz erwähnt, dass er abgesagt hatte, aber den Grund verschwiegen.

»Was?« Sie setzte sich kerzengerade auf. »Verdammt, Sim, dann müssten wir jetzt bei ihm sein und nicht einen Friede-Freude-Eierkuchen-Ausflug machen.«

»Ich weiß, aber wir haben uns alle so darauf gefreut.«

Ella raufte sich die Haare. »Fuck, das ist verdammt schlimm für ihn.« Sie kramte in ihrer Tasche. »Ich muss ihn anrufen.« Kurz darauf hatte sie ihr Handy in der Hand und wählte seine Nummer.

Er ging nach dem zweiten Freizeichen ran. Sie wechselte ein paar Worte mit ihm, und als sie auflegte, kam ein Seufzen über ihre Lippen.

»Okay, er hätte uns erwürgt, wären wir nur für ihn dageblieben.«

»Das hat er gesagt?«

»Wortwörtlich.«

Dabei würde er niemandem je auch nur ein Haar krümmen.

»Wir könnten uns Spendenkampagnen überlegen.«

Ella nickte sofort. »Das habe ich auch gleich gedacht. Das Zentrum ist schließlich nicht nur Dilans Zentrum.«

Ich lächelte. Das würde ihm gefallen.

»Nur wie?«, überlegte Ella. »Auf der Straße Menschen ansprechen?«

Ich zuckte mit den Schultern. »Ich bin mir nicht sicher, ob das viel bringen würde.«

Ella brummte zustimmend.

»Du könntest auf deinen Demos auf das Zentrum aufmerksam machen, ihr habt es eh schon angesprochen, und da hören dir die Menschen zu.«

Ihre Augen leuchteten auf. »Das ist eine grandiose Idee. Das werde ich auf jeden Fall tun! Ich glaube nur, Dilan braucht wirklich viel Geld. Keine Ahnung, ob ein paar Spenden das decken.«

Das wusste ich auch nicht. Ich war so sehr davon ausgegangen, dass er Fördergelder bekommen würde, dass ich mich nie nach der genauen Summe erkundigt hatte.

»Anderes Thema«, warf Ella ein, bevor ich etwas erwidern konnte. »Gebe ich dir eigentlich das Gefühl, nicht mit mir reden zu können?«

Ich runzelte die Stirn. »Warum?«

»Weil du dich mit Dilan seit Tagen ausgesprochen, mir gegenüber aber noch kein Wort darüber verloren hast. Dilan hat mit mir geredet.«

Ich umklammerte das Lenkrad. »Ist das ein Vorwurf?«

»Nein, ein Angebot, wenn du möchtest.«

Ein Vogelschwarm ließ sich neben der Straße nieder.

Ich warf einen prüfenden Blick in den Rückspiegel, doch die anderen waren in ihre eigene Unterhaltung vertieft.

»Es ist wundervoll.« Ich räusperte mich und zwang meine Stimme zu einem festen Klang. »Auch wenn es ganz anders ist als früher … Ich kenne ihn so gut, habe aber gleichzeitig keine Ahnung. Manchmal bin ich echt noch unsicher.« Ich schluckte. »Ich weiß nicht, ob ich zu weit gehe, wenn ich ihn berühre oder bestimmte Dinge sage.«

Ella lächelte. »Dilan hatte Tränen in den Augen, als er mir erzählt hat, wie toll du mit allem umgehst.«

»Wirklich?« Mein Herz schwoll an vor Freude. Oh verdammt, das war so erleichternd.

»Ich glaube, du machst alles richtig«, sagte sie. »Und wenn du dir unsicher bist, ist es bestimmt hilfreich, einfach offen miteinander zu reden.« Ihr Lächeln wurde breiter. »Es ist wie bei June und Kian, ihr müsst euch erst mal wieder kennenlernen.«

Ich wiegte den Kopf. »Ja, vielleicht ähnlich.«

»Aber anders«, bestätigte sie.

Ich zögerte einen Moment. Konnte ich es auch noch wagen, ihr meine anderen Sorgen bezüglich Dilan anzuvertrauen?

Ihr warmer Blick streifte mein Gesicht und nahm mir die Entscheidung ab.

»Ich freu mich sehr, dass Dilan wieder in meinem Leben ist, ich bin mir nur nicht sicher, ob es der falsche Zeitpunkt ist.«

»Wie meinst du das?«, fragte sie.

»Na ja … es gibt auch dich in meinem Leben.« Die Worte kamen mir nur mühsam über die Lippen. »Und in seinem.«

Ella runzelte die Stirn. »Was macht es dadurch zum falschen Zeitpunkt?«

Ich warf ihr einen kurzen Blick zu, fixierte aber sofort wieder die Straße. »Normalerweise ist man nicht in zwei Menschen gleichzeitig verliebt, oder?«

Ella sah mich einen langen Moment einfach nur an. »Normalerweise?«, fragte sie. »Man?« Sie schüttelte den Kopf. »Hier geht es doch aber um uns und nicht darum, was irgendwelche Leute für normal halten.«

»Ja, schon.«

»Aber?«

Ich weiß auch nicht.

Sie legte eine Hand auf meinen Arm. Die Berührung sandte Stromschnellen durch meinen gesamten Körper. »Ich würde mich freuen, wenn wir uns einfach darauf einlassen.« Sie zog ihre Hand zurück. »Und Dilan auch, denke ich.«

Ich umklammerte wieder das Lenkrad. Zählte stur die Bäume am Straßenrand.

Sag etwas, Simon. Sag, dass du das auch willst.

Aber ich brachte die Worte nicht über die Lippen. Sosehr ich es auch mit den beiden genoss, so schwer fiel es mir trotzdem, diese Konstellation zu akzeptieren.

Und warum?

Bloß weil es in allen von Mums Liebesfilmen früher immer nur um zwei Menschen gegangen war? Um ein cisgender hetero Paar?

Dabei war es möglich, zwei Personen gleichwertig zu lieben. Das erlebte ich schließlich gerade. Es bestätigte sich ja nicht mal meine anfängliche Angst davor, dass Eifersucht eine tragende Rolle zwischen uns spielen würde. Ich sah weder Ella noch Dilan als Konkurrenz.

»Wir können ja mal zu dritt darüber reden«, schlug Ella vor.

Die Worte sickerten in meinen Magen und klebten sich dort fest. Ich hatte längst selbst eingesehen, dass ein Gespräch überfällig war, aber war ich wirklich schon bereit dazu?

Zu dritt.

Eine Beziehung zu dritt.

Machte ihr das keine Angst?

Ich wollte genau diese Fragen stellen, doch Ella kurbelte in dem Moment das Fenster herunter und lächelte den Wind an, als wäre unser Gespräch damit beendet.

In mir tobte ein Sturm. Die Gedanken ließen mich die restliche Fahrt nicht mehr los und waren auch noch präsent, als ich den Wagen auf den steinigen Parkplatz lenkte.

Im Versuch, wieder zu unserem alltäglichen Geplänkel zurückzukehren, grinste ich sie an.

»Und, wie war ich?«, fragte ich neckend.

Sie zog die Augenbrauen zusammen und schnaubte. »Dein Glück, dass du ihn nicht zu Schrott gefahren hast und wir noch leben.« In ihren Augen blitzte ein belustigtes Funkeln.

Ich lachte. »Ellie, glaub mir, mit diesem Auto fahre ich, als würde ich dich in den Händen halten.«

Sie verdrehte die Augen.

Kapitel 39

Es waren bereits alle in den Zelten, als ich noch mal rausging, um Zähne zu putzen. Wir hatten einen wundervollen Nachmittag am See im Wald verbracht. Die anderen waren baden gewesen, während ich mit Kate gekocht hatte. Später hatten wir alle zusammen am Lagerfeuer gesessen. Kian hatte tatsächlich Gitarre gespielt, uns dabei all seine Emotionen offen gezeigt und sogar geweint. Ich bewunderte ihn so sehr dafür.

An der Feuerstelle traf ich Ella, die gerade mit dem Zähneputzen fertig wurde.

Die ganze Zeit schon hatte ich nach einer Gelegenheit gesucht, noch mal mit ihr alleine zu reden, denn unser Gespräch von der Fahrt geisterte mir weiterhin durch den Kopf.

»Hast du einen Moment?«, fragte ich.

Ella lächelte. »Für dich immer.«

Ich deutete Richtung Wasser. Mein Blick streifte die Bäume und den See. Wir setzten uns gerade in Bewegung, als Pekka aus dem Zelt, das ich mir mit ihm teilte, herauskam. Ein Handy gegens Ohr gepresst, lief er an uns vorbei und aufs Wasser zu.

»Nee«, flüsterte er in seiner Muttersprache, die Brauen tief zusammengezogen.

Ich runzelte die Stirn. Was war los?

»Nein«, schrie er plötzlich auf Englisch. »Das ist nicht wahr! Das glaube ich Ihnen nicht!«

Er ließ das Handy sinken. Es fiel neben ihm in den Sand. Er schlang die Arme um seinen Bauch und krümmte sich nach vorne.

Ich rannte los, aber eine andere Person war schneller. Kate.

Sie legte ihm eine Hand auf den Rücken, und ich blieb stehen, als wäre ich vor eine Wand gelaufen.

Er drehte sich zu ihr um. Sein Kopf fiel gegen ihre Brust.

Kate nahm ihn in den Arm.

Einen Moment standen sie so da, dann machte Pekka sich los, lief zum See, kam zurück zu ihr und lief wieder zum See. Immer schneller, bis Kate ihn an beiden Schultern packte.

»Komm runter!«, rief sie.

»Nein!« Verzweifelt fuhr Pekka sich durch die Haare.

Ich lief wieder los. Das konnte ich keine Sekunde länger mit ansehen. Doch noch bevor ich die beiden erreicht hatte, drehte Pekka sich um und rannte in den Wald.

Ich erstarrte.

Wir hatten uns dort schon einmal verirrt und einen ganzen Tag gebraucht, um wieder herauszufinden. In diesem Zustand würde er sich ganz sicher nicht merken, aus welcher Richtung er gekommen war.

»Pekka!« brüllte ich, um ihn aufzuhalten, doch er hörte mich nicht, rannte einfach weiter in die Dunkelheit, und Kate stürmte hinterher.

Was sollte ich tun? Ihnen auch noch nachlaufen?

Ella legte mir eine Hand auf die Schulter.

Wir mussten die anderen wecken.

»June!«, stieß ich aus und hastete zu ihrem Zelt. Ich zog den Reißverschluss auf und sah sie und Kian verzweifelt an. »Ich will nicht stören«, ich fuhr mir durch die langen Haare, »aber Pekka ist weggelaufen, und ich mache mir Sorgen.«

Wir teilten uns auf. June und Kian gingen in die eine, Ella und ich in die andere Richtung. In meinem Rucksack hatte ich Pekkas Schlafsack, sein Handy, das ich aus dem Sand gefischt hatte, und eine Wasserflasche.

»Mach dir nicht so viele Gedanken.« Ella stieg über eine Baumwurzel. Ich rieb mir mit beiden Händen übers Gesicht.

»Sie sind erwachsen und zu zweit. Vielleicht vögeln sie ja wirklich nur.«

Das war Kians Theorie gewesen. Die ich nicht teilte.

»Ich hab Pekka noch nie so gesehen und er schläft kein zweites Mal mit einer Person.« *Schon gar nicht im Wald und nachdem er sich so aufgeregt hat*, fügte ich gedanklich hinzu.

Ich kannte meinen besten Freund, und in seinen Regeln war er eisern.

Ella grinste. »Zum Glück, sonst wäre damals vielleicht etwas aus ihm und mir geworden.«

Ich stolperte. »Was?«

Also doch. Pekka hatte die Wahrheit gesagt und nicht bloß einen dummen Scherz gemacht.

Ich fuhr zu ihr herum. »Ich kann nicht fassen, dass mein bester Freund mit der Frau geschlafen hat, die ich liebe.«

»Oder sie mit ihm«, konterte Ella. Ihre Augen funkelten.

Wenn ich mir nicht solche Sorgen um Pekka gemacht hätte, hätte ich ihm in diesem Moment nur zu gerne den Hals umgedreht. Stattdessen brüllte ich seinen Namen, ohne eine Antwort zu erhalten.

Ella öffnete eine Navigations-App auf ihrem Handy.

Ich rief derweil nach Kate, doch auch diesmal blieb der Wald stumm. Halt suchend tastete ich nach Ellas Fingern, und sie drückte meine Hand.

Langsam kroch die Kälte durch die Kleidung unter meine Haut. Pekka hatte nur ein T-Shirt getragen, oder?

Auch als es hell wurde, hatten wir noch immer keine Spur der beiden. Dafür klingelte Ellas Handy. Hektisch drückte sie darauf herum und nahm das Gespräch entgegen. Mit eingeschaltetem Lautsprecher hielt sie das Telefon zwischen uns.

»Wir haben sie gefunden, sie sind nur etwas unterkühlt«, drang Kians Stimme aus dem kleinen Gerät.

Ella atmete auf. Ich schloss erleichtert die Augen.

Wir waren vor den anderen am Zeltplatz, und ich trat so ungeduldig von einem Fuß auf den anderen, dass Ella keine Sekunde von meiner Seite wich. »Es wird alles gut sein.«

Mein Bauchgefühl sagte mir das Gegenteil.

Als sie endlich aus dem Wald kamen, riss ich entsetzt die Augen auf.

Keine Ahnung, was ich erwartet hatte, aber sicher nicht,

dass Pekka voller Erde sein und *so* fertig aussehen würde. Sein Haar war zerzaust. Seinen Augen fehlte jedes Leben. Mit einem Satz war ich bei ihm und riss ihn in meine Arme. Schwach erwiderte er die Geste und vergrub das Gesicht an meiner Schulter.

Einen Moment hielten wir einander fest.

»Was ist passiert?«, fragte ich.

»Ich muss nach Hause«, murmelte er und wollte schon zu seinem Zelt laufen.

June hielt ihn auf. »Pekka, setz dich, wir bauen ab.« Sie warf uns allen einen Blick zu, der so viel bedeutete wie: *Los, macht schon*. Pekka ließ sich auf den Boden fallen, ohne ihr zu antworten. June war sofort bei ihm und und schlang die Arme um seinen Oberkörper.

Tränen rannen seine Wangen hinunter, und er vergrub das Gesicht in ihren Armen.

Ich starrte die beiden an. Was zur Hölle war passiert?

Ich schüttelte den Kopf und gab mir einen Ruck. Ich würde es noch früh genug erfahren. Ich stieß Kian an, und zusammen mit Kate und Ella machten wir uns daran, alles abzubauen. Ich verhedderte mich genau wie Kian ständig in Zeltschnüren und brauchte ewig, um Essen, Isomatten und Schlafsäcke zu sortieren. Immer wieder glitt mein Blick zu June und Pekka.

Als wir endlich alles ins Auto gepackt hatten, fuhr ich los, noch bevor alle richtig saßen. Kate tippte auf ihrem Handy herum und nannte Pekka die nächsten Flüge in die Niederlande. Schon in ein paar Stunden würde der erste gehen.

Wir fuhren direkt zum Flughafen in Bristol. Drei Stunden würde Pekka mit einmal Umsteigen bis nach Amsterdam brauchen.

Drei Stunden.

So schnell ging das heutzutage.

Ella versuchte, uns zu einem Zug zu überreden, aber Kate würgte sie ab, noch bevor sie zu Ende sprechen konnte.

Als wir Pekka am Gate verabschiedeten, war meine Sorge um ihn bereits ein Elefant geworden.

Fest drückte ich ihn an mich. »Ruf mich an, okay?«, flüsterte ich. »Jederzeit.«

Er nickte.

June hatte Tränen in den Augen.

Kate und Pekka umarmten einander so lange, dass es unmöglich bedeutungslos sein konnte. Es traf mich mit voller Wucht. Wegen all dem, was in meinem eigenen Leben los war, hatte ich versäumt, ihn nach Kate zu fragen, und jetzt konnte ich mit eigenen Augen sehen, dass da mehr zwischen ihnen war als der eine belanglose Sex. Auch wenn sie das vielleicht nicht zugeben würden.

Wenn er zurückkommt, könnt ihr reden.

Und wenn ich endlich wusste, was hier los war.

Mit hängenden Schultern schlurfte Pekka durch die Sicherheitskontrolle. Lustlos hob er seinen Rucksack aufs Band und ließ sich abtasten. Alles an seiner Körperhaltung schrie nach Schmerz.

Etwas in mir verschob sich.

Als er nicht mehr zu sehen war, wirbelte ich zu Kate herum. »Was ist passiert?«

Sie wich meinem Blick aus.

»Was ist so wichtig, dass er ein verdammtes Flugzeug nehmen muss?« Ich raufte mir die Haare. Ich hielt es kaum aus, meinen besten Freund so niedergeschlagen gesehen zu haben.

»Sonst fährt er doch auch mit Zug und Fähre«, pflichtete Ella mir bei.

Kate schwieg.

Hilfe suchend sah sie zu June und Kian. June schüttelte leicht den Kopf. »Du musst nicht antworten.«

Kates Blick heftete sich wieder auf den Boden. »Ich bin echt nicht die Richtige dafür«, murmelte sie leise.

Ihre Reaktion machte mir nur noch mehr Angst. »Kate, Pekka ist mein Freund, ich mache mir Sorgen um ihn. Bitte, sag mir, was passiert ist.« Ich versuchte, ruhig zu sprechen, obwohl in mir ein Sturm tobte.

»Du kannst ihm eh nicht helfen.« Kate drehte sich um und stapfte davon. Eine Sekunde blinzelte ich ihr nach, dann setzte ich mich ebenfalls in Bewegung. Die anderen folgten mir.

»Ich möchte nur wissen, ob es so schlimm ist, dass ich mir ein Ticket kaufen muss, um bei ihm zu sein«, flehte ich sie an.

Kate wirbelte zu uns herum und funkelte mich an. »Alter! Pekka hat geweint, Mann!« Sie fuhr sich durch die Haare und schüttelte den Kopf. »Hast du Pekka jemals weinen sehen?« Sie schnaubte. »Nein? Ich auch nicht!« Sie wandte den Blick ab und sah aus dem Fenster auf das Rollfeld. »Also ja, es ist, verdammt noch mal, schlimm, und ich würde alles darum geben, jetzt bei ihm sein zu können, aber in diesem Scheißflugzeug war nur noch ein beschissener Platz frei.«

Um uns herum wurde es still. Einige Reisende hatten sich zu uns umgedreht, doch ich schenkte ihnen keinerlei Beachtung. Stattdessen versuchte ich, das Zittern zu unterdrücken, das von meinem Körper Besitz ergriffen hatte.

Kate stapfte davon, und ich zog scharf die Luft ein, wollte ihr etwas hinterherrufen. Doch Ella griff nach meinem Arm. »Lass gut sein«, murmelte sie.

June flehte mich ebenfalls an, Kate in Ruhe zu lassen, und bedeutete Ella und Kian, schon mal vorauszugehen. Wir blieben allein zurück.

»Du weißt es, oder?«, fragte ich, als die beiden sich entfernt hatten.

»Pekka hat mit mir geredet, als ihr abgebaut habt.« Tränen schimmerten in ihren Augen. »Seine Eltern sind gestorben.« Die Worte kamen ihr kaum über die Lippen. »Bei einem Autounfall.«

Eine einzige Sekunde lang blieb die Welt stehen, bevor alles in ohrenbetäubender Lautstärke auf mich niederprasselte.

Mein Magen drehte sich um.

Ich fiel in einen endlosen Strudel aus Erinnerungen. Dads Schreie, die sich mit meinen eigenen vermischten. Ein kleines Baby in meinen Händen und ich weit entfernt davon, Freude zu empfinden.

»Nein«, flüsterte ich leise.

Junes Hände legten sich auf meine Schultern. Ich hatte

gar nicht gemerkt, dass ich auf die Knie gefallen war und mich nach vorne krümmte, als müsste ich mich übergeben. »Nein.«

Ich hatte seine Eltern kennengelernt. In Pekkas Termferien hatten wir sie einmal gemeinsam im Kinderheim, das sie leiteten, besucht. Die Bilder tauchten klar und deutlich vor meinem inneren Auge auf. Die Unbeschwertheit in den Augen seiner Mutter. Der Stolz im Blick seines Vaters. Die Umarmungen.

Meine Kehle wurde staubtrocken. Alles drehte sich. Verdammt, ich musste zurück, musste durch die Sicherheitskontrollen und für meinen besten Freund da sein.

Ich sprang auf.

June hielt mich am Zipfel meines T-Shirts fest. »Es gibt keine weiteren freien Plätze in diesem Flugzeug.«

»Ich muss zu ihm«, flüsterte ich. »Er kann das nicht alleine durchstehen.«

Niemand konnte das alleine durchstehen. Ich hatte es nicht gekonnt, und bei mir war nur ein Elternteil gestorben.

June griff nach meinen Händen. »Ich bin mir sicher, dass Kate nachfahren wird, sobald es möglich ist. Du kannst mit ihr gehen.«

Tränen liefen meine Wangen hinab. »Pekka«, flüsterte ich leise und stellte mir vor, wie er gerade die Namen seiner Eltern flüsterte.

Kapitel 40

Die WG war seltsam leer ohne Pekka.

Ich rief ihn jeden Tag an und schickte ihm SMS. Als wir eine Woche später wieder telefonierten, drang statt einer Begrüßung ein Schluchzen durchs Telefon. Mein Herz krampfte sich zusammen.

»Hey, Mann«, flüsterte ich.

»Es geht mir so verdammt beschissen.« Die Tränen lagen unüberhörbar in seiner Stimme. »Das Heim meiner Eltern geht pleite, die Kinder sollen im ganzen Land verteilt werden. Sie sind wie meine Geschwister, ich kann sie nicht weggeben.«

Ich verstand ihn so gut. Lotte wegzugeben, wäre das Schlimmste für mich gewesen.

»Soll ich zu dir kommen?« Ich hätte es getan. Sofort und ohne zu zögern.

Er schwieg einen Moment. »Kate ist hier und hilft mir bei allem, was wir noch retten können.«

Kate.

Sie war einfach nachgefahren, ohne mir Bescheid zu sagen?

»Was läuft da eigentlich?« Mein Versuch, ihn aufzuheitern, ließ ihn nur noch stärker mit den Tränen kämpfen.

Mist.

»Nichts Nennenswertes, außer Sex.« Er lachte trocken auf. »Du kennst mich doch.«

Meine Kehle schnürte sich zu. »Ja, deshalb kannst du mir nichts vormachen, Kumpel.«

Er seufzte. »Sie ist großartig, ich würde alles dafür tun, damit sie bei mir bleibt. Aber sie ist noch schlimmer als ich, was Gefühle angeht.«

Ich konnte vor mir sehen, wie er den Kopf schüttelte und sich durch die ausnahmsweise ungestylten Haare fuhr.

Er zog die Nase hoch. »Alter, mein Leben ist vorbei, ich muss entweder mich selbst oder das Vermächtnis meiner Eltern aufgeben.«

Ich hätte so gerne etwas Hilfreiches gesagt, aber es gab keine schlauen Tipps. Manchmal spielte das Leben nicht fair. Das Einzige, was ich tun konnte, war, für ihn da zu sein und ihm ein bisschen Halt zu schenken.

»Ich vermisse sie so schrecklich«, sagte er drei Tage später, als er mich mitten in der Nacht anrief. »Warum bin nicht ich an ihrer Stelle gestorben?«

Ich erstarrte. »Weil du in dieser Welt noch gebraucht wirst, Pekka.«

»Sie aber auch.« Er weinte.

Ich wünschte, ich wäre an ihrer Stelle gestorben, hallten Dads Worte in meinem Kopf wider. *Kinder brauchen ihre Mutter.*

Und ihren Vater, hatte Cautschuk schnippisch geantwortet und war türenknallend aus dem Raum gestürmt.

Mit Pekka zu trauern, ließ auch bei mir den alten Schmerz aufleben. Mit solcher Wucht, dass ich heulte und Pekka die ganze Geschichte von meiner Familie in Bristol erzählte.

»Scheiße«, murmelte er. »Warum hast du mir nie etwas gesagt?«

»Weil ich ein feiger Mistkerl bin«, erwiderte ich. »Genau wie du, wenn du die Menschen, mit denen du geschlafen hast, in den Wind schießt.«

»Da ist was dran«, sagte er und legte auf.

Kapitel 41

Jeden Tag dachte ich darüber nach, zu Pekka zu fahren. Mein Liebeschaos um Ella und Dilan rückte in den Hintergrund, und als das Datum für die Beerdigung feststand, trat ich mir in den Arsch und buchte eine Fähre. Dort zu sein, riss mir den Boden unter den Füßen weg. All die Kinder, die ihre Eltern verloren hatten, und Pekka, der es nur mit Kates Hilfe schaffte, seine Rede vorzutragen.

Es hätte mich treffen können, dass sie ihm inzwischen näherstand als ich, doch die beiden waren so dankbar für meine Anwesenheit, dass es mir stattdessen Tränen in die Augen trieb. Kate war für ihn da, in all den Momenten, in denen June und ich es gerade nicht sein konnten.

Wir schliefen zu dritt in einem Bett. Umarmten Pekka von beiden Seiten und konnten trotzdem nicht verhindern, dass er auseinanderbrach. Als ich zwei Tage später zurück nach Bath kam, schwor ich mir, ihm irgendwie zu helfen und ihn noch öfter anzurufen, als ich es eh schon tat.

Auf dem Weg vom Bahnhof zur WG kam ich am LGBTQIAP+-Zentrum vorbei. Die Tür stand offen, und ich trat in den Flur, um einen Blick in den Gemeinschaftsraum zu werfen. Dilan und Ella saßen nebeneinander auf dem Fußboden und brüteten über Plänen.

»Hey.« Meine Stimme klang selbst in meinen eigenen Ohren erbärmlich.

Sie hoben gleichzeitig den Kopf.

»Sim, hey, wie war es bei Pekka?« Ella sprang auf. Sie nahm mich zur Begrüßung in den Arm, und ich sackte zusammen. Merkte erst jetzt, wie sehr mich der Besuch geschlaucht hatte.

»Ich habe mich so verdammt hilflos gefühlt. Das Einzige, was wirklich helfen würde, ist, Geld aufzutreiben, und ich hab keine Ahnung, wie ich das tun soll.« Der Rucksack auf meinem Rücken wog mit einem Mal Tonnen.

Langsam lösten wir uns voneinander, und Dilan kam zu uns herüber. Auch wir nahmen uns zur Begrüßung in den Arm.

»Es tut gut, euch zu sehen.«

»Gleichfalls«, erwiderte er matt.

In meiner Sorge um Pekka hatte ich Dilans Antrag ganz vergessen. »Wie geht es dir?«, fragte ich.

»Ich habe auch Geldsorgen.«

Ich setzte den Rucksack ab und ließ mich neben den Plänen der beiden auf den Boden fallen. Warum war ich kein Millionär?

»Es geht alles nicht auf.« Dilan vergrub das Gesicht in den Händen. »Wir haben uns schon jetzt verschuldet.«

Ich zog ein Blatt mit roten Zahlen heran. »Wir können Spenden sammeln«, schlug ich vor. Ich hatte mir fest vorgenommen, das Gleiche für Pekka zu tun.

Dilan seufzte. »Die sollten dann vielleicht lieber in Pekkas Kinderheim fließen.«

»Wir können sie doch teilen«, sagte ich.

Er fuhr sich durch die Haare. »Verdammt, ich hätte damals alles für ein solches Zentrum gegeben; ich will, dass das hier entsteht.«

»Es wird entstehen«, mischte Ella sich ein. »Niemand hat gesagt, dass es einfach wird, oder?«

Dilan überzeugte das nicht. »Ich hab bald eine Prüfung, das schaffe ich nie nebenher.«

Ich streckte eine Hand aus und zog ihn zu mir auf den Fußboden.

»Du hast die Transition geschafft und es deinem Freund von damals erzählt.«

»Genau«, stimmte Ella mir zu. »Du kannst alles schaffen, Dil.«

Er wuchs ein kleines Stück. Ein Lächeln zupfte an seinen Mundwinkeln.

Ella nickte zufrieden. »Na also! Ich hab Neuigkeiten«, wechselte sie abrupt das Thema und setzte sich neben Dilan.

»Du musst doch nicht aus deiner Wohnung?«, fragte ich.

Ein Schatten huschte über ihr Gesicht, und ich verfluchte mich, sie daran erinnert zu haben.

»Doch.« Sie verzog die Lippen. »Schon ziemlich bald. Das wollte ich dich noch fragen, Sim, glaubst du … ich könnte in Pekkas Zimmer ziehen, solange er weg ist?«

Alles in mir krampfte sich zusammen.

»Es fällt mir wirklich schwer, dich darum zu bitten, aber es wäre nur, bis ich etwas anderes gefunden habe.« *Nicht, um Pekka zu ersetzen.*

Ich schluckte. »Ich werde ihn fragen, das ist bestimmt kein Problem.«

Für Pekka wäre es sicher okay. Aber für mich?

»Danke.« Ella legte mir eine Hand auf den Unterarm, als wüsste sie genau, welcher Sturm in meinem Inneren tobte.

»Also, was sind die Neuigkeiten?«, nahm Dilan den Faden wieder auf.

Ella grinste. Sie zückte ihr Handy und wischte auf dem Bildschirm herum. Feierlich überreichte sie mir das kleine Gerät.

»Hast du das gewusst?«

Ich zog die Augenbrauen zusammen. Ihre Sorgen um die Wohnung schienen wie weggewischt.

»Dieses Arschloch ist mein bester Freund, hält es aber nicht für nötig, mir zu sagen, wer er geworden ist.«

Ungläubig starrte ich auf den Bildschirm. Kian stand auf einer Festivalbühne, hielt ein Mikrofon in den Händen und sang. Die Bildunterschrift verriet, dass das Foto irgendwo in Australien aufgenommen worden und schon drei Jahre alt war.

»Was zur Hölle?«

Ich ging zurück auf die Ecosia-Ergebnisse und konnte es kaum glauben. Der Rockstar war tatsächlich ein Rockstar.

»Kian ist der Frontsänger von Shattered Tears?«

Die Band war in den letzten Monaten immer größer geworden und hatte sämtliche goldenen Schallplatten abgeräumt.

»Kian?«, fragte Dilan ungläubig. »Der Freund von June?«

»Und *mein* bester Freund«, bestätigte Ella.

Dilans Augen weiteten sich. »Er ist *der* Kian von Shattered Tears? Und ich hätte ihn fast kennengelernt?«

»Deshalb …«, murmelte ich. »Deshalb kann er so gut Gitarre spielen.«

»Ich gehe ihn morgen früh konfrontieren«, sagte Ella. »Bist du dabei, Sim?«

Ich hielt ihr eine Hand zum Abklatschen hin.

Immerhin eine gute Nachricht in diesen Tagen.

Kapitel 42

Am nächsten Tag flogen June und Kian nach unserer Aussprache nach Sydney. Kian wollte seiner Band plötzlich noch eine Chance geben und brauchte dafür Junes Unterstützung. Ich konnte noch immer nicht glauben, dass er wirklich ein Rockstar war.

Ich erhob mich vom Bett und verließ mein Zimmer.

Wir hatten ihn beim Frühstück konfrontiert, und er hatte uns die ganze Geschichte erzählt. Wie seine Band von einer kleinen Clubband zur hipsten der Stadt und schließlich zur berühmtesten der Welt geworden war. Wie der Ruhm ihn erdrückt hatte und er zurück nach Bath gekommen war. Alles ergab plötzlich Sinn. Sein Schweigen über die letzten Jahre. Seine Abneigung gegenüber dem Gitarrespielen, obwohl er es so gut konnte.

Vor dem Spiegel im Flur blieb ich stehen und löste meinen ziependen Dutt. Ich seufzte, als meine Haare in langen Wellen über meine Schultern fielen.

Die WG war so leer an diesem Abend. Ich steckte die Haare hinter meinen Ohren fest und ging in die Küche, wo ich ein paar Sachen aus dem Kühlschrank in einen Beutel packte. Anschließend fuhr ich zu Dilan, weil ich die Stille keine Sekunde länger ertrug.

Wir kochten zusammen und verbrachten den Abend damit, mögliche Sponsor*innen für das Zentrum und Pekkas Kinderheim anzuschreiben.

Kurz vor zwölf klappte ich den Laptop zu und lehnte mich auf dem Sofa zurück. Dilan kuschelte sich an mich und legte einen Arm über meinen Bauch. Ich schloss die Augen. Auch wenn die WG leer war, in Dilans Armen war ich nicht allein.

Hier war ich zu Hause.

Als ich am nächsten Morgen aufwachte, schlief Dilan noch. Ich strich ihm eine Haarsträhne aus der Stirn, küsste seine Wange und stand auf, um Pfannkuchen zu machen.

Ich schrieb erst Pekka, dann Kian eine SMS, um mich zu erkundigen, wie es ihnen ging. Kian saß wahrscheinlich noch im Flugzeug und konnte erst später antworten, aber auch Pekka war nicht online. Ich schloss unseren Chat. Das *Pling* meines Handys kündigte eine neue Nachricht an. Diesmal von Ella.

Heute um 18 Uhr bei mir zu Hause! Wehe, du kommst nicht!

Was hatte das nun wieder zu bedeuten?

Zwei Arme schlangen sich um meine Taille, und Wassertropfen fielen auf meine Schultern.

»Die gleiche Nachricht habe ich auch bekommen.« Dilan küsste meine Schulter. »Hast du etwa schon Frühstück gemacht?«

Ich drehte den Kopf, um ihn ganz anzusehen. Die nassen Haarsträhnen hingen ihm ins Gesicht.

Ich schmunzelte. »Warst du etwa ohne mich duschen?«

Er lachte. »So weit sind wir noch nicht, Sim.«

Das stimmte. Auch wenn ich mir nichts sehnlicher wünschte. Vor allem, wenn er sich frisch duftend an mich schmiegte.

Sein Tempo.

»Wieso habe ich das Gefühl, dass Ellas Nachricht nichts Gutes verheißt?« Dilan ließ mich los und öffnete schwungvoll die Schublade mit dem Besteck, um den Tisch zu decken.

Ich zuckte mit den Schultern und öffnete wieder Pekkas Chat, ohne Ella zu antworten. Er war noch immer nicht online.

Dilan zog die Augenbrauen zusammen. »Was beschäftigt dich?«

Ich sperrte den Bildschirm und hob den Kopf. »Ich mache mir Sorgen um Pekka. Irgendwie gerade um alle anderen, viel mehr als um mich selbst.«

Dilan legte das Besteck auf den Tisch und nahm meine Hand.

»Du bist nicht für die Leben anderer verantwortlich, Simon.«

Dieselben Worte wie früher. Anscheinend änderten sich manche Dinge nie.

Meine Hände zitterten, als ich Punkt achtzehn Uhr neben Dilan vor Ellas Wohnungstür stand.

»Keine Blumen«, stieß sie aus, als sie uns die Tür öffnete. »Ich bin stolz auf euch.«

Dilan und ich grinsten uns an. »Als würden wir so etwas Kitschiges machen.« Gespielt entsetzt verdrehte ich die Augen. Wir verschwiegen ihr beide, dass ich Dilan in unserer Jugend oft Blumen mitgebracht hatte.

Im Wohnzimmer bot sie uns das Sofa an und setzte sich selbst auf einen Stuhl. Tee war bereits aufgegossen, und sie hatte sogar Kuchen gebacken. Ich war versucht, mich direkt zu bedienen, hielt mich aber zurück.

Ella zückte ihr Handy. »Zuerst rufen wir June und Kian an, die müssen inzwischen gelandet sein.«

Waren sie.

Wir quatschten und alberten kurz mit ihnen herum, dann steckte Ella das Handy wieder weg und sah uns feierlich an. »Ich habe meinen Job geschmissen«, verkündete sie.

Dilan und ich rissen gleichzeitig die Augen auf. »Wirklich?«, fragte ich.

»Jup. Ich habe mich entschlossen, die Umweltbildung im Zentrum zu übernehmen.«

Dilan schnappte nach Luft. »Aber wir können dich nicht bezahlen.«

»Ich habe bald keine ganze Wohnung mehr, die ich finanzieren muss, sondern nur noch ein Zimmer, und ich habe ein bisschen was angespart, eigentlich für Notfälle, aber vielleicht ist das ja einer«, sagte sie. »Außerdem will ich endlich etwas tun, worin ich einen Sinn sehe. Das Zentrum kann der perfekte Standort für eine Fridays-for-

Future-Zentrale werden.« Sie sah Dilan an. »Meinst du, das geht?«

»Natürlich!«, antwortete er sofort.

»Cool.« Sie nahm sich ein Stück Kuchen und biss herzhaft hinein. Auffordernd schob sie den Teller in unsere Richtung. Schweigend nahmen auch wir uns davon.

»Dann lasst uns jetzt über den Elefanten im Raum reden.« Sie schob sich den letzten Bissen in den Mund.

Dilan seufzte.

Ich erstarrte.

»Uns drei«, vollendete Ella ihren Satz. »Es geht mir auf die Nerven, dass wir um dieses Thema herumschiffen, als würde es nicht existieren.«

Nein.

Das war nicht der eigentliche Grund, aus dem sie uns herbestellt hatte, oder? Wir hatten auf der Fahrt zum See zwar besprochen, dass wir dieses Gespräch führen wollten, aber hätte sie uns nicht vorwarnen können? Dann hätte ich mich vorbereitet.

Ella redete einfach weiter. »Sind wir doch mal ehrlich. Wir sind alle drei verliebt, und zwar in zwei Personen gleichzeitig.« Offen sah sie uns an. »Also, wie gehen wir damit um?«

Schweiß brach auf jedem Zentimeter meines Körpers aus. Das ging zu schnell. Viel zu schnell. Ich wollte weder Ella noch Dilan verlieren, und lief dieses Gespräch nicht darauf hinaus, dass wir uns entscheiden mussten? Auch wenn Ella an eine Beziehung zu dritt glaubte? Glaubte ich daran?

Dilans Blick huschte zu mir, er räusperte sich. »Ich möchte nichts von dem, was wir im Moment haben, aufgeben. Deshalb habe ich gerade panische Angst vor diesem Gespräch, aber ich denke, es ist trotzdem wichtig, dass wir einmal offen über alles reden. Sonst wird am Ende noch jemand verletzt.«

»Das sehe ich genauso«, stimmte Ella ihm zu.

Beide sahen mich an. Ich brauchte einen Moment, bis ich kapierte, was sie von mir wollten.

Ich legte das unangebissene Stück Kuchen zurück auf den Teller.

Konnte ich das wirklich durchstehen?

»Okay«, brachte ich stockend hervor, obwohl sich alles in mir dagegen sträubte.

»Ich möchte mich nicht mehr unwohl damit fühlen, euch von meiner Beziehung zu der jeweils anderen Person zu erzählen«, sagte Ella. »Besonders bei dir, Simon.«

Ich musste mich einen Moment sammeln, bevor ich antworten konnte. »Ich trau mich auch oft nicht, mit dir über Dilan zu reden, das meinte ich ja schon im Auto. Ich glaube, meine Angst, dass doch wieder Eifersucht auftaucht, ist einfach zu groß.« Ich ließ meinen Blick von ihr zu Dilan schweifen. »Vor allem davor, wieder selbst eifersüchtig zu werden, denn das war ich, als du mir Dilan vorgestellt hast, und das war kein schönes Gefühl.«

Dilan spielte am Henkel seiner Tasse herum. »Aber jetzt weißt du, wie lange wir uns schon kennen …« Pause. »Hast du seitdem noch mal Eifersucht empfunden?«

»Nein«, gab ich zu.

Als niemand darauf antwortete, stellte ich die Frage, die mich schon ewig beschäftigte. »Wie schafft ihr das? Dass euch die Gefühle für zwei Personen keine Angst machen?«

»Warum denn Angst machen?«, fragte Dilan.

Ella lächelte, als hätte sie nur hierauf gewartet. »Eltern lieben doch auch mehrere Kinder, oder? Warum sollte sich die romantische Liebe dann nur auf eine Person begrenzen?« In der Wohnung unter uns stellte jemand Musik an.

»Lasst uns versuchen, nicht in Schubladen zu denken, okay?«

Dilan nickte zustimmend.

»Unsere Beziehung ist vielleicht nicht wie die von vielen anderen, aber sie ist so echt«, machte Ella weiter. »Bitte verbiete sie dir nicht, Sim.«

Ihr flehender Ausdruck krallte sich in mein Herz. Der Vergleich mit den Kindern setzte sich in mir fest. Ich würde Lotte schließlich auch nicht weniger lieben, wenn ein zweites Kind dazukommen würde.

Hatte sie recht und für Liebesbeziehungen galt das Gleiche?

»Oder könntest du dich zwischen uns entscheiden?«, fragte Ella mich.

Ohne zu zögern, schüttelte ich den Kopf. »Nein, und genau das ist es, was mir so Angst macht.«

»Das verstehe ich«, sagte sie sanft. »Aber ich glaube, wir wären ein gutes Team.« Pause. »Zu dritt.«

»Du willst also eine Beziehung zu dritt?«

Sie lehnte sich zurück. Kurz wechselte sie einen Blick mit Dilan.

»Wir beide möchten das, Simon.«

Mein Herz protestierte schmerzhaft. Es klang, als hätten sie bereits alleine darüber geredet, als hätten sie sich bereits gegen mich verbündet.

»Wenn es Eifersucht geben sollte, reden wir einfach offen darüber«, sagte Ella. »Es hat ja niemand gesagt, dass es von Anfang an einfach wird. Wir sind doch für dich da, Simon.«

Ich konnte nichts erwidern, meine Kehle war wie zugeschnürt.

Wir.

Die beiden und ich.

»Gibt es neben der Eifersucht noch etwas anderes, was dir Angst macht?«, fragte Dilan.

Tausend Dinge.

»Wie sollen wir es zum Beispiel unseren Eltern erklären?«, stieß ich aus, obwohl mir im selben Moment bewusst wurde, dass mein Vater der Einzige war, dem wir irgendwas erklären mussten.

Mist.

Beide verzogen über den ungewollten Seitenhieb das Gesicht.

»Oder unseren Freund*innen«, fügte ich hinzu, machte es dadurch aber nicht besser.

Ellas Miene wurde hart.

»Glaubst du ernsthaft, unsere Freund*innen würden uns verurteilen? June und Pekka?« Sie lachte auf. »Oder Kian? Wer von ihnen würde es deiner Meinung nach nicht verstehen?«

»Ella!«, bremste Dilan sie.

Ich fuhr mir über die Stirn. Sie hatte ja recht. Natürlich würde niemand von ihnen etwas gegen unsere Liebe haben, aber konnte sie nicht ein bisschen mehr Verständnis aufbringen?

»Das sind meine ersten Berührungspunkte mit einer Beziehung seit … damals.«

Sie verdrehte die Augen. »Für Dilan doch auch, und ich hatte selbst noch nie eine wirklich feste Beziehung.«

Warum verstand sie mich dann nicht?

»Ella, fahr ein bisschen runter.« Dilan suchte meinen Blick. »Deine Ängste, sie sind vollkommen legitim, Simon, aber kein Grund, es nicht zu versuchen, oder?«

»Ja … vielleicht.«

Ella rang die Hände. »Wir wissen, dass dein Plan eine ganz ›typische‹ Beziehung mit vielen Kindern gewesen ist, aber man kann sich nun mal nicht aussuchen, in wen man sich verliebt.«

All die Jahre war ich tatsächlich davon ausgegangen, dass mein Leben so verlaufen würde, und hatte nicht mal in Erwägung gezogen, mich einfach auszuprobieren.

»Dilan und ich wünschen uns eine Beziehung zu dritt.« Schwer hingen Ellas Worte zwischen uns in der Luft.

Dilan und sie.

Wieder gluckerte dieses Gefühl in mir hoch, nicht in die Entscheidung einbezogen worden zu sein. »Was, wenn ich das nicht kann?«, fragte ich flüsternd.

Beide verzogen das Gesicht, als wäre das die schlimmste aller Möglichkeiten.

»Dann würdest du es dir selbst unnötig schwer machen.« Ellas Augen funkelten angriffslustig.

Langsam übertrug sich ihre Wut auf mich. »Ach ja?«, erwiderte ich genauso schnippisch. »Vielleicht würde ich mich damit auch einfach schützen. Ich weiß nicht, wie es für mich sein wird, falls ihr beide miteinander schlaft, und ich weiß auch nicht, ob ich so offen über meine Gefühle reden kann wie ihr.«

Oder war diese Angst unbegründet? Ich mochte es schließlich, wenn Ella und Dilan sich auf die gleiche Weise ansahen, wie sie auch mich ansahen. Aber wie konnten sie dem hier so vollkommen ohne Angst begegnen?

»Oder was, wenn ihr irgendwann entscheidet, dass ihr beide hervorragend zusammenpasst und mich von euch stoßt?« Tränen traten in meine Augen. »Ich könnte es nicht ertragen, ein weiteres Mal verlassen zu werden.«

»Simon.« Dilan setzte an, noch etwas zu sagen, doch Ella schnitt ihm das Wort ab.

»Merkst du eigentlich, was du da redest?« Ihre Stimme war viel zu laut, dafür, dass wir nebeneinandersaßen. »Niemand würde dich einfach so verlassen und abhauen, wir würden das gemeinsam ausprobieren, nicht jede Person für sich.«

Ich hatte Streit noch nie abgekonnt. »Tut mir leid, dass ich nicht so superoffen und reflektiert bin wie ihr«, rief ich.

Ihr und ich.

Meine Tränen quollen über so ausgeschlossen fühlte ich mich. »Mir macht eine Liebe zu dritt nun mal Angst.«

Ella ließ sich stöhnend gegen die Lehne ihres Sessels

fallen. »Mann, Simon, hör endlich auf, dir einzureden, dass das alles nicht funktioniert und wir nicht in dein Weltbild passen.« Eisnadeln schossen aus ihren Augen.

Dilan rieb sich über die Stirn. »Könntest du Simons Ängste bitte ernst nehmen, Ella?«, mischte er sich ein. »Wir hatten sie am Anfang doch auch.«

Wir und Simon.

»Habt ihr eine Ahnung, wie sich das grade für mich anfühlt?« Ich sprang auf, ohne sie antworten zu lassen. »Schön, dass ihr in allem so sehr einer Meinung seid und wir total gut in euer Weltbild passen. Ich geb es auch zu, es liegt alles an mir, weil ich ein konservativer Arsch bin, der sich nicht von seinem alten Traum lösen kann.« Ich machte einen Schritt nach hinten. »Dann ist es wohl besser, wenn ich gehe.«

»Simon, nicht«, flüsterte Dilan, doch ich drehte mich um und verließ den Raum.

Niemand hielt mich auf.

Kapitel 43

Meine Welt blieb stehen, als die WG-Tür hinter mir ins Schloss fiel. Stille empfing mich.

Von einem auf den anderen Tag stand ich ohne meine Freund*innen da.

Ohrenbetäubend explodierte der Schmerz in meiner Brust.

Ich wollte es doch, verdammt. Ich wollte so gerne zu Ella und Dilan gehören und es wie sie akzeptieren, dass wir zu dritt waren. Aber konnte ich mich meinen Ängsten wirklich stellen? Was, wenn Dilan mich tatsächlich erneut verlassen würde?

Würde er das?

Ich konnte es mir eigentlich kaum vorstellen, aber *was, wenn doch* …

Was, wenn ich Ella nie offen genug sein würde?

Wann war mein Leben eigentlich so kompliziert geworden?

Ich schleppte mich in die Küche, den einzigen Ort, an dem ich meine Sorgen ertränken konnte. Dort stellte ich meine Lieblingsplaylist an, die zur Hälfte aus Shattered-Tears-Songs bestand, und ließ meinen Gefühlen freien Lauf.

Es wurden Muffins. So viele, wie ich alleine niemals essen konnte, und zuckerfrei, weil der alle war.

Super.

Ich sackte auf dem Stuhl zusammen.

»Bring me back to you …«, sang Kian, und ich stöhnte auf. *»In the time, when you and I were …«*

Ich kappte die Musik. Das konnte ich mir gerade wirklich nicht antun. Stattdessen sprang ich auf. Meine nächste Schicht im *Priory* war zwar erst morgen, aber die Küchencrew würde sicher trotzdem Hilfe gebrauchen können. Abends war immer die Hölle los. Ich nahm meine Jacke vom Haken und verließ die Wohnung, in der Hoffnung, den Kopf freizubekommen.

Die folgenden zwei Wochen funktionierte ich nur noch auf Autopilot. Ich arbeitete mehr, als ich musste. Ging in die Schule und ließ mich von meinem Lehrer ermahnen. Nicht nur zu den Texten, die ich schreiben sollte und zu denen mir die Konzentration fehlte, sondern auch im Unterricht. Ich bekam einfach nichts mehr mit.

Dad und Cautschuk merkten sofort, dass etwas nicht stimmte, und auch Lotte wurde darauf aufmerksam. Ich erzählte aber nur Cautschuk, was passiert war, und riss mich für Lotte zusammen. Sie hatte genug eigene Probleme mit den Kindern in der Schule. Von Tag zu Tag wurden die Kommentare schlimmer, und schließlich ließen wir sie drei Tage zu Hause, weil es einfach nicht mehr anders ging.

Natürlich fehlte ich die gesamten drei Tage in meiner eigenen Schule, was mich herzlich wenig interessierte.

Bei Lotte zu sein, war die einzige Zeit am Tag, die mich noch lebendig machte.

»Sim, du guckst wie Capricorn aus *Tintenherz*.« Sie zog an meinem Dutt.

Ich widmete mich wieder den Möhren, die ich schnitt. »Capricorn ist böse. Ich gucke nicht böse.« Ich schenkte ihr ein übertrieben breites und falsches Lächeln.

Sie verdrehte die Augen. Meine kleine Lotte verdrehte tatsächlich die Augen.

»Doch, du guckst böse.« Sie hielt mir einen bunten Filzstift unter die Nase. »Pass bloß auf, dass du nicht zu Capricorn wirst.«

Diesmal verzogen sich meine Mundwinkel zu einem echten Lächeln.

»Keine Sorge, dafür habe ich dich viel zu lieb.« Ich nahm den Filzer entgegen und zog das Blatt, auf dem sie gemalt hatte, zu mir heran. Darauf zeichnete ich ein großes Herz.

Sie verdrehte noch einmal die Augen. Hatte sie sich das bei den anderen Schüler*innen abgeschaut? Himmel, wenn ein Kind in die Schule kam, hatte man wirklich nicht mehr genug Einfluss.

»Warum guckst du denn böse?«, fragte sie.

»Weil …« Wie sollte ich ihr das erklären? »Erinnerst du dich noch an Ella und Dilan?«

»Na klar!« Aufgeregt sprang sie auf. »Kommen die wieder hierher?«

»Nein, erst mal nicht, sie … Wir haben uns gestritten, deshalb schaue ich so.« Ich schluckte. »Ich bin nicht böse, sondern traurig.«

Lotte sah mich einen langen Moment an, und es war, als könnte sie tief in mein Inneres schauen.

Sie machte den Mund auf, um etwas zu sagen, doch Cautschuks Räuspern kam ihr zuvor. Ich wirbelte herum. Wie lange stand er schon im Türrahmen?

Er stieß sich ab und kam zu uns herüber. »Sim, ich sag es nicht gerne, aber du machst es dir selbst so schwer.«

Ich warf ein Küchenhandtuch nach ihm. Er fing es unbeeindruckt auf. »Du kannst lieben, wen und wie viele zu willst.«

Jetzt ging das wieder los. Diesen Satz hatte er mir bereits die letzten Tage unter die Nase gerieben.

Er verstand einfach nicht, wie viel Angst ich davor hatte, eine neue Beziehung in dieser Konstellation einzugehen.

»Ich weiß, dass du das nicht hören willst.« Er faltete das Handtuch zusammen und legte es neben mich auf den Tresen. »Und genau deshalb werde ich es dir sagen, bis du es endlich glaubst.« Pfeifend verließ er den Raum.

Lotte runzelte die Stirn. »Aber das ist doch logisch, warum kapierst du das nicht, Simon?«

Ich steckte mir Kopfhörer in die Ohren, während ich das restliche Abendbrot vorbereitete.

»Ich verliere den Verstand.« Pekkas Stimme brach.

Ich scrollte mich derweil weiter durch die Bestimmungen des Bankaccounts. »Gut, dass du anrufst«, erwiderte ich. »Ich bin gerade dabei, ein Spendenkonto für dich einzurichten.«

»Ein Konto?« Er zog die Nase hoch. Ein sicheres Zeichen dafür, dass Tränen in seinen Augen schimmerten. »Sim, es ist süß, dass du mir helfen willst, aber ich brauche große Summen.«

Das war mir egal. Da mein Leben in Scherben lag, wollte ich ihm wenigstens helfen, seins zu kitten.

Darüber würde ich nicht diskutieren.

»Bitte«, sagte ich und überflog die Nutzungsbedingungen. »Lass mich das machen, du kannst jeden Cent gebrauchen, und ich …« Tief durchatmen. »Brauche die Ablenkung.«

»Okay«, erwiderte er, so fertig, dass er nicht mal fragte, warum ich Ablenkung brauchte.

»Hast du mal wieder das Pettersson-und-Findus-Computerspiel gespielt?«, wechselte ich das Thema.

Bei unserem Einzug in die WG war es die ersten Wochen unser einziges Videospiel gewesen. Wir hatten es gesuchtet wie kein zweites danach.

Er lachte trocken auf. »Hab keine Zeit mehr für so einen Kinderquatsch, und du?«

»Hab's durchgespielt.« Gestern Nacht. Als ich nicht schlafen konnte.

»Echt? Wie hast du den Gärtner befreit?«

Ich zog tatsächlich einen Mundwinkel hoch. So einfach schaffte mein bester Freund das.

»Irgendwann öffnet sich ein geheimer Gang, in dem du Rätsel lösen musst.«

»Nein, echt?«

Jup.

Ich nahm den Hörer in die andere Hand, um die Spendenkontoeröffnung abzuschließen. Dann erzählte ich ihm vom Zentrum und von der nächsten Fridays-for-Future-Demo, zu der ich nicht gehen würde, aus Angst, Ella und Dilan zu treffen.

»Stress im Paradies?«, fragte er.

Ich seufzte. »Ich weiß nicht, ob es je ein Paradies gegeben hat.«

Kapitel 44

Im *Priory* war die Hölle los.

Zufrieden band ich meine Haare zu einem strammen Knoten und die Schürze um meine Hüften. Die Arbeit würde mich mal wieder hervorragend ablenken. Schon mit wesentlich besserer Laune als vorhin in der Schule klappte ich meinen Spind zu und ging zu meinen Kolleg*innen in die Küche. Verwundert hielt ich inne, als ich meinen Chef am Herd stehen sah.

Was tat der denn hier?

Ein nervöses Flattern machte sich in mir bemerkbar. Er sah eindeutig in meine Richtung. Würde er mich feuern, weil ich meine Zeit nur noch in seiner Küche verbrachte, statt mich um meinen eigenen Kram zu kümmern?

Das könnte ich heute nicht auch noch ertragen. Ich war meine gesamte Pause über den Hof der Berufsschule gewandert, um die Spendenflyer für das Heim zu verteilen. Kaum jemand hatte mir überhaupt Beachtung geschenkt.

Ich fuhr mir mit beiden Händen übers Gesicht. Sehr professionell. Jetzt musste ich sie noch mal waschen, bevor ich loslegen konnte.

»Was machen Sie denn hier?«, begrüßte ich meinen Chef.

»Ihnen auch einen schönen Tag, Mr Vance, das ist meine Küche«, erwiderte er gut gelaunt.

Ich schluckte. »Natürlich.«

Verwechsle das besser nicht, Simon.

Ich hatte die letzten Tage all meine Freizeit hier verbracht und auch außerhalb meiner Schichten gearbeitet.

Hatte ich jetzt gerade überhaupt eine Schicht?

Anscheinend nicht, denn Serena, die einen Topf an mir vorbeitrug, beugte sich im Laufen zu mir. »Loyd arbeitet um diese Zeit immer hier«, flüsterte sie.

Oh. Ich hatte nicht gewusst, dass unser Chef in der Küche zugange war. Ich war immer davon ausgegangen, dass er den ganzen Tag in dem Büro saß, in dem mein Bewerbungsgespräch stattgefunden hatte.

Ohne den Topf kam Serena zurück. »Mr Loyd, Simon arbeitet ständig außerhalb seiner Zeiten, er wird sich totschuften.« Sie zog einen Schmollmund, als wäre mein Wohl ihr einziges Problem. Ich trat ihr unauffällig auf den Fuß.

Es ging unseren Chef nun wirklich nichts an, dass ich meine Sorgen in seiner Suppe ertränkte.

Loyd lächelte nur. »Es trifft sich gut, dass Sie heute hier sind, Mr Vance, ich wollte Ihnen die Tage eh mal auf die Finger schauen.« Er zückte ein Klemmbrett. Wo hatte er das denn her? »So kann ich es gleich heute tun.«

Ich runzelte die Stirn. »Warum?«

Ich sollte netter sein. Er war mein Chef im *Bath Priory*. Dem teuersten Hotel der Stadt.

Sein Lächeln verrutschte kein bisschen. »Ein gewisser

Clark Edward hat mir gesagt, Sie würden Ihren Job ausgezeichnet machen.«

Ich würde Clark umbringen. War das der Dank dafür, dass ich ihm immer Kaffee und Kuchen zum Empfang brachte?

»Fangen wir an.« Loyd deutete auf den einzigen Stuhl in der Küche. »Ich werde mich da vorne an den Rand setzen.«

»Das … macht mir selbstverständlich überhaupt keinen Druck«, presste ich hervor.

Mein Chef lachte nur.

Ich kam mir vor wie in der Matheabschlussprüfung. Nur dass das hier meine Leidenschaft war und nicht Mathe. An seinem Urteil hing meine Zukunft.

»Tun Sie einfach so, als wäre ich nicht da.« Loyd zwinkerte mir zu. »Was natürlich unmöglich ist, denn ich nehme diesen Raum voll und ganz ein.«

Irgendwie konnte ich auch nicht behaupten, dass ich ihn nicht mochte.

Ich zog eine Grimasse, wusch mir noch einmal die Hände und wandte mich endlich meiner Arbeit zu.

Er ist nicht hier, redete ich mir ein. *Mach einfach alles wie immer.*

Das tat ich, und schon nach einer Stunde hatte ich Loyd vergessen. Ich befand mich voll und ganz in meinem Element. Drei der Gerichte auf der Karte stammten von mir, und jedes Mal, wenn ich die Bestellungen sah, zauberten sie mich ein bisschen größer.

Leute mochten, was ich tat. Kolleg*innen fragten *mich* nach der richtigen Mischung an Gewürzen. Das war so unglaublich!

Erst drei Stunden später fiel mir wieder ein, dass ich beobachtet wurde.

Das Klemmbrett lag neben Loyd auf dem Boden. Nicht ein Wort hatte er auf das blitzblanke Blatt geschrieben. Stattdessen hob er eine Hand und winkte mich zu sich.

»Im wievielten Jahr Ihrer Ausbildung sind Sie?«

»Im letzten«, erwiderte ich zögernd. War ich dafür nicht gut genug?

»Das bedeutet, Sie sind im Herbst fertig?«

»Ja.«

Würde ich dann auch hier gehen müssen? Ich hatte mich nie getraut, darüber nachzudenken, was mit meiner Stelle passieren würde, wenn ich meine Ausbildung beendete. Streng genommen, war sie ein Teil davon.

»Großartig.« Er klopfte mir auf die Schulter. »Ich will Sie behalten.«

Mein Herz blieb stehen, nur um in der nächsten Sekunde über den eigenen Schlag zu stolpern.

»Sobald Sie Ihre Ausbildung in der Tasche haben, können Sie hier weiterarbeiten. Vollzeit.«

Vollzeit.

Das Wort wirbelte durch meinen gesamten Körper.

Loyd lächelte breit. »Und zwar als mein erster Koch, Alex geht nämlich in Rente. Fünfundvierzig Pfund pro Stunde, plus Trinkgeldbonus.«

Mir fiel die Kinnlade herunter.

Ungläubig schloss ich den Mund wieder. Er lachte und griff sich in den Nacken. »Gut, fünfzig Pfund die Stunde, aber das ist mein letztes Wort.«

Ich blinzelte.

Wow.

Fünfzig Pfund. Im Moment verdiente ich gerade mal die Hälfte.

»Sind Sie interessiert?«, fragte er.

Endlich erwachte ich aus meiner Schockstarre. »Das … wäre eine Riesenehre«, stammelte ich.

»Freut mich.« Er streckte mir eine Hand entgegen. »Alles Weitere, wie die Verträge, besprechen wir beim nächsten Mal.«

Ich ergriff seine Hand, und wir verabschiedeten uns.

»Danke«, brachte ich hervor.

Er nickte mir zu. »Sie dürften heute meine Schicht übernehmen. Ich arbeite normalerweise bis neun. Viel Spaß.«

Ich starrte ihm nach, als er die Küche verließ. In meinen Ohren rauschte es.

Als erster Koch.

Glückshormone explodierten in meinem Inneren.

Das leere Klemmbrett lag noch immer neben dem Stuhl.

»Ahhh!«, schrie ich und tanzte im Kreis.

Ich tanzte tatsächlich. Ich warf die Hände über den Kopf und drehte mich einmal um die eigene Achse. Das war die erste gute Nachricht seit Wochen. Und dann auch noch mein verdammter Traum, der in Erfüllung ging.

»Dann wirst du wohl bald mein Chef.« Serena lehnte mit verschränkten Armen an der Ablage neben mir und beobachtete meinen Tanz. »Aber glaub ja nicht, dass du mich dann herumkommandieren kannst.«

Ich hob sie hoch und wirbelte sie herum.

»Ja«, rief ich. »Ich werde dein Chef!«

Sie erwiderte mein Lachen. »Herzlichen Glückwunsch!«

»Das ist der beste Tag meines Lebens!«

Und zwar wirklich.

Mit Abstand.

Und das, obwohl mich am Morgen noch all die Probleme von Pekka und meiner Beziehung zu Ella und Dilan erdrückt hatten.

All das war noch da, aber in diesem Moment weit entfernt. Ich würde mit meiner Leidenschaft Geld verdienen. So viel, dass ich davon leben konnte.

Die Tür zur Küche wurde aufgestoßen, und Clark stürmte herein. Er warf mich beinahe um, als er mich umarmte.

»Ich habe es gewusst.«

Vielleicht würde ich ihn doch am Leben lassen, schließlich hatte ich ihm meinen neuen Job zu verdanken.

»Ich wusste immer, dass du das Zeug zum Sternekoch hast.«

Erst da realisierte ich es wirklich. Das *Priory* hatte fünf Sterne. Ich würde der *erste Koch* in einem Sternerestaurant werden!

Auf keinen Fall würde ich Clark umbringen. Dafür hatte ich ihn viel zu gerne.

Kapitel 45

Dilan rief mich an.

Ich warf das Handy auf den Schreibtisch, schlüpfte aus meinem verschwitzten T-Shirt und zog ein frisches aus dem Schrank. Die Euphorie über meinen neuen Job trat in den Hintergrund.

Ob er Ella wohl auch anrief? Trafen die beiden sich noch, oder hatte ich es geschafft, auch sie zu trennen?

Meine Angst, die beiden für immer verloren zu haben, kehrte zurück, während mir Dilans Name auf dem grellen Bildschirm entgegenleuchtete. Wie schon die gesamte letzte Woche.

Ich ignorierte ihn. Wie schon die gesamte letzte Woche.

Mein schlechtes Gewissen war einfach zu groß.

Ella hatte mich nicht angerufen. Nicht ein einziges Mal. Und da weder June noch Kian in der WG waren, hatte es auch keinen Grund für sie gegeben, vorbeizukommen.

Ihr enttäuschtes Gesicht tauchte vor meinem inneren Auge auf, und unerwartet explodierte der Schmerz in meiner Brust.

Ich hatte es verkackt. Meine Ängste hatten alles zerstört.

Ich ließ das Handy auf dem Schreibtisch liegen und ging in die Küche.

Kochen.

Verdrängen.

Ich wollte mir gerade Musik anstellen, als ich einen Schlüssel in der Wohnungstür hörte.

Meine Bewegungen froren ein.

June?

Pekka?

Kamen meine Freunde zurück?

Ich hechtete in den Flur. Adrenalin rauschte durch meine Adern. Schwer atmend blieb ich stehen und stützte meine Hände auf den Knien ab.

Die Tür schwang auf, und Ella zog June über die Schwelle.

Mein Herz blieb gleich zweimal stehen.

Einmal, weil Ella in meiner Wohnung stand, und zweimal, weil June völlig fertig aussah. Dunkle Ringe lagen unter ihren Augen, und rote Flecken zierten ihre Wangen, als hätte sie stundenlang geweint.

Ella presste die Lippen aufeinander, als sie mich sah. »Toll, das hat mir gerade noch gefehlt«, kommentierte sie spitz.

Ein Stachel bohrte sich in mein Herz. Auch unter ihren Augen lagen Ringe, und mir war überdeutlich bewusst, dass ich der Grund dafür war.

Ich zwang mich, den Blick von ihr abzuwenden und auf meine Mitbewohnerin zu richten. »June«, flüsterte ich. Mit einem Schritt war ich bei ihr.

Dicke Tränen rannen ihre Wangen hinunter. Ich nahm sie in die Arme, und sie presste ihren dünnen Körper an meinen.

Wir klammerten uns einen Moment aneinander. Es tat so gut. Ich hatte sie so sehr vermisst. Diese Wohnung war nicht das Gleiche ohne sie und Pekka.

Ihre Tränen durchnässten mein Shirt. Aber es war mir egal, ich versuchte nur, ihr Halt zu geben und selbst welchen zu finden.

Ella räusperte sich.

Widerwillig lösten wir uns voneinander und sahen sie an. Ihr warmer Blick ruhte auf mir, und einen Moment erkannte ich darin all die Liebe, die sie für mich empfand.

Junes Tränen liefen nun meine Wangen hinunter. Oder waren es inzwischen meine eigenen?

Ich machte einen Schritt auf Ella zu. Ich wollte auch sie in den Arm nehmen, konnte nicht länger ohne sie leben.

»Ellie«, flüsterte ich. Die Trauer in ihren Augen ließ mein Herz stolpern.

Sie wich zurück. »Ich bin wegen June hier, nicht wegen dir.«

Damit marschierte sie an mir vorbei und knallte Junes Zimmertür zu.

Ich saß auf der Couch und blätterte in einem Kochbuch, als June mit hängenden Schultern ins Wohnzimmer geschlurft kam.

»Hey.« Ich richtete mich auf und klopfte zwischen die Kissen. »Wo ist Ella?«

»Sie musste nach Hause. Ein Treffen mit ihrem Vermieter.«

Fuck. Die Wohnung.

Hoffentlich hatte June ihr auch noch mal angeboten, hier zu wohnen. Obwohl Ella eh nicht einziehen würde, solange ich hier wohnte, oder?

»Hast du Hunger?«, fragte ich und deutete in das Buch. »Das hier scheint mir ein super Rezept.«

»Nicht wirklich«, murmelte sie. »Aber ich sollte wohl was essen.«

Ich klappte das Buch zu. Eigentlich hatte ich selbst keinen Appetit.

»Es war die Hölle in Sydney.« Sie ließ sich neben mich fallen.

Ich schenkte ihr meine ungeteilte Aufmerksamkeit. »Ist Kian dortgeblieben?«

Sie nickte und begann zu erzählen. Von Anfang an. Wie die beiden gemeinsam im Sandkasten gespielt hatten, bis hin zu dem Moment, als Kian sie auf der Bühne geküsst und die Welt sie mit Hasskommentaren überschüttet hatte.

Sie erzählte mir von ihrer Vergangenheit.

Es schnürte mir die Kehle zu.

Wie hatten diese Arschlöcher ihr das antun können? Wie konnte man Genugtuung darin finden, diese Angst in Junes Augen zu legen? Dieselbe Angst, die ich auch in Lotte sah, wenn sie über die Schule sprach.

Ich schluckte hart, legte einen Arm um June und zog sie an mich. »Es tut mir so leid.«

Sie vergrub das Gesicht an meiner Brust. »Ich vermisse Kian jetzt schon.«

»June, ich kann mir nicht vorstellen, dass er ohne dich leben will und wird. Oder du ohne ihn.«

Sie zuckte mit den Schultern. »Erzählst du mir, was zwischen dir und Ella passiert ist?«

Meine Augen weiteten sich bei dem plötzlichen Themawechsel.

June sprach einfach weiter. »Sie schweigt darüber, weil sie glaubt, ich kann ihr Leid nicht auch noch tragen, aber ihr seid meine besten Freund*innen.« Bittend sah sie mich an. »Mir Sorgen zu machen, ist viel schlimmer.«

Ich presste die Lippen aufeinander. Sie hatte mir gerade alles von sich gegeben, es war nur fair, wenn ich dasselbe tat.

»Okay.« Tief atmete ich durch und erzählte ihr von unserer komplizierten Dreierkonstellation, dass ich Dilan von früher kannte und beide liebte. Auch die Geschichte meiner Familie und dass Lotte gemobbt wurde, vertraute ich ihr an.

Das Einzige, was ich nicht erwähnte, war Dilans Trans*identität.

»Wow«, hauchte sie, als ich fertig war. »Und das habt ihr drei all die Zeit vor uns geheim gehalten?«

»Was hätten wir denn sagen sollen?«

June zog die Stirn kraus. »Irgendwas!« Ich grinste über ihre Empörung.

»Weißt du, was Ella vorhin zu mir gesagt hat?«

Abwartend sah ich sie an.

»Simon ist einfach dumm, er glaubt, dass er sich entscheiden muss. Dann hat sie das Thema fallen gelassen.

Vorhin habe ich es nicht verstanden, aber jetzt schon. Was ist so schlimm daran, zu dritt zu sein?«

Ich schluckte. »Was, wenn Dilan mich wieder verlässt, oder Ella?«

»Und das kann in einer Beziehung zu zweit nicht passieren?«

Ich starrte sie an, und es fiel mir wie Schuppen von den Augen. Diese Angst hatte nichts damit zu tun, dass wir zu dritt waren. Sie war einfach in mir verankert und etwas, an dem ich für mich arbeiten musste.

Warum hatte ich das nicht früher gesehen?

»Ich glaube, Ella und Dilan haben auch keinen Kontakt mehr, seit ihr euch gestritten habt. Sie hat jedenfalls nichts mehr von ihm erzählt.«

»Verdammt, wirklich?«

June nickte.

Kapitel 46

Ich hatte wieder einen Albtraum gehabt, als ich an diesem Morgen in die Küche kam. Mit beiden Händen fuhr ich mir übers Gesicht. Ich trank nicht allzu oft Kaffee, doch heute musste es sein. Ich wollte mit Ella und Dilan reden und mir nach dem Frühstück die passenden Worte dafür zurechtlegen, denn ein einfaches *Tut mir leid* würde vermutlich nicht reichen.

Ich konnte meinen Blick kaum scharf stellen, so sehr war ich noch in einer anderen Welt gefangen.

Als es mir endlich doch gelang, erstarrte ich. Ein überraschter Laut drang aus meiner Kehle. Ella war hier. Ella und Van, die ruckartig auseinanderfuhren und mich ansahen. Van schlief seit einigen Tagen bei uns auf der Couch. Er war Junes neuer Bodyguard, denn obwohl Sydney am anderen Ende der Welt lag, war June auch hier in den Fokus der Öffentlichkeit geraten.

Ich kniff die Augen zusammen. Was hatten er und Ella gemacht? Warum standen sie so eng beieinander? Schenkte sie jetzt auf einmal ihm, was ich nicht mehr bekam?

Stechende Eifersucht wallte in mir auf. Ich versuchte, sie zu unterdrücken, doch nach diesem Albtraum, der noch immer an meinen Nerven zehrte, war es unmöglich.

»In meiner Küche?«, fragte ich erstickt.

Ella blinzelte. Van runzelte die Stirn, als würde er nicht kapieren, was ich meinte. Zu Ella sickerte es jedoch durch, und sie verschränkte die Arme. »Er hatte eine Wimper im Gesicht, krieg dich wieder ein Mr Ich-will-dich-eh-nicht-weil-ich-zu-feige-bin.«

Ich schnappte nach Luft.

Van legte ihr eine Hand auf die Schulter, als wollte er sie beruhigen. Es war zu viel für mich. Er mochte ein netter Kerl sein, keine Frage, aber er war nicht Dilan. Ich kannte ihn nicht mein halbes Leben und hatte keine Ahnung, ob er Ella gut behandeln würde.

In diesem Moment wünschte ich mir Dilan so sehr herbei, dass es wehtat. Er würde meine Gefühle verstehen, vielleicht sogar teilen.

Eine Wimper.

Feige.

Ich schluckte meine Übelkeit hinunter. »Das ist nicht fair. Du weißt, dass ich dich immer gewollt habe.« Ich machte einen Schritt auf sie zu. »Ich ärgere dich nicht mit Absicht, ich …«

»Du musst dich nicht verteidigen.« Das Glitzern in ihren Augen schmerzte in jedem Teil meines Körpers. »Tut mir leid«, sagte sie. »Du kannst ja nichts für deine Gefühle oder Ängste.«

Ich sah sie an. Die Frau, die ich liebte, die versuchte, mich zu verstehen, obwohl es ihr schwerfiel. Tränen quollen aus meinen Augen. Vielleicht wegen des beschissenen Traumes.

Vielleicht, weil ich endlich kapierte, wie falsch ich gehandelt hatte.

Es gab zwei Menschen, die mich liebten, die nicht hatten aufgeben wollen, was zwischen uns gewesen war. Ich war der Einzige, der etwas aufgegeben hatte.

Ellas Blick wurde beim Anblick meiner Tränen weich.

»Du hast recht«, flüsterte ich. »Ich bin feige.«

Sie schüttelte den Kopf. »Das war nicht so gemeint, aber du denkst doch nicht ernsthaft, dass ich was mit Van anfange, wenn es zwei Männer in meinem Leben gibt, die ich über alles liebe?«

Über alles.

Die Worte hingen zwischen uns in der Luft.

Van fasste sich in den Nacken. Ihm schien die ganze Situation sichtlich unangenehm.

Ella bemerkte es und schenkte ihm ein Nicken, bevor sie sich wieder mir zuwandte. »Wir reden ein anderes Mal darüber.« *Ungestört.*

Sie löste ihre verschränkten Arme, war mit einem Schritt bei mir und legte eine Hand an meine Wange. Unendlich zärtlich strich ihr Daumen über meine Haut und trocknete meine Tränen.

Ich zog Luft in meine Lunge. Die Berührung war viel zu intensiv für Publikum. Viel zu gefühlvoll, um einfach reglos stehen zu bleiben, als Ella zurücktrat. Es kostete mich all meine Selbstbeherrschung.

Bitte, lass uns jetzt reden.

Ich schaffte es nicht, die Worte auszusprechen.

Sie ging zum Küchentisch, auf dem ihre selbst gestrickte Tasche lag. Nach einigem Kramen zog sie zwei Karten heraus und warf sie auf die Ablage.

»Wehe, ihr sagt June etwas.« Eindringlich sah sie erst mich, dann Van an. »Sie darf nichts davon erfahren, sonst kommt sie nicht mit.«

Noch verwirrt von ihrer Nähe trat ich an den Tisch und zog eine der Karten zu mir heran. Kian und seine Band waren darauf abgedruckt. Das Konzert war schon in vier Tagen.

»Ähm, okay«, sagte ich, etwas überrumpelt.

»Das ist Kians letztes Konzert, bevor die Band eine Pause macht, und es sind VIP-Karten.«

In Bristol, verriet mir das Kleingedruckte.

»Ellie?« Ich sah auf, in der Hoffnung, doch noch die Chance auf ein Gespräch zu bekommen, aber sie schüttelte den Kopf.

Ein anderes Mal.

Sie drückte Van die zweite Karte in die Hand. Der Bodyguard nickte ihr grinsend zu. Dann schulterte Ella ihre Tasche und verließ die Wohnung. Der Knall der Tür hallte laut in meinen Ohren.

Als ich zwei Tage später von der Arbeit nach Hause kam, hatte ich immer noch nicht mit Ella und Dilan geredet, aber dafür war die Tür zu Pekkas Zimmer nur angelehnt, und seine Jacke hing im Flur an der Garderobe.

Meine Augen weiteten sich, und ich sprintete los.

Ohne anzuklopfen, stürmte ich in sein Zimmer und stützte schwer atmend die Hände auf den Knien ab.

Da stand er.

In einer Jogginghose und einem alten schwarzen T-Shirt. Wie eh und je. Nur seine Haare waren nicht gestylt.

»Pekka«, stieß ich tonlos hervor.

Er sah müde aus, aber nicht mehr so schlimm wie vor ein paar Tagen, als wir per Video gechattet hatten.

Er war hier.

Er war wieder da.

Meine Freude darüber drohte, meinen Brustkorb zu sprengen.

Ein Schritt, und ich war bei ihm, zog ihn in eine Umarmung. Er erwiderte sie so fest, wie er es nie zuvor getan hatte.

»Wieso bist du hier?«, fragte ich, als wir uns zurücklehnten.

»Ella zwingt mich, auf ein Konzert zu gehen.«

Gegen meinen Willen musste ich lachen. Diese unglaubliche Frau. Wie hatte sie es nur geschafft, uns alle so leicht von dieser Veranstaltung zu überzeugen?

Ich zwang mich, den Gedanken an sie zur Seite zu schieben, und musterte Pekka. Das Leben war noch immer nicht in seine Augen zurückgekehrt, aber wir hatten uns so viel zu erzählen.

»Ich hole uns Bier«, sagte ich und verschwand in der Küche.

Kurz darauf saßen wir nebeneinander auf unserem Balkon. Pekka öffnete die Flaschen mit den Zähnen und spuckte die Deckel in seine Hand. Nach einem ersten großen Schluck berichtete er mir von seinen letzten Wochen.

Von Kate.

Alles drehte sich um Kate, so sehr, dass mir schwindelig wurde.

»Ich habe sie verloren«, wisperte er tonlos.

Der gleiche Schmerz, den ich seit Tagen empfand, lag in seinen Augen. Er betrachtete die vereinzelten Lichter, die unten in der Stadt angingen. »Ich habe ihr gesagt, dass sie mich glücklich machen könnte und dass ich mir wünsche, sie würde mit mir in die Niederlande ziehen.«

Oh, wow. Das würde nicht mal ich ohne zu zögern für ihn tun, und ich liebte ihn sehr.

In der Stille des Abends hupte ein Auto.

»Was hat sie gesagt?«, fragte ich.

»Sie ist Kate.« Er nippte an seinem Bier. »Sie bindet sich weder an einen Job noch an einen Mann.«

»Sag mal, Pekka?«

»Mh?«

»Hast du dich etwa verliebt?«

Der große Pekka van Doran. Der einen Menschen nicht länger an sich heranließ als eine Nacht.

Pekka knirschte mit den Zähnen. »Ja.«

Er gab es zu. Einfach so, ohne den leisesten Versuch, zu widersprechen. Es musste ihn wirklich schwer erwischt haben.

»Wo ist Kate jetzt?«

»Sie ist mitten in der Nacht abgehauen; ich vermute, bei sich zu Hause hier in Bath.«

Verdammt. So schlimm war es gewesen?

Hier in Bath.

»Mach dir keine Sorgen.« Ich reichte ihm mein Bier,

weil seins leer war und mir langsam schlecht wurde. »Das wird schon.«

Er war hier. Da konnte es wenigstens eine Wiedersehensparty in der WG geben. Und ich wusste auch schon genau, wen ich dazu einladen würde.

Erneut hupte ein Auto.

»Ich hab auch ein Problem«, gab ich zu.

Pekka leerte mein Bier und sah mich an. Ich erzählte ihm die ganze Geschichte mit Ella und Dilan. Es brachte ihn zum Lächeln. Das erste Lächeln, seit ich ihn in seinem Zimmer entdeckt hatte.

»Wow, ich hätte nie gedacht, dass du mal aus deinem Klischeedenken ausbrechen würdest.« Er zwinkerte mir zu, und ich schluckte. Würde ich?

Während ich Abendessen für unsere liebeskranke WG und Van machte, erhielt ich eine SMS von Ella.

Morgen Party bei euch in der WG, um Kate und Pekka wieder zusammenzubringen ;)

Ich las die SMS wieder und wieder, bis mir Tränen in die Augen stiegen und Van hinter mir auftauchte.

Er klopfte mir auf die Schulter. »Kann ich dir irgendwie helfen, Kumpel?«

Sie hatte mir geschrieben.

Ich schüttelte den Kopf und steckte das Handy in meine Hosentasche, ohne Ella zu antworten. »Oder kannst du gesellschaftliche Normen zerschlagen?«

Van lächelte. »Das versuche ich schon mein ganzes Leben.«

Ich erwiderte sein Lächeln. Vielleicht sollte ich endlich auch damit anfangen.

Kapitel 47

»Das ist nicht wahr.«

June blieb mitten auf dem Weg stehen und starrte auf das riesige Plakat, welches die Konzerthalle säumte.

Ihre Augen wurden feucht.

Auf dem Plakat prangte ein Bild von Kian. Er hielt ein Mikro in der Hand, hatte die Lider geschlossen und sang. Hinter ihm war seine Band abgebildet. *Shattered Tears* stand in großen Buchstaben über ihnen.

Selbst ich hätte mich so in ihn verlieben können. Er sah umwerfend aus.

June packte Ellas Arm. Ella, die mich, seit wir in unserer Gruppe nach Bristol aufgebrochen waren, kein einziges Mal angesehen hatte.

Im Gegensatz zu Dilan, der mir immer wieder verstohlene Blicke zuwarf.

Es machte mich wahnsinnig, sie beide so nah zu wissen. Ich war die ganze Zeit versucht, sie zur Seite zu nehmen und endlich mit ihnen zu reden. Ihnen zu sagen, dass ich sie wollte. Und zwar beide.

Seit dem Gespräch mit June und dem Moment in der Küche war mir so einiges klar geworden, aber vor allem, dass ich einen Riesenfehler gemacht hatte, als ich einfach aus

Ellas Wohnung gelaufen war. Ich hatte in diesem Moment genauso trotzig reagiert, wie sie es manchmal tat, wenn sie mir schon einen Schritt voraus war. Vielleicht würden wir jetzt nicht in so großem Abstand zueinander laufen, wenn ich einfach geblieben wäre.

Oder wenn sie mehr Verständnis gezeigt hätte.

So wie Dilan.

June ließ den Blick über jede einzelne Person von uns wandern. *Tut mir das nicht an*, flehte sie, doch niemand aus unserer Gruppe erlöste sie.

Sirah kreischte nur und fiel Ella um den Hals. »Ich wusste, dass wir zu Shattered Tears gehen!«, verkündete sie und drückte Ella an sich. »Das ist ja so genial.«

Seit June zurück war, verbrachte die Frau mit den Tattoos und Piercings fast ihre gesamte Freizeit bei uns in der WG. Sie unterstützte June beim Lernen und dem Serienmarathon, den sie zur Ablenkung begonnen hatten.

June verzog das Gesicht. »Bitte, erspart mir das.«

Kate legte einen Arm um ihre Schulter. »Weißt du, June, manchmal muss man zum eigenen Glück gezwungen werden.«

Ihr Blick wanderte zu Pekka, der sie angrinste. »Kann ich nur bestätigen«, stimmte er zu.

Gestern Abend hatten sie sich bei unserer kleinen WG-Party wiedergetroffen und waren direkt in der Kiste gelandet.

»Es ist ihr letztes Konzert, bevor sie eine Pause machen«, übernahm Ella. Eindringlich sah sie ihre beste Freundin an. »Er hat sich gewünscht, dass du da bist.«

Tränen liefen Junes Wangen hinab. Sie schüttelte den Kopf, als könnte sie nicht glauben, was hier gerade passierte. »Ich kann das nicht, Ella. All die Fans. Sie hassen mich.«

Ella verdrehte die Augen. »Scheiß auf die. Ich weiß, dass es schwer ist, aber es geht hier um dich und Kian.« Bevor June etwas erwidern konnte, griff Ella nach ihrer Hand und zog damit unsere gesamte Gruppe vorwärts. »Unser Eingang ist da drüben.«

Wir ließen die Besucher*innenschlange links liegen und gingen direkt auf drei Bodyguards zu.

»Ella, bitte«, flehte June. Ein letzter Versuch, dem Ganzen zu entkommen.

Niemand antwortete. Nicht mal ihr großer Bruder Jake, der mit seinem Freund gekommen war.

Ohne unsere Tickets zu kontrollieren, traten die Bodyguards zur Seite. Als hätten sie nur auf uns gewartet.

Was VIP bedeutete, kapierte ich trotzdem erst, nachdem wir die Halle gesehen hatten. Unsere Gruppe hatte einen abgesperrten Bereich direkt vor der Bühne. Der Rest der Halle hinter uns war noch leer.

June starrte auf das bereits aufgebaute Schlagzeug und die Mikrofone. »Er ist irgendwo dahinten, oder?«, fragte sie tonlos.

Ella nickte. »Möglich.«

»Ich muss zu ihm.« Sie setzte sich in Bewegung.

Ella hielt sie am Ärmel fest. »Er will uns erst nach dem Konzert sehen.« Sie suchte den Blick ihrer besten Freundin. »Vertrau mir.«

»Das halte ich nicht aus.« June wischte sich über die Augen.

Ella und Sirah versuchten, sie abzulenken, die anderen unterhielten sich.

Ich beobachtete das Treiben um mich herum, wollte mich darüber freuen, dass ich mit all diesen lieben Menschen hier war, doch der Abstand zu Ella und Dilan schmerzte.

Als hätte er meine Gedanken gelesen, glitt Dilans Blick zu mir. Die goldenen Sprenkel in seinen Augen glitzerten.

Wie Blüten auf einer Sommerwiese.

Schnell sah ich weg.

Langsam füllte sich der Saal mit Zuschauer*innen. Viele waren enttäuscht, dass sie nicht bis ganz nach vorne an die Bühne konnten, und als eine Beleidigung fiel, zog June den Kopf ein. Pekka gab daraufhin Kontra, und die Fans hielten wieder die Klappe.

Es schnürte mir die Kehle zu, dass June diesem Mist ausgesetzt war, bloß weil sie einen Mann liebte, der zufällig auch gute Musik machte.

Das Konzert startete.

Die Vorband war der Hammer und würde definitiv in meine Playlist wandern.

Schon nach kurzer Zeit war ich verschwitzt vom Tanzen.

Vom Tanzen.

Ich hätte nie gedacht, dass ich es wieder können würde.

Nach einer kurzen Umbaupause begann der Countdown für Shattered Tears. June klammerte sich an Ella, die sie so breit anlächelte, als wäre sie sich sicher, dass June und Kian wieder zusammenfinden würden.

Ich wünschte, ich hätte das Gleiche über sie und mich sagen können.

Über sie, mich und Dilan.

Die Bühne wurde dunkel. Vage konnte ich die Umrisse von vier Personen erkennen.

June fiel fast in Ohnmacht, als die ersten Takte erklangen. Licht flutete die Bühne, und Kian und zwei der anderen Bandmitglieder drehten sich zu uns um. Die Menge hinter uns tobte. Kian brauchte nicht hinzusehen, um die richtigen Töne zu treffen, stattdessen ließ er den Blick über jede und jeden einzelnen von uns wandern. Wir nickten einander zu, als er bei mir angekommen war.

Als Allerletztes glitt sein Blick zu June. Ein Haufen Emotionen flackerte über sein Gesicht, und er sah den gesamten Abend nicht mehr weg.

Ich hüpfte auf und ab. Kians Musik bewegte meinen Körper von ganz allein. Noch intensiver als die Vorband.

Dilan tanzte genauso wild, als hätte auch er es sich all die Jahre verboten. Zu gerne hätte ich die Hände nach ihm oder Ella ausgestreckt, doch wir blieben alle drei für uns. Nur Ella wirbelte ab und zu June herum, die gleichzeitig lachte und weinte und Kian zujubelte.

Lautstark verlangten wir nach einer Zugabe, als die offiziellen Songs der Setlist gespielt waren, doch die Band ließ uns zappeln.

Wir riefen nur noch lauter.

Dilan sah mich dabei an, und für eine einzelne Sekunde blieb meine Welt stehen. Die Schreie des Publikums drangen nur noch wie durch Watte zu mir.

Er schenkte mir ein Lächeln. Die Gerüche und Geräusche explodierten wieder vor meinem Gesicht.

Die Menge bäumte sich ein letztes Mal auf. »*Encore!*«

Endlich kam die Band zurück. Kian sang zwei weitere Songs und zog June am Ende zu sich ins Rampenlicht. Mein Herz schwoll an, als sie sich vor all den Menschen ihre Liebe gestanden.

Es war so unfassbar romantisch.

Wie sollte ich nur jemals das Herz einer anderen Person gewinnen, ohne Songs über sie zu schreiben?

Ellas Blick traf meinen, und der Gedanke löste sich in Luft auf. Ich hatte bereits Herzen gewonnen.

Und sie danach für immer verloren?

Die Band beendete die Show, und während die Menge tobte und applaudierte, sprang Kian zu uns in den Zuschauerraum. Er hob June hoch und wirbelte sie herum. Auch die anderen Bandmitglieder kamen zu uns nach unten. Kreischend versammelten wir uns zu einer riesigen Gruppenumarmung.

Ich landete zwischen Ella und Dilan, und einen kurzen Moment gab es nur dieses Knäuel aus den Menschen, die ich liebte.

Kapitel 48

Die schnellen Beats der After-Show-Party wummerten in meiner Brust. Ich kippte meinen vierten Drink hinunter und spürte den Alkohol mittlerweile in jeder Faser meines Körpers.

Ich bewegte mich. Ließ alle meine Erinnerungen an Dilans und meinen letzten Tanz auf dem Abschlussball tief in mein Herz eindringen und die Tränen über meine Wangen laufen.

Mir war alles egal.

Mir war egal, dass Ella von Sirah und Kate herumgewirbelt wurde, und auch, dass Dilan nur wenige Meter entfernt an einem der Bartische stand und mich ziemlich auffällig beobachtete.

Ich streckte die Arme über den Kopf und tauchte in die Musik ein. Der Song verwandelte sich in Wellen, auf denen ich surfte. So musste es sich für Musiker anfühlen.

Für Kian.

Es war so krass. Er war wirklich ein Rockstar, hatte dem Saal eingeheizt, als würde er es jeden Tag tun. Mit einer Leichtigkeit, die ich hier in diesem Moment nachempfinden konnte.

»Ich wusste schon immer, dass du tanzen kannst.«

Ich öffnete die geschlossenen Augen und sah Ella an. Ihr rotes Haar schimmerte im Licht der Scheinwerfer gelb.

Wie die Sonne.

Einige Strähnen hatte sie zurückgesteckt, andere fielen über ihre Schultern. Alles in mir sehnte sich danach, sie an mich zu ziehen.

»Hey«, flüsterte ich stattdessen. Der Klang meiner Stimme wurde von der Musik davongetragen.

Ihre Mundwinkel kräuselten sich.

Ich versuchte, in ihren Zügen zu lesen, doch ihr Blick blieb unergründlich. Allein der Alkohol machte mich mutig.

»Können wir reden?«

Sie vergrub die Hände in den Hosentaschen ihrer weiten Stoffhose. Die Sonnenblumen darauf tanzten um ihre Beine. »Deshalb bin ich hier.«

Deshalb war sie hier. Neben mir. Die Geräusche um mich herum verstummten. Es gab nur noch sie und die intensive Farbe ihrer Augen. Erst jetzt bemerkte ich den Lidschatten, den sie heute aufgetragen hatte. Er glitzerte. Genau wie es in meinem Herz glitzerte, als sie meine Hand nahm und mich sacht von der Tanzfläche zog. Ich folgte ihr. Meine Finger fest mit ihren verschränkt, versuchte ich, nicht auf den dünnen Streifen Haut zu starren, der zwischen ihrer Hose und dem Top hervorblitzte.

Sie drückte die Tür zum Hinterhof der Konzerthalle auf, und wir setzten uns auf die oberste der Stufen, die hinunter zum Parkplatz führten. Die Tür rastete leise ein. Hier draußen war es erstaunlich still, obwohl die Beats noch durch die Wand wummerten. Die kühle Nachtluft strich über unsere

Haut. Ella griff nach dem Schraubglas, das heute wohl schon mehrfach als Aschenbecher gedient hatte, und drehte es in den Händen. Es war randvoll.

»Vielleicht hätte ich euch Dilan nicht vorstellen sollen.« Sie stellte das Glas zurück auf die Stufen und sah mich an. »Aber ich wollte, dass ihr euch kennenlernt, ich wollte euch nicht voreinander verstecken.« Sie betrachtete die Ringe an ihren Fingern. »Irgendwie hatte ich gehofft, euch dadurch *nicht* zu verlieren.«

»Du hast mich nicht verloren.«

Mit einem Mal fühlte ich mich wieder schrecklich nüchtern. »*Ich* dachte, ich verliere die einzige Person, die ich seit der Highschool je wieder lieben konnte, an einen anderen Mann. Nur um dann herauszufinden, dass ich auch diesen Mann liebe, und zwar schon seit der Highschool.« Meine eigenen Worte schnürten mir die Kehle zu. »Wie hätte ich denn reagieren sollen?«

Sie seufzte. »Ich hab so oft versucht, mich in dich hineinzuversetzen, aber ich kann es nicht nachempfinden. Ich weiß nicht, wie es sich für dich anfühlt, meine Sicht ist eine ganz andere.« Sie zupfte einen Fussel aus ihren Haaren. »Ich weiß seit Jahren, dass ich poly bin, und für mich war es nie schwer, das zu akzeptieren.«

»Poly?«

»Polyamor sind Menschen, die mehrere Personen lieben.«

»Aha.«

Poly also.

»Dann bin ich wohl auch poly«, murmelte ich.

Sie lächelte. »Ich denke schon.«

Es gefiel mir, dass es ein Wort gab, mit dem sich unsere Gefühle beschreiben ließen. Das machte es irgendwie greifbarer.

»Was ich damit sagen will: Nicht allen Menschen fällt es so leicht wie mir, damit umzugehen, und ich versuche, das zu verstehen.« Sie stopfte den Fussel in ihre Hosentasche. »Aber manchmal verstehe ich es auch nicht, und ich weiß, dass ich dich damit verletzt habe. Das tut mir leid.«

Mit einem Mal verstand ich all ihre schnippischen Kommentare der letzten Wochen.

»Ich glaube, bei mir ist es genau andersherum. Ich verstehe oft nicht, wie ihr so gelassen sein könnt. Mich macht es ganz nervös, weil es so neu ist.« Ich räusperte mich. »Aber euch das Gefühl zu geben, dass ich es nicht kann, war Quatsch. Ich will alles zwischen uns dreien. Ich habe nur bis zu dem Moment mit Van in der Küche gebraucht, um es zu kapieren.«

Sie blinzelte. Blinzelte und lachte. Das Geräusch vibrierte in meinem Brustkorb.

»Wirklich? Wenn ich gewusst hätte, dass es so einfach ist, hätte ich schon vorher versucht, dich eifersüchtig zu machen.«

»Das war mit Absicht?«

»Nein! Natürlich nicht! Eifersucht ist der größte Bullshit und eins der schlimmsten Gefühle; ich würde dir das niemals mit Absicht antun.«

Weil ich misstrauisch die Augenbrauen zusammenzog, hielt sie zwei Finger in die Luft. »Ich schwöre.«

Wir wurden wieder ernst.

»Wenn unsere Beziehung poly ist, wie nennt man dann Paare zu zweit?«

Ella schmunzelte. »Monogam.«

»Ich wusste gar nicht, dass es dafür Begriffe gibt, damit habe ich mich noch nie beschäftigt.«

»Ich wusste es auch lange Zeit nicht«, sagte sie. »Ich habe immer probiert, meine Gefühle zu erklären und mich zu rechtfertigen, wenn ich zwei Menschen gleichzeitig gedatet habe.« Traurig wanderte ihr Blick in die Ferne. »Meine Dates haben sich dann oft betrogen gefühlt, weil ich es ihnen entweder nicht richtig erklären konnte oder weil ihr Bild von Liebe so altmodisch war, dass sie es nicht verstanden haben.«

Sie fummelte an einem ihrer Ringe herum. »Manche haben es auch verstanden und akzeptiert, konnten sich selbst aber keine Beziehung mit mir vorstellen, solange es für mich auch noch andere Menschen gab.«

Sie fuhr sich mit beiden Händen übers Gesicht. »Ich hatte solchen Schiss, dass du genauso wie alle zuvor fühlen würdest. Deshalb war ich auch so ungeduldig und habe gereizt reagiert. Aber das war nur um mich selbst zu schützen. Es hat mir Angst gemacht, dass du ähnliche Dinge gesagt hast. Ich dachte in vielen Momenten, dass ich am Ende wieder alleine dastehen würde.«

Ich fing ihren Blick ein. Versuchte, alles, was ich für sie empfand, in meinen eigenen zu legen. Es gab da etwas, was ich dringend klarstellen musste.

»Ich fühle mich nicht betrogen. Ich hatte am Anfang

eher Angst, dich zu betrügen, als ich Dilan auf einmal mochte.«

»Du konntest ja nicht wissen, dass das für mich die schönste Nachricht seit Langem war«, hauchte sie.

»Nein. Das konnte ich nicht wissen. Und ja, am Anfang hätte ich mir niemals eine Beziehung mit dir vorstellen können, solange du auch mit Dilan zusammen gewesen wärst, aber das hat sich inzwischen geändert, schließlich will auch ich eine Beziehung mit ihm.«

Ihre Augen leuchteten auf.

»Ich hatte einfach Angst, nicht normal zu sein.« Diese Worte zuzugeben, kostete mich einiges an Überwindung. Denn wer entschied schon, was normal war und was nicht?

»Was wäre so schlimm daran?«

»Nichts, aber verstehst du, dass ich das erst herausfinden musste?«

Sie legte den Kopf schief. Ihre langen Haare noch ganz zerzaust vom Tanzen. »Ich glaube schon.«

Wir lächelten einander an, und ich schlang vorsichtig einen Arm um sie. Sie schmiegte sich an mich.

»Schade, dass wir nicht in der Schule lernen, dass Anderssein etwas Tolles ist. Es würde allen so viel Drama ersparen«, sagte sie dabei.

Ich konnte ihr nur aus vollem Herzen zustimmen. Nicht nur uns. Auch für Lotte wäre das eine Erleichterung. »Aus diesem Grund will Dilan das Zentrum«, sagte ich.

»Das keine Fördergelder bekommt. Die Welt kapiert es einfach nicht.«

Ich küsste ihren Scheitel und hielt sie noch fester.

»Wir kapieren es, das ist ein Anfang, oder?«

Ihr Gesicht war meinem so nah, dass ich die wenigen Sommersprossen auf ihrer Nase erkennen konnte. Ein Lächeln breitete sich auf ihren Lippen aus. So strahlend wie der Mond, der sie in diesem Moment beschien.

»Deine Worte bedeuten mir gerade so viel«, flüsterte sie.

Ihr Atem strich über meine Haut. Ich hielt die Luft an, als sie sich vorbeugte und ihre Lippen meine berührten.

Endlich wieder.

Ich zog sie an mich und seufzte tief in ihren Mund. So sehr hatte ich mich nach ihr gesehnt.

Tiefe.

Weite.

Verlangen.

Alles breitete sich gleichzeitig in meinem Körper aus. Der Kuss machte mich schwindelig vor Glück. Ich hob ab, saß nicht länger auf den kalten Steinstufen, sondern schwebte irgendwo darüber.

Eine Tür knallte, aber in meinen Ohren klang es nur wie ein leises Klirren. Ebenso das Räuspern, das folgte.

War jemand herausgekommen?

Erneutes Räuspern.

Ella löste ihre Lippen von meinen, und ich fiel zurück auf die Treppe. Langsam öffnete ich die Augen und wandte mich um.

Dilan stand mit verschränkten Armen vor der geschlossenen Tür. Seine rotbraunen Haare waren für das Konzert auftoupiert, und er trug einen anderen Ohrring als sonst. Ein Lächeln lag auf seinen Lippen.

»Sagt mal, sprecht ihr euch hier gerade aus?« Er runzelte die Stirn, wobei sich sein Lächeln vertiefte. »Ohne mich?«

Ella und ich wechselten einen Blick. Das Lachen gluckerte aus mir heraus, bevor ich es aufhalten konnte. Ella ging es genauso. All die Anspannung fiel von unseren Schultern und zerschellte auf den Stufen.

Ich streckte eine Hand aus. Dilan legte seine hinein, und ich zog ihn zu uns herunter. Er setzte sich zwischen uns.

Ella strahlte ihn an. »Sim hat uns akzeptiert.«

Peinlich berührt, zog ich den Kopf ein, doch Dilan sah mich nur voller Wärme an.

Ich richtete mich wieder ein Stück auf. Da war kein *Na endlich* in seinen Augen, kein *Das wurde aber auch mal Zeit*, nur pure und ehrliche Freude. Seit Wochen hatte ich mich nicht so lebendig gefühlt wie hier in diesem Moment, in dem Dilan mich ansah.

Die goldenen Sprenkel in seinen Augen leuchteten mehr denn je, und obwohl sie ein Abbild unserer Vergangenheit waren, verband ich sie doch mehr mit dem Hier und Jetzt.

Mit uns als Dreieck statt als Paar.

Ich holte tief Luft. »Meine größte Angst war, wieder verlassen zu werden, und ich dachte, das passiert zwangsläufig, wenn wir zu dritt sind, deshalb hatte ich das Gefühl, mich entscheiden zu müssen. Aber ich hab erkannt, dass ich in einer Zweierbeziehung genauso verlassen werden könnte, und … ich liebe euch beide. Ich will mich nicht entscheiden.« Ich sah erst Ella, dann Dilan an. »Und das hat mir noch mehr Angst gemacht, weil ich keine einzige Beziehung kenne, die so funktioniert.«

Dilans Blick wurde zärtlich. Ella wirkte, als wäre sie mir am liebsten um den Hals gefallen.

»Es ging nie darum, sich zu entscheiden«, flüsterte Dilan.

»Und ob eine Beziehung funktioniert oder nicht, liegt ganz sicher nicht daran, ob sie poly oder monogam ist, sondern daran, wie gut die Kommunikation ist«, fügte Ella hinzu.

Es stimmte. Ich hatte gebraucht, um es zu verstehen, aber jetzt, wo sie es noch einmal aussprachen, ergab nichts anderes mehr Sinn. Wer sollte uns daran hindern, zusammen zu sein, außer uns selbst?

Ella lehnte sich an Dilan. Er küsste ihr Haar.

»Ich möchte mit euch beiden zusammen sein«, sagte sie.

»Ich auch«, erwiderte Dilan. Beide sahen zu mir.

Tränen sammelten sich in meinen Augen. »Das wäre wunderschön.«

»Yes!« Ella reckte eine Faust in die Luft, und Dilan trommelte einen Song auf sein Knie.

Ich starrte sie einen Moment an. Dann lachte ich los. Frei und laut, und all der Ballast fiel von meinem Herzen.

»Ich habe echt lange gebraucht, oder?«

Ella und Dilan verdrehten gleichzeitig die Augen. »Ewig.«

Sie griff nach meiner Hand. »Ich weiß, ich hab dir nicht immer das Gefühl gegeben, und das tut mir wirklich leid, aber es ist vollkommen okay, sich diese Zeit zu nehmen. Niemand weiß von heute auf morgen alles über sich selbst.«

Dilan nickte zustimmend. »Ich hab ehrlich gesagt auch

erst jetzt mit euch beiden herausgefunden, dass ich mehrere Menschen lieben kann.«

Wir fassten uns zu dritt an den Händen. Nie zuvor hatte ich mich so gehalten gefühlt. Wärme breitete sich in jedem Teil meines Körpers aus. Ich schloss die Augen. Ließ diesen Moment auf mich wirken und die Schmetterlinge in meinem Bauch verrücktspielen.

Fühlte sich so das pure Glück an?

Wir öffneten alle drei gleichzeitig die Augen. Ella beugte sich vor und schürzte die Lippen. Dilan und ich wechselten einen belustigten Blick.

War das ihr Ernst? Aber warum nicht?

Lachend beugten wir uns vor und gaben uns zu dritt einen Kuss. Wir waren alle so was von betrunken.

Vielleicht vom Alkohol.

Vielleicht von unseren Gefühlen.

Kapitel 49

Ich erwachte in einer ziemlich unbequemen Position. Blinzelnd schlug ich die Augen auf, kniff sie aber direkt wieder zusammen. Warum war es hier so hell? Und so warm? Ich war schweißnass.

Ein zweites Mal hob ich die Lider. Meine Beine waren mit Dilans verknotet, sein Bauch an meinen Rücken gepresst. Ella umarmte mich von der anderen Seite. Sie hatte mir das Gesicht zugewandt, und ich strich ihr eine Haarsträhne aus der Stirn. Mein Kopf pochte zwar, alles drehte sich, und das Shirt klebte an meiner Haut, aber verdammt. Wir lagen hier zu dritt. Und obwohl wir getrunken hatten, konnte ich mich an jedes einzelne Wort von gestern Abend erinnern.

Diese zwei wundervollen Menschen wollten an meiner Seite sein.

Mein Herz schwoll an. Konnte es noch schöner werden?

Dilan bewegte sich hinter mir, und ich drehte meinen Kopf, um ihn anzusehen. Unsere Blicke verschränkten sich, ein Lächeln breitete sich auf seinem Gesicht aus. Er beugte sich vor, um mir einen Kuss zu geben.

»Guten Morgen.«

Ich erwiderte sein Lächeln. »Oh ja, er ist definitiv gut.«

Wir lagen auf dem Wohnzimmerteppich der WG, und als ich mich zu ihm umdrehte und sich meine Schulter in den harten Boden bohrte, stöhnte ich auf. Deshalb tat mir alles weh.

»Auch so steif?«, fragte Dilan.

Das Geräusch der sich öffnenden Wohnungstür ließ mich ihm eine Antwort schuldig bleiben. Lautes Grölen drang aus dem Flur.

Nun gähnte und rekelte sich auch Ella.

Im Flur rumpelte es, und kurz darauf kamen Gage und Carla, zwei von Kians Bandmitgliedern, ins Wohnzimmer gehüpft. Eng umschlungen. Gage hielt eine Bierflasche in den Händen, anscheinend war die After-Show-Party noch nicht für alle beendet.

»Ohhh!«, kreischte sie und drückte Carla das Bier in die Hand. Im nächsten Moment warf sie sich auf uns. »Gruppenkuscheln!«

Dilan duckte sich weg, doch mich und Ella bekam sie zu fassen und schlang uns beiden einen Arm um den Körper. Sie war mir so nah, dass ich die Worte der Tattoos auf ihren Armen lesen konnte.

Jetzt kamen auch noch Kate und Pekka um die Ecke. Ich ließ den Kopf auf den Boden fallen und stöhnte. Hatten sich etwa alle in unserem Wohnzimmer verabredet?

Pekka lachte, als er unser Knäuel entdeckte, gab Kate einen flüchtigen Kuss und warf sich auch noch auf uns.

»Pekka!«, rief ich.

»War nur Spaß!«, verteidigte er sich, stand wieder auf und zerrte Gage von uns herunter.

Ich verdrehte die Augen. Sehr witzig.

Gage schlang einen Arm um Carla, den anderen um Kate. Beide bekamen einen Kuss auf die Wange.

»Du bist unerträglich, wenn du betrunken bist«, kommentierte Carla.

Gage lachte nur.

Pekka streckte mir derweil eine Hand entgegen und half mir auf die Beine. Fragend sah er mich an.

»Wir haben uns ausgesprochen«, informierte ich ihn.

Ich sah zu Ella und Dilan, die sich am Boden aneinandergekuschelt hatten. Der Anblick ließ mein Herz ganz weich werden. Wie hatte ich ihnen gegenüber nur jemals Eifersucht empfinden können?

Pekka grinste. »Wunderbar!«

Ich stupste Ella und Dilan an. Sie lösten sich voneinander, und Pekka und ich zogen sie auf die Beine. Ich schlang beiden einen Arm um die Schulter und imitierte damit Gage.

Pekka zückte sein Handy und schoss ein Foto von uns. »Für euren Nachttisch«, verteidigte er sich, als wir alle drei die Augenbrauen hochzogen.

Für unseren Nachttisch. Als hätten wir ein Bett zu dritt. Komischerweise machte mir die Vorstellung keine Angst, eher genoss ich die Aussicht, noch weitere Nächte so wie die letzte zu verbringen.

Pekka steckte sein Handy in die Hosentasche und breitete die Arme aus. Er drehte sich einmal um die eigene Achse und legte den Kopf in den Nacken. »Es lebe die Liebe!«, rief er.

War er etwa auch noch betrunken?

»Es lebe die Liebe!«, stimmte Gage mit ein und warf die Arme in die Luft, um zu einem imaginären Beat zu tanzen.

Ich stöhnte auf, doch als die anderen mit einfielen, konnte ich nicht anders, als ebenfalls zu rufen: »Es lebe die Liebe!«

Nach dem Frühstück und dem Vorlesen der Schlagzeilen zum gestrigen Konzert verabschiedeten wir Kate und Pekka.

Sie wollten in Zukunft tatsächlich gemeinsam in die Niederlande ziehen und gingen nun schon zurück.

Pekka hatte nie ein Geheimnis daraus gemacht, dass er irgendwann aus Bath weggehen würde. Doch jetzt zu sehen, wie er all unsere Freund*innen umarmte und June mit den Tränen kämpfte, brach mir trotzdem das Herz. Selbst dass mein eigener Abschied von ihm noch aufgeschoben wurde, weil ich die beiden zum Bahnhof brachte, machte es mir nicht leichter.

Wie sollte ich nur ohne meinen besten Kumpel klarkommen?

An der Bath Spa Railway Station nahmen wir uns in den Arm, und er zwinkerte mir zu, als hätte er meine Gedanken gelesen.

»Du hast jetzt viel wichtigere Freund*innen.« Er wackelte mit den Augenbrauen.

»Du bist der beste, den ich je hatte.«

»Du auch, Mann.«

Wir lehnten uns zurück und sahen einander in die Augen. Erinnerungen an unsere erste Begegnung wallten in mir auf. Damals in der Bibliothek, fast noch als Kinder.

Waren wir wirklich so schnell erwachsen geworden? Er hatte sein Degree und würde ein Kinderheim leiten. Ich würde als erster Koch im *Bath Priory* arbeiten. Aber das eigentlich Erwachsene war, dass wir beide gelernt hatten, über unsere Gefühle zu sprechen.

»Kommt uns besuchen«, bat ich.

Er grinste. »Na klar, ich muss doch auschecken, ob du würdige Nachmieter*innen aussuchst.«

Ich verzog das Gesicht. »Besser als du werden sie allemal sein.«

»Hey! Ich habe immer abgewaschen und gekocht.«

Ich tippte mir gegen die Stirn. »In deinen Träumen vielleicht.«

Wir lachten. Doch in Wahrheit hatte ich eine Heidenangst vor der Frage, wer bei mir einziehen würde. June und Kian hatten heute Morgen verkündet, dass sie mit der Band in ein Haus am Rand von Bath ziehen würden.

Ich war also erst mal allein.

Würde ich je wieder so tolle Mitbewohner*innen finden?

Ich drückte Pekka noch einmal fest an mich, dann ließ ich ihn gehen.

Am Nachmittag fiel es mir verdammt schwer, June, Ella und Sirah dabei zuzusehen, wie sie Junes Sachen in Kisten packten und im Flur stapelten.

Junes ruhige Art war Balsam für meine Seele gewesen, wenn mich ein Besuch in Bristol aufgewühlt hatte. Pekka hatte mich zwar in Clubs geschleppt, dadurch aber immerhin Bewegung in mein Leben gebracht.

Wie sollte ich diese Stille nur aushalten? Mit zwei leeren Zimmern.

Zwei leere Zimmer.

Moment mal. Ich kannte doch eine Person, die dringend ein Zimmer brauchte.

Eilig sprang ich von meinem Schreibtisch auf, an dem ich versucht hatte, Texte für meinen Lehrer abzutippen, und hechtete in die Küche. Atemlos blieb ich vor Ella und Dilan stehen. Beide standen zu den Schränken gewandt und wickelten Junes Geschirr in Zeitungspapier.

»Ella!«, rief ich und stützte die Hände auf den Knien ab, um wieder Luft zu bekommen. Himmel, vielleicht sollte ich doch mal Sport in Erwägung ziehen.

Mit hochgezogenen Augenbrauen drehte sie sich zu mir um. »Ja?«, fragte sie gedehnt.

Ich hob sie hoch und wirbelte sie herum. Ihre Augen leuchteten so sehr, dass ich nicht anders konnte, als sie zu küssen.

»Für einen Kuss machst du so ein Theater?«

»Ich habe eine Lösung.«

Amüsiert legte sie den Kopf schief. »Für was denn?«

Ich setzte sie ab.

»Also …« Ich rieb mir mit einer Hand über den Nacken. »June und Pekka ziehen ja aus, und … du brauchst eine Wohnung.«

Warum war ich auf einmal so nervös?

Ella lachte.

Mist. Lachte sie mich aus?

»Ich dachte schon, du fragst nie!« Stürmisch zog sie mich in eine Umarmung.

Was?

Oh!

Meine Anspannung zerfiel zu Staub, und ich wirbelte sie erneut herum. »Ich bin ein verdammter Glückspilz!«

War ich wirklich. Die Frau, die ich vom ersten Moment an in mein Herz geschlossen hatte, wollte mit mir zusammenwohnen. Mit mir zusammen *sein*.

Als ich sie wieder absetzte, drehten wir uns gleichzeitig zu Dilan um. Er betrachtete uns lächelnd, runzelte im nächsten Moment aber die Stirn. »Warum schaut ihr mich so an?«

»Das ist deine Chance, dir das zweite Zimmer zu sichern, bevor Simon es einer anderen Person vermietet.« Ella zwinkerte ihm zu.

Seine Augen weiteten sich. »Ihr wollt, dass ich mit euch beiden hier einziehe?«

Ella und ich tauschten einen Blick.

»Ich könnte mir nichts Schöneres vorstellen«, gab ich zu.

Dilan rieb sich mit beiden Händen übers Gesicht.

»Euch ist schon klar, dass wir viel Kommunikationsarbeit vor uns haben? Das wird nicht weniger, wenn wir zusammenwohnen.«

»Ich bin bereit für die schweren Momente«, erwiderte Ella, als wäre es kein großes Ding.

Beide sahen zu mir.

Ich atmete tief durch. »Ich auch.«

»Lasst es uns direkt ansprechen, wenn eine Person von uns negative Gefühle hat«, sagte Ella. »Egal bei was. Nicht dass diese Gefühle sonst zu groß werden.«

Ich schluckte. Etwas in mich hineinzufressen, verstärkte das negative Gefühl meist nur, damit hatte sie recht, aber das machte es nicht einfacher, direkt darüber zu reden. Im Gegenteil.

»Besonders in Bezug auf Sex«, stimmte Dilan ihr zu. »Es ist wichtig, dass die dritte Person sich nicht ausgeschlossen fühlt, wenn die anderen beiden Sex haben.«

Ella und ich starrten ihn an. »Hast du gerade davon geredet, mit uns zu schlafen?«, fragte sie.

Mein Herz schlug auf einmal so schnell und laut gegen meine Rippen, dass ich nach Luft schnappen musste.

Dilan lächelte. »Ja, ich werde sicher Zeit brauchen, aber natürlich möchte ich es irgendwann. Ich vertraue euch. Und es ist mir wichtig, dass sich dann niemand ausgeschlossen fühlt.«

Leichtes Unbehagen machte sich in mir breit. »Ich glaube, das wird mir noch ziemlich schwerfallen«, gab ich offen zu.

Dilan streckte eine Hand aus, und ich legte meine hinein. Meine andere gab ich Ella, und sie nahm das Angebot an.

Wir waren hier, und wir würden das hinbekommen. Gemeinsam.

»Danke«, flüsterte ich.

»Danke euch«, erwiderte Ella. »Dass ihr euch beide geöffnet habt.«

»Ich bin froh, dass ihr mich so akzeptiert, wie ich bin«, sagte Dilan.

Ich drückte seine Hand, und Ella küsste ihn auf die Wange. Sie strahlte über das ganze Gesicht.

Kapitel 50

Dilan zog die letzte Schraube fest und drehte sich auf der Leiter zu uns um, den Schraubenzieher in der Hand. Wir, die Menge zu seinen Füßen, johlte. Es waren schon einige Jugendliche dabei und natürlich auch alle, die beim Renovieren geholfen hatten.

Die bunten Buchstaben leuchteten über der Eingangstür.

Centre for Social Change Bath.

Mit der freien Hand fuhr er sich durch die Haare. Er trug ein besonders buntes Hemd und irgendeine Skinny Jeans von Ella. Die beiden hatten festgestellt, dass sie die gleiche Größe hatten, und tauschten seitdem ihre Klamotten. Zum Glück hielten sie mich da raus.

Dilan strahlte über das ganze Gesicht. »Danke für eure Hilfe!«, rief er, und wir applaudierten erneut.

»Ich hoffe, dieses Zentrum wird vielen Menschen eine Stütze sein, während sie ihren Weg gehen.«

Ich klatschte mir die Hände wund. Ella hüpfte neben mir auf und ab.

Endlich war es so weit. Wir alle hatten in den letzten Wochen viel Zeit in das Zentrum gesteckt, und dieser Tag war nicht nur für Dilan ein besonderer.

Er stieg von der Leiter, und mit einem Satz waren Ella

und ich bei ihm, hoben ihn hoch und trugen ihn unter lautem Jubel über die Türschwelle.

Dass der Tag der Eröffnung doch noch kommen würde, hatte wohl niemand von uns gedacht. Am allerwenigsten Dilan, der keinen einzigen Förderantrag bei der Stadt genehmigt bekommen hatte. Dafür hatte ich Kian den Link zu Pekkas Spendenkonto geschickt. Er war noch am selben Abend in der WG aufgetaucht, um mich zu fragen, wie viel Geld wir brauchten. Er und die Band hatten zuerst Unsummen an Pekkas Heim gespendet und anschließend alles Nötige für das Zentrum überwiesen.

Dilan hatte geweint und später darüber geschimpft, dass unsere Gesellschaft sich so wenig um die Bedürfnisse der Bevölkerung kümmerte, dass man einen reichen Rockstar als Freund brauchte, um queere Menschen zu unterstützen. Das Geld hatte er trotzdem dankend angenommen, und so hatten wir für die ersten Monate sogar genug, um alle, die hier arbeiteten, zu bezahlen.

Wir setzten Dilan im geräumigen Flur ab. Er drehte sich zur Menge um, die Arme weit ausgebreitet. »Ich stelle euch als Erstes die einzelnen Räume vor.« Er strahlte bis über beide Ohren. Von innen heraus. »Wir haben viel Arbeit in alles gesteckt, und es macht mich ziemlich glücklich, das Ergebnis jetzt mit euch teilen zu können.«

Er wechselte einen Blick mit Ella und mir. Erst gestern waren die beiden offiziell bei mir eingezogen. Keine Ahnung, wie sich alles entwickeln würde, ob wir es schaffen würden, offen zu kommunizieren und einander eine Bereicherung zu sein, aber alles in mir sehnte sich danach. Ich war voller Optimismus und so froh, dass die beiden mir geholfen hatten, über meinen Schatten zu springen.

Ich steckte nicht mehr in Klischeebildern fest. Ich durfte das hier. Ich durfte eine Beziehung zu diesen beiden wunderbaren Menschen führen. Und wenn ich daran zweifelte, waren sie da, um mir meine Angst zu nehmen.

Dilan öffnete die erste Tür. Raum eins gehörte Ellas Umweltbildung. Hier würde sie Kurse und Seminare anbieten, die Fridays-for-Future-Demos planen und andere Aktionen auf die Beine stellen. Die große Fensterfront war zur Straße ausgerichtet und bereits mit Plakaten beklebt, die auf die nächste Demo aufmerksam machten. Dilan übergab ihr das Wort, und Ella stellte sich kurz vor. Auch sie hatte sich schick gemacht, trug ein bodenlanges Kleid und dazu passende Federohrringe, die Haare kunstvoll nach hinten gesteckt.

Ich grinste, als sie dazu einlud, sich an der weiteren Gestaltung des Raumes und an zukünftigen Aktionen zu beteiligen.

Unsere Herzen würden fortan wohl nicht nur füreinander, sondern auch für dieses Zentrum schlagen.

Auch ich hatte mit meinem Chef vom *Priory* gesprochen und würde, sobald ich meine Ausbildung beendet hatte, nur drei volle Tage die Woche im Hotel arbeiten, um die restliche Zeit im Zentrum sein zu können. Dafür würde ich auf Veranstaltungen, die im *Priory* stattfanden, aushelfen und auch mal am Wochenende arbeiten. Es war ein super Deal und versprach eine Arbeitswoche voller Abwechslung. Ich freute mich schon jetzt auf die Tage im Zentrum.

Der Raum mit der offenen Küche war zu meinem und dem Chill- und Aufenthaltsraum ernannt worden. An meinen freien Nachmittagen würde ich Kochkurse anbieten, und an allen anderen Tagen konnten die Kids einfach herkommen, Spiele spielen, lachen oder Hausaufgaben machen.

Ich stellte mich auch kurz vor, als Dilan den Raum präsentierte, und hielt stolz mein selbst gebasteltes Kochbuch in die Höhe. Loyd hatte mir sogar erlaubt, Gerichte aus dem *Priory* darin zu verewigen.

Dilan legte einen Arm um mich. »Simon werdet ihr schneller in euer Herz schließen, als ihr bis drei zählen könnt.« Er zwinkerte den Jugendlichen, die dabei waren, zu, bevor sein warmer Blick meinen traf.

Wir hatten einander wieder.

Kannten uns und unsere Liebe und waren zu so viel mehr als damals geworden.

Die goldenen Sprenkel in seinen Augen tanzten. Ich zog ihn an mich und drückte einen Kuss auf seine Schläfe. Die Menge applaudierte begeistert.

Raum drei und vier waren allein für LGBTQIAP+-Belange vorgesehen. Hier wurde zu Gesprächen und zum Beisammensein eingeladen oder dazu, miteinander Aktionen zu starten.

»Ich möchte eine Community schaffen, in der alle sie selbst sein können. In der wir einander mit Respekt begegnen und uns gegenseitig vertrauen.« Alles an Dilan leuchtete. »Und vor allem eine, in der wir nicht urteilen.«

Mein Herz schwoll vor Glück an. Er würde die Stütze sein, die er damals gebraucht hätte.

Und nicht als Einziger.

Laura aus Frankreich hatte angeboten, herzukommen und über ihre Erfahrungen zu berichten. Genauso wie Cautschuk, der das Zentrum vergötterte wie kein Zweiter. Auch Calle gehörte zum inneren Kern.

Ich bewunderte sie alle so sehr und hoffte, dass ich es irgendwann auch schaffen würde, den Jugendlichen ihre Angst zu nehmen und offen über meine eigene Beziehung zu sprechen. Dafür würde ich allerdings noch Zeit brauchen, was vollkommen okay war, denn Ella und Dilan waren da.

Erst gestern hatten wir Kim eingeweiht. Sie war uns lachend um den Hals gefallen und hatte sich so sehr für uns gefreut, dass Ella Tränen in die Augen gestiegen waren. Dabei hatten wir alle drei keine andere Reaktion von ihrer Schwester erwartet.

Wir hatten gemeinsam hier im Zentrum Tee getrunken, Kuchen gegessen und einen wunderschönen Nachmittag gehabt. Danach hatte Dilan Kim zur Seite genommen und drei Stunden mit ihr gesprochen. Ella und ich hatten zuerst an der Tür gelauscht, schließlich aber aufgegeben und uns der Einrichtung des fünften Raumes gewidmet. Bisher gab es noch keine direkte Verwendung, aber June hatte die geniale Idee gehabt, dass Shattered Tears dort Musikprogramme starten konnte. Irgendwann. Im Moment hatte die Band genug damit zu tun, wieder zueinander zu finden.

Kim war wenig später schweigend aus dem Raum gekommen, hatte sich ihre Tasche umgehängt und war nach Hause gelaufen.

Heute stand sie neben Calle in der Menge. Ella und sie hatten den ganzen Morgen miteinander geredet und würden das mit ihren Eltern hinbekommen, dessen war ich mir sicher.

Eine Stunde später beendete Dilan die Führung und bedankte sich nacheinander bei all den Menschen, die ihn unterstützten.

Es war eine lange Liste.

»Mein allergrößter Dank gebührt jedoch Ella und Simon.« Er streckte die Hände aus und zog uns beide an seine Seite. Einen Arm schlang er um Ella, den anderen um mich.

»Danke, dass ihr mich unterstützt und liebt.« Er küsste Ellas Schläfe. »Es bedeutet mir alles, heute mit euch beiden hier stehen zu können.«

Ich schmiegte meinen Kopf an seine Schulter.

Zu dritt strahlten wir um die Wette, und die Menge applaudierte.

Kapitel 51

Nervös trat ich von einem Fuß auf den anderen. Wir standen neben Mr Evan, der darauf wartete, dass die Klasse ruhig wurde.

»Welcher ist der Schlimmste?«, fragte ich Lotte, die ihre kleine Hand fest in meine gelegt hatte. Ich flüsterte, damit die anderen Kinder uns nicht verstanden.

Unauffällig deutete sie auf einen Jungen in der ersten Reihe.

Er trug eine Cap und Jogginghosen. Ich zwang mich, nicht die Hände zu Fäusten zu ballen.

Ich hatte allen Grund, ihn zu hassen, aber nicht, ihm eine reinzuhauen. Er tat Lotte vermutlich nur wegen seiner eigenen Unsicherheit weh, und mir war auch durchaus klar, dass einige Kinder einfach Angst vor ihr hatten, weil sie anders war.

Kian betrat den Raum.

Die Gespräche verstummten. Wahrscheinlich wussten nicht alle, wer da vor ihnen stand, doch Kian hatte sich ein Hemd und zerschlissene Jeans von seinem Bruder Dave geliehen, und die Verkleidung ließ ihn mehr denn je wie einen Rockstar aussehen. Es bestand kein Zweifel, dass dieser junge Mann berühmt sein musste.

Mr Evan trat zwischen uns und legte Kian eine Hand auf die Schulter. »Sie sind ein bisschen spät, junger Mann.«

Kian lächelte sein Bühnenlächeln. »Bitte entschuldigen Sie, ich musste noch ein Geschenk für mein Patenkind besorgen, sie hat nächste Woche Geburtstag.« Er strubbelte Lotte durchs Haar, und alle Augenpaare richteten sich auf sie.

»Diese Herren hier«, Lottes Lehrer wandte sich an die Klasse, »sind Simon Vance, Lottes großer Bruder, und Kian Winter, den ihr vielleicht aus dem Fernsehen kennt. Sie übernehmen heute den Musikunterricht.«

Kian deutete eine Verbeugung an. »Ich freu mich darauf!«

Aufgeregtes Getuschel brandete unter den Kindern auf. Sicher machte es gerade die Runde, dass Kian ein berühmter Sänger war.

Mr Evan klatschte in die Hände. Als es ruhig wurde, forderte er alle auf, in den Musikraum zu gehen.

Kian und ich ließen Lotte auf dem Weg dahin zwischen uns hochfliegen. Sie kicherte wie verrückt. Den anderen Kindern warf ich dabei einen besorgten Blick zu. *War das nicht eigentlich zu peinlich?*

Doch niemand rollte mit den Augen, machte einen blöden Kommentar oder schubste sie. Stattdessen registrierte ich ein paar bewundernde Blicke, die ihr zugeworfen wurden.

Erleichtert atmete ich auf. In den letzten Wochen waren die Kommentare so schlimm geworden, dass sogar Mr Evan sie mitbekommen hatte und wir gemeinsam diesen Plan geschmiedet hatten.

Wir betraten den Musikraum.

»Wer von euch spielt denn ein Instrument?«, fragte Kian in die Runde, nachdem sich alle einen Platz gesucht hatten.

Einige Kinder reckten begeistert ihre Hände in die Höhe und erzählten, welche Instrumente sie beherrschten.

Der Junge mit der Cap spielte Trompete.

Kian nickte anerkennend und zeigte allen ein paar Tonfolgen auf verschiedenen Instrumenten, anschließend wurde ein Song angestimmt. Er vermittelte seine Leidenschaft mit Witz und Humor, und die Kinder hingen an seinen Lippen. Nur hin und wieder, wenn seine Finger über die Saiten der Gitarre huschten, legte sich wieder der Schatten über seine Augen. Jener Motor der Tränen, die er am Lagerfeuer vergossen hatte.

Ich assistierte ihm, so gut ich konnte, auch wenn ich keine Ahnung von Akkorden, Tönen und Musik hatte.

»Das war echt cool«, sagte der Cap-Junge am Ende der Stunde. Inzwischen wusste ich, dass er Jacob hieß, und schaffte es sogar, ihm freundlich zuzulächeln.

»Schön, dass es dir gefallen hat.«

Er stupste Lotte an. »Du spielst echt gut Xylofon.«

Lotte betrachtete ihn misstrauisch.

Das braucht schon noch ein bisschen mehr, Kumpel.

Aber es war ein guter Anfang.

»Heute hat die Schule richtig Spaß gemacht«, rief Lotte auf dem Rückweg. »Könnt ihr nicht immer den Unterricht machen?«

Kian und ich wechselten einen Blick und er lachte auf. »Für kein Geld der Welt.«

»Schade.« Lotte zog einen Schmollmund.

Ich legte einen Arm um sie. »Wir können ja zu Hause mit dir Musik machen.«

Ihre Augen wurden groß. Bittend sah sie Kian an.

Der lachte erneut. »Na klar, wenn Simon dann einen Kuchen backt, als Musiker ist er ja nicht zu gebrauchen«

Entrüstet stemmte ich die freie Hand in die Hüfte. »Entschuldige mal!«

»Dafür bin ich halt nicht in der Küche zu gebrauchen«, sagte Kian.

Ich grinste. »Doch, zum Abwaschen.«

Seine Augen funkelten belustigt. »Du kannst ja unsere Instrumente putzen.« Er warf meiner kleinen Schwester einen Blick zu. »Oder was meinst du, Lotte?«

Sie nickte. »Das klingt fair.«

Ich verdrehte die Augen.

Wir feierten unseren Erfolg zu Hause in Bristol. June, Ella und Dilan kamen vorbei, und es wurde ein supergemütlicher Abend. Die Erleichterung darüber, meinen Freund*innen endlich von meiner Familie erzählt zu haben, ließ mich auf Wolken schweben. Es hatte nichts geändert, wenn überhaupt, war meine Bindung zu June und Kian nur stärker geworden.

Ehrlichkeit machte das Leben so viel einfacher.

Ich reichte Lotte den Brotkorb. Sie saß zwischen June und mir, und seit sie herausgefunden hatte, dass meine alte Mitbewohnerin die Freundin von Kian war, himmelte sie June unaufhörlich an.

June lächelte zurück. »Zeigst du mir nachher dein Zimmer, Lotte?«

Vergessen war das Brot auf Lottes Teller. Sofort sprang sie auf und griff nach Junes Hand. »Ja, los, ich zeig es dir sofort.«

Ich stutzte, als sie June mit sich zog.

Auch Cautschuk wunderte sich. »So schnell hat sie noch nie irgendjemandem vertraut.«

»June vertrauen alle. Egal, wie alt sie sind.« Kians Blick verschleierte sich, als würde er in einer bestimmten Erinnerung abtauchen.

Cautschuk wackelte mit den Augenbrauen. Ich verkniff mir ein Grinsen.

In diesem Moment kamen Ella und Dilan mit dem Nachtisch herein.

Es gab eine fette Schüssel Obstsalat.

»Wo ist Lotte?«, fragte Dilan.

Ich klopfte auf den frei gewordenen Stuhl neben mir, und er setzte sich.

»Sie ist oben, mit June.«

Der Nachtisch war alle, als Lotte und June drei Stunden später zurückkamen. Lotte wich kaum noch von ihrer Seite. Kian warf seiner Freundin einen fragenden Blick zu, die bloß müde lächelte. *Alles okay*, signalisierten ihre Augen stumm.

Bestimmt hatte sie Lotte von ihrer Schulzeit erzählt, und es wärmte mir das Herz. Ich wusste, wie schwer es ihr fiel, über ihre Vergangenheit zu reden, und drückte dankbar ihre Hand, als sie an mir vorbeikam. Sie schenkte auch mir ein Lächeln und schloss sich gemeinsam mit Lotte unserem Brettspiel an.

Es wurde eine hitzige Partie. Lotte zog uns mal wieder gnadenlos ab. June war die Einzige, der sie etwas gönnte.

Es wurde eine lange Nacht, und sogar Dad spielte mit, als er am Abend nach Hause kam.

Kapitel 52

Dilan umklammerte meine Hand ebenso fest wie die von Ella, als wir den Vorgarten betraten. Ich ließ den Blick über die Fassade des Einfamilienhauses wandern. Dasselbe Haus im Norden Bristols, das ich damals so oft betreten hatte.

Dilan schluckte.

Hier hatte ich ihn zu unserem Abschlussball abgeholt.

Ella lächelte ihn an. »Es wird gut gehen.«

»Du bist nicht allein«, fügte ich hinzu.

Es war ein steiniger Weg bis hierher gewesen, und zwischendurch hatte ich die Hoffnung aufgegeben, dass Dilan je wieder vor dieser Tür stehen würde. Doch nach langem Hin und Her hatte er sich entschlossen, seine Eltern zu besuchen.

Hier waren wir nun. Er, Ella und ich.

»Bereit?«, fragte ich und hielt meinen Daumen über dieselbe Klingel, die ich schon unzählige Male zuvor gedrückt hatte.

Familie Jonas.

Dilan nickte. Langsam. Als würde er jede Sekunde hinauszögern wollen.

Ich drückte den Knopf.

Drinnen schrillte die Klingel.

Dilan ließ den Blick über die Beete rechts und links neben der Tür wandern. Es wuchsen noch immer Ringelblumen und Narzissen darin.

Genau wie früher.

Die Tür schwang auf, und Dilan schnappte sprachlos nach Luft, als seine Mum dahinter auftauchte.

Er brauchte einen Moment, um sich zu sammeln, doch dann schaffte er es, stockend zu sprechen. »Mum? Ich bin's.«

Als sie ihr Kind erkannte, weiteten sich Margarets Augen, und kurz fürchtete ich, es könnte doch zu viel für sie sein. Aber als Nächstes zog sie Dilan schon in eine feste Umarmung.

Seine Mum umarmte ihn lange. Dilan stand zuerst stocksteif da, doch dann erwiderte er die Geste mit einer Heftigkeit, die mir den Boden unter den Füßen wegzog.

Margaret schluchzte auf. »Ich träume«, murmelte sie. Sie rief ihren Mann, der nach einem Rumpeln im Inneren des Hauses herbeigeeilt kam.

»Anderson, sieh nur, wer zurückgekehrt ist.« Ihre Stimme zitterte vor Rührung.

»Dilan«, warf Dilan schnell ein. »So heiße ich inzwischen.«

Und dann erkannte ihn auch sein Vater. »Dilan«, wiederholte er rau. Seine Augen schimmerten feucht.

Margaret legte Dilan die Hände auf die Schultern, wie um sich zu vergewissern, dass er wirklich hier war. Nach all den Jahren. »Du bist so groß geworden, und schau doch nur, wie glücklich unser Sohn aussieht«, sagte sie an ihren Mann gewandt.

Tränen liefen über Dilans Wangen, als sein Vater ihr zustimmte. Auch ich konnte meine längst nicht mehr zurückhalten.

»Es tut uns so leid, dass wir dir damals nicht das Gefühl gegeben haben, dich uns anvertrauen zu können, und dass wir uns über deine Kleidung lustig gemacht haben.« Entschuldigend sah Anderson ihn an. »Dabei lieben wir dich doch genau so, wie du bist.«

Sie akzeptierten ihn. Wischten damit all seine Ängste und Befürchtungen fort und erfüllten ihm einen jahrelangen Wunsch.

Ich hatte gewusst, dass Dilans Eltern einfach nur froh sein würden, ihr Kind wiederzusehen, doch dass sie uns alle drei derart herzlich empfingen, konnte ich dann doch kaum glauben. Mich begrüßten sie wie einen alten Freund, Ella, als hätte sie schon immer dazugehört, und Dilan … Ich konnte gar nicht mehr aufhören, mir über die Augen zu reiben, so sehr rührte mich das Wiedersehen.

Im Wohnzimmer wurde uns Tee angeboten. Ella und ich nahmen uns je eine Tasse, und ich zeigte ihr den Weg zur Veranda.

»Wir lassen euch mal allein«, sagte ich. Ich sah keine Gefahr mehr, dass seine Eltern Dilan verletzen würden, und dieser Moment des Wiedersehens gehörte ihnen allein.

»Ich habe mich nicht getraut, zu glauben, dass es so harmonisch laufen könnte«, meinte Ella, als wir durch die Küche liefen. Mein Blick blieb an den alten Kinderzeichnungen über der Spüle hängen. Bilder, die Dilan und ich zusammen gemalt hatten.

Ich öffnete die Tür nach draußen. »Nein, ich auch nicht.«

Wir ließen uns Zeit, standen eine Weile schweigend nebeneinander und genossen die frische Luft und unseren Tee.

Schließlich seufzte Ella. »Ich wünschte, meine Eltern würden sich auch so freuen, wenn ich zu ihnen zurückkäme.«

Vorsichtig sah ich sie an. »Wie war euer Treffen?«

Wir hatten noch keine Zeit gehabt, miteinander zu reden, seit sie gestern Abend vom Haus ihrer Eltern zurückgekommen war.

»Wir haben ihnen endlich gesagt, dass wir dieses Theater nicht mehr mitmachen. Zusammen mit Lisa, sie hat gekündigt.«

Oh wow.

Wow.

»Sie sind richtig sauer geworden, aber wir haben es durchgezogen, auch wenn Kim die ganze Zeit geweint hat. Wir haben jetzt erst mal den Kontakt zu ihnen abgebrochen und brauchen Zeit.«

Ich streckte eine Hand nach ihr aus, und sie verschränkte unsere Finger. »Kimmy hat ihr Studium geschmissen und sich endlich für Tiermedizin beworben. Ich glaube, dass sie mit Dilan gesprochen hat, hat ihr wirklich geholfen.« Wir gingen bis an den Rand der Veranda und lehnten uns gegen das Geländer. »Außerdem hat sie ihnen gesagt, dass sie eine Frau liebt, und ich ihnen, dass ich zwei Menschen liebe.«

»Und was haben sie gesagt?«

Ella schüttelte traurig den Kopf. »All unsere Worte sind auf völliges Unverständnis getroffen, deshalb ist kein Kontakt, glaube ich, erst mal besser. Es ist schwer, aber ich habe mit euch ja meine eigene Familie.« Sie trat näher und legte ihre Hände auf meine Brust.

Unsere eigene Familie. Das gefiel mir. Es klang besser als *Beziehung.*

»Das ist verdammt mutig, wisst ihr das?«

»Ich habe es nur geschafft, weil ich weiß, dass ich nicht alleine bin.«

»Das bist du auf keinen Fall«, bestätigte Dilan, der in diesem Moment mit seinen Eltern auf die Veranda trat.

Wir lächelten einander an.

Anderson musterte uns einen Moment. »Ihr seid nun also meine zukünftigen Schwiegerkinder, ja?«

Ich fasste mir an den Kopf. »Das kommt mir vor wie ein Déjà-vu.«

Sein Vater stutzte, dann brach er in Gelächter aus, und wir alle stimmten mit ein. Ella und ich zogen Dilan zu uns; wir wurden ein Knäuel aus Umarmungen.

Ich küsste sie beide auf die Wange.

Ich durfte.

Liebe kannte keine Regeln oder Gesetze, sie verdoppelte sich nur, je mehr Menschen ich in mein Herz ließ. Bereicherte, je mehr ich meinen Gefühlen statt der Norm folgte. Ella und Dilan hatten mir die Tür zu einer neuen Welt geöffnet, und jetzt, da ich einmal hindurchgegangen war, konnte ich mir nicht vorstellen, je wieder zurückzukehren.

Ich war frei.

Endlich angekommen.

Epilog

Ella

Ich strich mein Sommerkleid glatt und schob meine Haare über die Schultern. Ich trug dasselbe Kleid wie zur Eröffnung des Zentrums, denn auch heute gab es etwas Wichtiges zu feiern, und dieses Kleid strahlte pure Freude und Blumenduft aus.

Ich saß zwischen June und Dilan. Die beiden hatten sich ebenfalls schick gemacht. June mit der neuen Hose, die wir vor wenigen Tagen gemeinsam in einem Tauschschrank gefunden hatten, und Dilan … Dilan sah einfach immer umwerfend aus, egal, was er trug. Und nicht nur sein Aussehen zog mich an: Meine anfängliche Schwärmerei für ihn hatte sich in tiefe Liebe verwandelt.

Endlich kamen Simon und Cautschuk herein, und der gesamte Tisch stimmte *Happy Birthday* an. Feierlich trugen sie den Kuchen, auf dem sieben brennende Kerzen thronten, ans Kopfende.

Lottes Dad half ihr, die Augenbinde abzunehmen. Begeistert klatschte sie in die Hände und begutachtete das große Marzipan-Buch, das, angelehnt an *Tintenherz*, den Kuchen schmückte.

Ich liebte dieses kleine Mädchen fast so sehr wie den Mann, der sich zu ihr hinunterbeugte und ihr einen Kuss auf das geflochtene Haar drückte.

Cautschuk stellte den Kuchen auf den Tisch.

»Happy Birthday, liebe Lotte!« Ich sang aus vollem Halse mit.

Simons Blick traf einen Moment lang auf meinen, als hätte er meine Stimme unter all den anderen herausgehört. Seine Lippen verzogen sich zu einem Lächeln, was mein Herz zum Stolpern brachte.

Diesen Mann an mich heranzulassen, war die beste Entscheidung meines Lebens gewesen. Von Anfang an hatte ich ihn gemocht. Seine ruhige Art, dass er immer ausnahmslos für uns alle da war und dass er mit mir flirtete, als wäre ich die einzige Frau auf der Welt. Es hatte mir jedes Mal das Herz gebrochen, ihm wieder einen Korb zu geben, doch durch seine frühere Einstellung zu Beziehungen war er mir immer unerreichbar erschienen. Ich war mir so sicher gewesen, dass er es nicht wirklich verstanden hätte, wenn ich ihm versucht hätte zu erklären, dass ich poly war.

Dilan hatte alles einfacher gemacht.

Erst kompliziert, dann einfach.

Ich versank einen Moment in Simons warmen Augen. Dann holte Lotte tief Luft und pustete alle Kerzen gleichzeitig aus. Wir lösten unsere Blick voneinander und widmeten uns wieder dem Geschehen. Lottes Augen waren fest zusammengekniffen, die Hände über den Kopf gestreckt. Sie schickte einen Wunsch in den Himmel.

Geschenke gab es noch, bevor der Kuchen angeschnitten

wurde. Wir hatten uns alle zusammengetan und schenkten ihr einen neuen Malkasten und eine Staffelei. Sie wollte nämlich Künstlerin werden, seit ein Junge namens Jacob ihr gesagt hatte, wie unglaublich gut sie zeichnen konnte.

Ich ließ mir ein Stück Kuchen geben, während mein Blick durch den Raum schweifte. Heute waren wirklich alle gekommen, um mit Lotte zu feiern. Kate und Pekka waren aus den Niederlanden angereist, und Kate erklärte Lotte gerade die Farbpalette. Sogar ein paar unserer Eltern waren gekommen.

Natürlich nicht meine. Ich hatte nach wie vor keinen Kontakt zu ihnen und wollte daran auch erst mal nichts ändern.

Dafür saß mir Kim mit ihrer Freundin gegenüber und schenkte mir ein Lächeln, als sie meinen Blick bemerkte.

Ich erwiderte es.

Unsere Eltern sahen uns und unsere Bedürfnisse nicht, aber wir hatten einander. Es tat weh, unsere Familie so zweigeteilt zu sehen, schmerzte bis in jede meine Fingerspitzen, und trotzdem war es die richtige Entscheidung, mich von ihnen gelöst zu haben.

Ganz anders als bei Dilan. Seine Eltern saßen direkt neben Kim, und mir entging kein einziger der stolzen Blicke, die sie ihrem Sohn immer wieder zuwarfen.

Ich schlang einen Arm um Dilans Schulter und küsste seine Schläfe, einfach weil ich mich so sehr für ihn freute. Lachend wandte er sich mir zu und gab den Kuss zurück. Allerdings auf meine Lippen.

Hier vor allen.

Meine Wangen taten schon weh vom Grinsen. Er hatte mich an sich herangelassen. Bis an seine Seele. Ich hatte seinen nackten Körper berühren dürfen. Die Narben, die ein Teil von ihm waren. Nicht nur die, die man sehen konnte.

Unser WG-Leben pendelte sich langsam ein. Immer wieder gab es auch schwere Momente, vor allem für Simon, doch wir schafften es, über die meisten davon zu reden und einfach ehrlich miteinander zu sein.

Ich schlief oft im Haus der Band, und die beiden waren genauso oft in Bristol bei ihren Familien. Für uns alle blieb also auch genug Freiraum, um Zeit zu zweit zu verbringen.

Genauso sehr genossen wir aber die Momente zu dritt.

Simon nannte uns seit dem Besuch bei Dilans Eltern eine Familie, was mir jedes Mal Tränen in die Augen trieb, obwohl es meine eigenen Worte gewesen waren. Aber aus seinem Mund regneten sie direkt in mein Herz.

Shattered Tears stimmten ein Geburtstagsständchen an, und ich lehnte mich in meinem Stuhl zurück.

Ich führte endlich ein Leben, das ich liebte. Die Arbeit im Zentrum bedeutete mir alles, und seit der Eröffnung war auch Fridays for Future gewachsen. Vernetzung war einfach genial.

Ich hatte gefunden, was mir die letzten Jahre gefehlt hatte.

Ein Zuhause.

Familie.

Lächelnd ließ ich den Blick durch die Reihen schweifen. Bis auf Laura waren alle Menschen, die mir etwas bedeuteten, hier. Sogar meine Eltern.

Ich konnte es noch immer kaum glauben. Ich war so dankbar dafür, dass sie mich nach all der Zeit einfach wieder mit offenen Armen empfangen hatten und mich noch immer liebten.

Sie hatten viele Fragen zu den letzten Jahren meines Lebens, und ich versuchte, sie ihnen nach und nach alle geduldig zu beantworten. Nur zu meiner Trans*identität musste ich gar nicht viel erklären. Mum hatte meinen Outing-Brief von damals aufgehoben, und die beiden hatten sich bereits alles im Internet durchgelesen, was es über das Thema herauszufinden gab. Sie interessierte jetzt vor allem, wie mein persönlicher Weg damit gewesen war, was mich unglaublich rührte.

Wir lernten uns wieder kennen. Es fühlte sich so gut an.

Auch die meisten anderen Anwesenden wussten von meiner Vergangenheit. Im Zentrum sprach ich offen darüber, und auch meinem restlichen Freundeskreis hatte ich mich nach und nach geöffnet. Niemand hatte meine Befürchtungen bestätigt und einen blöden Kommentar gemacht.

Trans* Personen waren zwar noch weit davon entfernt, von allen als gleichwertige Mitglieder der Gesellschaft angesehen zu werden, doch diese besonderen Menschen hier gaben mir das Gefühl, dass sich das irgendwann ändern würde. Stück für Stück nahmen sie mir meine Angst vor

Nichtakzeptanz und erleichterten mir damit auch die Arbeit im Zentrum.

Bereits letzte Woche hatte ich ein Kind kennengelernt, das sich unwohl im eigenen Körper fühlte, und wir hatten beschlossen, gemeinsam zu Ärzt*innen zu gehen. Ich würde niemanden mit aufwühlenden Emotionen oder schwierigen Entscheidungen alleine lasse, das hatte ich mir fest vorgenommen. Ich wollte, dass andere von mir lernen konnten, auch wenn mein Weg nur einer von vielen war.

Simon stand auf, als das Konzert von Shattered Tears endete und sich der allgemeine Ansturm auf den Kuchen legte. Den Kuchen, den selbstverständlich er gebacken hatte. Denn er kochte und backte noch besser als damals. Ich war so stolz darauf, dass er seine Leidenschaft zum Beruf gemacht hatte.

Einen Moment fand sein Blick meinen. Mein Herz schmolz dahin. Er sah mich noch immer an wie früher. Voller Liebe. Als würde ich ihm alles bedeuten. Es war ein Geschenk, ihm wieder begegnet zu sein. Ihn wieder in mein Herz gelassen zu haben. In jeder Hinsicht. Selbst meine Angst vor intimem Körperkontakt hatten wir gemeinsam überwunden. Meine Haut kribbelte noch immer, wenn ich daran zurückdachte. Er war so unendlich zärtlich und vorsichtig gewesen. Ich hatte ihm gezeigt, was mir gefiel, und nach nur wenigen Minuten hatten sich meine Sorgen in Luft aufgelöst. Es hatte sich ja auch gar nicht so viel verändert. Ich mochte es noch immer, wenn er die Stelle hinter meinem Ohr küsste, wenn seine Hände über meine Taille wanderten und seine Lippen weich auf meinen lagen.

Nie zuvor hatte ich mich so vollkommen gefühlt wie in dieser Nacht. Zum ersten Mal hatte ich Simon alles von mir geben können, so wie ich es schon immer gewollt hatte. Und keine Sekunde lang war in mir auch nur der geringste Zweifel aufgekommen, er könne mich nicht als den Mann betrachten, der ich bin.

Nach dieser Nacht war es deutlich leichter gewesen, auch Ella an mich heranzulassen. Unter dem Tisch griff ich nach ihrer Hand.

Simon klirrte gegen ein Glas, und ich hob den Kopf. Es wurde ruhig am Tisch.

»Ich weiß, Lotti«, wandte er sich an seine kleine Schwester, »das hier ist dein Tag, und es sollte nur um dich gehen. Aber da wir hier schon mal alle zusammen sind, wollte ich trotzdem etwas bekannt geben. Darf ich?«

Er sah wunderschön aus. Ella hatte ihm die Haare geflochten und zu einem Dutt hochgesteckt. Immer der Dutt. Dazu trug er ein blaues Hemd. Ich hatte ihn überreden können, an diesem wichtigen Tag etwas Schickeres als seine T-Shirts anzuziehen.

Lotte wedelte mit der Hand. »Du hast das Wort«, sagte sie gespielt vornehm.

Alle lachten.

»Es ist so«, begann Simon.

»Ella ist schwanger«, riet Kian, und wieder tanzte allgemeines Gelächter durch die Reihen.

Ella streckte ihm die Zunge raus.

»Nein.« Simon grinste. »Mit Kindern warten wir besser noch ein paar Jahre.«

»Hört, hört«, mischte Cautschuk sich ein. »Mein großer Bruder ist erwachsen geworden.«

Wieder allgemeines Gelächter. All die Jahre hatte ich auch ihn und seine Witze so sehr vermisst.

Simon warf seinem Bruder einen genervten Blick zu. »Na, dafür wirst du wohl noch eine Weile brauchen.«

Cautschuk deutete eine Verbeugung an, während Kian und ich ihm zujohlten.

Simon verdrehte die Augen. »Jetzt werden wir mal wieder ernst.« Er bemühte sich, ein zu seinen Worten passendes Gesicht zu machen, umrundete dann aber lachend den Tisch. Hinter Ella und mir blieb er stehen. »Ihr wisst es eh schon alle, aber ich wollte es mal offiziell gesagt haben.«

Er legte uns beiden eine Hand auf die Schulter. Ich legte meine über seine. Ella tat das Gleiche.

»Das hier sind die beiden Menschen, die ich liebe.«

Er beugte sich zu uns hinunter und drückte erst Ella, dann mir einen Kuss auf die Lippen.

Ella strahlte, und meine Augen brannten verdächtig.

Applaus brandete auf. Kein blöder Spruch, kein abfälliger Blick. Wir durften einfach sein, wer wir waren.

Mein Herz drohte zu zerspringen.

Niemals hätte ich gedacht, dass alles gut werden würde, als ich damals aus Simons Leben verschwand. Nicht, dass ich ihn wiedersehen würde, und noch weniger, dass er mich noch immer wollen würde.

Mich, und dazu die Frau, die ich liebte.

War das nicht viel zu viel Glück für eine einzelne Person?

Ellas & Dilans & Simons Playlist

Love of three – Shattered Tears
This is what we are! – Shattered Tears, Losing Gravity
Love Isn't Property – White Town
You're Free – White Town
Where Are You Now – Mumford & Sons
Love Her Too – Marc E. Bassy (feat. G-Eazy)
In The Middle – dodie
No I In Threesome – Interpol
Beautiful with You – Halestorm
Wrong – Depeche Mode
Take Me to Church – Hozier
Someone New – Hozier
Miracle – Paramore
Still into You – Paramore
Same Love – Macklemore & Ryan Lewis (feat. Mary Lambert)
It's Time – Imagine Dragons
L. O. V.E – Leoniden

Breathe – CocoPilots, Ayema
Fighter – CocoPilots
Better Together – Jack Johnson
Banana Pancakes – Jack Johnson
We Are Family – Sister Sledge
Falling in Love – Cigarettes After Sex
Please Don't Say You Love Me – Gabrielle Aplin
Besser als nichts – Dota Kehr
Ausgehen – AnnenMayKantereit
Canaries in a Coal Mine – Bukahara
Under the Sea – Bukahara
Polyamorie – Alice Baldwin

Danksagung

Hier ist es. Ich halte *Know our Love* in den Händen. Mein Herzensbuch. Ich habe beim Schreiben dieser Geschichte viel über mich selbst gelernt und bin durch viele emotionale Prozesse gegangen. Danke den Menschen, die dabei an meiner Seite gewesen sind.

Marius Schaefers (@derunbekannteheld), dir gebührt mein größter Dank. Ich will mir gar nicht ausmalen, wie dieses Buch ohne dich aussehen würde. Du hast mir nicht nur geholfen, Dilan besser zu verstehen, sondern auch auf jeden kleinen Punkt gedrückt, der wehtun musste, um diese Geschichte fertigzustellen. Danke von Herzen für endlos lange Textnachrichten übers Schreiben und Tausende Nachfragen, die du alle geduldig beantwortet hast.

Danke auch meiner zauberhaften Lektorin Larissa Bendl, die dieses Buch wunderbar rund geschliffen und Verwirrungsknoten gelöst hat. Auch du hast so viel Wichtiges beigetragen, was diese Geschichte dringend gebraucht hat!

Ich danke meiner wunderbaren Agentin Sophie Riess, die diese Geschichte geliebt, mich mit Euphorie überschüttet und ermutigt hat. Ich habe mich so sehr über deine Nachricht zu diesem Buch gefreut!

Dem gesamten Team bei Oetinger danke ich von Herzen!

Maren, ich freue mich so sehr, dass wir jetzt zusammenarbeiten! Danke für all deine Geduld!

Katharina, danke dafür, dass diese Geschichte vorgezogen wurde und wir nicht mit Kate und Pekka weitergemacht haben. Auch wenn mir das zuerst gar nicht gefallen hat, bin ich nun unglaublich dankbar dafür. Denn du hattest recht, *Know our Love* ist einfach eine Geschichte, die schon jetzt in die Welt hinausmusste.

Allen anderen, die im Hintergrund so viel dafür tun, dass meine Bücher am Ende im Laden liegen: Ich sende Euch einen Regen an Luftküsschen und könnte mir kein besseres Zuhause für dieses Buch vorstellen. <3

Ich danke meiner Testleserin Fabienne Treis für alle lieben und wütenden Kommentare. Ich habe so viel gelacht und bin gleichzeitig auf den Boden der Tatsachen zurückgefallen.

Und du hattest natürlich recht. Die ganze Zeit. Dilan ist Simons erste große Liebe. ;)

Ich danke Josi fürs Testlesen und den Versuch, mir Kommaregeln beizubringen (I'm so sorry, ich glaube, du kämpfst auf verlorenem Posten … ;)).

Danke meinen beiden Eltern, ohne deren Unterstützung ich niemals so sehr auf eigenen Beinen stehen würde und meine Leidenschaft zum Beruf machen könnte. Und auch meiner kleinen Schwester, die unbedingt in dieser Danksagung erwähnt werden will (auch wenn sie mich mit ihrer lauten Musik immer eher vom Schreiben abgehalten als unterstützt hat …). Liebe geht raus an Dich! ;)

Oma, die es kaum erwarten kann, dieses Buch endlich in den Händen zu halten und die mein allergrößter Fan ist!

Lina, ich danke dir, dass du mich einfach immer in meinem Schreibtunnel sein und versinken lässt und in der Lektoratsphase für mich gekocht hast, obwohl du selbst einen Vortrag vorbereiten musstest. Bei dir fühle ich mich zu Hause und angekommen.

Anselm, danke für unsere grenzenlose Liebe, die einfach so sein darf, wie sie ist. Für tiefe, ehrliche Gespräche und dafür, dass du dir meine Euphorie-Explosionen zu neuen Geschichten immer schmunzelnd anhörst.

Luci, ich danke dir von Herzen für endlos lange Gespräche über die Liebe, wichtige Themen der Welt und dafür, dass du meine Leidenschaft für meine Lieblingsbücher teilst. Meine Bibliothek steht dir jederzeit offen. ;)

Clara und Nico für Freundschaft, Freude und fürs Mitfiebern!

Marikka Pfeiffer, danke für deine endlose Unterstützung und den monatlichen neuen Input. Es tut so gut, auch mal

Texte zu schreiben, die ich alleine vor meinem Laptop nicht schreiben würde!

Ich danke all euch Leser*innen und Blogger*innen, die meine Bücher rezensieren, lieben und in die Welt hinaustragen. Eure Unterstützung ist Gold wert! Ich kann gar nicht in Worte fassen, wie viel mir jedes einzelne Foto, das ihr mir zuschickt, bedeutet!

Meine Liebe für euch alle sprudelt über, während ich diese Worte schreibe. Mir wird gerade bewusst, wie wenig ich mich ohne eure Hilfe eine Autorin nennen könnte.

Danke! Von einem erfüllten Herzen!

Am Ende möchte ich noch eine wichtige Sache loswerden. Dieses Buch erzählt nur eine Geschichte von vielen. Es gibt tausend verschiedene Arten, polyamor zu leben. Dabei müssen sich auch nicht alle Beteiligten gleich stark oder überhaupt lieben. Dies war für mich eine wichtige Erkenntnis, die ich gerne weitergeben möchte.

Genauso ist auch Dilans Weg einer von vielen. Es gibt zahlreiche andere Wege, sich in seinem Körper wohlzufühlen.

Probiert euch einfach aus, hört auf euren Körper und eure Gefühle. Ihr müsst nicht in eine Schublade passen. So, wie ihr seid, seid ihr perfekt! <3

Abrazos!
Jette

Moon Notes

Emma Lindberg
From Now on
Romance

ISBN 978-3-96976-000-0

Wie lange lässt sich eine Liebe geheim halten? Seit einer Ewigkeit kennen sich die kreative Rena und der musikalische Cal. Als die beiden plötzlich mehr füreinander empfinden, droht Cal seinen Zufluchtsort zu verlieren. Schließlich ist er der beste Freund von Renas Bruder. Auf einem Campingtrip wird die Harmonie zwischen den dreien auf eine harte Probe gestellt.